11–057职业技能鉴定指导书

职业标准·试题库

电 气 试 验

（第二版）

电力行业职业技能鉴定指导中心　编

电力工程　变电运行与检修专业

中国电力出版社

www.cepp.com.cn

内 容 提 要

本《指导书》是按照劳动和社会保障部制定国家职业标准的要求编写的，其内容主要由职业概况、职业培训、职业技能鉴定和鉴定试题库四部分组成，分别对技术等级、工作环境和职业能力特征进行了定性描述；对培训期限、教师、场地设备及培训计划大纲进行了指导性规定。本《指导书》自1999年出版后，对行业内职业技能培训和鉴定工作起到了积极的作用，本书在原《指导书》的基础上进行了修编，补充了内容，修正了错误。

试题库是根据《中华人民共和国国家职业标准》和针对本职业（工种）的工作特点，选编了具有典型性、代表性的理论知识（含技能笔试）试题和技能操作试题，还编制有试卷样例和组卷方案。

《指导书》是职业技能培训和技能鉴定考核命题的依据，可供劳动人事管理人员、职业技能培训及考评人员使用，亦可供电力（水电）类职业技术学校和企业职业学习参考。

图书在版编目（CIP）数据

电气试验：11—057/电力行业职业技能鉴定指导中心编. —2版.
北京：中国电力出版社，2009
（职业技能鉴定指导书. 职业标准试题库）
电力工程、变电运行与检修专业
ISBN 978-7-5083-8100-8

Ⅰ. 电… Ⅱ. 电… Ⅲ. 电气设备–试验–职业技能鉴定–习题
Ⅳ. TM64–33

中国版本图书馆 CIP 数据核字（2008）第 177827 号

中国电力出版社出版、发行
（北京三里河路 6 号　100044　http://www.cepp.com.cn）
汇鑫印务有限公司印刷
各地新华书店经售

*

2002 年 8 月第一版
2009 年 1 月第二版　　2009 年 1 月北京第十二次印刷
850 毫米×1168 毫米　32 开本　12.125 印张　310 千字
印数 40001—43000 册　　定价 **23.00** 元

电力职业技能鉴定题库建设工作委员会

主　任：徐玉华

副主任：方国元　　王新新　　史瑞家　　杨俊平

　　　　陈乃灼　　江炳思　　李治明　　李燕明

　　　　程加新

办公室：石宝胜　　徐纯毅

委　员：（按姓氏笔划为序）

　　　　马建军　　马振华　　马海福　　王　玉

　　　　王中奥　　王向阳　　王应永　　丘佛田

　　　　吕光全　　朱兴林　　刘树林　　许佐龙

　　　　杨　威　　杨文林　　杨好忠　　杨耀福

　　　　李　杰　　李生权　　李宝英　　吴剑鸣

　　　　张　平　　张龙钦　　张彩芳　　陈国宏

　　　　季　安　　金昌榕　　南昌毅　　倪　春

　　　　徐　林　　奚　珣　　高　琦　　高应云

　　　　章国顺　　谌家良　　董双武　　景　敏

　　　　焦银凯　　路俊海　　熊国强

说　明

为适应开展电力职业技能培训和实施技能鉴定工作的需要，按照劳动和社会保障部关于制定国家职业标准，加强职业培训教材建设和技能鉴定试题库建设的要求，电力行业职业技能鉴定指导中心统一组织编写了电力职业技能鉴定指导书（以下简称《指导书》）。

《指导书》以电力行业特有工种目录各自成册，于1999年陆续出版发行。

《指导书》的出版是一项系统工程，对行业内开展技能培训和鉴定工作起到了积极作用。由于当时历史条件和编写力量所限，《指导书》中的内容已不能适应目前培训和鉴定工作的新要求，因此，电力行业职业技能鉴定指导中心决定对《指导书》进行全面修编，在各网省电力（电网）公司、发电集团和水电工程单位的大力支持下，补充内容，修正错误，使之体现时代特色和要求。

《指导书》主要由职业概况、职业技能培训、职业技能鉴定和鉴定试题库四部分内容构成。其中，"职业概况"包括职业名称、职业定义、职业道德、文化程度、职业等级、职业环境条件、职业能力特征等内容；"职业技能培训"包括对不同等级的培训期限要求，对培训指导教师的经历、任职条件、资格要求，对培训场地设备条件的要求和培训计划大纲、培训重点、难点以及对学习单元的设计等；"职业技能鉴定"的依据是《中华人民共和国国家职业标准》，其具体内容不再在本书中重复；"鉴定试题库"是根据《中华人民共和国国家职业标准》所规定的范围和内容，以实际技能操作为主线，按照选择题、判断题、简答题、计算题、绘图题和论述题六种题型进行选题，并以难易程度组合排列，同时汇集了大量电力生产建设过程中具有普遍代表性和典型性的实际操作试题，构成了各工种的技能鉴定试题库。试题库的深度、广度涵盖了本职业技能鉴定的全部内容。题库之后还附有试卷样例和组卷方案，为实施鉴定命题提供依据。

《指导书》力图实现以下几项功能：劳动人事管理人员可根据《指导书》进行职业介绍，就业咨询服务；培训教学人员可按照《指导书》中的培训大纲组织教学；学员和职工可根据《指导书》要求，制订自学计划，确立发展目标，走自学成才之路。《指导书》对加强职工队伍培养，提高队伍素质，保证职业技能鉴定质量将起到重要作用。

本次修编的《指导书》仍会有不足之处，敬请各使用单位和有关人员及时提出宝贵意见。

电力行业职业技能鉴定指导中心
2008 年 6 月

目　录

5　试卷样例

6　组卷方案

1 职业概况

1.1　职业名称

电气试验（11—057）。

1.2　职业定义

从事电气设备试验的工作人员。

1.3　职业道德

热爱本职工作，刻苦钻研技术，遵守劳动纪律，爱护工具、设备，安全文明生产，诚实团结协作，艰苦朴素，尊师爱徒。

1.4　文化程度

中等职业技术学校毕（结）业。

1.5　职业等级

本职业按照国家职业资格的规定，设为初级（五级）、中级（四级）、高级（三级）、技师（二级）、高级技师（一级）五个技术等级。

1.6　职业环境条件

室内外作业：常温和高温湿度变化较大，无毒、无烟气，有一定噪声及灰尘条件下工作。

1.7　职业能力特征

能正确领会、理解电气设备相应技术文件，知晓各种电气设备原理及结构。能运用正确专业术语的语言文字进行联系、记录、交流、报告工作的能力。并能准确而有目的运用数字进行运算，掌握一定的钳工操作能力和设备保管维护能力，具有一定的协作、配合工作能力。

2 职业技能培训

2.1 培训期限

2.1.1 初级工：累计不少于 500 标准学时；

2.1.2 中级工：在取得初级职业资格的基础上累计不少于 400 标准学时；

2.1.3 高级工：在取得中级职业资格的基础上累计不少于 400 标准学时；

2.1.4 技师：在取得高级职业资格的基础上累计不少于 500 标准学时；

2.1.5 高级技师：在取得技师职业资格的基础上累计不少于 350 标准学时。

2.2 培训教师资格

2.2.1 具有中级以上专业技术职称的工程技术人员和技师可担任初、中级工培训教师；

2.2.2 具有高级专业技术职称的工程技术人员和高级技师可担任高级工、技师和高级技师的培训教师。

2.3 培训场地设备

2.3.1 具备本职业（工种）理论知识培训的教室和教学设备；

2.3.2 具有基本技能训练的实习场所及实际操作训练设备；

2.3.3 本厂生产现场实际设备。

2.4 培训项目

2.4.1 培训目的：通过培训达到《职业技能鉴定规范》对本职

业的知识和技能要求。

2.4.2 培训方式：以自学和脱产相结合的方式，进行基础知识讲课和技能训练。

2.4.3 培训重点：

（1）电气设备规范及电气设备交接，预防性试验规程；

（2）电气设备原理及结构；

（3）电气设备试验原理及方法；

（4）电气设备试验具体操作。

2.5 培训大纲

本职业技能培训大纲，以模块组合（MES）——模块（MU）——学习单元（LE）的结构模式进行编写，其学习目标及内容见表 1，职业技能模块及学习单元对照选择表见表 2；学习单元名称表见表 3。

表 1　　　　　　　　　学习目标及内容

模块序号及名称	单元序号及名称	学习目标	学习内容	学习方式	参考学时
MU1 电气试验工职业道德	LE1 电气试验工的职业道德及电力法规	通过本单元学习之后，了解电气试验工的职业道德规范，并能自觉遵守行为规范准则和电力法规的规定	1. 热爱祖国，热爱本职工作 2. 刻苦学习、钻研技术 3. 爱护设备、工具 4. 团结协作 5. 遵守纪律、安全文明 6. 尊师爱徒、严守岗位职责 7. 电力法规的内容	自学	2
MU2 安全技术措施及微机	LE2 安全措施	通过本单元学习，了解安全工作规定，并能做好安全工作	1.电气试验人员具备的条件 2.电气设备试验应注意事项 3.保证安全的组织措施	自学	2

模块序号及名称	单元序号及名称	学习目标	学习内容	学习方式	参考学时
MU2 安全技术措施及微机	LE3 技术措施	通过本单元学习，了解安全生产的技术措施，并能做好安全工作	1. 停电 2. 验电 3. 装设接地线 4. 悬挂标示牌和装设遮栏	自学	2
	LE4 微机的应用	通过微机学习，掌握微机性能用于生产实际	1. 基本操作及技能 2. 微机管理 3. 监视、控制与调整 4. 事故处理	结合实际讲解与自学	60
MU3 基础知识	LE5 识图	通过本单元的学习后，了解电力系统各种运行方式接线和掌握各种电气设备试验的原理和测试接线图	1. 电气图的分类和制图的一般规定 2. 电气设备、常用仪器仪表测试设备在电气图的文字符号和图形符号 3. 发电厂、变电站一次设备主接线图 4. 各种电气设备试验的原理接线图	现场实际讲课与自学	25
	LE6 电工基础	通过本单元的学习后，掌握电工原理的基本概念和基本计算。并能应用分析电力系统和电气设备试验中的一些常见问题	1. 电路及其组成部分和元件的基本概念 2. 电路的基本定律 3. 直流电路的分析计算 4. 正弦交流电路的分析计算 5. 磁路（磁场）的基本概念及电磁感应的基本原理 6. 非正弦交流电路的基本概念 7. 串并联谐振电路的基本概念	讲课与自学	15

模块序号及名称	单元序号及名称	学习目标	学习内容	学习方式	参考学时
MU3 基础知识	LE7 电子基础	通过本单元的学习,了解模拟电路基本知识,并应用于电气试验设备常见故障的分析和检修	1. 半导体基本概念 2. 常用晶体二极管、三极管的型号和主要参数 3. 晶体管放大电路基本知识 4. 晶闸管及整流电路的结构及工作原理 5. 正弦波振荡的电路结构和简单工作原理 6. 硅稳压管稳压电路结构及工作原理	讲课与自学	10
MU4 专业知识	LE8 规程、规范	通过本单元的学习,熟悉《电业安全工作规程》与本工作有关条文的规定及电气设备的交接,预防性试验各项标准。并能应用到具体试验工作中	1. DL 408《电业安全工作规程》 2. 电气装置安装工程施工及验收规范,电气设备交接试验标准 3. DL/T 596《电力设备预防性试验规程》 4. 500kV交流电气设备交接和预防性试验规程 5. 现场绝缘试验实施导则	讲课与自学	20
	LE9 电工工具和安全用具	通过本单元学习,掌握常用电工工具和电气安全用具的名称、规格、用途、使用和维护	1. 常用电工工具名称、规格和用途 2. 常用电气安全用具的名称、规格、用途、使用和维护知识	现场实际讲课与自学	6
	LE10 仪器仪表	通过本单元学习,熟悉常用测试仪器仪表的型号,量程基本原理,使用条件、方法及保管方法,了解各类型试验用仪表仪器的常规故障处理知识	1. 万用表、绝缘电阻表,接地电阻测试仪,交直流电流表,交直流电压表,单双臂电桥,高压平衡电桥与西林电桥,M型介质损耗测量仪,功率表、示波器,局部放电测试仪,非线性电阻测量仪等测量仪器仪表的型号、量程使用条件、使用方法及保管办法 2. 了解上述各类试验用仪器、仪表的基本原理 3. 了解上述各类型试验用仪器、仪表的故障处理	讲课与自学	16

模块序号及名称	单元序号及名称	学习目标	学习内容	学习方式	参考学时
MU4 专业知识	LE11 高电压试验设备	通过本单元学习，熟悉常用高电压试验设备的一般原理	1. 工频试验变压器原理 2. 谐振试验装置基本原理 3. 直流高压发生器基本原理 4. 倍频试验装置基本原理	讲课与自学	8
	LE12 高电压理论	通过本单元学习，熟悉高电压技术的测量、过电压理论和绝缘配合的一般原理，了解SF_6气体的性质及微水标准，并应用于现场试验结果分析	1. 交直流高电压测量技术 2. 冲击电压测量原理 3. 电介质极化、电导、损耗、击穿机理、老化机理等电介质物理概念 4. 过电压基本概念 5. 电力系统绝缘配合基本概念 6. 局部放电试验及串并联谐振试验基本原理	讲课自学	20
	LE13 高压测试技术	通过本单元学习，掌握各类电气设备、各项常规试验及一些特殊试验的基本原理、方法、规定和判断标准	1. 绝缘电阻，吸收比，极化指数及直流电阻的定义，测试原理和方法 2. 泄漏电流的定义、测量方法及注意事项 3. 介质损耗因数试验的基本理论 4. 交直流耐压的方法及注意事项 5. 互感器局部放电测试的一般原理和方法 6. 绝缘油简化试验和色谱分析的规定及判断标准 7. 发电机铁心损耗试验、变压器的空载及负载损耗试验的原理 8. 发电机转子交流阻抗测试原理 9. 断路器及其他电气设备的特性参数测试原理 10. 各类电气设备主要参数的测量方法 11. 发电机线棒老化试验、变压器操作波、感应耐压试验和局部放电试验试验方法及基本原理	讲课自学	50

模块序号及名称	单元序号及名称	学习目标	学习内容	学习方式	参考学时
MU4 专业知识	LE13 高压测试技术	通过本单元学习,掌握各类电气设备、各项常规试验及一些特殊试验的基本原理方法、规定和判断标准	12. 定子水内冷方式发电机的直流耐压和泄漏试验,采用低屏蔽法的试验方法和测试原理,以及专用绝缘电阻表的测试原理 13. 变压器、互感器油的色谱分析机理及微水测量知识及判断标准	讲课自学	50
MU5 相关知识	LE14 相关工种	通过本单元的学习,了解和熟悉与电气试验工相关的一些工种的基本知识	1. 钳工初步知识 2. 锡焊基本工艺知识 3. 开关调试的基本知识 4. 变压器、互感器开关绝缘处理的一般知识 5. 发电机,主变压器等主要电气设备的继电保护主保护和瓦斯保护的一般知识	讲课与自学	30
	LE15 管理及其他	了解和熟悉电力生产过程的基本知识、质量管理知识、熟悉掌握紧急救护和人工呼吸法	1. 电力生产的基本过程 2. 质量管理知识 3. 班组管理知识 4. 紧急救护和人工呼吸法	讲课与自学	20
	LE16 电气设备	了解和掌握主要电气设备的工作原理、结构和相应的运行知识	1. 主要电气设备如发电机、变压器、电抗器等工作原理和简单的运行方式 2. 各类型电气设备的主绝缘方式	讲课与自学	15
MU6 基本技能	LE17 绘制试验接线图	通过本单元学习,能正确绘制和看懂各种测试方法的试验接线图 能看懂有关规程规范中测试项目的试验接线图,以及有关文件推荐的反事故措施试验接线图	1. 从简单到复杂的各项试验的接线图,如绝缘电阻、吸收比、极化指数,直流电阻到交流耐压,介质损耗因数,发电机定子铁心损耗,互感器局部放电,变压器空载及短路等各项试验 2. 与技术进步相应的新的试验项目接线图	讲课与自学	30

模块序号及名称	单元序号及名称	学习目标	学习内容	学习方式	参考学时
MU6 基本技能	LE18 数据整理和计算	通过本单元的学习，能使用简明易懂、准确的专业术语进行有关专业问题的解答和咨询，能对规程规范中的测试技术和常用试验项目进行计算和换算，能编写、分析各电压等级电气设备的绝缘与电气特性测试报告	1. 试验记录和试验报告编写标准 2. 常用试验项目的计算和各种换算（温度、湿度等） 3. 各种电气设备常用试验项目结果分析	讲课	40
	LE19 设备材料选择	通过本单元的学习，能在现场进行的各项试验中，正确、合理地选用仪表、仪器及试验设备	1. 各种试验设备、仪表仪器的原理、使用范围和使用方法 2. 各项常用试验所需的材料、仪表、仪器及试验设备 3. 一些特殊试验项目所需的仪器、仪表及试验设备 4. 现场试验仪器、仪表及试验设备选择	讲课与现场实际操作	15
MU7 专门技能	LE20 测试能力	通过本单元学习，掌握常规试验方法和实际进行测试 　　了解和熟悉一些特殊试验项目的试验方法，并在实际测试中担当部分工作 　　能核对和修正试验的安全措施 　　能查找和分析一般试验中出现异常现象的原因，并提出解决办法	1. 规程规范要求的绝缘和常规试验方法和标准 2. 一些特殊试验项目的试验方法和标准 3. 一般试验中常见异常现象分析 4. 规程规范要求的绝缘常规试验的实际操作、具体步骤和现场试验	讲课与实际操作	70

模块序号及名称	单元序号及名称	学习目标	学习内容	学习方式	参考学时
MU7 专门技能	LE21 组织和判断能力	通过本单元的学习,能组织并指导各电压等级电气设备的绝缘和常规特性试验,查找并指出被试设备的缺陷及分析产生的异常现象	1. 各电压等级电气设备绝缘和常规特性试验的组织和实施 2. 绝缘和常规特性试验与被试设备缺陷的针对性对应关系 3. 针对被试设备缺陷的综合性试验项目选择及进行	讲课与实际操作	50
MU8 相关技能	LE22 维护和保管	通过本单元的学习,能正确维护和保管各种类型的试验仪器仪表及设备	各种类型的试验仪器、仪表及设备的维护和保管办法	讲课与自学	5
	LE23 修理及调试能力	通过本单元的学习,能组装(修理)调试试验仪器和设备 能协助有关部门搞好有关事故分析	1. 各种试验仪器和设备常见故障和分析 2. 各种试验仪器和常见故障设备调试和修理方法	讲课与自学	15
	LE24 其他能力	通过本单元的学习,能使用各种的消防器材 能进行触电紧急救护和人工呼吸 能进行一般钳工工作	1. 各种消防器材使用办法 2. 安全紧急救急方法 3. 一般钳工操作	讲课与模拟操作	5

表 2

职业技能模块及学习单元对照选择表

模　块	MU1	MU2	MU3	MU4	MU5	MU6	MU7	MU8
内　容	电气试验工的职业道德及电力法规	安全技术措施及微机	基础知识	专业知识	相关知识	基本技能	专门技能	相关技能
参考学时	2	64	50	120	65	110	120	25
适用等级	初级中级高级技师高级技师	初级中级高级技师高级技师	初级中级高级技师	初级中级高级技师高级技师	初级中级高级技师	初级中级高级技师	中级高级技师高级技师	初级中级高级技师
学习单元 LE 序号选择　初	1	2、3、4	5、6、7	8、9、10、11、12、13	14、15、16、17	18、19		22、23、24
中	1	2、3、4	5、6、7	8、9、10、11、12、13	14、15、16、17	18、19	20、21	22、23、24
高	1	2、3、4	5、6、7	8、9、10、11、12、13	14、15、16、17	18、19	20、21	22、23、24
技师	1	2、3、4	5、6、7	8、9、10、11、12、13	14、15、16、17	18、19	20、21	22、23、24
高级技师	1	2、3、4		8、9、10、11、12、13			20、21	

表3 　　　　　　　　　　学习单元名称表

单元序号	单 元 名 称	单元序号	单 元 名 称
LE1	电气试验工的职业道德及电力法规	LE13	高压测试技术
LE2	安全措施	LE14	相关工种
LE3	技术措施	LE15	管理及其他
LE4	微机的应用	LE16	电气设备
LE5	识图	LE17	绘制试验接线图
LE6	电工基础	LE18	数据整理和计算
LE7	电子基础	LE19	设备材料选择
LE8	规程、规范	LE20	测试能力
LE9	电工工具和安全用具	LE21	组织和判断能力
LE10	仪器仪表	LE22	维护和保管
LE11	高电压试验设备	LE23	修理及调试能力
LE12	高电压理论	LE24	其他能力

3 职业技能鉴定

3.1 鉴定要求

鉴定内容和考核双向细目表按照本职业（工种）《中华人民共和国职业技能鉴定规范·电力行业》执行。

3.2 考评人员

考评人员分考评员和高级考评员。考评员可承担初、中、高级技能等级鉴定；高级考评员可承担初、中、高级技能等级和技师、高级技师资格考评。其任职条件是：

3.2.1 考评员必须具有高级工、技师或者中级专业技术职务以上的资格，具有15年以上本工种专业工龄；高级考评员必须具有高级技师或者高级专业技术职务的资格，取得考评员资格并具有1年以上实际考评工作经历。

3.2.2 掌握必要的职业技能鉴定理论、技术和方法，熟悉职业技能鉴定的有关法律、法规和政策，有从事职业技术培训、考核的经历。

3.2.3 具有良好的职业道德，秉公办事，自觉遵守职业技能鉴定考评人员守则和有关规章制度。

鉴定试题库

4

理论知识（含技能笔试）试题

4.1.1 选择题

下列每题都有 4 个答案，其中只有 1 个正确答案，将正确答案代号填在括号内。

La5A1001 在电场中，正电荷受电场力的作用总是（**A**）移动。

A. 从高电位向低电位；B. 从低电位向高电位；C. 垂直于电力线的方向；D. 保持原位。

La5A1002 电路中之所以有电流流动，是由于电源两端的电位差造成的，这个电位差通常称之为（**C**）。

A. 电压源；B. 电流源；C. 电压；D. 电位。

La5A1003 将一根电阻等于 **8Ω** 的均匀导线，对折起来并联使用时，则电阻变为（**D**）。

A. 16Ω；B. 8Ω；C. 4Ω；D. 2Ω。

La5A2004 导体电阻的大小与（**D**）无关。

A. 导体的电阻率；B. 导体的截面和长度；C. 导体的温度；D. 导体电位的高低。

La5A2005 两只阻值不等的电阻并联后接入电路,则阻值大的发热量(**B**)。

A. 大;B. 小;C. 等于阻值小的电阻发热量;D. 与其阻值大小无关。

La5A3006 在一个由恒定电压源供电的电路中,负载电阻 R 增大时,负载电流(**B**)。

A. 增大;B. 减小;C. 恒定;D. 基本不变。

La5A3007 电源力将 **1C** 正电荷从电源负极移到正极所做的功为 **1J** 时,则电源的(**C**)。

A. 电能是 1kWh;B. 有功功率是 1kW;C. 电动势是 1V;D. 电流是 1A。

La5A4008 欧姆定律阐述的是(**D**)。

A. 导体电阻与导体长度、截面及导体电阻率的关系;B. 电流与电压的正比关系;C. 电流与电压的反比关系;D. 电阻、电流和电压三者之间的关系。

La5A5009 已知:$i=100\sin(\omega t+30°)$ A,$t=0$ 时,i 等于(**D**) A。

A. -100;B. 86.6;C. -50;D. 50。

La4A1010 将一根电阻等于 R 的均匀导线,对折起来并联使用时,则电阻变为(**A**)。

A. $R/4$;B. $R/2$;C. R;D. $2R$。

La4A1011 阻值分别为 R 和 $2R$ 的两只电阻串联后接入电路,则阻值小的电阻发热量是阻值大的电阻发热量的(**B**)倍。

A. 1;B. 1/2;C. 2;D. 1/3。

La4A1012 阻值分别为 R 和 $2R$ 的两只电阻并联后接入电路，则阻值小的电阻发热量是阻值大的电阻发热量的（**A**）倍。

A. 2；B. 4；C. 1/2；D. 1/3。

La4A2013 三个阻值相等的电阻串联时的总电阻是并联时总电阻的（**B**）。

A. 6 倍；B. 9 倍；C. 3 倍；D. 12 倍。

La4A2014 导体切割磁力线时，其产生感应电动势的大小与磁场的磁感应强度（**B**）。

A. 的平方成正比；B. 的一次方成正比；C. 的大小无关；D. 成反比。

La4A2015 载流导体在磁场中所受力的大小与导体有效长度（**C**）。

A. 的 1/2 成正比；B. 无关；C. 成正比；D. 成反比。

La4A2016 三相对称负载星形连接时，其线电流为相电流的（**B**）倍。

A. $\sqrt{3}$；B. 1；C. $1/\sqrt{2}$；D. $1/\sqrt{3}$。

La4A2017 磁阻的大小与磁路的长度（**C**）。

A. 无关；B. 成反比；C. 成正比；D. 成非线性关系。

La4A2018 由铁磁材料构成的磁通集中通过的路径，称为（**C**）。

A. 电路；B. 磁链；C. 磁路；D. 磁场。

La4A2019 已知 $R=3\Omega$，$X_L=15\Omega$，$X_C=11\Omega$，将它们串联时，总阻抗 Z 等于（**C**）。

A. 29Ω；B. 7Ω；C. 5Ω；D. 3Ω。

La4A3020 表示正弦电路中电容电流的计算式是（**B**）。

A. $i=\dfrac{u}{X_C}$；B. $I=U\omega C$；C. $i=\dfrac{u}{\omega C}$；D. $I=\dfrac{U}{\omega C}$。

La4A2021 正弦电路中电容元件的无功功率表达式是（**A**）。

A. $Q_C=U^2\omega C$；B. $Q_C=I^2\omega C$；C. $Q_C=X_C i^2$；D. $Q_C=\dfrac{U^2}{\omega C}$。

La4A2022 表示正弦电路电感电流的下列计算式中，正确的是（**B**）。

A. $i=\dfrac{u}{X_L}$；B. $I=\dfrac{U}{\omega L}$；C. $I=U\omega L$；D. $I=UX_L$。

La4A3023 电磁感应过程中，回路中所产生的电动势是由（**B**）决定的。

A. 通过回路的磁通量；B. 回路中磁通量变化率；C. 回路所包围的面积；D. 回路边长。

La4A4024 某工频正弦电流，当 $t=0$，$i_{(0)}=5A$ 为最大值，则该电流解析式是（**C**）。

A. $i=5\sqrt{2}\sin(100\pi t-90°)$；B. $i=5\sqrt{2}\sin(100\pi t+90°)$；C. $i=5\sin(100\pi t+90°)$；D. $i=5\sin(100\pi t)$。

La4A5025 通电导体在磁场中所受的力是（**C**）。

A. 电场力；B. 磁场力；C. 电磁力；D. 引力。

La4A5026 自感系数 L 与（**D**）有关。

A. 电流大小；B. 电压高低；C. 电流变化率；D. 线圈结构及材料性质。

La4A4027 已知某元件的 $u=100\sqrt{2}\sin(\omega t+30°)$ V，$i=10\sqrt{2}\sin(\omega t-60°)$ A，则该元件为（**B**）。

A. 电阻；B. 电感；C. 电容；D. 无法确定。

La4A4028 已知 R、L、C 串联电路中，电流 $\dot{I}$ 滞后端电压 $\dot{U}$，则下面结论中，正确的是（**B**）。

A. $X_C > X_L$；B. $X_C < X_L$；C. $L=C$；D. 电路呈谐振状态。

La4A1029 几个电容器串联连接时，其总电容量等于（**D**）。

A. 各串联电容量的倒数和；B. 各串联电容量之和；C. 各串联电容量之和的倒数；D. 各串联电容量之倒数和的倒数。

La3A1030 几个电容器并联连接时，其总电容量等于（**B**）。

A. 各并联电容量的倒数和；B. 各并联电容量之和；C. 各并联电容量的和之倒数；D. 各并联电容量之倒数和的倒数。

La3A1031 已知 $R=3\Omega$，$X_L=5\Omega$，$X_C=1\Omega$，将它们串联连接时，总阻抗 Z 等于（**C**）。

A. 9Ω；B. 7Ω；C. 5Ω；D. 1Ω。

La3A2032 电容器电容量的大小与施加在电容器上的电压（**C**）。

A. 的平方成正比；B. 的一次方成正比；C. 无关；D. 成反比。

La3A2033 在 **R、L、C** 串联的交流电路中，如果总电压相位落后于电流相位，则（**D**）。

A. $R=X_L=X_C$；B. $X_L=X_C \neq R$；C. $X_L>X_C$；D. $X_L<X_C$。

La3A2034 已知 **A** 点对地电位是 **65V**，**B** 点对地电位是 **35V**，则 U_{BA} 等于（**D**）。

A. 100V；B. 30V；C. −100V；D. −30V。

La3A3035 交流电路中，分别用 P、Q、S 表示有功功率、无功功率和视在功率，而功率因数则等于（**A**）。

A. P/S；B. Q/S；C. P/Q；D. Q/P。

La3A3036 对均匀带电的球面来说，球内任何点的场强（**A**）。

A. 等于零；B. 小于零；C. 大于零；D. 与球面场强相等。

La3A3037 试验电荷在静电场中移动时，电场力所做的功与该试验电荷的（**C**）。

A. 大小及距离有关；B. 大小有关；C. 大小及位移有关；D. 大小及位移无关。

La3A3038 两个大小不等的金属球，球面带有等值同性电荷时，则两球之电动势（**B**）。

A. 相等；B. 不相等；C. 可能相等；D. 均为零。

La3A3039 在电路计算中，电流的参考方向通常是（**A**）。

A. 任意选定的；B. 由正极指向负极；C. 由负极指向正极；D. 与实际的电流方向一致。

La3A3040 如果流过电容 $C=100\mu F$ 的正弦电流

i_C=15.7$\sqrt{2}$ sin（$100\pi t$－45°）A。则电容两端电压的解析式为（C）。

　　A. u_C=500$\sqrt{2}$ sin（$100\pi t$＋45°）V；B. u_C=500$\sqrt{2}$ sin（$100\pi t$－90°）V；C. u_C=500$\sqrt{2}$ sin（$100\pi t$－135°）V；D. u_C=500$\sqrt{2}$ sin$100\pi t$V。

La2A1041　下列描述电感线圈主要物理特性的各项中，（B）项是错误的。
　　A. 电感线圈能储存磁场能量；B. 电感线圈能储存电场能量；C. 电感线圈中的电流不能突变；D. 电感在直流电路中相当于短路，在交流电路中，电感将产生自感电动势，阻碍电流的变化。

La2A1042　下列描述电容器主要物理特性的各项中，（A）项是错误的。
　　A. 电容器能储存磁场能量；B. 电容器能储存电场能量；C. 电容器两端电压不能突变；D. 电容在直流电路中相当于断路，但在交流电路中，则有交流容性电流通过。

La1A1043　一个线性电感元件的感抗决定于（D）。
　　A. 电路电压；B. 电路电流；C. 自感系数；D. 自感系数和频率。

La1A2044　三相变压器的零序电抗大小与（D）有关。
　　A. 其正序电抗大小；B. 其负序电抗大小；C. 变压器导线截面大小；D. 变压器绕组联结方式及铁心结构。

La1A4045　300MW及以上发电机接地故障电流允许值是（D）。

A. 10A；B. 3A；C. 2A；D. 1A。

Lb5A2046 在暂态过程中，电压或电流的暂态分量按指数规律衰减到初始值的（**A**）所需的时间，称为时间常数"τ"。

A. 1/e；B. 1/3；C. 1/3；D. 1/5。

Lb5A3047 在 **R、L、C** 串联电路中，当 $\omega L > \dfrac{1}{\omega C}$ 时，用公式（**D**）计算电压与电流之间的相位差是正确的。

A. $\varphi = \tan^{-1}\left(\dfrac{X_C - X_L}{R}\right)$；B. $\varphi = \tan^{-1}\left(\dfrac{\omega L - \omega C}{R}\right)$；

C. $\varphi = \tan^{-1}\left(\dfrac{L - C}{R}\right)$；D. $\varphi = \tan^{-1}\left(\dfrac{X_L - X_C}{R}\right)$。

La5A3048 几个正弦量用相量进行计算时，必须满足的条件是：各相量应是（**C**）。

A. 同频率，同转向；B. 已知初相角，且同频率；C. 已知初相角、有效值或最大值，并且同频率；D. 旋转相量，初相角相同。

Lb5A1049 正弦交流电压的有效值等于其最大值乘以（**C**）。

A. $1/\sqrt{3}$；B. $\sqrt{3}$；C. $1/\sqrt{2}$；D. $\sqrt{2}$。

Lb5A1050 正弦交流电流的平均值等于其有效值除以（**A**）。

A. 1.11；B. 1.414；C. 1.732；D. 0.900 9。

Lb5A1051 随时间按正弦规律变化的物理量的三要素是（**C**）。

A. 正弦、周期、幅值；B. 瞬时值、最大值、有效值；C. 最大值、角频率、初相角；D. 幅值、时间、相角差。

Lb5A2052 两只阻值不等的电阻串联后接入电路，则阻值大的发热量（**A**）。

A. 大；B. 小；C. 等于阻值小的发热量；D. 与其阻值大小无关。

Lb5A2053 将两只或两只以上电阻的两端分别接在一起后接入电路，各电阻承受同一电压。这种电阻的连接方式称为电阻（**C**）。

A. 混联；B. 串联；C. 并联；D. 互联。

Lb5A2054 有两只或两只以上电阻，将每只电阻的一端依次与另一只电阻的一端连接后接入电路，各电阻流过同一电流。这种电阻的连接方式称为电阻（**B**）。

A. 混联；B. 串联；C. 并联；D. 互联。

Lb5A2055 由 n 只不同阻值的纯电阻组成并联电路，则电路的总电流等于（**B**）。

A. 任一支路电流乘以并联支路数 n；B. 各支路电流之和；C. 各支路电流之差；D. 各支路电流的倒数和。

Lb5A2056 由 n 只不同阻值的纯电阻组成串联电路，则电路的总电压等于（**B**）。

A. 任一只电阻的电压降乘以 n；B. 各电阻电压降之和；C. 各电阻电压降之差；D. 各电阻电压降的倒数和。

Lb5A2057 发电机右手定则用来判断（**D**）。

A. 导体与磁场的相对运动；B. 导体在磁场中的运动方向；

C. 导体所在磁场的磁力线方向；D. 导体感应电动势的方向。

Lb5A2058 电动机左手定则用来判断（**D**）。

A. 导体感应电动势的方向；B. 导体电流的方向；C. 导体所在磁场的磁力线方向；D. 导体所受作用力的方向。

Lb5A3059 电容器的电容 C 的大小与（**C**）无关。

A. 电容器极板的面积；B. 电容器极板间的距离；C. 电容器极板所带电荷和极板间电压；D. 电容器极板间所用绝缘材料的介电常数。

Lb5A3060 对称三相星形连接电源的线电压等于相电压的（**A**）倍。

A. $\sqrt{3}$；B. $\sqrt{2}$；C. $1/\sqrt{3}$；D. 1。

Lb5A3061 对称三相三角形连接电路的线电流，等于相电流的（**A**）倍。

A. $\sqrt{3}$；B. $\sqrt{2}$；C. $1/\sqrt{3}$；D. 1。

Lb5A3062 磁电式仪表测量的是被测量的（**D**）值。

A. 有效；B. 峰；C. 瞬时；D. 平均。

Lb5A3063 两台额定功率相同，但额定电压不同的直流用电设备，若额定电压为 110V 设备的电阻为 R，则额定电压为 220V，设备的电阻为（**C**）。

A. $2R$；B. $R/2$；C. $4R$；D. $R/4$。

Lb5A4064 两台额定电压相同，但设备电阻不同的直流用电设备，若设备电阻为 R 的设备额定功率为 P_1，则设备电阻为 $4R$ 的设备额定功率 P_2 等于（**D**）。

A. $2P_1$；B. $4P_1$；C. $P_1/2$；D. $P_1/4$。

Lb5A4065 有 n 个试品并联在一起测量绝缘电阻，测得值为 R，则单个试品的绝缘电阻都（**B**）。

A. 小于 R；B. 不小于 R；C. 等于 R；D. 大于 nR。

Lb5A4066 电容器的直流充电电流（或放电电流）的大小在每一瞬间都是（**B**）的。

A. 相同；B. 不同；C. 恒定不变；D. 无规律。

Lb5A5067 额定功率为 10W 的三个电阻，$R_1=10\Omega$，$R_2=40\Omega$，$R_3=250\Omega$，串联接于电路中，电路中允许通过的最大电流为（**A**）。

A. 200mA；B. 0.50A；C. 1A；D. 180mA。

Lb4A1068 周期性交流量的波形因数等于（**A**）。

A. 有效值/平均值；B. 最大值/有效值；C. 瞬时值/有效值；D. 最大值/平均值。

Lb4A1069 周期性交流量的波顶因数等于（**B**）。

A. 有效值/平均值；B. 最大值/有效值；C. 瞬时值/有效值；D. 最大值/平均值。

Lb4A2070 直流试验电压的脉动是指对电压（**A**）的周期性波动。

A. 算术平均值；B. 最大值；C. 最小值；D. 峰值。

Lb4A2071 直流试验电压的脉动幅值等于（**D**）。

A. 最大值和最小值之差；B. 最大值与平均值之差；C. 最小值与平均值之差；D. 最大值和最小值之差的一半。

Lb4A3072　对电介质施加直流电压时,由电介质的弹性极化所决定的电流称为(**D**)。

A. 泄漏电流;B. 电导电流;C. 吸收电流;D. 电容电流。

Lb4A3073　对电介质施加直流电压时,由电介质的电导所决定的电流称为(**A**)。

A. 泄漏电流;B. 电容电流;C. 吸收电流;D. 位移电流。

Lb4A3074　在接地体径向地面上,水平距离为(**C**)m 的两点间的电压称为跨步电压。

A. 0.4;B. 0.6;C. 0.8;D. 1.0。

Lb4A3075　距接地设备水平距离 **0.8m**,与沿设备金属外壳(或构架)垂直于地面高度为(**C**)m 处的两点间的电压称为接触电压。

A. 1.2;B. 1.6;C. 1.8;D. 2.0。

Lb4A3076　磁感应强度 $B=F/IL$(B 为磁感应强度,F 为导体所受电磁力,I 为导体中的电流,L 为导体的有效长度)所反映的物理量间的依赖关系是(**B**)。

A. B 由 F、I 和 L 决定;B. F 由 B、I 和 L 决定;C. I 由 B、F 和 L 决定;D. L 由 B、F 和 I 决定。

Lb4A3077　在电场作用下,电介质所发生的极化现象中,极化时间极短,为 $10^{-13} \sim 10^{-15}$s;极化完全是弹性的,外电场消失后,会立刻复原;能在各种电工频率及各种电介质中发生,不消耗能量的极化,称为(**D**)式极化。

A. 离子;B. 偶极子;C. 夹层;D. 电子。

Lb4A3078　下述各式正确的是(**D**)。

A. $Z=R+X$；B. $Z=R^2+X^2$；C. $Z=R+(X_L-X_C)$；D. $Z=\sqrt{R^2+X^2}$。

Lb4A4079 在一定的正弦交流电压 U 作用下，由理想元件 R、L、C 组成的并联电路谐振时，电路的总电流将（**D**）。

A. 无穷大；B. 等于零；C. 等于非谐振状态时的总电流；D. 等于电源电压 U 与电阻 R 的比值。

Lb4A4080 在一定的正弦交流电压 U 作用下，由理想元件 R、L、C 组成的串联电路谐振时，电路的总电流将（**D**）。

A. 无穷大；B. 等于零；C. 等于非谐振状态时的总电流；D. 等于电源电压 U 与电阻 R 的比值。

Lb4A4081 规程规定电力变压器，电压、电流互感器交接及大修后的交流耐压试验电压值均比出厂值低，这主要是考虑（**C**）。

A. 试验容量大，现场难以满足；B. 试验电压高，现场不易满足；C. 设备绝缘的积累效应；D. 绝缘裕度不够。

Lb4A4082 带有线性电感的电路，当 $|i|$ 增加时，则表明电感的磁场能量（**A**）。

A. 正在存储；B. 正在释放；C. 为零；D. 没有变化。

Lb4A4083 电容器的电流 $i=Cdu/dt$，当 $u>0$，$du/dt>0$ 时，则表明电容器正在（**B**）。

A. 放电；B. 充电；C. 反方向充电；D. 反方向放电。

Lb4A5084 非正弦交流电的有效值等于（**B**）。

A. 各次谐波有效值之和的平均值；B. 各次谐波有效值平方和的平方根；C. 各次谐波有效值之和的平方根；D. 一个周

期内的平均值乘以 1.11。

Lb3A1085 在 R、L、C 并联的交流电路中，如果总电压相位落后于总电流相位时，则表明（**B**）。

A. $X_L=X_C=R$；B. $X_L>X_C$；C. $X_C>X_L$；D. $X_L=X_C$。

Lb3A2086 在不均匀电场中，棒—板间隙的放电电压与棒电压极性的关系是（**C**）。

A. 与棒的极性无关；B. 正棒时放电电压高；C. 负棒时放电电压高；D. 负棒时放电电压低。

Lb3A3087 在不均匀电场中，电晕起始电压（**D**）击穿电压。

A. 远高于；B. 略高于；C. 等于；D. 低于。

Lb3A3088 在电场极不均匀的空气间隙中加入屏障后，在一定条件下，可以显著提高间隙的击穿电压，这是因为屏障在间隙中起到了（**D**）的作用。

A. 隔离电场；B. 分担电压；C. 加强绝缘；D. 改善电场分布。

Lb3A3089 电场作用下，电介质发生的极化现象中，极化时间不超过 $10^{-11} \sim 10^{-13}$s；极化几乎是完全弹性的，外电场消失后，会立即复原；极化发生在离子式结构的固体介质中，能在各种电工频率下发生，几乎不消耗能量，这种极化称为（**A**）式极化。

A. 离子；B. 偶极子；C. 夹层；D. 电子。

Lb3A3090 电场作用下，电介质发生的极化现象中，发生于偶极子结构的电介质中，极化时间为 $10^{-2} \sim 10^{-10}$s；而且是非弹性的；需消耗一定能量的极化，称为（**B**）式极化。

A. 离子；B. 偶极子；C. 夹层；D. 电子。

Lb3A3091 R、L、C 串联电路中，已知 U_R=100V，U_L=100V，U_C=100V，则总电压有效值是（**A**）。

A. 100V；B. 100$\sqrt{2}$V；C. 300V；D. 100$\sqrt{3}$V。

Lb3A3092 产生串联谐振的条件是（**C**）。

A. X_L>X_C；B. X_L<X_C；C. X_L=X_C；D. L=C。

Lb3A3093 在正弦电路中 R、L 串联，且 $R\neq0$，$L\neq0$ 时，以电流 I 为参考相量，其与总电压相位差 φ 的范围是（**A**）。

A. 0<φ<90°；B. φ=90°；C. φ=－90°；D. －90°<φ<0°。

Lb3A3094 在正弦电路中 R、C 串联，且 $R\neq0$，$C\neq0$ 时，以电流 I 为参考相量，其与总电压相位差 φ 的范围是（**D**）。

A. 0<φ<90°；B. φ=90°；C. φ=－90°；D. －90°<φ<0°。

Lc3A3095 在 R、L、C 串联电路中，当电流与总电压同相时，（**B**）成立。

A. $\omega L^2 C$=1；B. $\omega^2 LC$=1；C. ωLC=1；D. ω=LC。

Lc3A3096 理想电压源是指具有一定的电源电压 E，而其内阻为（**D**）的电源。

A. 无限大；B. 很大；C. 很小；D. 零。

Lc3A3097 理想电流源是指内阻为（**D**），能输出恒定电流 I 的电源。

A. 零；B. 很小；C. 很大；D. 无限大。

Lb3A4098 沿脏污表面的闪络不仅取决于是否能产生局部电弧，还要看流过脏污表面的泄漏电流是否足以维持一定程度的（**B**），以保证局部电弧能继续燃烧和扩展。

A. 碰撞游离；B. 热游离；C. 光游离；D. 滑闪放电。

La3A4099 已知：$e=100\sin(\omega t-60°)$ V，$t=0$ 时，e 等于（**B**）V。

A. 100；B. -86.6；C. 86.6；D. -50。

Lb2A1100 半导体的电导率随温度升高而（**A**）。

A. 按一定规律增大；B. 呈线性减小；C. 按指数规律减小；D. 不变化。

Lb2A2101 在电场作用下，电介质所发生的极化现象中，多发生于采用分层介质或不均匀介质的绝缘结构中；极化的过程较缓慢，极化时间约几秒、几十秒甚至更长，发生于直流及低频（**0～1 000Hz**）范围内，需消耗能量的极化，称为（**C**）式极化。

A. 离子；B. 偶极子；C. 夹层；D. 电子。

Lb2A2102 所谓对称三相负载就是（**D**）。

A. 三个相电流有效值相等；B. 三个相电压相等，相位角互差 120°；C. 三相电流有效值相等，三个相的相电压相等且相位角互差 120°；D. 三相负载阻抗相等，且阻抗角相等。

Lb2A2103 如测得变压器铁心绝缘电阻很小或接近零，则表明铁心（**A**）。

A. 多点接地；B. 绝缘良好；C. 片间短路；D. 运行时将出现高电位。

Lb2A2104 在直流电压作用下的介质损耗是（A）引起的损耗。

A. 电导；B. 离子极化；C. 电子极化；D. 夹层式极化。

Lb2A3105 有两个 RL 短接电路，已知 $R_1>R_2$，$L_1=L_2$，则两电路的时间常数关系是（C）。

A. $\tau_1=\tau_2$；B. $\tau_1>\tau_2$；C. $\tau_1<\tau_2$；D. $\tau_2\leqslant\tau_1$。

Lb2A3106 一个不能忽略电阻的线圈与一个可以忽略损耗的电容器组成的串联电路，发生谐振时，线圈两端电压 $\dot{U}_1$ 与电容两端电压 $\dot{U}_2$ 的数值及相角差 θ 的关系是（B）。

A. $\dot{U}_1=\dot{U}_2$、$\theta=180°$；B. $\dot{U}_1>\dot{U}_2$、$180°>\theta>90°$；C. $\dot{U}_1<\dot{U}_2$、$180°>\theta>90°$；D. $\dot{U}_1>\dot{U}_2$、$180°<\theta<270°$。

Lb2A3107 一只电灯与电容 C 并联后经开关 S 接通电源。当开关 S 断开时，电灯表现为（C）。

A. 一直不熄灭；B. 立即熄灭；C. 慢慢地熄灭；D. 在开关拉开瞬间更亮一些，然后慢慢地熄灭。

Lb2A4108 已知非正弦电路的 $u=100+20\sqrt{2}\sin(100\pi t+45°)+10\sqrt{2}\sin(300\pi t+55°)$ V，$i=3+\sqrt{2}\sin(100\pi t-15°)+\sin(200\pi t+10°)$ A，则 P=（A）。

A. 310W；B. 320W；C. 315W；D. 300W。

Lb2A5109 在 R、L 串联电路接通正弦电源的过渡过程中，电路瞬间电流的大小与电压合闸时初相角 Ψ 及电路的阻抗角 φ 有关。当（D）时，电流最大。

A. $\Psi-\varphi=0$ 或 $180°$；B. $\Psi-\varphi=\pm30°$；C. $\Psi-\varphi=\pm60°$；D. $\Psi-\varphi=\pm90°$。

Lb2A5110　在 **R**、**C** 串联电路接通正弦电源的过渡过程中，其电容器上瞬间电压的大小与电压合闸时初相角 Ψ 及电路阻抗角 φ 有关，当（**A**）时，电容上电压最大。

A. $\Psi-\varphi=0°$ 或 $180°$；B. $\Psi-\varphi=\pm30°$；C. $\Psi-\varphi=\pm60°$；
D. $\Psi-\varphi=\pm90°$。

Lb1A1111　氧化锌避雷器进行工频参考电压测量时，是以一定的（**B**）为参考电流。

A. 阻性电流有效值；B. 阻性电流峰值；C. 全电流有效值；
D. 全电流峰值。

Lb1A1112　对 **220/110/10kV** 三绕组分级绝缘变压器进行空载冲击合闸试验时，变压器必须（**A**）。

A. 220、110kV 侧中性点均接地；B. 110kV 侧中性点接地；
C. 220kV 侧中性点接地；D. 中性点与地绝缘。

Lb1A2113　大气过电压作用于中性点直接接地的变压器绕组时，对变压器绕组的（**C**）危害最严重。

A. 主绝缘；B. 末端匝间绝缘；C. 首端匝间绝缘；D. 首端主绝缘。

Lb1A2114　国产 **600MW** 机组冷却方式是（**C**）。
A. 空冷；B. 双水内冷；C. 水氢氢；D. 水水氢。

Lb1A2115　造成变压器油流带电最主要的因素是（**A**）。
A. 油流速度；B. 油路导向；C. 油品质量；D. 油的温度。

Lb1A2116　标准雷电冲击电压波是指（**A**）。
A. 波头时间 $T_1=1.2\mu s$，半峰值时间 $T_2=50\mu s$；B. 波头时间 $T_1=250\mu s$，半峰值时间 $T_2=2\,500\mu s$；C. 波头时间 $T_1=1.5\mu s$，半

峰值时间 T_2=50μs；D. 波头时间 T_1=250μs，半峰值时间 T_2=250μs。

Lb1A2117 标准操作冲击电压波是指（**B**）。

A. 波头时间 T_1=1.2μs，半峰值时间 T_2=50μs；B. 波头时间 T_1=250μs，半峰值时间 T_2=2 500μs；C. 波头时间 T_1=1.5μs，半峰值时间 T_2=50μs；D. 波头时间 T_1=250μs，半峰值时间 T_2=250μs。

Lb1A2118 当变压器的铁心缝隙变大时，其（**C**）。

A. 铁耗减小；B. 空载电流无变化；C. 空载电流变大；D. 空载电流变小。

Lb1A2119 当变压器带容性负载运行时，二次端电压随负载电流的增大而（**A**）。

A. 升高；B. 不变；C. 降低很多；D. 降低很少。

Lb1A2120 波在沿架空线传播过程中发生衰减和变形的决定因素是（**D**）。

A. 导线电阻；B. 导线对地电感；C. 导线对地电容；D. 电晕。

Lb1A2121 三相五柱式电压互感器的二次侧辅助绕组接成开口三角形，其作用是监测系统的（**C**）。

A. 相电压；B. 线电压；C. 零序电压；D. 相电压和线电压。

Lb1A3122 发电机交流耐压试验电压的选择原则主要决定于（**B**）。

A. 绝缘可能遭受大气过电压作用的水平；B. 绝缘可能遭

受操作过电压作用的水平；C. 绝缘可能遭受谐振过电压作用的水平；D. 绝缘运行电压作用的水平。

Lb1A3123　残压比是指（D）。

A. 额定电压的峰值与参考电压之比；B. 雷电冲击电流下的残压与额定电压峰值之比；C. 雷电冲击电流下的残压与持续电压之比；D. 雷电冲击电流下的残压与参考电压之比。

Lb1A3124　感应雷过电压的幅值与（C）成反比。

A. 导线高度；B. 导线平均高度；C. 雷击点到线路距离；D. 雷电流幅值。

Lb1A3125　变压器绕组的频响特性曲线反映的是（D）。

A. 绕组的绝缘强度；B. 绕组的材料特性；C. 绕组的集中参数特性；D. 绕组的分布参数特性。

Lb1A3126　500kV 系统仅用氧化锌避雷器限制合闸、重合闸过电压时，600MW 发电机—变压器—线路单元接线时，线路长度的限制性条件是（C）km。

A. ＜100；B. ＜150；C. ＜200；D. ＜300。

Lb1A3127　500kV 系统中隔离开关切空母线或短线时，允许电容电流值是（D）。

A. 3 150A；B. 50A；C. 10A；D. 2A。

Lb1A3128　变电站配电装置构架上避雷针的集中接地装置应与主接地网连接，且该连接点距 10kV 及以下设备与主接地网连接点沿接地极的长度不应小于（D）。

A. 100m；B. 50m；C. 30m；D. 15m。

Lc5A1129 "千瓦·小时"是（**D**）的计量单位。

A. 有功功率；B. 无功功率；C. 视在功率；D. 电能。

Lc5A2130 载流导体的发热量与（**C**）无关。

A. 通过电流的大小；B. 电流通过时间的长短；C. 载流导体的电压等级；D. 导体电阻的大小。

Lc5A3131 各类整流电路中，其输出直流电压脉动最小的是（**D**）整流电路。

A. 单相半波；B. 单相全波；C. 单相桥式；D. 三相桥式。

Lc5A4132 比较两只不同规格的照明灯泡，可以发现（**A**）灯丝粗。

A. 相同电压等级，功率大的；B. 相同电压等级，功率小的；C. 相同功率，电压等级高的；D. 相同电压等级，电流小的。

Jc4A1133 晶体管符号中，箭头朝外者，表示它是（**C**）。

A. 硅管；B. 锗管；C. NPN 管；D. PNP 管。

Jc4A1134 晶体管符号中，箭头朝内者，表示它是（**D**）。

A. 硅管；B. 锗管；C. NPN 管；D. PNP 管。

Lc4A3135 电工仪表的准确度等级以仪表最大（**C**）误差来表示。

A. 相对；B. 绝对；C. 引用；D. 附加。

Lc4A3136 单相半波整流电路中流过二极管的正向电流的平均值与流过负载的电流平均值的关系为（**A**）。

A. 两者相等；B. 前者小于后者；C. 前者大于后者；D. 前

者等于后者的 1/2。

Lc3A1137 滤波电路滤掉的是整流输出的（**A**）。

A. 交流成分；B. 直流成分；C. 交直流成分；D. 脉动直流成分。

Lc3A1138 整流器的工作是利用整流元件的（**D**）。

A. 稳压特性；B. 稳流特性；C. 线性；D. 单向导电性。

Lc3A2139 稳压管在稳压范围内，流过管子的电流称为（**C**）电流。

A. 额定；B. 整流；C. 稳定；D. 滤波。

Lc2A2140 正常运行情况下，对 **10kV** 电压供电的负荷，允许电压偏移范围是（**C**）。

A. +7.5%～-10%；B. +5%～-10%；C. ±7%；D. ±5%。

Lc2A2141 电力变压器装设的各种继电保护装置中，属于主保护的是（**C**）。

A. 复合电压闭锁过流保护；B. 零序过电流、零序过电压保护；C. 瓦斯保护、差动保护；D. 过负荷保护、超温保护及冷却系统的保护。

Lc1A2142 电力系统的稳定性干扰最严重的是（**A**）。

A. 发生三相接地短路；B. 发生两相接地短路；C. 投、切大型空载变压器；D. 切断空载带电长线路。

Lc1A2143 断路器控制回路中，防跳继电器的作用是（**B**）。

A. 防止断路器跳闸；B. 防止断路器跳跃和保护出口继电

器触点；C. 防止断路器跳跃和防止断路器合闸时间过长；D. 防止断路器跳闸时间过长。

Lc1A2144 电力变压器真空注油时，应从箱体的（**C**）注入。

A. 上部；B. 中部；C. 下部；D. 油枕。

Lb1A2145 六氟化硫封闭式组合电器进行气体泄漏测量，以 **24h** 的漏气量换算，每一个气室年漏气率应不大于（**C**）。

A. 0.01%；B. 0.1%；C. 1%；D. 10%。

Lc1A3146 以下（**C**）不是三比值法分析中用到的气体。

A. CH_2；B. CH_4；C. CO；D. H_2。

Lc1A3147 一台运行中 **300MW** 汽轮发电机组，根据（**D**）来决定应进行补、排氢操作。

A. 氢气压力；B. 氢气含氧量；C. 密封油压；D. 氢气纯度。

Lc1A4148 在 **200MW** 以上汽轮发电机内，冷却介质中内冷水、氢气、密封油三者的压力应符合（**B**）关系。

A. 内冷水压＞氢压＞密封油压；B. 内冷水压＜氢压＜密封油压；C. 密封油压＜内冷水压＜氢压；D. 氢压＞密封油压＞内冷水压。

Jd5A1149 交流照明电源电压 **220V** 指的是电压的（**B**）。

A. 最大值；B. 有效值；C. 平均值；D. 瞬时值。

Jd5A1150 交流电气设备铭牌标明的额定电压和额定电流指的是它们的（**C**）。

A. 瞬时值；B. 平均值；C. 有效值；D. 最大值。

Jd5A1151 测量 1 000V 及以下配电装置和电力布线的绝缘电阻，宜采用（**B**）绝缘电阻表。

A. 250V；B. 1 000V；C. 2 500V；D. 5 000V。

Jd5A1152 测 3kV 以下交流电动机的绕组绝缘电阻，宜采用（**B**）绝缘电阻表。

A. 250V；B. 1 000V；C. 2 500V；D. 5 000V。

Jd5A2153 测量电力变压器的绕组绝缘电阻、吸收比或极化指数，宜采用（**A**）绝缘电阻表。

A. 2 500V 或 5 000V；B. 1 000~5 000V；C. 500V 或 1 000V；D. 500~2 500V。

Jd5A2154 相同截面积的铜导线比铝导线（**B**）。

A. 导电性能好、力学性能差；B. 导电性能和力学性能都好；C. 力学性能好、导电性能差；D. 导电性能和力学性能都差。

Jd5A2155 油断路器中绝缘油的作用是（**D**）。

A. 绝缘；B. 散热；C. 绝缘和散热；D. 灭弧、绝缘和散热。

Jd5A2156 油浸式变压器中绝缘油的作用是（**C**）。

A. 绝缘；B. 散热；C. 绝缘和散热；D. 灭弧、绝缘和散热。

Jd5A2157 SF$_6$ 断路器中，SF$_6$ 气体的作用是（**D**）。

A. 绝缘；B. 散热；C. 绝缘和散热；D. 灭弧、绝缘和散热。

Jd4A1158 磁电式微安表使用后应将其两个接线端子（**D**）。

A. 开路；B. 接地；C. 接壳；D. 用导线短接。

Jd4A2159 某变压器的一、二次绕组匝数之比等于 **25**。二次侧额定电压是 **400V**，则一次侧额定电压是（**A**）。

A. 10 000V；B. 20 000V；C. 6 000V；D. 3 300V。

Jd4A3160 普通万用表的交流挡,测量机构反映的是(**B**)。

A. 有效值，定度也按有效值；B. 平均值，定度是按正弦波的有效值；C. 平均值，定度也按平均值；D. 峰值，定度也按峰值。

Jd4A2161 高压绝缘试验中，要求直流试验电压在输出工作电流下，其电压的脉动因数应不大于（**B**）。

A. 1%；B. 3%；C. 5%；D. 10%。

Jd4A2162 直流试验电压值指的是直流电压的（**A**）。

A. 算术平均值；B. 最大值；C. 最小值；D. 峰值。

Jd4A2163 运行中的变压器铁心允许（**A**）。

A. 一点接地；B. 两点接地；C. 多点接地；D. 不接地。

Jd4A164 测量大电容量的设备绝缘电阻时，测量完毕后为防止电容电流反充电损坏绝缘电阻表，应（**A**）。

A. 先断开绝缘电阻表与设备的连接，再停止绝缘电阻表；B. 先停止绝缘电阻表,再断开绝缘电阻表与设备的连接；C. 断开绝缘电阻表与设备的连接和停止绝缘电阻表同时操作；D. 先对设备进行放电，再进行其他操作。

Jd4A3165 试品绝缘表面脏污、受潮，在试验电压下产生表面泄漏电流，对试品 tanδ 和 C 测量结果的影响程度是（**C**）。

A. 试品电容量越大，影响越大；B. 试品电容量越小，影响越小；C. 试品电容量越小，影响越大；D. 与试品电容量的大小无关。

Jd4A4166 三相变压器的三相磁路不对称，正常情况下，三相空载励磁电流不相等，三相心柱中的磁通量为（**C**）。

A. 两边相相等，并大于中间相；B. 两边相相等，并小于中间相；C. 三相相等；D. 三相不相等，且无规律。

Jd4A3167 经耐受 105℃的液体介质浸渍过的纸、纸板、棉纱等都属于（**A**）绝缘。

A. A 级；B. B 级；C. Y 级；D. F 级。

Jd4A3168 电动机的额定功率是指在额定运行状态下（**C**）。

A. 从电源输入的电功率；B. 电动机的发热功率；C. 电动机轴输出的机械功率；D. 电动机所消耗的功率。

Jd4A3169 电动机铭牌上的温升是指（**D**）。

A. 电动机工作的环境温度；B. 电动机的最高工作温度；C. 电动机的最低工作温度；D. 电动机绕组最高允许温度和环境温度之差值。

Jd4A3170 异步电动机转子的转速与旋转磁场的关系是（**A**）。

A. 转子转速小于磁场转速；B. 转子转速大于磁场转速；

C. 转子转速等于磁场转速；D. 转子转速与磁场转速无关。

Jd4A3171 控制三相异步电动机正、反转是通过改变（**D**）实现的。

A. 电流大小；B. 电流方向；C. 电动机结构；D. 电源相序。

Jd4A4172 对 GIS 进行耐压试验，不允许使用（**D**）。

A. 正弦交流电压；B. 雷电冲击电压；C. 操作冲击电压；D. 直流电压。

Jd3A1173 下列各种形式的电测仪表中，不能反映被测量真实有效值的是（**C**）仪表。

A. 电磁式；B. 电动式；C. 磁电式；D. 静电式。

Jd3A2174 单相弧光接地过电压主要发生在（**D**）的电网中。

A. 中性点直接接地；B. 中性点经消弧线圈接地；C. 中性点经小电阻接地；D. 中性点不接地。

Jd3A2175 电容器的电容量 $C=Q/U$（Q 为电荷量，U 为电压），由此得出（**C**）。

A. Q 上升，C 变大；B. Q 下降 C 变小；C. C 是常量，不随 Q、U 而变；D. U 下降 C 变大。

Jd3A3176 电源频率增加时，电流互感器的（**A**）。

A. 比值差和相位差均减小；B. 比值差和相位差均增大；C. 比值差增大、相位差减小；D. 比值差减小、相位差增大。

Jd3A4177 变压器空载损耗试验结果主要反映的是变压

器的（**B**）。

A. 绕组电阻损耗；B. 铁心损耗；C. 附加损耗；D. 介质损耗。

Jd3A2178　电容 **C** 经电阻 **R** 放电时，电路放电电流的变化规律为（**C**）。

A. 按正弦函数变化；B. 按指数规律递增；C. 按指数规律递减；D. 恒定不变。

Jd3A4179　R、L、C 并联，接入一个频率可变的电源，开始时 I_R=10A，I_L=15A，I_C=15A 总电路呈阻性，当频率上升时，电路（**A**）。

A. 呈容性；B. 呈感性；C. 呈阻性；D. 性质不变。

Jd3A4180　R、L、C 串联，接入一个频率可变的电源，开始 $1/\omega_0 C = \omega_0 L$，当频率变高时，电路（**C**）。

A. 呈阻性；B. 呈容性；C. 呈感性；D. 性质不变。

Jd3A1181　工频高压试验变压器的特点是额定输出（**A**）。

A. 电压高，电流小；B. 电压高，电流大；C. 电压低，电流小；D. 电压低，电流大。

Jd3A1182　在 220kV 变电设备现场作业，工作人员与带电设备之间必须保持的安全距离是（**C**）m。

A. 1.5；B. 2；C. 3；D. 4。

Jd2A1183　在 500kV 变电设备现场作业，工作人员与带电设备之间必须保持的安全距离是（**B**）m。

A. 6；B. 5；C. 4；D. 3。

Jd2A1184　对称三相电源三角形连接，线电流等于（**D**）。

A. 相电流；B. $\sqrt{2}$ 倍相电流；C. 2 倍相电流；D. $\sqrt{3}$ 倍相电流。

Jd2A2185　把一个三相电动机的绕组连成星形接于 $U_L=380V$ 的三相电源上，或绕组连成三角形接于 $U_L=220V$ 的三相电源上，这两种情况下，电源输出功率（**A**）。

A. 相等；B. 差 $\sqrt{3}$ 倍；C. 差 $\dfrac{1}{\sqrt{3}}$ 倍；D. 差 3 倍。

Jd1A1186　变压器温度上升，绕组直流电阻（**A**）。

A. 变大；B. 变小；C. 不变；D. 变得不稳定。

Jd1A1187　若试品的电容量为 10 000pF，加 10kV 电压测量介损，试验变压器的容量选择应不小于（**B**）。

A. 2.0kVA；B. 0.5kVA；C. 1.0kVA；D. 0.1kVA。

Jd1A1188　如需要对导线的接头进行连接质量检查，可采用（**B**）试验方法。

A. 绝缘电阻；B. 直流电阻；C. 交流耐压；D. 直流耐压。

Jd1A1189　测量变压器直流电阻时，影响测量结果的因素是（**C**）。

A. 变压器油质严重劣化；B. 变压器油箱进水受潮；C. 变压器油温；D. 空气潮湿、下雨。

Jd1A2190　对大容量的设备进行直流耐压试验后，应先采用（**C**）方式，再直接接地。

A. 电容放电；B. 电感放电；C. 电阻放电；D. 阻容放电。

Jd1A2191 在下列各相测量中，测量（**C**）可以不考虑被测电路自感效应的影响。

A. 变压器绕组的直流电阻；B. 发电机定子绕组的直流电阻；C. 断路器导电回路电阻； D. 消弧线圈的直流电阻。

Jd1A2192 金属氧化物避雷器直流 1mA 电压要求实测值与初始值或制造厂规定值比较变化不大于（**C**）。

A. ±30%；B. ±10%；C. ±5%；D. −10%～+5%。

Je5A1193 发电机变压器绕组绝缘受潮后，其吸收比（**B**）。
A. 变大；B. 变小；C. 不变；D. 不稳定。

Je5A1194 测量变压器绕组直流电阻时除抄录其铭牌参数编号之外，还应记录（**B**）。

A. 环境空气湿度；B. 变压器上层油温（或绕组温度）；C. 变压器散热条件；D. 变压器油质试验结果。

Je5A2195 测量变压器绕组绝缘的 $\tan\delta$ 时，非被试绕组应（**D**）。

A. 对地绝缘；B. 短接；C. 开路；D. 短接后接地或屏蔽。

Je5A2196 进行直流泄漏或直流耐压试验时，在降压断开电源后，应对试品进行放电。其放电操作的最佳方式是（**D**）将试品接地放电。

A. 直接用导线；B. 通过电容；C. 通过电感；D. 先通过电阻接地放电，然后直接用导线。

Jd5A3197 用静电电压表测量工频高电压时，测得的是电压的（**C**）。

A. 瞬时值；B. 峰值；C. 有效值；D. 平均值。

Je5A2198 工作人员在 **10kV** 及以下带电设备场所工作时，其正常活动范围与带电设备的安全距离是不小于（**D**）。

A. 1m；B. 0.7m；C. 0.6m；D. 0.35m。

Je5A2199 工作人员在 **35kV** 带电设备场所工作时，其正常活动范围与带电设备的安全距离是不小于（**C**）。

A. 1m；B. 0.7m；C. 0.6m；D. 0.35m。

Je5A3200 采用高值电阻和直流电流表串联的方法来测量直流高电压时，所用仪表应是（**C**）。

A. 0.5 级电磁式仪表；B. 0.5 级电动式仪表；C. 0.5 级磁电式仪表；D. 0.5 级静电式仪表。

Je5A3201 大型同步发电机和电力变压器绕组绝缘受潮后，其极化指数（**B**）。

A. 变大；B. 变小；C. 不变；D. 不稳定。

Je5A3202 被测量的电流大约是 **0.45A**，为使测量结果更准确些，应选用（**D**）电流表。

A. 上量限为 5A 的 0.1 级；B. 上量限为 1A 的 0.5 级；C. 上量限为 2.5A 的 0.2 级；D. 上量限为 0.5A 的 0.5 级。

Je5A3203 油浸式变压器绕组额定电压为 **10kV**，交接时或大修后该绕组连同套管一起的交流耐压试验电压为（**C**）。

A. 22kV；B. 26kV；C. 30kV；D. 35kV。

Je5A4204 变压器感应耐压试验的作用是考核变压器的（**D**）强度。

A. 主绝缘；B. 匝绝缘；C. 层绝缘；D. 主绝缘和纵绝缘。

Je5A3205 单臂电桥不能测量小电阻的主要原因是（**D**）。

A. 桥臂电阻过大；B. 检流计灵敏度不够；C. 电桥直流电源容量太小；D. 测量引线电阻及接触电阻影响大。

Je5A3206 变压器温度上升，绕组绝缘电阻（**B**）。

A. 变大；B. 变小；C. 不变；D. 变得不稳定。

Je5A3207 大型同步发电机和调相机的温度上升，其定子绕组绝缘的吸收比或极化指数（**B**）。

A. 变大；B. 变小；C. 不变；D. 变得不稳定。

Je5A3208 电气设备温度下降，其绝缘的直流泄漏电流（**B**）。

A. 变大；B. 变小；C. 不变；D. 变得不稳定。

Je5A4209 在直流耐压试验的半波整流电路中，高压硅堆的最大反向工作电压，不得低于试验电压幅值的（**B**）。

A. 2.83 倍；B. 2 倍；C. 1 倍；D. 1.414 倍。

Je5A4210 对已有单独试验记录的若干不同试验电压的电力设备，在单独试验有困难时，可以连在一起进行耐压试验。此时，试验电压应采用所连接设备中试验电压的（**B**）。

A. 最高值；B. 最低值；C. 最高值与最低值之和的平均值；D. 各试验电压之和的平均值。

Je5A4211 对运用中的悬式绝缘子串劣化绝缘子的检出测量，不应选用（**D**）的方法。

A. 测量电位分布；B. 火花间隙放电叉；C. 热红外检测；D. 测量介质损耗因数 $\tan\delta$。

Je5A4212 在安装验收中，为了检查母线、引线或输电线路导线接头的质量，不应选用（**C**）的方法。

A. 测量直流电阻；B. 测量交流电阻；C. 测量绝缘电阻；D. 温升试验。

Je5A4213 下列各项中对变压器绕组直流电阻的测得值有影响的是（**A**）。

A. 变压器上层油温及绕组温度；B. 变压器油质状况；C. 变压器绕组绝缘受潮；D. 环境空气湿度。

Je5A4214 FZ 型带并联电阻的普通阀式避雷器严重受潮后，绝缘电阻（**D**）。

A. 变大；B. 不变；C. 变化规律并不明显；D. 变小。

Je5A4215 FZ 型带并联电阻的普通阀式避雷器，并联电阻断脱后，绝缘电阻（**A**）。

A. 显著增大；B. 没有变化；C. 变小；D. 变化规律不明显。

Je5A3216 测量水内冷发电机转子绕组的绝缘电阻应选用（**A**）。

A. 500V 及以下绝缘电阻表；B. 500 型万用表；C. 1 000V 绝缘电阻表；D. 2 500V 绝缘电阻表。

Je5A4217 采用伏安法测量同步发电机和调相机定子绕组直流电阻时，施加电流不得大于（**C**）额定电流。

A. 50%；B. 25%；C. 20%；D. 10%。

Je5A4218 同步发电机和调相机定子绕组直流电阻应在冷状态下测量。测量时，绕组表面温度与周围空气温度之差应在（C）的范围内。

A. ±10℃；B. ±5℃；C. ±3℃；D. ±1℃。

Je5A4219 普通阀型避雷器工频放电试验，要求将放电时短路电流的幅值限制在（C）以下。

A. 0.3A；B. 0.5A；C. 0.7A；D. 1.0A。

Je5A4220 测量接地电阻时，电压极应移动不少于三次，当三次测得电阻值的互差小于（B）时，即可取其算术平均值，作为被测接地体的接地电阻值。

A. 1%；B. 5%；C. 10%；D. 15%。

Je5A4221 普通阀型避雷器的额定电压是指（B）。

A. 其安装地点的电网额定相电压；B. 其安装地点的电网额定线电压；C. 施加到避雷器端子间的最大允许工频电压有效值，它不等于安装地点的电网额定电压；D. 避雷器能可靠灭弧的电压。

Je5A4222 测量变压器分接开关触头接触电阻，应使用（B）。

A. 单臂电桥；B. 双臂电桥；C. 欧姆表；D. 万用表。

Je5A4223 10kV 及以下电流互感器的主绝缘结构大多为（C）。

A. 油纸电容式；B. 胶纸电容式；C. 干式；D. 油浸式。

Je5A2224 互感器二次绕组，在交接或大修后的交流耐压试验电压为（B）kV。

A. 1；B. 2；C. 3；D. 4。

Je5A5225 测得无间隙金属氧化物避雷器的直流 **1mA** 参考电压值与初始值比较，其变化应不大于（**B**）。

A. ±10%；B. ±5%；C. +5%、−10%；D. +10%、−5%。

Je4A1226 额定电压为 110kV 及以下的油浸式变压器，电抗器及消弧线圈应在充满合格油，静置一定时间后，方可进行耐压试验。其静置时间如无制造厂规定，则应是（**C**）。

A. ≥6h；B. ≥12h；C. ≥24h；D. ≥48h。

Je4A3227 若设备组件之一的绝缘试验值为 $\tan\delta_1=5\%$，$C_1=250\text{pF}$；而设备其余部分绝缘试验值为 $\tan\delta_2=0.4\%$，$C_2=10\ 000\text{pF}$，则设备整体绝缘试验时，其总的 $\tan\delta$ 值与（**B**）接近。

A. 0.3%；B. 0.5%；C. 4.5%；D. 2.7%。

Je4A4228 R、L、C 串联电路处于谐振状态时，电容 C 两端的电压等于（**A**）。

A. 电源电压与电路品质因数 Q 的乘积；B. 电容器额定电压的 Q 倍；C. 无穷大；D. 电源电压。

Je4A4229 R、L、C 并联电路处于谐振状态时，电容 C 两端的电压等于（**D**）。

A. 电源电压与电路品质因数 Q 的乘积；B. 电容器额定电压；C. 电源电压与电路品质因数 Q 的比值；D. 电源电压。

Je4A4230 正弦交流电路发生串联谐振时，电路中的电流与电源电压间的相位关系是（**A**）。

A. 同相位；B. 反相位；C. 电流超前；D. 电流滞后。

Je4A4231 正弦交流电路发生并联谐振时，电路的总电流与电源电压间的相位关系是（B）。

A. 反相位；B. 同相位；C. 电流滞后；D. 电流超前。

Je4A4232 TYD220/$\sqrt{3}$ 电容式电压互感器，其额定开路的中间电压为 **13kV**，若运行中发生中间变压器的短路故障，则主电容 **C1** 承受的电压将提高约（**B**）。

A. 5%；B. 10%；C. 15%；D. 20%。

Je4A4233 发电机的调整特性曲线是指在保持转速、负载功率因数和端电压不变的条件下（**C**）的关系曲线。

A. 转子电流和转子电压；B. 定子电流和定子电压；C. 转子电流和定子电流；D. 转子电压和定子电压。

Je4A4234 对 **330kV** 及以下变压器的油中溶解气体分析，发现乙炔含量超过（**B**）体积分数时，应引起注意。

A. 2×10^{-6}；B. 5×10^{-6}；C. 50×10^{-6}；D. 150×10^{-6}。

Je4A4235 当球间距不大于球半径时，常用的测量球隙是典型的（**B**）电场间隙。

A. 均匀；B. 稍不均匀；C. 不均匀；D. 极不均匀。

Je4A3236 表征 SF_6 气体理化特性的下列各项中，（**C**）项是错的。

A. 无色、无味；B. 无臭、无毒；C. 可燃；D. 惰性气体，化学性质稳定。

Je4A3237 变压器空载试验中，额定空载损耗 P_0 及空载电流 I_0 的计算值和变压器额定电压 U_N 与试验施加电压 U_0 比值（U_N/U_0）之间的关系，在下述各项描述中，（**D**）项最准确（其中，U_0 的取值范围在 **0.1～1.05** 倍 U_N 之间）。

A. P_0、I_0 与（U_N/U_0）成正比；B. P_0 与（U_N/U_0）成正比；I_0 与（U_N/U_0）成正比；C. P_0 与（U_N/U_0）^{n} 成比例；I_0 与（U_N/U_0）^{m} 成比例，而 n=1.9~2.0；m=1~2；D. 当（U_N/U_0）=1.0 时，P_0 及 I_0 的计算值等于试验测得值。

Je4A4238 在变压器负载损耗和空载损耗测量的参数中，（**C**）项参数受试验电源频率的影响可忽略不计。

A. 空载损耗和空载电流；B. 负载损耗和短路阻抗；C. 绕组电阻损耗和短路阻抗的电阻分量；D. 附加损耗和短路阻抗的电抗分量。

Je4A4239 高压断路器断口并联电容器的作用是（**B**）。

A. 提高功率因数；B. 均压；C. 分流；D. 降低雷电侵入波陡度。

Je4A3240 测量发电机转子绕组绝缘电阻时，绝缘电阻表"**L**"端子引线接于转子滑环上，"**E**"端子引线接于（**A**）。

A. 转子轴上；B. 机座上；C. 发电机外壳上；D. 接地网上。

Je4A3241 采用单相电源自低压侧加压，对 **YNd11** 三相变压器进行空载试验时，由于磁路不对称，正常情况下，三相之间各相空载损耗大小的关系是（**C**）。

A. $\dfrac{P_{ab}}{1.3 \sim 1.5} = P_{bc} = P_{ca}$；B. $P_{ca} = P_{ab} = P_{bc}$；C. $\dfrac{P_{ca}}{1.3 \sim 1.5} = P_{ab} = P_{bc}$；

D. $\dfrac{P_{ca}}{2} = P_{ab} = P_{bc}$。

Je4A2242 变压器绝缘普遍受潮以后，绕组绝缘电阻、吸收比和极化指数（**A**）。

A. 均变小；B. 均变大；C. 绝缘电阻变小、吸收比和极化指数变大；D. 绝缘电阻和吸收比变小，极化指数变大。

Je4A2243 有 n 个试品并联在一起测量直流泄漏电流，测得值为 I，则流过每个试品的泄漏电流必（**A**）。

A. 不大于 I；B. 大于 I；C. 等于 I；D. 小于 $1/n$。

Je4A3244 试品电容量约 **15 000pF**，使用西林电桥，施加 **10kV** 测量其 $\tan\delta$ 时，电桥分流器位置宜选定在（**C**）挡位置。

A. 0.01；B. 0.025；C. 0.06；D. 0.15。

Je4A3245 用额定电压 **10kV** 的试验变压器，测量电容量为 **20 000pF** 试品的 $\tan\delta$ 时，在下列试验变压器容量中最小可选择（**B**）kVA。

A. 0.5；B. 1.0；C. 1.5；D. 2.0。

Je4A3246 有 n 个试品的介质损耗因数分别为 $\tan\delta_1$、$\tan\delta_2$、$\tan\delta_3$、…、$\tan\delta_n$，若将它们并联在一起测得的总 $\tan\delta$ 值必为 $\tan\delta_1$、…、$\tan\delta_n$ 中的（**D**）。

A. 最大值；B. 最小值；C. 平均值；D. 某介于最大值与最小值之间的值。

Je4A3247 交流耐压试验会对某些设备绝缘形成破坏性的积累效应，而在下列各类设备中，（**C**）却几乎没有积累效应。

A. 变压器和互感器；B. 电力电容器和电力电缆；C. 纯瓷的套管和绝缘子；D. 发电机和调相机。

Je4A4248 电容分压器的主电容为 C_1，分压电容为 C_2，则电容分压器的分压比 $K = U_1/U_2 = $（**A**）。

A. $\dfrac{C_1 + C_2}{C_1}$；B. $\dfrac{C_1 + C_2}{C_2}$；C. $\dfrac{C_1}{C_1 + C_2}$；D. $\dfrac{C_2}{C_1 + C_2}$。

Je4A4249　对电容型绝缘结构的电流互感器进行（**D**）时，不可能发现绝缘末屏引线在内部发生的断线或不稳定接地缺陷。

A. 绕组主绝缘及末蔽绝缘的 $\tan\delta$ 和绝缘电阻测量；B. 油中溶解气体色谱分析；C. 局部放电测量；D. 一次绕组直流电阻测量及变比检查试验。

Je4A4250　下列各种因素中，（**C**）与变压器高压绕组直流电阻的测得值无关。

A. 分接开关所在挡位；B. 高压绕组匝间短路或断线；C. 高压绕组主绝缘的 $\tan\delta$ 值，直流泄漏电流和绝缘电阻值超标；D. 分接开关触头烧损，接触不良。

Je4A4251　用倒相法消除外电场对 $\tan\delta$ 测量的干扰，需先在试验电源正、反相两种极性下，测得两组数据：C_1、$\tan\delta_1$ 和 C_2、$\tan\delta_2$，然后按公式（**C**）计算出试品的实际 $\tan\delta$。

A. $\tan\delta = \dfrac{\tan\delta_1 + \tan\delta_2}{2}$；B. $\tan\delta = \dfrac{C_1 \tan\delta_1 - C_2 \tan\delta_2}{C_1 - C_2}$；

C. $\tan\delta = \dfrac{C_1 \tan\delta_1 + C_2 \tan\delta_2}{C_1 + C_2}$；D. $\tan\delta = \dfrac{C_2 \tan\delta_1 + C_1 \tan\delta_2}{C_1 + C_2}$。

Je4A4252　交流无间隙金属氧化物避雷器的额定电压是指（**C**）。

A. 其安装地点的电网额定相电压；B. 其安装地点的电网额定线电压；C. 施加到避雷器端子间的最大允许工频电压有效值，它表明避雷器能在按规定确定的暂时过电压下正确地工作，但它不等于电网的额定电压；D. 允许持久地施加在避雷器端子间的工频电压有效值。

Je4A4253 交流无间隙金属氧化物避雷器在通过直流 **1mA** 参考电流时，测得的避雷器端子间的直流电压平均值称为该避雷器的（**A**）。

A. 直流 1mA 参考电压；B. 工频参考电压；C. 额定电压；D. 持续运行电压。

Je4A4254 允许持久地施加在交流无间隙金属氧化物避雷器端子间的工频电压有效值称为该避雷器的（**B**）。

A. 额定电压；B. 持续运行电压；C. 工频参考电压；D. 允许运行电压。

Je4A4255 下列介质中，（**A**）是亲水性物质。

A. 电瓷；B. 聚乙烯；C. 石蜡；D. 绝缘纸。

Je4A2256 四只灯泡分别与 **R、C、L** 及 **RLC** 串联后，组成四条支路再并联接入电源。当电源频率增加时，与（**B**）串联的灯泡亮度增大。

A. R；B. C；C. L；D. R、L、C。

Je4A4257 绝缘油在电弧作用下产生的气体大部分是（**B**）。

A. 甲烷、乙烯；B. 氢、乙炔；C. 一氧化碳；D. 二氧化碳。

Je4A4258 变压器进水受潮时，油中溶解气体色谱分析含量偏高的气体组分是（**C**）。

A. 乙炔；B. 甲烷；C. 氢气；D. 一氧化碳。

Je4A4259 下述变压器绝缘预防性试验项目，对发现绕组绝缘进水受潮均有一定作用，而较为灵敏、及时、有效的是（**D**）。

A. 测量 tanδ；B. 油中溶解气体色谱分析；C. 测量直流泄漏电流和绝缘电阻；D. 测定油中微量水分。

Je4A2260 35kV 及以上少油断路器直流泄漏电流一般要求不大于（**B**）μA。

A. 5；B. 10；C. 15；D. 20。

Je4A2261 无间隙金属氧化物避雷器在 75% 直流 1mA 参考电压下的泄漏电流应不大于（**C**）μA。

A. 10；B. 25；C. 50；D. 100。

Je4A2262 电力设备的接地电阻试验周期是不超过（**D**）年。

A. 2；B. 3；C. 5；D. 6。

Je4A4263 电气设备外绝缘形成的电容，在高电压作用下的能量损耗是（**D**）。

A. 无功功率损耗；B. 磁场能损耗；C. 电场能交换损耗；D. 介质损耗。

Je4A3264 直流单臂电桥主要用来测量（**A**）左右的中值电阻。

A. 1Ω～10MΩ；B. 1Ω～100MΩ；C. 10Ω～100MΩ；D. 100～1 000MΩ。

Je4A3265 用 QJ23 型直流单臂电桥测量 500Ω 的电阻时，电桥比例臂应选择在（**C**）挡位置。

A. ×0.001；B. ×0.01；C. ×0.1；D. ×1。

Je4A2266　测量电动机励磁回路的整流电流时，应选用（**A**）式仪表。

A. 磁电；B. 整流；C. 电动；D. 电磁。

Je3A2267　测量绝缘电阻及直流泄漏电流通常不能发现的设备绝缘缺陷是（**D**）。

A. 贯穿性缺陷；B. 整体受潮；C. 贯穿性受潮或脏污；D. 整体老化及局部缺陷。

Je3A2268　测量介质损耗因数，通常不能发现的设备绝缘缺陷是（**D**）。

A. 整体受潮；B. 整体劣化；C. 小体积试品的局部缺陷；D. 大体积试品的局部缺陷。

Je3A2269　额定电压 220～330kV 的油浸式变压器，电抗器及消弧线圈应在充满合格油，静置一定时间后，方可进行耐压试验。其静置时间如无制造厂规定，则应是（**C**）。

A. ≥12h；B. ≥24h；C. ≥48h；D. ≥72h。

Je3A3270　110～220kV 电磁式电压互感器，电气试验项目（**D**）的测试结果与其油中溶解气体色谱分析总烃和乙炔超标无关。

A. 空载损耗和空载电流试验；B. 绝缘电阻和介质损耗因数 $\tan\delta$ 测量；C. 局部放电测量；D. 引出线的极性检查试验。

Je3A3271　电容式电压互感器电气试验项目（**D**）的测试结果与其运行中发生二次侧电压突变为零的异常现象无关。

A. 测量主电容 C_1 的 $\tan\delta$ 和 C；B. 测量分压电容 C_2 及中间变压器的 $\tan\delta$、C 和电阻；C. 电压比试验；D. 检查引出线的极性。

Je3A3272 测量局部放电时，要求耦合电容（**D**）。

A. tanδ 小；B. 绝缘电阻高；C. 泄漏电流小；D. 在试验电压下无局部放电。

Je3A3273 用末端屏蔽法测量 **110kV** 串级式电压互感器的 tanδ 时，在试品底座法兰接地、电桥正接线、C_x 引线接试品 x、x_D 端条件下，其测得值主要反映的是（**D**）的绝缘状况。

A. 一次绕组对二次绕组及地；B. 处于铁心下心柱的 1/2 一次绕组对二次绕组之间；C. 铁心支架；D. 处于铁心下心柱的 1/2 一次绕组端部对二次绕组端部之间。

Je3A4274 用末端屏蔽法测量 **220kV** 串级式电压互感器的 tanδ 在试品底座法兰对地绝缘，电桥正接线、C_x 引线接试品 x、x_D 及底座条件下，其测得值主要反映（**C**）的绝缘状况。

A. 一次绕组及下铁心支架对二次绕组及地；B. 处于下铁心下心柱的 1/4 一次绕组及下铁心支架对二次绕组及地；C. 处于下铁心下心柱的 1/4 一次绕组端部对二次绕组端部之间的及下铁心支架对壳之间；D. 上下铁心支架。

Je3A4275 R、L、C 串联电路，在电源频率固定不变条件下，为使电路发生谐振，可用（**C**）的方法。

A. 改变外施电压大小；B. 改变电路电阻 R 参数；C. 改变电路电感 L 或电容 C 参数；D. 改变回路电流大小。

Je3A4276 L、C 串联电路的谐振频率 f_0 等于（**A**）。

A. $\dfrac{1}{2\pi\sqrt{LC}}$；B. $2\pi\sqrt{LC}$；C. $\dfrac{1}{\sqrt{LC}}$；D. $\sqrt{\dfrac{L}{C}}$。

Je3A4277 在变压器高、低压绕组绝缘纸筒端部设置角环，是为了防止端部绝缘发生（**C**）。

A. 电晕放电；B. 辉光放电；C. 沿面放电；D. 局部放电。

Je3A4278 变压器中性点经消弧线圈接地是为了（**C**）。

A. 提高电网的电压水平；B. 限制变压器故障电流；C. 补偿电网系统单相接地时的电容电流；D. 消除"潜供电流"。

Je3A4279 系统发生 A 相金属性接地短路时，故障点的零序电压（**B**）。

A. 与 A 相电压同相；B. 与 A 相电压相位差 180°；C. 超前于 A 相电压 90°；D. 滞后于 A 相电压 90°。

Je3A4280 电网中的自耦变压器中性点必须接地是为了避免当高压侧电网发生单相接地故障时，在变压器（**B**）出现过电压。

A. 高压侧；B. 中压侧；C. 低压侧；D. 高、低压侧。

Je3A4281 三相变压器的短路阻抗 Z_k、正序阻抗 Z_1 与负序阻抗 Z_2 三者之间的关系是（**A**）。

A. $Z_1=Z_2=Z_k$；B. $Z_k=Z_1=\dfrac{1}{2}Z_2$；C. $Z_1=Z_k=\sqrt{3}\,Z_2$；

D. $Z_1=Z_2=\dfrac{1}{2}Z_k$。

Je3A4282 三相变压器的零序阻抗大小与（**D**）有关。

A. 其正序阻抗大小；B. 其负序阻抗大小；C. 变压器铁心截面大小；D. 变压器绕组联结方式及铁心结构。

Je3A4283 从变压器（**D**）试验测得的数据中，可求出变压器阻抗电压百分数。

A. 空载损耗和空载电流；B. 电压比和联结组标号；C. 交

流耐压和感应耐压；D. 负载损耗和短路电压及阻抗。

Je3A4284　对一台 LCWD2—110 电流互感器，根据其主绝缘的绝缘电阻 10 000Ω、tanδ 值为 0.33%；末屏对地绝缘电阻 60MΩ、tanδ 值为 16.3%，给出了各种诊断意见，其中（**A**）项是错误的。

A. 主绝缘良好，可继续运行；B. 暂停运行，进一步做油中溶解气体色谱分析及油的水分含量测试；C. 末屏绝缘电阻及 tanδ 值超标；D. 不合格。

Je3A4285　在试验变压器额定输出电压低于试品试验电压，而额定输出电流却等于或大于试品试验电流的情况下，可用串联补偿方法来解决试验电压的不足，此时回路电流的计算式为（**B**）。

A. $I=\dfrac{U}{\sqrt{R^2+(X_L+X_C)^2}}$；B. $I=\dfrac{U}{\sqrt{R^2+(X_L-X_C)^2}}$；

C. $I=\dfrac{U}{\sqrt{R^2-(X_L-X_C)^2}}$；D. $I=\dfrac{U}{\sqrt{R^2-(X_L+X_C)^2}}$。

式中　　I——试验回路电流，A；

　　　　U——试验变压器试验时实际输出电压，V；

R、X_L、X_C——分别为试验回路的电阻、感抗和容抗，Ω。

Je3A4286　变压器、电磁式电压互感器感应耐压试验，按规定当试验频率超过 100Hz 后，试验持续时间应减小至按公式 $t=60\times\dfrac{100}{f}$（s）计算所得的时间（但不少于 20s）执行，这主要是考虑到（**D**）。

A. 防止铁心磁饱和；B. 绕组绝缘薄弱；C. 铁心硅钢片间绝缘太弱；D. 绕组绝缘介质损耗增大，热击穿可能性增加。

Je3A3287　对额定频率 **50Hz** 的变压器，施加相当于 **2** 倍试品额定电压的试验电压来进行感应耐压试验时，试验电源的频率不得低于（**B**）。

A. 75Hz；B. 100Hz；C. 150Hz；D. 200Hz。

Je3A2288　绝缘油击穿电压的高低与油自身（**A**）有关。

A. 含有杂质、水分；B. 水溶性酸 pH 值的高低；C. 酸值（mgKOH/g）的大小；D. 界面张力（mN/m）的大小。

Je3A4289　电力电缆发生高阻不稳定性接地或闪络性故障，宜采用（**D**）测寻故障点。

A. 直流电桥；B. 交流电桥；C. 低压脉冲法；D. 高压闪络测量法。

Je3A5290　能够限制操作过电压的避雷器是（**D**）避雷器。

A. 普通阀型；B. 保护间隙；C. 排气式（管型）；D. 无间隙金属氧化物。

Je3A3291　变压器负载损耗测量，应施加相应的额定电流，受设备限制时，可以施加不小于相应额定电流的（**C**）。

A. 25%；B. 10%；C. 50%；D. 75%。

Je3A3292　用直流电桥测量直流电阻，其测得值的精度和准确度与电桥比例臂的位置选择（**A**）。

A. 有关；B. 无关；C. 成正比；D. 成反比。

Je2A1293　额定电压 **500kV** 的油浸式变压器、电抗器及消弧线圈应在充满合格油，静置一定时间后，方可进行耐压试验，其静置时间如无制造厂规定，则应是（**B**）。

A. ≥84h；B. ≥72h；C. ≥60h；D. ≥48h。

Je2A3294 现场用西林电桥测量设备绝缘的介质损耗因数，出现试验电源与干扰电源不同步，电桥测量无法平衡时，应采用的正确方法是（C）。

A. 桥体加反干扰源；B. 将试验电源移相或选相、倒相；C. 改用与干扰源同步的电源作试验电源；D. 将电桥移位，远离干扰源。

Je2A4295 测量两回平行的输电线路之间的互感阻抗，其目的是为了分析（D）。

A. 运行中的带电线路，由于互感作用，在另一回停电检修线路产生的感应电压，是否危及检修人员的人身安全；B. 运行中的带电线路，由于互感作用，在另一回停电检修的线路产生的感应电流，是否会造成太大的功率损耗；C. 当一回线路发生故障时，是否因传递过电压危及另一回线路的安全；D. 当一回线路流过不对称短路电流时，由于互感作用在另一回线路产生的感应电压、电流，是否会造成继电保护装置误动作。

Je2A4296 测量两回平行的输电线路之间的耦合电容，其目的是（B）。

A. 为了分析运行中的带电线路，由于互感作用，在另一回停电检修线路产生的感应电压，是否危及检修人员的人身安全；B. 为了分析线路的电容传递过电压，当一回线路发生故障时，通过电容传递的过电压，是否会危及另一回线路的安全；C. 为了分析运行中的带电线路，由于互感作用，在另一回停电检修线路产生的感应电流，是否会造成太大的功率损耗；D. 为了分析当一回线路流过不对称短路电流时，由于互感作用，在另一回线路产生的感应电压、电流，是否会造成继电保护装置误动作。

Je2A5297 对110～220kV 全长1km 及以上的交联聚乙烯

电力电缆进行交流耐压试验，在选择试验用设备装置时，若选用（A）是不行的。

A. 传统常规容量的工频试验变压器；B. 变频式串联谐振试验装置；C. 工频调感式串联谐振试验装置；D. 变频式串、并联谐振试验装置。

Je2A4298　用西林电桥测量小电容试品的 $\tan\delta$ 时，如连接试品的 C_x 引线过长，则应从测得值中减去引线引入的误差值，此误差值为（A）。

A. $\omega C_0 R_3$；B. $-\omega C_0 R_3$；C. $\omega C_0 R_4$；D. $-\omega C_0 R_4$。

（其中 C_0 为 C_x 引线增长部分的电容值；R_3 为测试时桥臂 R_3 的读数；R_4 为桥臂 R_4 的值。）

Je2A5299　在有强电场干扰的现场，测量试品介质损耗因数 $\tan\delta$，有多种抗干扰测量方法，并各有一定的局限性，但下列项目（C）的说法是错的。

A. 选相倒相法：正、反相测得值的差别较大，有时可达 $\pm50\%$ 及以上；B. 外加反干扰电源补偿法：补偿电源与干扰信号间的相位有不确定性；C. 变频测量方法：测量的稳定性、重复性及准确性较差；D. "过零比较"检测方法：测量结果的分散性稍大。

Je2A3300　下列描述红外线测温仪特点的各项中，项目（C）是错误的。

A. 是非接触测量、操作安全、不干扰设备运行；B. 不受电磁场干扰；C. 不比蜡试温度准确；D. 对高架构设备测量方便省力。

Je2A3301　下列描述红外热像仪特点的各项中，项目（D）是错误的。

A. 不接触被测设备，不干扰、不改变设备运行状态；B. 精确、快速、灵敏度高；C. 成像鲜明，能保存记录，信息量大，便于分析；D. 发现和检出设备热异常、热缺陷的能力差。

Je2A3302 330～550kV 电力变压器，在新装投运前，其油中含气量（体积分数）应不大于（**B**）%。

A. 0.5；B. 1；C. 3；D. 5。

Je2A3303 目前对金属氧化物避雷器在线监测的主要方法中，不包括（**D**）的方法。

A. 用交流或整流型电流表监测全电流；B. 用阻性电流仪损耗仪监测阻性电流及功率损耗；C. 用红外热摄像仪监测温度变化；D. 用直流试验器测量直流泄漏电流。

Je2A4304 通过负载损耗试验，能够发现变压器的诸多缺陷，但不包括（**D**）项缺陷。

A. 变压器各结构件和油箱壁，由于漏磁通所导致的附加损耗过大；B. 变压器箱盖、套管法兰等的涡流损耗过大；C. 绕组并绕导线有短路或错位；D. 铁心局部硅钢片短路。

Je2A5305 超高压断路器断口并联电阻是为了（**D**）。

A. 提高功率因数；B. 均压；C. 分流；D. 降低操作过电压。

Je1A2306 铁心磁路不对称的星形接线三相电力变压器，空载电流数值是有差异的，其关系是（**A**）。

A. $I_{OA} \approx I_{OC} > I_{OB}$；B. $I_{OA} \approx I_{OC} < I_{OB}$；C. $I_{OA} \approx I_{OB} < I_{OC}$；D. $I_{OA} = I_{OB} + I_{OC}$。

Je1A2307 在进行变压器的空载试验和负载试验时，若试验频率偏差较大，则下列测试结果不会受到影响的是（**C**）。

A. 空载损耗；B. 空载电流；C. 绕组中的电阻损耗；D. 绕组中的磁滞涡流损耗。

Je1A3308 110kV 油浸式电力变压器大修后整体密封检查试验时，应施加压力及持续时间是（**B**）。

A. 0.35MPa/48h；B. 0.035MPa/24h；C. 0.01MPa/12h；
D. 0.05MPa/8h。

Je1A3309 紫外成像技术主要检测电气设备是否存在（**C**）故障。

A. 绝缘裂化；B. 内部局部放电；C. 外表面放电；D. 油质劣化。

Je1A3310 若测量一台 110kV 油浸式电流互感器主绝缘介损为 0.75%，绝缘电阻为 10 000MΩ，末屏对地的绝缘电阻为 120MΩ，末屏介损为 2.5%，该设备（**D**）。

A. 可以继续运行，主绝缘良好，且介损值在规程规定值以内；B. 可以继续运行，缩短试验周期；C. 可以继续运行，运行中末屏接地，末屏对地的绝缘电阻测量结果仅做参考；D. 不可以继续运行，测量值超出规程规定值。

Je1A3311 移圈式调压器的输出电压由零逐渐升高时，其输出容量是（**D**）。

A. 固定不变的；B. 逐渐减小的；C. 逐渐增加的；D. 先增加后减小。

Je1A4312 一台 220kV 电流互感器，由试验得出主电容为 1 000pF，介质损耗因数为 0.6%，在 1.15 倍的额定电压下，介质的功率损耗 P 约为（**B**）。

A. 30W；B. 40W；C. 50W；D. 60W。

Je1A4313 测量输电线路零序阻抗时，可由测得的电压、电流，用（B）公式计算每相每千米的零序阻抗（提示：U_{av} 为线电压的平均值；I_{av} 为线电流的平均值；U、I 分别为试验电压、试验电流；L 为线路长度）。

A. $Z_0 = \dfrac{U_{av}}{\sqrt{3}I_{av}L}$；B. $Z_0 = \dfrac{3U}{IL}$；C. $Z_0 = \dfrac{U_{av}}{3I_{av}L}$；D. $Z_0 = \dfrac{\sqrt{3}U}{IL}$。

Je1A4314 两绕组变压器中，已知 C_1、$\tan\delta_1$ 和 C_2、$\tan\delta_2$ 分别为高、低压绕组对地的电容量和介质损耗因数，C_{12}、$\tan\delta_{12}$ 为高压和低压间的电容、介质损耗因数，试验得到的高对低及地的介质损耗因数应为（B）。

A. $\dfrac{C_2\tan\delta_2 + C_{12}\tan\delta_{12}}{C_2 + C_{12}}$；B. $\dfrac{C_1\tan\delta_1 + C_{12}\tan\delta_{12}}{C_1 + C_{12}}$；

C. $\dfrac{C_1\tan\delta_1 + C_2\tan\delta_2}{C_1 + C_2}$；D. $\dfrac{C_1\tan\delta_1 - C_2\tan\delta_2}{C_1 - C_2}$。

Jf5A2315 用万用表检测二极管时，宜使用万用表的（C）挡。

A. 电流；B. 电压；C. 1kΩ；D. 10Ω。

Jf5A2316 户外少油断路器的油箱，大多为（B）油箱。
A. 环氧树脂；B. 瓷质；C. 金属；D. 硅橡胶。

Jf5A2317 变色硅胶颜色为（D）时，表明该硅胶吸潮已达饱和状态。
A. 蓝；B. 白；C. 黄；D. 红。

Jf5A2318 连接电灯的两根电源导线发生直接短路故障时，电灯两端的电压（**D**）。

A. 升高；B. 降低；C. 不变；D. 变为零。

Jf5A3319 机械工程图样上，常用的长度单位是（**B**）。

A. 米（m）；B. 毫米（mm）；C. 纳米（nm）；D. 微米（μm）。

Jf5A3220 用游标卡尺测量工件尺寸时，测量数值是（**D**）。

A. 尺身数值；B. 游标数值；C. 计算数值；D. 尺身数值+游标数值。

Jf5A5321 当变比不完全相等的两台变压器从高压侧输入，低压侧输出并列运行时，在两台变压器之间将产生环流，使得两台变压器空载输出电压（**C**）。

A. 上升；B. 下降；C. 变比大的升、小的降；D. 变比小的升、大的降。

Jf4A3322 稳压管在稳定范围内允许流过管子的最大电流称为稳压管的（**C**）电流。

A. 峰值；B. 极限；C. 最大稳定；D. 平均。

Jf4A3323 晶体管电路中，若用 RC 移相网络倒相 180°，则至少要用（**C**）RC 移相网络。

A. 一节；B. 二节；C. 三节；D. 四节。

Jf4A3324 绕组绝缘耐热等级为 B 级的电机，运行时，绕组绝缘最热点温度不得超过（**D**）。

A. 105℃；B. 110℃；C. 120℃；D. 130℃。

Jf4A4325 高频阻波器的作用是（**C**）。

A. 限制短路电流；B. 补偿线路电容电流；C. 阻止高频电流向变电站母线分流；D. 阻碍过电压行波沿线路侵入变电站、降低入侵波陡度。

Jf4A3326 零序电流保护灵敏度高，动作时间短，所以（**B**）。

A. 在电力系统得到广泛应用；B. 在 110kV 及以上中性点直接接地系统中得到广泛应用；C. 在系统运行中起主导作用；D. 电力系统不太适用。

Jd4A2327 变压器绕组匝间绝缘属于（**B**）。

A. 主绝缘；B. 纵绝缘；C. 横向绝缘；D. 外绝缘。

Jf4A3328 一个 10V 的直流电压表表头内阻 10kΩ，若要将其改成 250V 的电压表，所需串联的电阻应为（**B**）。

A. 250kΩ；B. 240kΩ；C. 250Ω；D. 240Ω。

Jf4A3329 在铸铁工件上攻 M10× 螺纹，需钻底孔直径为（**C**）mm。

A. 8.4；B. 8.7；C. 8.9；D. 9.2。

Jf4A2330 用游标卡尺（**A**）测出工件尺寸。

A. 可直接；B. 可间接；C. 并通过计算可；D. 不能。

Jf4A2331 内径千分尺用来测量工件的（**D**）尺寸。

A. 内径；B. 外径；C. 槽宽；D. 内径和槽宽。

Jf3A4332 中性点直接接地系统中，零序电流的分布与（**D**）有关。

A. 线路零序阻抗；B. 线路正序阻抗与零序阻抗之比值；

C. 线路零序阻抗和变压器零序阻抗；D. 系统中变压器中性点接地的数目。

Jf3A2333 如果把电解电容器的极性接反，则会使（**D**）。

A. 电容量增大；B. 电容量减小；C. 容抗增大；D. 电容器击穿损坏。

Jf3A3334 多级放大电路的总放大倍数是各级放大倍数的（**C**）。

A. 和；B. 差；C. 积；D. 商。

Jf3A3335 阻容耦合或变压器耦合的放大电路可放大（**B**）。

A. 直流信号；B. 交流信号；C. 交、直流信号；D. 反馈信号。

Jf3A3336 放大电路的静态工作点，是指输入信号为（**A**）时管子的工作点。

A. 零；B. 正；C. 负；D. 额定值。

Jf3A2337 钻头的规格标号一般标在钻头的（**B**）。

A. 柄部；B. 颈部；C. 导向部分；D. 切削部分。

Jf3A5338 调相机作为系统的无功电源，在电网运行中它通常处于（**D**）的状态。

A. 向系统送出有功功率；B. 从系统吸收视在功率；C. 从系统吸收有功功率；D. 向系统输送无功功率，同时从系统吸收少量有功功率以维持转速。

Jf2A3339 气体继电器保护是（**D**）的唯一保护。

A. 变压器绕组相间短路；B. 变压器绕组对地短路；C. 变压器套管相间或相对地短路；D. 变压器铁心烧损。

Lf3A4340 系统短路电流所形成的动稳定和热稳定效应，对系统中的（**C**）可不予考虑。

A. 变压器；B. 电流互感器；C. 电压互感器；D. 断路器。

Jf3A3341 下列各项中，（**B**）不属于改善电场分布的措施。

A. 变压器绕组上端加静电屏；B. 瓷套和瓷棒外装增爬裙；C. 纯瓷套管的导电杆加刷胶的覆盖纸；D. 设备高压端装均压环。

Jf2A3342 对功率放大电路的最基本要求是（**C**）。

A. 输出信号电压大；B. 输出信号电流大；C. 输出信号电压、电流均大；D. 输出信号电压大，电流小。

Jf2A1343 千分尺是属于（**D**）量具。

A. 标准；B. 专用；C. 游标；D. 微分。

Jd3A2344 绝缘电阻表输出的电压是（**C**）电压。

A. 直流；B. 正弦交流；C. 脉动的直流；D. 非正弦交流。

Jf2A2345 直接耦合的放大电路可放大（**C**）信号。

A. 直流；B. 交流；C. 交直流；D. 反馈。

Jf2A2346 一台电动机与电容器并联，在电压不变时，则（**D**）。

A. 电动机电流减少，电动机功率因数提高；B. 电路总电流不变，电路功率因数提高；C. 电路总电流增大，电动机电流增大，电路功率因数提高；D. 电路总电流减小，电动机电流不变，电路功率因数提高。

71

Jf2A2347 三相四线制的中线不准安装开关和熔断器是因为（C）。

A. 中线上无电流，熔体烧不断；B. 中线开关接通或断开对电路无影响；C. 中线开关断开或熔体熔断后，三相不对称负载承受三相不对称电压作用，无法正常工作，严重时会烧毁负载；D. 安装中线开关和熔断器会降低中线的机械强度，增大投资。

Jf2A3348 超高压输电线路及变电站，采用分裂导线与采用相同截面的单根导线相比较，下列项目中（B）项是错的。

A. 分裂导线通流容量大些；B. 分裂导线较易发生电晕，电晕损耗大些；C. 分裂导线对地电容大些；D. 分裂导线结构复杂些。

Jf2A3349 放大电路产生零点漂移的主要原因是（A）的影响。

A. 温度；B. 湿度；C. 电压；D. 电流。

Jf2A3350 在遥测系统中，需要通过（C）把被测量的变化转换为电信号。

A. 电阻器；B. 电容器；C. 传感器；D. 晶体管。

Jf2A3351 超高压系统三相并联电抗器的中性点经小电抗器接地，是为了（D）。

A. 提高并联补偿效果；B. 限制并联电抗器故障电流；C. 提高电网电压水平；D. 限制"潜供电流"和防止谐振过电压。

Jf1A2352 变压器油中溶解气体色谱分析中总烃包括（C）。

A. CH_4、CO、C_2H_4、C_2H_6；B. CH_4、CO、C_2H_4、C_2H_6、

C_2H_2；C. CH_4、C_2H_2、C_2H_4、C_2H_6；D. CO、CO_2、H_2、CH_4、C_2H_4、C_2H_6。

Jf1A2353 油浸式电力变压器油中溶解气体色谱分析发现有大量 C_2H_2 存在，说明变压器箱体内存在（**C**）。

A. 局部过热；B. 低能量放电；C. 高能量放电；D. 气泡放电。

Jf1A3354 绝缘纸等固体绝缘在 120～130℃的情况下长期运行，产生的主要气体是（**C**）。

A. 甲烷（CH_4）、乙烯（C_2H_4）等烃类气体；B. 氢（H_2）、乙炔（C_2H_2）；C. 一氧化碳（CO）、二氧化碳（CO_2）；D. 丙烷（C_3H_8）、丙烯（C_3H_6）。

Jf1A4355 能测定高次谐波电流的指示仪表是（**A**）。

A. 热电系仪表；B. 感应系仪表；C. 电动系仪表；D. 静电系仪表。

4.1.2　判断题

判断下列描述是否正确，对的在括号内打"√"，错的在括号内打"×"。

La5B1001　任何电荷在电场中都要受到电场力的作用。（√）

La5B1002　把一个试验电荷放到电场里，试验电荷就会受到力的作用，这种力称为电场力。（√）

La5B1003　电路中各点电位的高低是绝对的。（×）

La5B1004　电流的大小用电荷量的多少来度量，称为电流强度。（×）

La5B2005　描述电场的电力线总是起始于正电荷，终止于负电荷；电力线既不闭合、不间断，也不相交。（√）

La5B2006　通过线圈的电流大小、方向均恒定不变时，线圈自感电动势等于零。（√）

La5B2007　单位正电荷由低电位移向高电位时，非电场力对它所做的功，称为电压。（×）

La5B2008　单位正电荷由高电位移向低电位时，电场力对它所做的功，称为电动势。（×）

La5B2009　载流导体周围的磁场方向与产生该磁场的载流导体中的电流方向无关。（×）

La5B4010　基尔霍夫第一定律（电流定律）指明的是：对于电路中的任何节点，在任一时刻流出（或流入）该节点的电流代数和恒等于零。（√）

La5B3011　功率因数角 φ 有正负之分，以说明电路是感性还是容性。当 $\varphi > 0°$ 时，为容性，功率因数超前；当 $\varphi < 0°$ 时，为感性，功率因数滞后。（×）

La5B3012　能量是物体所具有的做功的能力，自然界的能量既可创造，也可消灭，还可转换。（×）

La5B3013 电场中任意一点的电场强度，在数值上等于放在该点的单位正电荷所受电场力的大小；电场强度的方向是正电荷受力的方向。（√）

La5B3014 电场力所做的功叫电功率。（×）

La5B3015 三相频率相同、幅值相等、互差 120° 的正弦电动势，称为对称三相电动势。（√）

La5B3016 线圈感应电动势与穿过该线圈的磁通量的变化率成反比。（×）

La5B3017 自感电动势的方向总是力图阻碍线圈中的磁通发生变化。（√）

La4B1018 正弦交流电的三要素是最大值、初相位、角频率。（√）

La4B1019 正弦交流电的有效值等于 $\sqrt{3}$ 倍最大值。（×）

La4B2020 容抗随频率的升高而增大，感抗随频率的下降而增大。（×）

La4B2021 几个电阻串联后的总电阻等于各串联电阻的总和。（√）

La4B2022 几个电阻并联后的总电阻等于各并联电阻的倒数和。（×）

La4B2023 描述磁场的磁力线，是一组既不中断又互不相交，却各自闭合，既无起点又无终点的回线。（√）

La4B3024 在纯电阻负载的正弦交流电路中，电阻消耗的功率总是正值，通常用平均功率表示，平均功率的大小等于瞬时功率最大值的一半。（√）

La4B3025 交流电的频率越高，则电容器的容抗越大；电抗器的感抗越小。（×）

La4B3026 容性无功功率与感性无功功率两者的表达形式相同，性质也相同。（×）

La4B3027 在交流电压下，两种不同介电系数的绝缘介质串联使用时，介电系数小的介质上承受的电压高。（√）

La4B3028 介质的绝缘电阻随温度升高而减少，金属材料的电阻随温度升高而增加。（√）

La4B3029 在边长为 1cm 的正方体电介质两对面上量得的电阻值，称为该电介质的表面电阻率。（×）

La4B3030 基尔霍夫第二定律（电压定律）指明的是：电路中，沿任一回路循一个方向，在任一时刻其各段的电压代数和恒等于零。（√）

Lb4B3031 在串联电路中，流过各串联元件的电流相等，各元件上的电压则与各自的阻抗成正比。（√）

La4B3032 通过一个线圈的电流越大，产生的磁场越强，穿过线圈的磁力线也越多。（√）

La3B3033 对三相四线制系统，不能用两只功率表测量三相功率。（√）

La3B2034 R、L、C 串联电路，其复导纳表示公式：

$$z = R + j\left(\omega L - \frac{1}{\omega C}\right)。（×）$$

La3B2035 用支路电流法列方程时，所列方程的个数与支路数目相等。（√）

La3B3036 理想电压源与理想电流源的外特性曲线是垂直于坐标轴的直线，两者是不能进行等效互换的。（√）

La3B3037 复数形式的基尔霍夫两定律为：$\Sigma \dot{I} = 0$，$\Sigma \dot{U} = 0$。（√）

La3B3038 恒流源的电流不随负载而变，电流对时间的函数是固定的，而电压随与之连接的外电路不同而不同。（√）

La3B3039 物体失去电子后，便带有负电荷，获得多余电子时，便带有正电荷。（×）

La3B3040 电场力在单位时间里所做的功，称为电功率，其表达式是 $P = A/t$，它的基本单位是 W（瓦）。（√）

La3B3041 热力学温标的温度用 K 表示。热力学温度以绝对零度为零度。绝对零度是表示物体的最低极限温度。绝对

零度时，物体的分子和原子停止了运动。（√）

La3B3042　直导体在磁场中运动一定会产生感应电动势。（×）

La3B3043　表示绝对零度时：0K=−273℃；表示温差和温度间隔时：1K=1℃。（√）

La2B1044　在一个电路中，选择不同的参考点，则两点间的电压也不同。（×）

La2B3045　一个周期性非正弦量也可以表示为一系列频率不同，幅值不相等的正弦量的和（或差）。（√）

La2B3046　换路定律是分析电路过滤过程和确定初始值的基础。（√）

La2B3047　光线示波器是由光学系统、传动系统、电气系统、时标发生器及振动子五大部分组成的。（√）

La2B3048　巴申定律指出低气压下，气体击穿电压 U_1 是气体压力 p 与极间距离 S 乘积的函数，即 $U_1=f(pS)$，并且函数曲线有一个最小值。（√）

La1B4049　通常所说的负载大小是指负载电流的大小。（√）

La1B4050　联结组别是表示变压器一、二次绕组的连接方式及线电压之间的相位差，以时钟表示。（√）

Lb5B1051　直流电的图形符号是"～"，交流电的图形符号是"—"。（×）

Lb5B1052　在工程技术上，常选大地作为零电位点。（√）

Lb5B2053　交流电路中任一瞬间的功率称为瞬时功率。（√）

Lb5B2054　由极性分子组成的电介质称为极性电介质。（√）

Lb5B2055　由非极性分子组成的电介质称为极性电介质。（×）

Lb5B2056　两平行导线通过同方向电流时，导线就相互排

斥；如通过电流方向相反，导线就互相吸引。（×）

Lb5B2057 电荷的有规则运动称为电流。电流强度是以单位时间内通过导体截面的电荷量来表示，习惯上简称为电流。（√）

Lb5B2058 高压多油断路器的油起绝缘、灭弧和散热作用。（√）

Lb5B2059 电力变压器中的油起绝缘、散热作用。（√）

Lb5B2060 并联电路中，流过各并联元件的电流相等，各元件上的电压则与各自的阻抗成正比。（×）

Lb5B2061 并联电路中，各并联元件的电流、电压均相等。（×）

Lb5B3062 介质的电子式极化是弹性、无损耗、形成时间极短的极化。（√）

Lb5B3063 在交流电压下，两种不同介电系数的绝缘介质串联使用时，介电系数大的介质承受的电压高。（×）

Lb5B3064 一个不带电的物体，如果靠近带电体，虽然并未接触，不带电的物体也会带电，这种现象称为静电感应。（√）

Lb5B3065 在电工技术中，如无特别说明，凡是讲交流电动势、电压和电流，都是指它们的平均值。交流仪表上电压和电流的刻度一般也是指平均值。（×）

Lb5B3066 过电压可分为大气过电压和内部过电压。（√）

Lb5B3067 绝缘电阻表的内部结构主要由电源和测量机构两部分组成，测量机构常采用磁电式流比计。（√）

Lb5B4068 设一层绝缘纸的击穿电压为 U，则 n 层同样绝缘纸的电气强度为 nU。（×）

Lb5B5069 正弦交流电波形的波顶因数等于1.11，波形因数等于1.414。（×）

Lb5B5070 电源产生的电功率总等于电路中负载接受的电功率和电源内部损耗的电功率之和。（×）

Lb5B4071 介质的偶极子极化是非弹性、无损耗的极化。

（×）

Lb5B4072 空气的电阻比导体的电阻大得多，可视为开路，而气隙中的磁阻比磁性材料的磁阻大，但不能视为开路。（√）

Lb5B2073 电阻值不随电压、电流的变化而变化的电阻称为非线性电阻，其伏安特性曲线是曲线。（×）

Lb5B2074 电阻值随电压、电流的变化而变化的电阻称为线性电阻，其伏安特性曲线是直线。（×）

Lb5B3075 SF_6气体是一种无色、无味、无臭、无毒、不燃的惰性气体，化学性质稳定。（√）

Lb4B2076 大气过电压可分为直接雷击、雷电反击和感应雷电过电压。（√）

Lb4B2077 气体间隙的击穿电压与多种因素有关，但当间隙距离一定时，击穿电压与电场分布、电压种类及棒电极极性无关。（×）

Lb4B2078 良好的设备绝缘其泄漏电流与外施直流电压的关系是近似的线性关系。（√）

Lb4B3079 正弦电压 $u=141.4\sin(\omega t-30°)$ 的相量为 $141.4\angle{-30°}$。（×）

Lb4B3080 在交流或冲击电压作用下，各层绝缘所承受的电压大小与各层绝缘的电容成反比，即各绝缘层中的电场强度是和各层绝缘材料的介电常数 ε 成反比的。（√）

Lb4B3081 橡塑绝缘类电力电缆，不包含交联聚乙烯绝缘电力电缆。（×）

Lb4B3082 有电感 L 或电容 C 构成的电路中，从一个稳定状态换到另一个稳定状态，总是要产生过渡过程的。（√）

Lb4B3083 串联谐振的特点是：电路总电流达到最小值，电路总阻抗达到最大值，在理想情况下（$R=0$），总电流可达到零。（×）

Lb4B3084 并联谐振的特点是：电路的总阻抗最小，即

$Z=R$，电路中电流最大，在电感和电容上可能出现比电源电压高得多的电压。（×）

Lb4B3085 局部放电起始电压是指试验电压从不产生局部放电的较低电压逐渐增加至观测的局部放电量大于某一规定值时的最低电压。（√）

Lb4B3086 根据直流泄漏电流测量值及其施加的直流试验电压值，可以换算出试品的绝缘电阻值。（√）

Lb4B3087 电容 C 通过电阻 R 放电的时间常数 $\tau=RC$。（√）

Lb4B3088 当有机绝缘材料由中性分子构成时，不存在偶极子极化，这类材料主要是电导损耗，其 $\tan\delta$ 小。（√）

Lb4B4089 由于静电感应使导体出现感应电荷。感应电荷分布在导体的表面，其分布情况取决于导体表面的形状，导体表面弯曲度愈大的地方，聚集的电荷愈多；较平坦的地方聚集的电荷就少。导体尖端由于电荷密集，电场强度很强，故容易形成"尖端放电"现象。（√）

Lb4B4090 若某交流电波形的波形因数不等于 1.11、波顶因数不等于 1.414 时，则该交流电为非正弦交流电。（√）

Lb4B4091 R、L、C 并联电路在谐振频率附近呈现高的阻抗值，因此当电流一定时，电路两端将呈现高电压。（×）

Lb4B4092 在 R、L、C 串联电路中，当发生串联谐振时，电路呈现出纯电阻性质，也就是说电路中的感抗和容抗都等于零。（×）

Lb4B5093 交流电桥平衡的条件是两组对边桥臂阻抗绝对值的乘积相等。（×）

Lb4B5094 某部分电路的端电压瞬时值为 u，电流的瞬时值为 i，并且两者有一致的正方向时，其瞬时功率 $p=ui$，则当 $p>0$ 时，表示该电路向外部电路送出能量；$p<0$ 时，表示该电路从外部电路吸取能量。（×）

Lb4B5095 对称三相电压、电流的瞬时值或相量之和不为

零。（×）

Lb3B3096 在中性点直接接地的电网中，发生单相接地时，健全相对地电压绝不会超过相电压。（×）

Lb3B2097 在真空介质中，两点电荷之间的作用力与两点电荷电量的乘积成正比，与它们之间的距离平方成反比。（√）

Lb3B2098 在气体中，任何电极的负极性击穿电压都比正极性击穿电压低。（×）

Lb3B3099 金属氧化物避雷器总泄漏电流主要由流过阀片的电容电流、电阻电流和流过绝缘体的电导电流三部分组成。（√）

Lb3B2100 对于线性的三相电路，可以利用叠加原理，将不对称的三相电压（或电流）分解成正序、负序和零序三相对称分量来计算，这种方法称为对称分量法。（√）

Lb3B3101 电压、电流的波形发生畸变时，通常用其基波有效值 F_1 与整个波形的有效值 F 的比值来描述其畸变程度，称为该波形的畸变率 k_d，即 $k_d=F_1/F$。（√）

Lb3B3102 线圈与电容器并联的电路中，如果电阻 R 可以忽略不计，即 $R \ll \sqrt{L/C}$ 时，则其发生并联谐振的条件和串联谐振的条件一样，即 $C=\dfrac{1}{\omega^2 L}$；谐振频率 $f_0=\dfrac{1}{2\pi\sqrt{LC}}$。（√）

Lb3B3103 非正弦交流电动势作用于 RC 电路时，如果各次谐波电压大小相同，那么各次谐波电流也相等。（×）

Lb3B3104 对变压器绕组纵绝缘而言，冲击截波电压比冲击全波电压的作用危险性大。（√）

Lb3B3105 在电力系统中，当切断电感电流时，若断路器的去游离很强，以致强迫电流提前过零，即所谓截流时，则不可能产生过电压。（×）

Lb3B3106 局部放电熄灭电压，是指试验电压从超过局部放电起始电压的较高值，逐渐下降至观测的局部放电量小于某

一规定值时的最低电压。（×）

Lb3B3107 汽轮发电机转子绕组发生一点不稳定接地时，即使投入了两点接地保护，也不允许继续运行。（×）

Lb3B3108 水轮发电机转子绕组发生不稳定接地时，不能继续运行。（√）

Lb3B4109 SF_6 气体绝缘的一个重要特点是电场的均匀性对击穿电压的影响远比空气的小。（×）

Lb3B4110 局部放电测量中，视在放电量 q 是指在试品两端注入一定电荷量，使试品端电压的变化量和试品局部放电时引起的端电压变化量相同。此时注入的电荷量即称为局部放电的视在放电量，以皮库（pC）表示。（√）

Lb3B4111 污闪过程包括积污、潮湿、干燥和局部电弧发展四个阶段。（√）

Lb2B2112 污秽等级是依据污源特性和瓷件表面的等值盐密，并结合运行经验划分的。（√）

Lb2B2113 在均匀电场中，电力线和固体介质表面平行，固体介质的存在不会引起电场分布的畸变，但沿面闪络电压仍比单纯气体间隙放电电压高。（×）

Lb2B2114 恒压源的电压不随负载而变，电压对时间的函数是固定的，而电流随与之连接的外电路不同而不同。（√）

Lb2B3115 谐振电路有一定的选频特性，回路的品质因数 Q 值越高、谐振曲线越尖锐，选频能力越强，而通频带也就越窄。（√）

Lb2B3116 发电机的负序电抗是指当发电机定子绕组中流过负序电流时所呈现的电抗。（√）

Lb2B3117 对于一个非正弦的周期量，可利用傅里叶级数展开为各种不同频率的正弦分量与直流分量，其中角频率等于 ωt 的称为基波分量，角频率等于或大于 $2\omega t$ 的称为高次谐波。（√）

Lb2B3118 电流互感器、断路器、变压器等可不考虑系统

短路电流产生的动稳定和热稳定效应。（×）

Lb2B3119 在不均匀电场中增加介质厚度可以明显提高击穿电压。（×）

Lb2B3120 分析电路中过渡过程时，常采用经典法、拉氏变换法。（√）

Lb2B3121 对人工污秽试验的基本要求是等效性好、重复性好、简单易行。（√）

Lb2B3122 在中性点不直接接地的电网中，发生单相接地时，健全相对地电压有时会超过线电压。（√）

Lb2B4123 操作波的极性对变压器外绝缘来讲，正极性比负极性闪络电压低得多。（√）

Lb2B4124 谐振电路的品质因数 Q 的大小与电路的特性阻抗 $Z=\sqrt{L/C}$ 成正比，与电路的电阻 R（Ω）成反比，即 $Q=\dfrac{1}{R}\sqrt{\dfrac{L}{C}}$。（√）

Lb2B5125 导体的波阻抗决定于其单位长度的电感和电容的变化量，而与线路的长度无关。（√）

Lb1B5126 互感器的相角误差是二次电量（电压或电流）的相量翻转 180° 后，与一次电量（电压或电流）的相量之间的夹角。（√）

Lc5B2127 为了使制造的电容器体积小、质量轻，在选择电介质时，要求其介电系数小。（×）

Lc5B3128 用于电缆和电机的绝缘材料，要求其介电系数小，以避免电缆和电机工作时产生较大的电容电流。（√）

Lc5B4129 负载功率因数较低时，电源设备的容量就不能被充分利用，并在送电线路上引起较大的电压降和功率损失。（√）

Lc5B3130 R、L、C 串联电路发生谐振时，电感两端的电压等于电源两端的电压。（×）

Lc5B3131 1kV 以下中性点不接地系统中的电气设备应

采用保护接零。（×）

Lc4B3132 R、L、C 串联谐振电路的谐振频率为 $1/\sqrt{LC}$。（×）

Lc4B4133 经半球形接地体流入大地的电流 I，在距球为 x 处的球面上的电流密度 $J=I/2\pi x^2$。（√）

Lc4B5134 单相变压器接通正弦交流电源时，如果合闸时电压初相角 $\psi=0°$，则其空载励磁涌流将会很小。（×）

Lc4B2135 Yyn0 或 YNyn0 接线的配电变压器中性线电流的允许值为额定电流的 40%。（×）

Lc4B5136 电路稳定状态的改变，是由于电路中电源或无源元件的接入或断开、信号的突然注入和电路中参数的变化等引起的。（√）

Lc3B3137 调相机带负载运行时，其直流励磁转子产生的主磁场，与负载电流流过电枢绕组产生的电枢旋转磁场，两者是等速、反向旋转的。（×）

Lc3B3138 用串级整流方式产生的直流高电压，其脉动因数与直流发生器的串接级数及负载（试品）泄漏电流成正比，与滤波电容、整流电源频率及直流电压的大小成反比。（√）

Lc3B3139 为了能够使放大器可靠工作，必须使它工作在合适的静态工作点。（√）

Lc3B1140 Yzn11 或 YNzn11 接线的配电变压器中性线电流的允许值为额定电流的 40%。（√）

Lc3B2141 固体介质的击穿场强最高，液体介质次之，气体介质的最低。（×）

Lc2B2142 单相变压器接通正弦交流电源时，如果合闸瞬间加到一次绕组的电压恰巧为最大值，则其空载励涌流将会很大。（×）

Lc2B2143 在电力系统中采用快速保护、自动重合闸装置、自动按频率减负荷装置是保证系统稳定的重要措施。（√）

Lc2B3144 调相机过励运行时，从电网吸取无功功率；欠

励运行时，向电网供给无功功率。（×）

Lc2B3145　变压器采用纠结式绕组可改善过电压侵入波的起始分布。（√）

Ja1B5146　残压比为雷电冲击电流下的残压与持续电压之比。（×）

Ja1B5147　50%冲击击穿电压是指在多次施加电压时，其中有50%的加压次数能导致击穿的电压。（√）

Ja1B5148　要造成击穿，必须要有足够的电压和充分的电压作用时间。（√）

Ja1B5149　在极不均匀电场中冲击系数小于1。（×）

Ja1B5150　冲击击穿电压和交流击穿电压之比称为绝缘耐力比。（×）

Jb1B4151　某用户一个月有功电能为2 000kWh，平均功率因数 $\cos\varphi$ =0.8，则其无功电能为1 500kvarh。（√）

Jb1B4152　对串联式或分级绝缘的电磁式电压互感器做交流耐压试验，应用倍频感应耐压试验的方法进行。（√）

Jb1B4153　弧光接地过电压存在于任何形式的电力接地系统中。（×）

Jb1B4154　过电压可分为大气过电压和内部过电压。（√）

Jb1B4155　大容量试品的吸收电流 i 随时间衰减较快。（×）

Jb1B5156　变压器金属附件如箱壳等，在运行中局部过热与漏磁通引起的附加损耗大小无关。（×）

Jb1B5157　变压器短路电压的百分数值和短路阻抗的百分数值相等。（√）

Jb1B5158　气体绝缘的最大优点是击穿后，外加电场消失，绝缘状态很快恢复。（√）

Jb1B5159　当绝缘材料发生击穿放电则永远失去介电强度。（×）

Jb1B5160　金属表面的漆膜、尘埃、涂料会显著影响到物

体的红外发射率。（√）

Jb1B5161 为快速降低潜供电流和恢复系统电压水平，在超高压输电线路上采取并联电抗器中性点加阻抗的补偿措施，以加快潜供电弧的熄灭。（√）

Jb1B5162 切空载变压器产生的过电压，可以用避雷器加以限制。（√）

Jb1B5163 一般 110kV 及以上系统采用直接接地方式，单相接地时健全相的工频电压升高不大于 1.4 倍相电压。（√）

Jb1B5164 超高压线路两端的高压并联电抗器主要作用是用来限制操作过电压。（×）

Jb1B5165 三相三铁心柱变压器零序阻抗的大小与变压器铁心截面大小有关。（×）

Jb1B5166 随着海拔高度的增加，空气密度、气压和温度都相应地减少，这使空气间隙和瓷件外绝缘放电特性下降。（√）

Jb1B5167 交流无间隙金属氧化物避雷器的额定电压是指允许持久地施加在避雷器端子间的工频电压有效值。（×）

Jc1B5168 感应雷过电压的幅值与雷击点到线路距离成正比。（×）

Jc1B5169 SF_6 断路器当温度低于某一使用压力下的临界温度下运行时，SF_6 气体将液化，但对绝缘和灭弧性能无影响。（×）

Jc1B5170 在 10kV 电压互感器开口三角处并联电阻的目的是为防止当一相接地断线或系统不平衡时可能出现的铁磁谐振过电压。（√）

Jc1B5171 绝缘纸等固体绝缘在 300～800℃时，除了产生 CO 和 CO_2 以外，还会产生 H_2 和烃类气体。（√）

Jd5B1172 我国电网频率为 50Hz，周期为 0.02s。（√）

Jd5B1173 电流 $50A = 5 \times 10^4 mA = 5 \times 10^7 \mu A = 5 \times 10^{-2} kA$。（√）

Jd5B1174 电压 $220V = 2.2 \times 10^5 mV = 2.2 \times 10^8 \mu V = 2.2 \times$

10^{-1}kV。（√）

Jd5B2175 用绝缘电阻表测量绝缘电阻时，绝缘电阻表的"L"端（表内发电机负极）接地，"E"端（表内发电机正极）接被试物。（×）

Jd5B2176 进行与温度有关的各项试验时，应同时测量记录被试品的温度、周围空气的温度和湿度。（√）

Jd5B2177 变压器空载运行时绕组中的电流称为额定电流。（×）

Jd5B2178 一般把变压器接交流电源的绕组叫做一次绕组，把与负载相连的绕组叫做二次绕组。（√）

Jd5B1179 雷电时，严禁测量线路绝缘电阻。（√）

Jd5B2180 测量电力变压器绕组的绝缘电阻应使用2 500V或5 000V绝缘电阻表进行测量。（√）

Jd5B2181 进行绝缘试验时，被试品温度不应低于−5℃，且空气相对湿度一般不低于80%。（×）

Jd5B3182 设备绝缘在直流电压下，其吸收电流的大小只与时间有关，与设备绝缘结构、介质种类及温度无关。（×）

Jd5B3183 三相电动机不能缺相运行。（√）

Jd5B3184 变压器一次绕组电流与二次绕组电流之比等于一次绕组电压与二次绕组电压之比的倒数。（√）

Jd5B2185 高压设备发生接地时，在室内不得接近故障点4m以内，在室外不得接近故障点8m以内。（√）

Jd5B2186 进行工频交流耐压试验时，升压应从零开始，不可冲击合闸。（√）

Jd5B3187 介质绝缘电阻通常具有负的温度系数。（√）

Jd5B3188 电介质老化主要有电、热、化学、机械作用等几种原因。（√）

Jd5B3189 进行交流耐压试验前后应测其绝缘电阻，以检查耐压试验前后被测试设备的绝缘状态。（√）

Je5B3190 变压器额定相电压之比等于其对应相匝数之

比。（√）

Je5B3191 测量绝缘电阻和泄漏电流的方法不同，但表征的物理概念相同。（√）

Jd5B4192 使用直流测量变压器绕组电阻时，不必考虑绕组自感效应的影响。（×）

Jd5B4193 对高压电容式绝缘结构的套管、互感器及耦合电容器，不仅要监测其绝缘介质损耗因数，还要监测其电容量的相对变化。（√）

Jd5B3194 中性点直接接地的低压电网中，电力设备外壳与零线连接，称为接零保护，简称接零。电力设备外壳不与零线连接，而与独立的接地装置连接，称为接地保护，简称接地。（√）

Jd5B3195 绝缘的吸收比能够反映各类设备绝缘除受潮、脏污以外的所有局部绝缘缺陷。（×）

Jd4B1196 电阻 $50\Omega=5\times10^7\mu\Omega=5\times10^{-5}M\Omega$。（√）

Jd4B1197 $100\mu F=1\times10^8 pF=1\times10^{-4}F=1\times10^5 nF$。（√）

Jd4B2198 二极管导电的主要特点是双向导电。（×）

Jd4B2199 绝缘电阻表和万用表都能测量绝缘电阻，基本原理是一样的，只是适用范围不同。（×）

Jd4B2200 电力电缆的直流耐压试验采用正极性输出，可以提高试验的有效性。（×）

Jd4B3201 一个由两部分并联组成的绝缘，其整体的介质损失功率值等于该两部分介质损失功率值之和。（√）

Jd4B3202 一个由两部分并联组成的绝缘，其整体的 $\tan\delta$ 等于该两部分的 $\tan\delta_1$ 与 $\tan\delta_2$ 之和。（×）

Jd4B3203 在交流耐压试验时，真空断路器断口内发生电晕蓝光放电，则表明断口绝缘不良，不能使用。（√）

Jd4B3204 电介质的击穿强度仅与介质材料及其制作工艺有关，与加压电极形状、极间距离、电场均匀程度及电压作用时间长短等因素无关。（×）

Jd4B4205 SF$_6$ 气体绝缘的负极性击穿电压较正极性击穿电压低。（√）

Jd4B3206 电动机的磁极对数越多，旋转磁场的转速就越高。（×）

Jd4B4207 用交流电源测量接地装置的接地电阻时，在辅助电流接地极附近行走的人可能会发生触电危险。（√）

Jd4B3208 感应耐压试验不能采用 50Hz 频率交流电源，而应采用 100～400Hz 频率的交流电源。（√）

Jd4B3209 根据绝缘电阻表铭牌额定电压及其测得的绝缘电阻值，可以换算出试品的直流泄漏电流值。（×）

Jd4B3210 超高压输电线或母线上电晕的产生是由于导线周围的电场强度太强而引起的。（√）

Jd4B3211 变压器中使用的是 A 级绝缘材料，运行中，只要控制变压器的上层油温不超过 A 级绝缘材料的极限温度，就不影响变压器的使用寿命。（×）

Jd4B3212 电缆线路的电容，比同电压等级、相同长度和截面的架空线路的电容小。（×）

Jd4B3213 三相三柱式电压互感器可用作绝缘监视。（×）

Jd4B5214 电力电缆做直流耐压试验时，其绝缘中的电压是按电容分布的。（×）

Jd3B3215 交流耐压试验电压波形应是正弦或接近正弦，两个半波应完全一样，且波顶因数即峰值与有效值之比应等于 $\sqrt{2} \pm 0.07$。（√）

Jd3B2216 接地装置流过工频电流时的电阻值称为工频接地电阻。（√）

Jd3B3217 在不影响设备运行的条件下，对设备状况连续或定时自动地进行监测，称为在线监测。（√）

Jd3B3218 发电机定子绕组交流耐压试验时，试验电压的测量可以在试验变压器低压侧进行。（×）

Jd3B3219 一般情况下，变压器油越老化，其 tanδ 值随温

度变化越显著。（√）

Jd3B3220 交流高压试验电压测量装置（系统）的测量误差不应大于 1%。（×）

Jd3B3221 变压器的负序阻抗等于短路阻抗。（√）

Jd3B3222 电压互感器、避雷器、耦合电容器等应考虑系统短路电流产生的动稳定和热稳定效应。（×）

Jd3B4223 变压器在额定电压、额定频率、带额定负载运行时，所消耗的有功功率就是该变压器的负载损耗。（×）

Jd3B3224 普通阀型避雷器工频续流的大小与其阀片的性能和间隙的弧道电阻有关。（√）

Jd3B3225 避雷器对任何过电压都能起到限制作用。（×）

Jd3B4226 进行工频耐压试验采用移卷调压器调压时，由于其空载电流及漏抗较大，往往会造成试验变压器输出电压波形畸变。（√）

Jd3B4227 进行工频耐压试验，从设备效率和试验电压波形两因素考虑，选用移圈调压器比选用接触调压器好。（×）

Jd2B3228 电气设备内绝缘全波雷电冲击试验电压与避雷器标称放电电流下残压之比，称为绝缘配合系数，该系数越大，被保护设备越安全。（√）

Jd2B2229 发电机灭磁电阻阻值 R 的确定原则是不损坏转子绕组的绝缘，R 越小越好。（×）

Jd2B2230 发电机灭磁电阻阻值 R 的确定原则是尽量缩短灭磁过程，R 越大越好。（×）

Jd2B3231 变压器金属附件如箱壳等，在运行中局部过热与漏磁通引起的附加损耗大小无关。（×）

Jd2B4232 变压器零序磁通所遇的磁阻越大，则零序励磁阻抗的数值就越大。（×）

Jd2B3233 红外测温仪是以被测目标的红外辐射能量与温度成一定函数关系的原理而制成的仪器。（√）

Jd1B4234 由于红外辐射不可能穿透设备外壳，因而红外

诊断方法，不适用于电力设备内部由于电流效应或电压效应引起的热缺陷诊断。（×）

Jd1B5235 局部放电试验中，典型气泡放电发生在交流椭圆的第Ⅰ、Ⅲ象限。（√）

Jd1B5236 由于电磁式电压互感器是一个带铁心的电感线圈，所以在三倍频耐压试验时，其空载电流是一感性电流。（×）

Jd1B5237 在负载状态下，变压器铁心中的磁通量比空载状态下大得多。（×）

Jd1B5238 将两台试验变压器串级进行交流耐压试验时，若第一级试验变压器串级绕组极性接反，会造成最终输出试验电压为零。（√）

Jd1B5239 影响接地电阻的主要因数有土壤电阻率、接地体的尺寸形状及埋入深度、接地线与接地体的连接等。（√）

Jd1B5240 目前对电力变压器进行绕组变形试验主要有阻抗法、低压脉冲法及直流电阻法三种。（×）

Jd1B5241 输变电设备的绝缘配合是根据工频过电压、预期操作过电压倍数、避雷器工频放电电压、冲击放电电压、残压等，来确定各类被保护设备的不同试验电压值。（√）

Jd1B5242 对运行的氧化锌避雷器采用带电测试手段主要是测量运行中氧化锌避雷器的泄漏全电流值。（×）

Jd1B5243 自耦变压器的标准容量总是大于其通过容量。（×）

Jd1B5244 变电站装设了并联电容器后，上一级线路输送的无功功率将减少。（√）

Jd1B5245 通过变压器的短路试验数据可求得变压器的阻抗电压百分数。（√）

Jd1B5246 变压器在空载合闸时的励磁电流基本上是感性电流。（√）

Jd1B5247 电气设备保护接地的作用主要是保护设备的

安全。（×）

Jd1B5248　运行中的电压互感器，二次侧不能短路，否则会烧毁线圈，二次回路应有一点接地。（√）

Jd1B5249　为了防止雷电反击事故，除独立设置的避雷针外，应将变电站内全部室内外的接地装置连成一个整体，做成环状接地网，不出现开口，使接地装置充分发挥作用。（√）

Jd1B5250　电抗器支持绝缘子的接地线不应成为闭合环路。（√）

Jd1B5251　变压器吊芯检查时，测量湿度的目的是为了控制芯部暴露在空气中的时间及判断能否进行吊芯检查。（√）

Jd1B5252　只重视断路器的灭弧及绝缘等电气性能是不够的，在运行中断路器的机械性能也很重要。（√）

Jd1B5253　500kV 变压器、电抗器真空注油后必须进行热油循环，循环时间不得少于 48h。（√）

Jd1B5254　SF_6 断路器和 GIS 交接和大修后，交流耐压或操作冲击耐压试验电压为出厂试验电压的 80%。（√）

Jd1B5255　变压器外施工频电压试验能够考核变压器主绝缘强度、检查局部缺陷，能发现主绝缘受潮、开裂、绝缘距离不足等缺陷。（√）

Jd1B5256　根据局部放电水平可发现绝缘物空气隙（一个或数个）中的游离现象及局部缺陷，但不能发现绝缘受潮。（√）

Jd1B5257　用雷电冲击电压试验能考核变压器主绝缘耐受大气过电压的能力，因此变压器出厂时或改造后应进行雷电冲击电压试验。（√）

Jd1B5258　中性点经消弧线圈接地可以降低单相弧光接地过电压，因此是提高供电可靠性的有效措施。（×）

Jd1B5259　频率响应法分析变压器绕组是否变形的原理是基于变压器的等值电路可以看成是共地的两端口网络。（√）

Jd1B5260　在中性点直接接地系统中，可以采用以电容式电压互感器替代电磁式电压互感器来消除电压互感器的串联谐

振。（√）

Je5B1261 绝缘电阻和吸收比（或极化指数）能反映发电机或油浸式变压器绝缘的受潮程度，是判断绝缘是否受潮的一个重要指标。（√）

Je5B1262 发电机或油浸式变压器绝缘受潮后，其绝缘的吸收比（或极化指数）增大。（×）

Je5B2263 一台变压器绕组连同套管绝缘电阻、吸收比与极化指数试验时记录 15、60、600s 的绝缘电阻值分别为 3 000、4 500、6 000MΩ，这台变压器吸收比与极化指数分别是 1.5 和 1.33。吸收比符合标准而极化指数比标准值小，认为绝缘一定有问题。（×）

Je5B2264 进行互感器的联结组别和极性试验时，检查出的联结组别或极性必须与铭牌的记载及外壳上的端子符号相符。（√）

Je5B2265 测量绝缘电阻吸收比（或极化指数）时，应用绝缘工具先将高压端引线接通试品，然后驱动绝缘电阻表至额定转速，同时记录时间；在分别读取 15s 和 60s（或 1min 和 10min）时的绝缘电阻后，应先停止绝缘电阻表转动，再断开绝缘电阻表与试品的高压连接线，将试品接地放电。（×）

Je5B2266 根据测得设备绝缘电阻的大小，可以初步判断设备绝缘是否有贯穿性缺陷、整体受潮、贯穿性受潮或脏污。（√）

Je5B2267 直流电桥电源电压降低时，其灵敏度将降低，测量误差将加大。（√）

Je5B2268 直流双臂电桥基本上不存在接触电阻和接线电阻的影响，所以，测量小阻值电阻可获得比较准确的测量结果。（√）

Je5B3269 当分别从两线圈的某一端通入电流时，若这两电流产生的磁通是互相加强的，则这两端称为异名端。（×）

Je5B3270 在进行直流高压试验时，应采用正极性直流电

压。（×）

Je5B3271 测量 35kV 少油断路器的泄漏电流时，直流试验电压为 20kV。（√）

Je5B3272 若母线上接有避雷器，对母线进行耐压试验时，必须将避雷器退出。（√）

Je5B3273 采用半波整流方式进行直流耐压试验时，通常应将整流硅堆的负极接至试品高压端。（×）

Je5B3274 感应耐压试验可同时考核变压器的纵绝缘和主绝缘。（√）

Je5B3275 对有介质吸收现象的大型电机、变压器等设备，其绝缘电阻、吸收比和极化指数的测量结果，与所用绝缘电阻表的电压高低、容量大小及刻度上限值等无关。（×）

Je5B3276 对二次回路，1kV 及以下配电装置和电力布线测量绝缘电阻，并兼有进行耐压试验的目的时，当回路绝缘电阻在 10MΩ 以上者，可采用 2 500V 绝缘电阻表一并进行测试，试验持续时间 1min。（√）

Je5B3277 直流高压试验采用高压硅堆作整流元件时，高压硅堆上的反峰电压使用值不能超过硅堆的额定反峰电压，其额定整流电流应大于工作电流，并有一定的裕度。（√）

Je5B4278 对于容量较大的试品，如电缆、发电机、变压器等做直流泄漏电流及直流耐压试验时，通常不用滤波电容器。（√）

Je5B3279 测量带并联电阻的阀型避雷器电导电流，当采用半波整流方式产生直流高压的回路时，可以不装设滤波电容器。（×）

Je5B5280 现场测量直流泄漏电流，微安表的接线方式有三种：① 串接在试品的高电位端；② 串接在试品绝缘的低电位端（可对地绝缘者）；③ 串接在直流试验装置输出侧的低电位端。其中，方式③的测量误差最小。（×）

Je5B3281 西林电桥正接线适用于被试品一端接地的情

况。（×）

Je5B3282 西林电桥反接线时电桥桥臂都处于高电位。（√）

Je5B3283 直流试验电压的脉动因数等于该直流电压的脉动幅值与算术平均值之比。（√）

Je5B3284 变压器铁心及其金属构件必须可靠接地是为了防止变压器在运行或试验时，由于静电感应而在铁心或其他金属构件中产生悬浮电位，造成对地放电。（√）

Je5B3285 变压器的铁心是由厚度为 0.35～0.5mm（或以下）的硅钢片叠成。为了减小涡流损耗，硅钢片应涂绝缘漆。（√）

Je5B3286 变压器和互感器一、二次侧都是交流，所以并无绝对极性，但有相对极性。（√）

Je5B3287 对于多油断路器，交流耐压试验应在分闸状态下进行。（×）

Je5B3288 SF_6 气体泄漏检查分定性和定量两种检查形式。（√）

Je5B5289 对串级式或分级绝缘的电磁式电压互感器做交流耐压试验，应用倍频感应耐压试验的方法进行。（√）

Je5B3290 电流互感器一次绕组与母线等一起进行交流耐压试验时，其试验电压应采用相连设备中的最高试验电压。（×）

Je4B3291 无间隙金属氧化物避雷器在工作电压下，总电流可达几十到数百微安。（√）

Je4B3292 受潮的变压器油的击穿电压一般随温度升高而上升，但温度达 80℃ 及以上时，击穿电压反而下降。（√）

Je4B3293 变压器正常运行时，其铁心需一点接地，不允许有两点或两点以上接地。（√）

Je4B3294 发电机交流耐压试验，主要考核的是定子端部绝缘。（×）

Je4B3295 发电机直流耐压试验，主要考核的是定子槽部绝缘。（×）

Je4B3296 测量绝缘电阻可以有效地发现固体绝缘非贯穿性裂纹。（×）

Je4B3297 在相同条件下，用西林电桥测量小电容试品的 $\tan\delta$ 和 C 时，用正接线方式和反接线方式测量的结果是完全相同的。（×）

Je4B3298 现场用西林电桥测量设备绝缘的 $\tan\delta$，当出现较大电场干扰时，则在任意调换试验用电源的相别和极性的情况下，所测得的 $\tan\delta$ 值均比真实的 $\tan\delta$ 值大。（×）

Je4B4299 在西林电桥测量操作中，若分流器挡位设置电流值较大于试品实际电流值，则电桥 R_3 的调节值需趋向最高限值，电桥才能趋向平衡。（√）

Je4B4300 当设备各部分的介质损耗因数差别较大时，其综合的 $\tan\delta$ 值接近于并联电介质中电容量最大部分的介质损耗数值。（√）

Je4B3301 介质损耗因数 $\tan\delta$ 试验，可以发现设备绝缘整体受潮、劣化变质以及小体积设备绝缘的某些局部缺陷。（√）

Je4B4302 一台 DW8-35 型油断路器，在分闸状态下，测得 A 相套管和灭弧室的 $\tan\delta$ 为 7.9%，落下油箱后，$\tan\delta$ 为 6.7%；卸去灭弧室并擦净套管表面后，$\tan\delta$ 为 5.7%。据此可判定该套管绝缘良好。（×）

Je4B3303 在一般情况下，介质损耗 $\tan\delta$ 试验主要反映设备绝缘的整体缺陷，而对局部缺陷反映不灵敏。（√）

Je4B5304 在交流外施耐压或感应耐压试验中，正确使用并联谐振或串联谐振试验方法，都能够获得降低试验变压器容量和电源容量的效果。（√）

Je4B4305 变压器在额定电压、额定频率、空载状态下所消耗的有功功率，即为变压器的空载损耗。（√）

Je4B3306 测量断路器刚分、刚合速度，是分别以动、静

触头刚分后、刚合前 10ms 内的平均速度作为刚分、刚合点的瞬时速度。（√）

Je4B3307 自耦调压器的优点是体积小，质量轻，波形较好。（√）

Je4B4308 用电压互感器配电压表测量和用静电电压表测量已停电的变电设备（或线路）的感应电压，结果是一样的。（×）

Je4B4309 测量装在三相变压器上的任一相电容型套管的 tanδ 和 C 时，其所属绕组的三相线端与中性点（有中性点引出者）必须短接一起加压，其他非被测绕组则短接接地，否则会造成较大的误差。（√）

Je4B3310 电力设备的局部放电是指设备绝缘系统中被部分击穿的电气放电，这种放电可以发生在导体（电极）附近，也可发生在其他位置。（√）

Je4B5311 试品在某一规定电压下发生的局部放电量用视在放电量表示，是因为视在放电量与试品实际放电点的放电量相等。（×）

Je4B4312 从变压器任意一侧绕组施加电压做空载试验，所测量计算出的空载电流百分数都是相同的。（√）

Je4B4313 将 R、L 串联接通直流电源时，电阻 R 阻值越大，阻碍电流通过的能力越强，因而电路从初始的稳定状态到新的稳定状态所经历的过渡过程也就越长。（×）

Je4B3314 电力电缆在直流电压作用下，绝缘中的电压分布是按电阻分布的。（√）

Je4B3315 发电机运行时的损耗包括机械损耗、铁心损耗、铜损耗和附加损耗。（√）

Je4B4316 变压器的空载损耗与温度有关，而负载损耗则与温度无关。（×）

Je4B5317 用末端屏蔽法测量串级式电压互感器 tanδ 的具体接法是：高压绕组 A 端加压，X 端和底座接地；二次测量

绕组和辅助绕组均短接后与电桥 C_x 引线相连；电桥按正接线方式工作。（×）

Je4B3318　局部放电试验是一种发现绝缘局部缺陷的较好方法。（√）

Je4B3319　为了消除表面泄漏的影响，在做直流泄漏试验时，通常采用屏蔽法。（√）

Je4B3320　电力电缆的泄漏电流测量，同直流耐压试验相比，尽管它们在发掘缺陷的作用上有些不同，但实际上它仍然是直流耐压试验的一部分。（√）

Je4B3321　对于不稳定的高阻性电缆接地故障，可采用惠斯登电桥测寻故障点。（×）

Je4B3322　测量发电厂和变电站的接地电阻时，其电极若采用直线布置法，则接地体边缘至电流极之间的距离，一般应取接地体最大对角线长度的 4～5 倍，至电压极之间的距离取上述距离的 0.5～0.6 倍。（√）

Je4B3323　交流耐压试验时，应测量试验电压的峰值 U_m，并使 $U_m / \sqrt{2}$ =标准规定的试验电压 U（有效值）。（√）

Je3B3324　SF_6 断路器和 GIS 的 SF_6 气体年漏气率允许值为不大于 3%。（×）

Je3B3325　SF_6 断路器和 GIS 交接和大修后，交流耐压或操作冲击耐压的试验电压为出厂试验电压的 80%。（√）

Je3B3326　变压器进水受潮后，其绝缘的等值相对电容率 ε_r 变小，使测得的电容量 C_x 变小。（×）

Je3B3327　少油电容型设备如耦合电容器、互感器、套管等，严重缺油后，测量的电容量 C_x 变大。（×）

Je3B3328　电容型设备如耦合电容器、套管、电流互感器等，其电容屏间绝缘局部层次击穿短路后，测得的电容量 C_x 变大。（√）

Je3B2329　对高压电容式绝缘结构的试品，不仅要监测其绝缘介质损耗因数，还要监测其电容量的相对变化。（√）

Je3B2330　在西林电桥测量操作中，若分流器挡位设置电流值小于试品实际电流值，则电桥 R_3 的调节值需趋向较小限值，电桥才可能趋向平衡。（√）

Je3B2331　YO-220/$\sqrt{3}$-0.002 75 耦合电容器，在正常运行中的电流为 200～300mA。（×）

Je3B2332　已知 LCLWD3-220 电流互感器的 C_x 约为 800pF，则正常运行中其电流为 30～40mA。（√）

Je3B3333　工频高电压经高压硅堆半波整流产生的直流高电压，其脉动因数与试品直流泄漏电流的大小成反比，与滤波电容（含试品电容）及直流电压的大小成正比。（×）

Je3B2334　由于串级式高压电磁式电压互感器的绕组具有电感的性质，所以对其进行倍频感应耐压试验时，无需考虑容升的影响。（×）

Je3B3335　用三极法测量土壤电阻率只反映了接地体附近的土壤电阻率。（√）

Je3B3336　四极法测得的土壤电阻率与电极间的距离无关。（×）

Je3B3337　直流试验电压的脉动因数等于电压的最大值与最小值之差除以算术平均值。（×）

Je3B3338　当变压器有受潮、局部放电或过热故障时，一般油中溶解气体分析都会出现氢含量增加。（√）

Je3B3339　对运行中变压器进行油中溶解气体色谱分析，有任一组分含量超过注意值则可判定为变压器存在过热性故障。（×）

Je3B3340　局部放电试验测得的是"视在放电量"，不是发生局部放电处的"真实放电量"。（√）

Je3B3341　在外施交流耐压试验中，存在着发生串联谐振过电压的可能，它是由试验变压器漏抗与试品电容串联构成的。（√）

Je3B3342　做发电机铁损试验是为了检查定子铁心片间

绝缘是否良好，是否存在短路。在交接或运行中对铁心质量有怀疑时或铁心经局部或全部修理后，均需进行此项试验。（√）

Je3B5343　由于红外辐射不可能穿透设备外壳，因而红外诊断方法，不适用于电力设备内部由于电流效应或电压效应引起的热缺陷诊断。（×）

Je3B4344　三相变压器分相空载试验的基本方法就是依次将变压器的一相绕组短路，其他两相绕组加压，测量空载损耗和空载电流。短路的目的是使该相无磁通，因而无损耗。（√）

Je3B4345　当采用西林电桥，以低压电源、$C_N=0.01\mu F$ 进行测量时，其 C_X 的可测范围是 $300pF\sim 1\,000\mu F$。（×）

Je3B4346　在没有示波器的情况下可用一块电磁式（或电动式）电压表和一块整流式电压表检验交流电压的波形是否为正弦波形。（√）

Je3B4347　线圈与电容器并联的电路，发生并联谐振的条件是：$\dfrac{L}{C}=\omega^2 L^2+R^2$；谐振频率 $f_0=\dfrac{1}{2\pi}\sqrt{\dfrac{1}{LC}-\dfrac{R^2}{L^2}}$。（√）

Je2B3348　有时人体感应电压，可能远大于示波器所测试的信号电压，故用示波器进行测试时，应避免手指或人体其他部位直接触及示波器的"Y 轴输入"或探针，以免因感应电压的输入影响测试或导致 Y 轴放大器过载。（√）

Je2B3349　通过空载损耗试验，可以发现由于漏磁通使变压器油箱产生的局部过热。（×）

Je2B3350　对三相电路而言，断路器的额定断流容量可表示为 $\sqrt{3}\,U_{ph}I_{ph}$（其中：U_{ph}、I_{ph} 为断路器额定电压、额定电流）。（×）

Je2B4351　全星形连接变压器的零序阻抗具有一定的非线性，故其零序阻抗的测试结果与试验施加的电压大小有关。（√）

Je2B4352　由于联结组标号为 YNyn0d11 的变压器的零序阻抗呈非线性，所以与试验电流大小有关。（×）

Je2B3353 绝缘在线监测专家系统一般由如下几部分组成：数据采集及管理程序、数据库、推理机、知识库、机器学习程序等。（ √ ）

Je2B3354 电力系统在高压线路进站串阻波器，防止载波信号衰减，利用的是阻波器并联谐振，使其阻抗对载波频率为无穷大。（ √ ）

Je2B3355 红外热成像仪的组成包括：扫描—聚光的光学系统、红外探测器、电子系统和显示系统等。（ √ ）

Je2B3356 GIS 耐压试验之前，进行净化试验的目的是：使设备中可能存在的活动微粒杂质迁移到低电场区，并通过放电烧掉细小微粒或电极上的毛刺、附着的尘埃，以恢复 GIS 绝缘强度，避免不必要的破坏或返工。（ √ ）

Je2B3357 现场用电桥测量介质损耗因数，出现 $-\tan\delta$ 的主要原因：① 标准电容器 C_N 有损耗，且 $\tan\delta_N > \tan\delta_x$；② 电场干扰；③ 试品周围构架杂物与试品绝缘结构形成的空间干扰网络的影响；④ 空气相对湿度及绝缘表面脏污的影响。（ √ ）

Je2B3358 操作波的极性对变压器内绝缘来讲正极性比负极性闪络电压高得多。（ × ）

Je2B3359 GIS 耐压试验时，只要 SF_6 气体压力达到额定压力，则 GIS 中的电磁式电压互感器和避雷器均允许连同母线一起进行耐压试验。（ × ）

Je2B4360 SF_6 气体湿度较高时，易发生水解反应生成酸性物质，对设备造成腐蚀；加上受电弧作用，易生成有毒的低氟化物。故对灭弧室及其相通气室的气体湿度必须严格控制，在交接、大修后及运行中应分别不大于 150×10^{-6} 及 300×10^{-6}（体积分数）。（ √ ）

Je2B3361 变压器负载损耗中，绕组电阻损耗与温度成正比；附加损耗与温度成反比。（ √ ）

Je2B3362 应用红外辐射探测诊断方法，能够以非接触、实时、快速和在线监测方式获取设备状态信息，是判定电力设

备是否存在热缺陷，特别是外部热缺陷的有效方法。（✓）

Je2B4363 红外线是一种电磁波，它在电磁波连续频谱中的位置处于无线电波与可见光之间的区域。（✓）

Je1B5364 小电流接地系统中的并联电容器可采用中性点不接地的星形接线。（✓）

Jf5B2365 用来提高功率因数的电容器组的接线方式有三角形连接、星形连接。（✓）

Jf5B4366 功率放大器能够放大功率，说明了能量守恒定律不适用于放大电路。（×）

Jf5B4367 单相全波整流电路中，整流二极管承受的最高反向电压是其电源变压器二次总电压的最大值。（✓）

Jf5B5368 任何电力设备均允许在暂时无继电保护的情况下运行。（×）

Jf4B3369 当整流装置的交流电压是 220V 时，应选用 300V 的晶闸管。（×）

Jf4B3370 黄绝缘电机的电腐蚀中，定子槽壁和防晕层之间的腐蚀称为内腐蚀。（×）

Jf4B4371 黄绝缘电机的电腐蚀中，防晕层和主绝缘之间的腐蚀称为内腐蚀。（✓）

Jf4B4372 发电机定子绝缘外表面防晕层所用材料，在槽中部为高阻半导体材料，在端部为低阻半导体材料。（×）

Jf3B3373 为降低系统电压，解决夜间负荷低谷时段无功过剩导致系统电压偏高的问题，在满足相应限制因素条件下，可以让发电机进相运行。（✓）

Jf3B4374 发电机突然甩负荷、空载长线的电容效应及中性点不接地系统单相接地，是系统工频电压升高的主要原因。（✓）

Jf2B3375 能满足系统稳定及设备安全要求，能以最快速度有选择地切除被保护设备和线路故障的继电保护，称为主保护。（✓）

Jf2B3376　红外诊断电力设备内部缺陷是通过设备外部温度分布场和温度的变化，进行分析比较或推导来实现的。（√）

Jf1B5377　糠醛是绝缘纸老化的产物之一，测定变压器油中糠醛的浓度可以判断变压器绝缘的老化程度。（√）

Jf1B5378　在汽轮发电机中，机械损耗常在总损耗中占很大比例。（√）

Jf1B5379　当电网电压降低时，应增加系统中的无功出力；当系统频率降低时，应增加系统中的有功出力。（√）

Jf1B5380　直流电动机启动时的电流等于其额定电流。（×）

Jf1B5381　电力网装了并联电容器，发电机就可以少发无功。（√）

Jf1B5382　电源电压波动范围在不超过±20%的情况下，电动机可长期运行。（×）

Jf1B5383　电流速断保护的主要缺点是受系统运行方式的影响较大。（√）

Jf1B5384　选择母线截面的原则是按工作电流的大小选择，机械强度应满足短路时电动力及热稳定的要求，同时还应考虑运行中的电晕。（√）

Jf1B5385　运行后的 SF_6 断路器，灭弧室内的吸附剂不可进行烘燥处理，不得随便乱放和任意处理。（√）

4.1.3　简答题

La5C1001　基本电路由哪几部分组成？

答：基本电路由电源、连接导线、开关及负载四部分组成。

La5C1002　什么叫部分电路欧姆定律？什么叫全电路欧姆定律？

答：部分电路欧姆定律是用来说明电路中任一元件或一段电路上电压、电流和阻抗这三个基本物理量之间关系的定律，用关系式 $U=IR$ 或 $\dot{U} = \dot{I}Z$ 表示。

全电路欧姆定律是用来说明在一个闭合电路中电压（电动势）、电流、阻抗之间基本关系的定律。

La5C1003　电流的方向是如何规定的？自由电子运动的方向和电流方向有何关系？

答：正电荷的运动方向规定为电流的正方向，它与自由电子运动的方向相反。

La5C2004　什么是线性电阻？什么是非线性电阻？

答：电阻值不随电流、电压的变化而变化的电阻称为线性电阻，其伏安特性为一直线。

电阻值随电流、电压的变化而变化的电阻称为非线性电阻，其伏安特性为一曲线。

La5C2005　导体、绝缘体、半导体是怎样区分的？

答：导电性能良好的物体叫做导体，如各种金属。几乎不能传导电荷的物体叫绝缘体，如云母、陶瓷等。介于导体和绝缘体之间的一类物体叫半导体，如氧化铜、硅等。

La5C2006　电磁感应理论中左手定则是用来判断什么？右手定则是用来判断什么的？

答：左手定则是用来判断磁场对载流导体作用力的方向的。

右手定则有两个，一个是用来判断感应电动势方向的，另一个用来判断电流所产生的磁场方向。

La5C3007　基尔霍夫定律的内容是什么？

答：基尔霍夫定律包括基尔霍夫第一定律和基尔霍夫第二定律。

基尔霍夫第一定律：对任何一个节点，任何一个平面或空间的封闭区域，流入的电流之和总是等于流出的电流之和，也即其流入电流（或流出电流）的代数和等于零。

基尔霍夫第二定律：对任何一个闭合回路，其分段电压降之和等于电动势之和。

La5C3008　串、并联电路中，电流、电压的关系是怎样的？

答：在串联电路中，电流处处相等，总电压等于各元件上电压降之和。

在并联电路中，各支路两端电压相等，总电流等于各支路电流之和。

La4C3009　焦耳—楞次定律的内容是什么？

答：电流通过导体所产生的热量跟电流强度 I 的平方、导体的电阻 R 和电流通过导体的时间 t 成正比，其计算公式为 $Q=I^2Rt$。式中电阻 R 的单位为欧姆（Ω），电流 I 的单位为安培（A），时间 t 的单位为秒（s），热量 Q 的单位为焦耳（J）。如果热量 Q 以卡（cal）为单位，则计算公式为 $Q=0.24I^2Rt$。

La3C4010　电压谐振发生的条件是什么？电流谐振发生的条件是什么？

答：由电感线圈（可用电感 L 串电阻 R 模拟）和电容元件（电容量为 C）串联组成的电路中，当感抗等于容抗时会产生电压谐振，深入分析如下：

（1）当 L、C 一定时，电源的频率 f 恰好等于电路的固有振荡频率，即 $f=1/(2\pi\sqrt{LC})$。

（2）当电源频率一定时，调整电感量 L，使 $L=1/[(2\pi f)^2 C]$。

（3）当电源频率一定时，调整电容量 C，使 $C=1/[(2\pi f)^2 L]$。

在电感线圈（可用电感 L 串电阻 R 模拟）和电容元件（电容量为 C）并联组成的电路中，满足下列条件之一，就会发生电流谐振。

（1）电源频率 $f=\dfrac{1}{2\pi}\sqrt{\dfrac{1}{LC}-\left(\dfrac{R}{L}\right)^2}$。

（2）调整电容量，使 $C=\dfrac{L}{R^2+(2\pi fL)^2}$。

（3）当 $2\pi fCR\leqslant1$ 时，调节电感 L 也可能产生电流谐振。

La3C3011 戴维南定理的内容是什么？

答：任何一个线性含源二端网络，对外电路来说，可以用一条有源支路来等效替代，该有源支路的电动势等于含源二端网络的开路电压，其阻抗等于含源二端网络化成无源网络后的入端阻抗。

La2C4012 时间常数的物理含义是什么？

答：在暂态过程中当电压或电流按指数规律变化时，其幅度衰减到 $1/e$ 所需的时间，称为时间常数，通常用 "τ" 表示。它是衡量电路过渡过程进行的快慢的物理量，时间常数 τ 值大，表示过渡过程所经历的时间长，经历一段时间 $t=(3\sim5)\tau$，即可认为过渡过程基本结束。

Lb5C1013　电介质极化有哪几种基本形式？

答：电介质极化有四种基本形式：电子式极化、离子式极化、偶极子极化和夹层式极化。

Lb5C1014　绝缘的含义和作用分别是什么？

答：绝缘就是不导电的意思。绝缘的作用是把电位不同的导体分隔开来，不让电荷通过，以保持它们之间不同的电位。

Lb5C1015　电气仪表有哪几种形式（按工作原理分）？

答：有电磁式、电动式、磁电式、感应式、整流式、热电式、电子式、静电式仪表等。

Lb5C3016　使用万用表应注意什么？

答：应注意以下几点：

（1）根据测量对象将转换开关转至所需挡位上。

（2）使用前应检查指针是否在机械零位。

（3）为保证读数准确，测量时应将万用表放平。

（4）应正确选择测量范围，使测量的指针移动至满刻度的2/3附近，这样可使读数准确。

（5）测量直流时，应将表笔的正负极与直流电压的正负极相对应。

（6）测量完毕，应将转换开关旋至交流电压挡。

Lb5C1017　高压设备外壳接地有何作用？

答：高压设备的外壳接地是为了防止电气设备在绝缘损坏时，外壳带电而误伤工作人员，这种接地也称为保护接地。

Lb5C2018　绝缘电阻表为什么没有指针调零螺钉？

答：绝缘电阻表的测量机构为流比计型，因而没有产生反作用力矩的游丝，在测量之前，指针可以停留在刻度盘的任意位置上，所以没有指针调零螺钉。

Lb5C2019　泄漏和泄漏电流的物理意义是什么？

答：绝缘体是不导电的，但实际上几乎没有一种绝缘材料是绝对不导电的。任何一种绝缘材料，在其两端施加电压，总会有一定电流通过，这种电流的有功分量叫做泄漏电流，而这种现象也叫做绝缘体的泄漏。

Lb5C4020　影响介质绝缘强度的因素有哪些？

答：主要有以下几个方面：

（1）电压的作用。除了与所加电压的高低有关外，还与电压的波形、极性、频率、作用时间、电压上升的速度和电极的形状等有关。

（2）温度的作用。过高的温度会使绝缘强度下降甚至发生热老化、热击穿。

（3）机械力的作用。如机械负荷、电动力和机械振动使绝缘结构受到损坏，从而使绝缘强度下降。

（4）化学的作用。包括化学气体、液体的侵蚀作用会使绝缘受到损坏。

（5）大自然的作用。如日光、风、雨、露、雪、尘埃等的作用会使绝缘产生老化、受潮、闪络。

Lb5C5021　测量介质损耗角正切值有何意义？

答：测量介质损失角正切值是绝缘试验的主要项目之一。它在发现绝缘受潮、老化等分布性缺陷方面比较灵敏有效。

在交流电压的作用下，通过绝缘介质的电流包括有功分量和无功分量，有功分量产生介质损耗。介质损耗在电压频率一定的情况下，与 $\tan\delta$ 成正比。对于良好的绝缘介质，通过电流的有功分量很小，介质损耗也很小，$\tan\delta$ 很小，反之则增大。

因此通过介质损失角正切值的测量就可以判断绝缘介质的

状态。

Lb5C4022　现场测量 tanδ 时，往往出现–tanδ，阐述产生–tanδ 的原因。

答：产生–tanδ 的原因有：电场干扰、磁场干扰、标准电容器受潮和存在 T 形干扰网络。

Lb5C3023　在预防性试验时，为什么要记录测试时的大气条件？

答：预防性试验的许多测试项目与温度、湿度、气压等大气条件有关。绝缘电阻随温度上升而减小，泄漏电流随温度上升而增大，介质损耗随温度增加而增大。湿度增大会使绝缘表面泄漏电流增大，影响测试数据的准确性。所以测试时应记录大气条件，以便核算到相同温度，在相同条件下对测试结果进行综合分析。

Lb5C4024　影响绝缘电阻测量的因素有哪些，各产生什么影响？

答：影响测量的因素有：

（1）温度。温度升高，绝缘介质中的极化加剧，电导增加，绝缘电阻降低。

（2）湿度。湿度增大，绝缘表面易吸附潮气形成水膜，表面泄漏电流增大，影响测量准确性。

（3）放电时间。每次测量绝缘电阻后应充分放电，放电时间应大于充电时间，以免被试品中的残余电荷流经绝缘电阻表中流比计的电流线圈，影响测量的准确性。

Lb5C3025　直流泄漏试验和直流耐压试验相比，其作用有何不同？

答：直流泄漏试验和直流耐压试验方法虽然一致，但作用不同。直流泄漏试验是检查设备的绝缘状况，其试验电压较低，直流耐压试验是考核设备绝缘的耐电强度，其试验电压较高，它对于发现设备的局部缺陷具有特殊的意义。

Lb5C3026　测量直流高压有哪几种方法？

答：测量直流高压必须用不低于 1.5 级的表计、1.5 级的分压器进行，常采用以下几种方法：

（1）高电阻串联微安表测量，这种方法可测量数千伏至数万伏的高压。

（2）高压静电电压表测量。

（3）在试验变压器低压侧测量。

（4）用球隙测量。

Lb5C2027　简述测量高压断路器导电回路电阻的意义。

答：导电回路电阻的大小，直接影响通过正常工作电流时是否产生不能允许的发热及通过短路电流时开关的开断性能，它是反映安装检修质量的重要标志。

Lb5C3028　什么是介质的吸收现象？

答：绝缘介质在施加直流电压后，常有明显的电流随时间衰减的现象，这种衰减可以延续到几秒、几分甚至更长的时间。特别是测量大容量电气设备的绝缘电阻时，通常都可以看到绝缘电阻随充电时间的增加而增加，这种现象称为介质的吸收现象。

Lb5C2029　工频交流耐压试验的意义是什么？

答：工频交流耐压试验是考验被试品绝缘承受工频过电压能力的有效方法，对保证设备安全运行具有重要意义。交流耐压试验时的电压、波形、频率和被试品绝缘内部中的电压的分布，均符合实际运行情况，因此能有效地发现绝缘缺陷。

Lb5C3030 为什么会发生放电？

答：不论什么样的放电，都是由于绝缘材料耐受不住外施电压所形成的电场强度所致。因此，外施电压（含高低、波形、极性）和绝缘结构所决定的电场强度是发生放电的最基本的原因。促成放电差异的外因主要有：光、热（温度）、化学（污染、腐蚀等）、力（含气压）、气象（湿度等）和时间等。

Lb5C4031 交流电压作用下的电介质损耗主要包括哪几部分，怎么引起的？

答：一般由下列三部分组成：

（1）电导损耗。它是由泄漏电流流过介质而引起的。

（2）极化损耗。因介质中偶极分子反复排列相互克服摩擦力造成的，在夹层介质中，边界上的电荷周期性的变化造成的损耗也是极化损耗。

（3）游离损耗。气隙中的电晕损耗和液、固体中局部放电引起的损耗。

Lb3C5032 变压器空载试验为什么最好在额定电压下进行？

答：变压器的空载试验是用来测量空载损耗的。空载损耗主要是铁耗。铁耗的大小可以认为与负载的大小无关，即空载时的损耗等于负载时的铁损耗，但这是指额定电压时的情况。如果电压偏离额定值，由于变压器铁心中的磁感应强度处在磁化曲线的饱和段，空载损耗和空载电流都会急剧变化，所以空载试验应在额定电压下进行。

Lb5C5033 变压器负载损耗试验为什么最好在额定电流下进行？

答：变压器负载损耗试验的目的主要是测量变压器负载损耗和阻抗电压。变压器负载损耗的大小和流过绕组的电流的平方成正比，如果流过绕组的电流不是额定电流，那么测得的损耗将会有较大误差。

Lb5C4034　阀式避雷器的作用和原理是什么？

答：阀式避雷器是用来保护发、变电设备的主要元件。在有较高幅值的雷电波侵入被保护装置时，避雷器中的间隙首先放电，限制了电气设备上的过电压幅值。在泄放雷电流的过程中，由于碳化硅阀片的非线性电阻值大大减小，又使避雷器上的残压限制在设备绝缘水平下。雷电波过后，放电间隙恢复，碳化硅阀片非线性电阻值又大大增加，自动地将工频电流切断，保护了电气设备。

Lb5C4035　ZnO 避雷器有什么特点？

答：ZnO 避雷器的阀片具有极为优异的非线性伏安特性，采用这种无间隙的避雷器后，其保护水平不受间隙放电特性的限制，使之仅取决于雷电和操作放电电压时的残压特性，而这个特性与常规碳化硅阀片相比，要好得多，这就相对提高了输变电设备的绝缘水平，从而有可能使工程造价降低。

Lb3C3036　对变压器进行联结组别试验有何意义？

答：变压器联结组别必须相同是变压器并列运行的重要条件之一。若参加并列运行的变压器联结组别不一致，将出现不能允许的环流；同时由于运行，继电保护接线也必须知晓变压器的联结组别；联结组别是变压器的重要特性指标。因此，在出厂、交接和绕组大修后都应测量绕组的联结组别。

Lb5C4037　测量工频交流耐压试验电压有几种方法？

测量工频交流耐压试验电压有如下几种方法：

答：（1）在试验变压器低压侧测量。对于一般瓷质绝缘、断路器、绝缘工具等，可测取试验变压器低压侧的电压，再通过电压比换算至高压侧电压。它只适用于负荷容量比电源容量小得多、测量准确要求不高的情况。

（2）用电压互感器测量。将电压互感器的一次侧并接在被试品的两端头上，在其二次侧测量电压，根据测得的电压和电压互感器的变压比计算出高压侧的电压。

（3）用高压静电电压表测量。用高压静电电压表直接测量工频高压的有效值，这种形式的表计多用于室内的测量。

（4）用铜球间隙测量。球间隙是测量工频高压的基本设备，其测量误差在 3%的范围内。球隙测的是交流电压的峰值，如果所测电压为正弦波，则峰值除以 $\sqrt{2}$ 即为有效值。

（5）用电容分压器或阻容分压器测量。由高压臂电容器 C1 与低压臂电容器 C2 串联组成的分压器，用电压表测量 C2 上的电压 U_2，然后按分压比算出高压 U_1。

Lb5C5038　在工频交流耐压试验中，如何发现电压、电流谐振现象？

答：在做工频交流耐压试验时，当稍微增加电压就导致电流剧增时，说明将要发生电压谐振。当电源电压增加，电流反而有所减小，这说明将要发生电流谐振。

Lb4C1039　为什么介质的绝缘电阻随温度升高而减小，金属材料的电阻却随温度升高而增大？

答：绝缘材料电阻系数很大，其导电性质是离子性的，而金属导体的导电性质是自由电子性的，在离子性导电中，作为电流流动的电荷是附在分子上的，它不能脱离分子而移动。当绝缘材料中存在一部分从结晶晶体中分离出来的离子后，则材料具有一定的导电能力，当温度升高时，材料中原子、分子的活动增加，产生离子的数目也增加，因而导电能力增加，绝缘电阻减小。

而在自由电子性导电的金属中，其所具有的自由电子数目是固定不变的，而且不受温度影响，当温度升高时，材料中原子、分子的运动增加，自由电子移动时与分子碰撞的可能性增加，因此，所受的阻力增大，即金属导体随温度升高电阻也增大了。

Lb2C1040 变压器绕组绝缘损坏的原因有哪些？

变压器绕组绝缘损坏的原因如下：

答：（1）线路短路故障和负荷的急剧多变，使变压器的电流超过额定电流的几倍或十几倍以上，这时绕组受到很大的电动力而发生位移或变形，另外，由于电流的急剧增大，将使绕组温度迅速升高，导致绝缘损坏。

（2）变压器长时间的过负荷运行，绕组产生高温，将绝缘烧焦，并可能损坏而脱落，造成匝间或层间短路。

（3）绕组绝缘受潮，这是因绕组浸漆不透，绝缘油中含水分所致。

（4）绕组接头及分接开关接触不良，在带负荷运行时，接头发热损坏附近的局部绝缘，造成匝间及层间短路。

（5）变压器的停送电操作或遇到雷电时，使绕组绝缘因过电压而损坏。

Lb4C5041 简述 QS1 型西林电桥的工作原理。

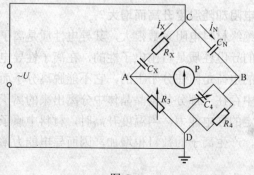

图 C-1

答：图 C-1 中 C_X、R_X 为被测试品的电容和电阻；R_3 为无感可调电阻；C_N 为高压标准电容器；C_4 为可调电容器；R_4 为无感固定电阻；P 为交流检流计。

当电桥平衡时，检流计 P 内无电流通过，说明 A、B 两点间无电位差。因此，电压 $\dot{U}_{CA}$ 与 $\dot{U}_{CB}$，以及 $\dot{U}_{AD}$ 与 $\dot{U}_{BD}$ 必然大小相等相位相同，即

$$\frac{\dot{U}_{CA}}{\dot{U}_{AD}} = \frac{\dot{U}_{CB}}{\dot{U}_{BD}} \tag{1}$$

所以在桥臂 CA 和 AD 中流过相同的电流 $\dot{I}_X$，在桥臂 CB 和 BD 中流过相同的电流 $\dot{I}_N$。各桥臂电压之比应等于相应桥臂阻抗之比，即

$$\frac{Z_X}{Z_3} = \frac{Z_N}{Z_4} \tag{2}$$

又由图 C-1 可见 $Z_X = R_X + \dfrac{1}{j\omega C_X}$；$Z_N = \dfrac{1}{j\omega C_N}$；

$Z_3 = R_3$；$Z_4 = \dfrac{1}{1/R_4 + j\omega C_4}$。

将上列各式代入式（2）中，并使等式两边实部、虚部分别相等，得到

$$C_X = \frac{R_4}{R_3} C_N \qquad \tan\delta = \omega C_4 R_4$$

在工频 50Hz 时，$\omega = 2\pi f = 100\pi$，如取 $R_4 = \dfrac{10\,000}{\pi}$，则 $\tan\delta = C_4$（C_4 以 μF 计），此时电桥中 C_4 的微法数经刻度转换就是被试品的 $\tan\delta$ 值，可直接从电桥面板上的 C_4 数值上读得。

Lb4C4042 什么叫变压器的接线组别？测量变压器的接线组别有何要求？

答：变压器的接线组别是变压器的一次和二次电压（或电流）的相位差，它按照一、二次绕组的绕向，首尾端标号，连接的方式而定，并以时钟针型式排列为 0～11 共 12 个组别。

通常采用直流法测量变压器的接线组别，主要是核对铭牌所标示的接线组别与实测结果是否相符，以便在两台变压器并列运行时符合并列运行的条件。

Lb2C3043　过电压是怎样形成的？它有哪些危害？

答：一般来说，过电压的产生都是由于电力系统的能量发生瞬间突变所引起的。如果是由外部直击雷或雷电感应突然加到系统里所引起的，叫做大气过电压或叫做外部过电压；如果是在系统运行中，由于操作故障或其他原因所引起系统内部电磁能量的振荡、积聚和传播，从而产生的过电压，叫做内部过电压。

不论是大气过电压还是内部过电压，都是很危险的，均可能使输、配电线路及电气设备的绝缘弱点发生击穿或闪络，从而破坏电气系统的正常运行。

Lb4C2044　电气设备放电有哪几种形式？

答：放电的形式按是否贯通两极间的全部绝缘，可以分为：

（1）局部放电。即绝缘介质中局部范围的电气放电，包括发生在固体绝缘空穴中、液体绝缘气泡中、不同介质特性的绝缘层间以及金属表面的棱边、尖端上的放电等。

（2）击穿。击穿包括火花放电和电弧放电。

根据击穿放电的成因还有电击穿、热击穿、化学击穿之划分。

根据放电的其他特征有辉光放电、沿面放电、爬电、闪络等。

Lb4C2045　介电系数在绝缘结构中的意义是什么？

答：高压电气设备的绝缘结构大都由几种绝缘介质组成，不同的绝缘介质其介电系数也不同。介电系数小的介质所承受的电场强度高，如高压设备的绝缘材料中有气隙，气隙中空气的介电系数较小，则电场强度多集中在气隙上，常使气隙中空气先行游离而产生局部放电，促使绝缘老化，甚至绝缘层被击穿，引起绝缘体电容量的变化。

因此，在绝缘结构中介电系数是影响电气设备绝缘状况的重要因素。

Lb3C2046 测量变压器局部放电有何意义？

答：许多变压器的损坏，不仅是由于大气过电压和操作过电压作用的结果，也是由于多次短路冲击的积累效应和长期工频电压下局部放电造成的。绝缘介质的局部放电虽然放电能量小，但由于它长时间存在，对绝缘材料产生破坏作用，最终会导致绝缘击穿。为了能使 110kV 及以上电压等级的变压器安全运行，进行局部放电试验是必要的。

Lb4C1047 保护间隙的工作原理是什么？

答：保护间隙是由一个带电极和一个接地极构成，两极之间相隔一定距离构成间隙。它平时并联在被保护设备旁，在过电压侵入时，间隙先行击穿，把雷电流引入大地，从而保护了设备。

Lb4C3048 简述测量球隙的工作原理。

答：空气在一定电场强度的作用下才能发生碰撞游离，均匀或稍不均匀电场下空气间隙的放电电压与间隙距离具有一定的关系，测量球隙就是利用间隙放电来进行电压测量的。测量球隙是由一对相同直径的金属球构成的，当球隙直径 D 大于球隙距离 L 时，球隙电场基本上属稍不均匀电场，用已知球隙在标准条件下的放电电压，乘以试验条件下的空气相对密度，便可求出已知试验条件下相同球隙的放电电压。放电电压仅决定于球隙的距离。

Lb4C3049 为了对试验结果作出正确的分析,必须考虑哪几个方面的情况?

答:为了对试验结果作出正确的判断,必须考虑下列几个方面的情况:

(1)把试验结果和有关标准的规定值相比较,符合标准要求的为合格,否则应查明原因,消除缺陷。但对那些标准中仅有参考值或未作规定的项目,不应做轻率的判断,而应参考其他项目制造厂规定和历史状况进行状态分析。

(2)和过去的试验记录进行比较,这是一个比较有效的判断方法。如试验结果与历年记录相比无显著变化,或者历史记录本身有逐渐的微小变化,说明情况正常;如果和历史记录相比有突变,则应查明,找出故障加以排除。

(3)对三相设备进行三相之间试验数据的对比,不应有显著的差异。

(4)和同类设备的试验结果相对比,不应有显著差异。

(5)试验条件的可比性,气象条件和试验条件等对试验的影响。

最后必须指出,各种试验项目对不同设备和不同故障的有效性与灵敏度是不同的,这一点对分析试验结果、排除故障等具有重大意义。

Lb3C5050 简述应用串并联谐振原理进行交流耐压试验方法。

答:对于长电缆线路、电容器、大型发电机和变压器等电容量较大的被试品的交流耐压试验,需要较大容量的试验设备和电源,现场往往难以办到。在此情况下,可根据具体情况,分别采用串联、并联谐振或串并联谐振(也称串并联补偿)的方法解决试验设备容量不足的问题。

（1）串联谐振（电压谐振）法，当试验变压器的额定电压不能满足所需试验电压，但电流能满足被试品试验电流的情况下，可用串联谐振的方法来解决试验电压的不足，其原理接线如图 C-2 所示。

（2）并联谐振（电流谐振）法，当试验变压器的额定电压能满足试验电压的要求，但电流达不到被试品所需的试验电流时，可采用并联谐振对电流加以补偿，以解决试验电源容量不足的问题，其原理接线如图 C-3 所示。

（3）串并联谐振法，除了以上的串联、并联谐振外，当试验变压器的额定电压和额定电流都不能满足试验要求时，可同时运用串、并联谐振线路，亦称为串并联补偿法。

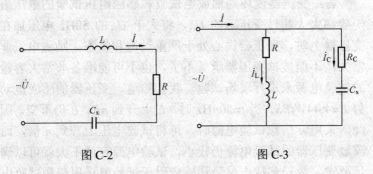

图 C-2   图 C-3

Lb3C1051　发电机在运行和检修中，一般要进行哪些电气试验？

答：一般发电机电气试验项目有：检修时绝缘的预防性试验（其中包括测量绝缘电阻、吸收比或极化指数，直流耐压及泄漏试验，工频交流耐压试验）；定、转子绕组直流电阻的测量；转子交流阻抗和功率损耗试验；发电机运行中的试验（空载试验，负载试验，温升试验）。

励磁机的试验项目一般包括：绝缘试验，直流电阻测定，空载特性和负载特性试验，无火花换向区域的确定等。

Lb2C2052 简述雷电放电的基本过程。

答：雷电放电是雷云（带电的云，绝大多数为负极性）所引起的放电现象，其放电过程和长间隙极不均匀电场中的放电过程相同。

雷云对地放电大多数情况下都是重复的，每次放电都有先导放电和主放电两个阶段。当先导发展到达地面或其他物体，如输电线、杆塔等时，沿先导发展路径就开始了主放电阶段，这就是通常看见的耀眼的闪电，也就是雷电放电的简单过程。

Lb2C5053 在大型电力变压器现场局部放电试验和感应耐压试验为什么要采用倍频（nf_N）试验电源？

答：变压器现场局部放电试验和感应耐压试验的电压值一般都大大超过变压器的 U_N，将大于 U_N 的 50Hz 电压加在变压器上时，变压器铁心处于严重过饱和状态，励磁电流非常大，不但被试变压器承受不了，也不可能准备非常大容量的试验电源来进行现场试验。我们知道，变压器的感应电动势 $E=4.44WfBS$，当 $f=50n$Hz 时，E 上升到 nE，B 仍不变。因此，采用 n 倍频试验电源时，可将试验电压上升到 n 倍，而流过变压器的试验电流仍较小，试验电源容量不大就可以满足要求。故局部放电试验和感应耐压试验要采用倍频试验电源。

Lb1C4054 "在线检测"的含义是什么？

答：在线检测就是在电力系统运行设备不停电的情况下，进行实时检测，检测内容包括绝缘、过电压及污秽等参数，其特点是被试设备和部分测试装置在线运行。

Lb1C5055 什么叫气隙的伏秒特性曲线？

答：所谓伏秒特性曲线就是间隙的冲击击穿电压和电压作

用时间的关系曲线，即 $u_f=f(t)$。

Lb1C5056　为什么随着海拔高度的增加，空气介质的放电电压会下降？

答：随着海拔高度增加，空气密度下降，电场中电子平均自由行程增大，电子在两次碰撞间能够聚集起更大的动能（与正常密度相比），更易引起电离，从而使空气介质的放电电压下降。

Lc5C1057　电流对人体的伤害程度与通电时间的长短有何关系？

答：通电时间愈长，引起心室颤动的危险也愈大。这是因为通电时间越长，人体电阻因出汗等原因而降低，导致通过人体的电流增加，触电的危险性也随之增加。此外，心脏每搏动一次，中间有 $0.1\sim0.2s$ 的时间对电流最为敏感。通电时间越长，与心脏最敏感瞬间重合的可能性也就越大，危险性也就越大。

Lc5C1058　带电灭火时应注意什么？

答：带电灭火时应注意以下几点：

（1）电气设备着火时，应立即将有关设备的电源切断，然后进行救火。

（2）应选择合适的灭火器具，对带电设备使用的灭火剂应是不导电的，如常用的二氧化碳、四氯化碳干粉灭火器，不得使用泡沫灭火器灭火；对注油设备应使用泡沫灭火器或干燥的砂子等灭火。

（3）应保持灭火机具的机体、喷嘴及人体与带电体之间的距离，不少于带电作业时带电体与接地体间的距离。

Lc5C1059　高压断路器主要由哪几部分组成？

答：高压断路器是由操动机构、传动机构、绝缘部分、导电部分和灭弧室等几个部分组成。

Lc5C1060　电气工作人员必须具备哪些条件？

答：电气工作人员必须具备下列条件：

（1）经医师鉴定，无妨碍工作的病症（体格检查约两年一次）。

（2）具备必要的电气知识，且按职务和工作性质，熟悉 DL 408—1991《电业安全工作规程》的有关部分，并经考试合格。

（3）学会紧急救护法，首先学会触电解救法和人工呼吸法。

Lc5C1061　简述电力生产、消费的大致流程。

答：汽轮机或水轮机带动发电机转动，发出电能，通过变压器、电力线路输送、分配电能，电动机、电炉、电灯等用电设备消费电能。这就是电力生产消费大致流程。

Lc5C2062　继电保护装置的基本任务是什么？

答：继电保护的基本任务是：

（1）在电网发生足以损坏设备、危及电网安全运行的故障时，使被保护设备及时脱离电网，使备用设备自动投入运行。

（2）对系统中的非正常状态及时发出报警信号，便于及时处理，使之恢复正常。

（3）对电力系统实行自动化和远动化。

Lc4C3063　电力变压器的基本结构由哪几部分组成？说明各部分的主要作用。

答：电力变压器的基本结构及主要作用如下：

$$\text{变压器}\begin{cases}\text{器身}\begin{cases}\text{铁心：构成磁通路}\\\text{绕组：构成电通路}\\\text{绝缘：相间、相地间、匝层间电的隔离}\\\text{引线：与电网联系}\end{cases}\\\text{调压装置：输出电压的调整}\\\text{保护装置：在异常情况下，使变压器免遭损坏或减轻损伤}\\\text{油\quad 箱：容纳器身和绝缘介质等}\\\text{冷却装置：散热}\\\text{出线套管：固定引线并使它们相互间及对地绝缘}\\\text{变压器油：绝缘、冷却}\end{cases}$$

Lc3C3064　示波器是由哪几部分组成的？

答：示波器主要由下列几部分组成：

（1）Y 轴系统，这是对被测信号进行处理，供给示波管 Y 偏转电压，以形成垂直扫描的系统。它包括输入探头、衰减器、放大器等部分。

（2）X 轴系统，这是产生锯齿波电压，供给示波管 X 偏转电压，以形成水平线性扫描的系统。它包括振荡，锯齿波形成、放大、触发等部分。它的扫描频率可以在相当宽的范围内调整，以配合 Y 轴的需要。

（3）显示部分，一般用示波管作为显示器，也有少量用显像管作显示器的，其用途是把被测信号的波形由屏幕上显示出来。

（4）电源部分，是供给各部分电路需要的多种电压的电路，其中包括显像管需要的直流高压电源。

Lc2C4065　简述用油中溶解气体分析判断故障性质的三比值法。其编码规则是什么？

答：用 5 种特征气体的三对比值，来判断变压器或电抗器等充油设备故障性质的方法称为三比值法。在三比值法中，对不同的比值范围，三对比值以不同的编码表示，其编码规则如表 C-1 所示。

表 C-1　　　　　　　　三比值法的编码规则

特征气体的比值	比值范围编码			说　　明
	$\dfrac{C_2H_2}{C_2H_4}$	$\dfrac{CH_4}{H_2}$	$\dfrac{C_2H_4}{C_2H_6}$	
<0.1	0	1	0	例如：$\dfrac{C_2H_2}{C_2H_4}=1\sim3$ 时，编码为 1
0.1～1	1	0	0	$\dfrac{CH_4}{H_2}=1\sim3$ 时，编码为 2
1～3	1	2	1	$\dfrac{C_2H_4}{C_2H_6}=1\sim3$ 时，编码为 1
>3	2	2	2	

Lc1C4066　变电站直流电源正、负极接地对运行有哪些危害？

答：直流正极接地有造成保护误动的可能。直流负极接地可能造成保护拒绝动作（越级扩大事故）。

Jb1C5067　常见的操作过电压有哪几种？

答：（1）切除空载线路而引起的过电压。

（2）空载线路合闸时的过电压。

（3）电弧接地过电压。

（4）切除空载变压器的过电压。

Jb1C5068　何谓沿面放电？沿面放电受哪些主要因素的影响？

答：当带电体电压超过一定限度时，常常在固体介质和空气的交界面上出现沿绝缘表面放电的现象，称为沿面放电。沿面放电主要受电极形式和表面状态的影响。

Jb1C5069 在分次谐波谐振时，过电压一般不是太高，但很容易烧坏电压互感器，为什么？

答：因为产生分次谐波谐振时，尽管过电压一般不太高，但因其谐振频率低，引起电压互感器铁心严重饱和，励磁电流迅速增大，所以易烧坏电压互感器。

Jb1C5070 电气设备中为什么绝缘电阻随温度升高而降低？

答：因为温度升高时，绝缘介质内部离子、分子运动加剧，绝缘物内的水分及其中含有的杂质、盐分等物质也呈扩散趋势，使电导增加，绝缘电阻降低。

Jd5C1071 怎样用电压表测量电压、用电流表测量电流？

答：测量电压时，电压表应与被测电路并联，并根据被测电压正确选择量程、准确度等级。

测量电流时，电流表应与被测电路串联，并根据被测电流正确选择量程、准确度等级。

Jd5C1072 影响绝缘电阻测试值的因素主要有哪些？

答：主要有被测试品的绝缘结构、尺寸形状、光洁程度、使用的绝缘材料和组合方式；试验时的温度、湿度、施加电压的大小和时间；导体与绝缘的接触面积、测试方法等因素。

Jd5C1073 测量变压器直流电阻时应注意什么？

答：测量变压器直流电阻时应注意以下事项：

（1）测量仪表的准确度应不低于 0.5 级。

（2）连接导线应有足够的截面，且接触必须良好。

（3）准确测量绕组的温度或变压器顶层油温度。

（4）无法测定绕组或油温度时，测量结果只能按三相是否平衡进行比较判断，绝对值只作参考。

（5）为了与出厂及历次测量的数值比较，应将不同温度下测量的直流电阻，按下列公式将电阻值换算到同一温度（75℃），以便于比较

$$R_x = R_a \frac{T + t_x}{T + t_a}$$

式中　R_a——温度为 t_a 时测得的电阻，Ω；

　　　R_x——换算至温度为 t_x 时的电阻，Ω；

　　　T——系数，铜线时为 235，铝线时为 225。

（6）测量绕组的直流电阻时，应采取措施，在测量前后对绕组充分放电，防止直流电源投入或断开时产生高压，危及人身及设备安全。

Jd5C2074　怎样计算 FZ 型避雷器非线性系数 α？

答：试验中，读取相应于 50%和 100%试验电压下的泄漏电流值，按下式求得非线性系数 α

$$\alpha = \lg(U_1/U_2)/\lg(I_1/I_2) = 0.301/\lg(I_1/I_2)$$

式中　U_1——全试验电压，kV；

　　　U_2——50%试验电压，kV；

　　　I_1——U_1 下测得的泄漏电流，μA；

　　　I_2——U_2 下测得的泄漏电流，μA。

Jd5C1075　请说出气体绝缘的全封闭组合电器（GIS）的优点。

答：（1）大大缩小了电气设备的占地面积与空间体积。

（2）安装方便。

（3）全封闭组合电器运行安全可靠。

（4）SF_6 气体及其混合气体绝缘性能稳定，无氧化问题，可以延长断路器的检修周期。

Jd5C2076 用介损电桥测 tanδ，消除电场干扰的方法有哪些？

答：消除电场干扰方法有以下 5 种：

（1）使用移相器消除干扰法。

（2）用选相倒相法。

（3）在被试品上加屏蔽环或罩，将电场干扰屏蔽掉。

（4）用分级加压法。

（5）桥体加反干扰源法。

Jd5C1077 对一台 110kV 级电流互感器，预防性试验应做哪些项目？

答：应做到以下 3 点：

（1）绕组及末屏的绝缘电阻。

（2）tanδ 及电容量测量。

（3）油中溶解气体色谱分析及油试验。

Jd5C2078 做大电容量设备的直流耐压时，充放电有哪些注意事项？

答：被试品电容量较大时，升压速度要注意适当放慢，让被试品上的电荷慢慢积累。在放电时，要注意安全，一般要使用绝缘杆通过放电电阻来放电，并且注意放电要充分，放电时间要足够长，否则剩余电荷会对下次测试带来影响。

Jd5C2079 耦合电容器和电容式电压互感器的电容分压器的试验项目有哪些？

答：有以下几项：

（1）极间绝缘电阻。

（2）电容值测量。

（3）tanδ。

（4）渗漏油检查。

（5）低压端对地绝缘电阻。

（6）局部放电。

（7）交流耐压。

Jd5C3080 变压器做交流耐压试验时，非被试绕组为何要接地？

答：在做交流耐压试验时，非被试绕组处于被试绕组的电场中，如不接地，其对地的电位，由于感应可能达到不能允许的数值，且有可能超过试验电压，所以非被试绕组必须接地。

Jd5C2081 做电容量较大的电气设备的交流耐压时，应准备哪些设备仪表？

答：应准备足够容量的电源引线、刀闸、控制箱、调压器、试验变压器、水阻；球隙（或其他过压保护装置）、高压分压器、电流表、电压表、标准 TA、连接导线、接地线等，必要时还需要补偿电抗器。

Jd3C2082 试根据直流泄漏试验的结果，对电气设备的绝缘状况进行分析。

答：现行标准中，对泄漏电流有规定的设备，应按是否符合规定值来判断。对标准中无明确规定的设备，将同一设备各相互相进行比较，与历年试验结果进行比较，同型号的设备互相进行比较，视其变化情况来分析判断，无明显差别，视为合格。

对于重要设备（如主变压器、发电机等），可做出电流随时间变化的曲线 $I=f(t)$ 和电流随电压变化的关系曲线 $I=f(u)$ 进行分析，无明显差别或不成比例的明显变化时，视为合格。

Jd3C3083 变压器空载试验，试验施加电压不等于变压器额定电压时，怎样对空载损耗进行计算？

答：设试验施加电压 U 下测得的空载损耗为 P'_0，则换算至额定电压 U_N 下的空载损耗：$P_0 = P'_0 \left(\dfrac{U_N}{U} \right)^n$。其中指数 n 决定于铁心硅钢片的种类，热轧硅钢片 $n \approx 1.8$；冷轧硅钢片 $n \approx 1.9 \sim 2.0$。

Jd3C5084　充油设备进行交流耐压试验，如何分析判断其试验结果？

答：按规定的操作方法，当试验电压达到规定值时，若试验电流与电压不发生突然变化，产品内部没有放电声，试验无异常，即可认为试验合格。对放电部位的确定，可通过放电声音和仪表的指示分析，作出如下分析判断：

（1）悬浮电位放电，仪表指示无变化，若属试品内部金属部件或铁心没接地，出现的声音是"啪"声，这种声音的音量不大，且电压升高时，声音不增大。

（2）气泡放电，这种放电可分为贯穿性放电和局部放电两种。这种放电的声音很清脆，"呣"、"呣"像铁锤击打油箱的声音伴随放电声，仪表有稍微摆动的现象。产生这类放电的原因，多是引线包扎不紧或注油后抽真空或静放时间不够。这类放电是最常见的。

（3）内部固体绝缘的击穿或沿面放电，在这种情况下，产生的放电声音多数是"嘭"、"嘭"的低沉声或者是"咝咝"的声音，伴随有电流表指示突然增大。

另外，有些情况下，虽然试品击穿了，但电流表的指示也可能不变，造成这种情况的原因是回路的总电抗为 $X = |X_C - X_L|$，而试品短路时 $X_C = 0$，若原来试品的容抗 X_C 与试验变压器漏抗之比等于 2，那么 X_C 虽然为零，但回路的 X 仍为 X_L，即电抗没变，所以电流表指示不变。

Jd2C4085　高压电容型电流互感器受潮的特征是什么？

常用什么方法干燥？

答：高压电容型电流互感器现场常见的受潮状况有三种情况。

（1）轻度受潮。进潮量较少，时间不长，又称初期受潮。其特征为：主屏的 $\tan\delta$ 无明显变化；末屏绝缘电阻降低，$\tan\delta$ 增大；油中含水量增加。

（2）严重进水受潮。进水量较大，时间不太长。其特征为：底部往往能放出水分；油耐压降低；末屏绝缘电阻较低，$\tan\delta$ 较大；若水分向下渗透过程中影响到端屏，主屏 $\tan\delta$ 将有较大增量，否则不一定有明显变化。

（3）深度受潮。进潮量不一定很大，但受潮时间较长。其特性是：由于长期渗透，潮气进入电容芯部，使主屏 $\tan\delta$ 增大；末屏绝缘电阻较低，$\tan\delta$ 较大；油中含水量增加。

当确定互感器受潮后，可用真空热油循环法进行干燥。目前认为这是一种最适宜的处理方式。

Jd1C3086 什么叫变压器的短路电压？

答：短路电压是变压器的一个主要参数，它是通过短路试验测出的；是当变压器二次短路电流达到二次额定电流时，一次所加电压与一次额定电压比值的百分数。

Jd1C4087 什么叫全绝缘变压器？什么叫半绝缘变压器？

答：全绝缘变压器是指变压器绕组线端绝缘水平与中性点绝缘水平相同的变压器；半绝缘变压器是指变压器中性点绝缘水平比绕组线端绝缘水平低的变压器。

Jd1C4088 对局部放电测量仪器系统的一般要求是什么？测量中常见的干扰有几种？

答：对测量仪器系统的一般要求有以下 3 种：

（1）有足够的增益，这样才能将测量阻抗的信号放大到足够大。

（2）仪器噪声要小，这样才不至于使放电信号淹没在噪声中。

（3）仪器的通频带要可选择，可以根据不同测量对象选择带通。

常见干扰有：

（1）高压测量回路干扰。

（2）电源侧侵入的干扰。

（3）高压带电部位接触不良引起的干扰。

（4）试区高压电场作用范围内金属物处于悬浮电位或接地不良的干扰。

（5）空间电磁波干扰，包括电台、高频设备的干扰等。

（6）地中零序电流从入地端进入局部放电测量仪器带来的干扰。

Jd1C4089　介质严重受潮后，吸收比为什么接近1？

答：受潮绝缘介质的吸收现象主要是在电源电场作用下形成夹层极化电荷，此电荷的建立即形成吸收电流，由于水是强极性介质，又具有高电导而很快过渡为稳定的泄漏电流，故受潮介质吸收严重，吸收比接近1。

Jd1C5090　变压器温升试验的方法主要有几种？

答：进行变压器温升试验的主要方法有：① 直接负载法；② 相互负载法；③ 循环电流法；④ 零序电流法；⑤ 短路法。

Jd1C5091　阐述变压器铁心为什么不能发生多点接地。

答：变压器在运行时，铁心或夹件发生多点接地时，接地点间就会形成闭合回路，又兼连部分磁通，感应电动势，并形成环流，产生局部过热，严重情况下会烧损铁心。

Jd1c5092　交流耐压试验一般有哪几种？

答：交流耐压试验有以下几种：

（1）工频耐压试验。

（2）感应耐压试验。

（3）雷电冲击电压试验。

（4）操作波冲击电压试验。

Je5C2093　用绝缘电阻表测量电气设备的绝缘电阻时应注意些什么？

答：应注意以下几条：

（1）根据被测试设备不同的电压等级，正确选用相应电压等级的绝缘电阻表。

（2）使用时应将绝缘电阻表水平放置。

（3）测量大容量电气设备绝缘电阻时，测量前被试品应充分放电，以免残余电荷影响测量的准确性。

（4）绝缘电阻表达到额定转速再搭上相线，同时记录时间。

（5）指针平稳或达到规定时间后再读取测量数值。

（6）先断开相线，再停止摇动绝缘电阻表手柄或关断绝缘电阻表电源。

（7）对被试品充分放电。

Je5C1094　为什么测量直流电阻时，用单臂电桥要减去引线电阻，用双臂电桥不用减去引线电阻？

答：单臂电桥所测得的电阻包括引线部分的电阻，当被测电阻大于引线电阻几百倍时，引线电阻可以忽略。当被测电阻与引线电阻相比较仅为引线电阻的几十倍及以下时要减去测量用引线电阻。用双臂电桥不用减去引线电阻，是因为测得值不含引线电阻。

Je5C1095　测量直流电阻为什么不能用普通整流的直流

电源？

答：测量直流电阻是求取绕组的纯电阻，如果用普通的整流电源，其交流成分能带来一定数量的交流阻抗含量，这样就增大了测量误差，所以测量直流电阻的电源，只能选干电池、蓄电池或者纹波系数小于 5‰ 的高质量整流直流电源。

Je5C1096　水电阻为何最好采用碳酸钠加入水中配成而不宜采用食盐？

答：因为食盐的化学成分是氯化钠，导电时会分解出一部分氯气，人体吸入之后，有一定程度的害处，而且使设备也易于被腐蚀，但采用碳酸钠则没有这个缺点，因此经常工作的水电阻最好避免采用食盐。

Je5C2097　对回路电阻过大的断路器，应重点检查哪些部位？

答：对于因回路电阻过大而检修的断路器，应重点做以下检查：

（1）静触头座与支座、中间触头与支座之间的连接螺丝是否上紧，弹簧是否压平，检查有无松动或变色。

（2）动触头、静触头和中间触头的触指有无缺损或烧毛，表面镀层是否完好。

（3）各触指的弹力是否均匀合适，触指后面的弹簧有无脱落或退火、变色。

对已损部件要更换掉。

Je5C1098　接地电阻的测量为什么不应在雨后不久就进行？

答：因为接地体的接地电阻值随地中水分增加而减少，如果在刚下过雨不久就去测量接地电阻，得到的数值必然偏小，为避免这种假象，不应在雨后不久就测接地电阻，尤其不能在大雨或久雨之后立即进行这项测试。

Je5C3099　变压器直流电阻三相不平衡系数偏大的常见原因有哪些？

答：变压器三相直流电阻不平衡系数偏大，一般有以下几种原因：

（1）分接开关接触不良。这主要是由于分接开关内部不清洁，电镀层脱落，弹簧压力不够等原因造成。

（2）变压器套管的导电杆与引线接触不良，螺丝松动等。

（3）焊接不良。由于引线和绕组焊接处接触不良造成电阻偏大；多股并绕绕组，其中有几股线没有焊上或脱焊，此时电阻可能偏大。

（4）三角形接线一相断线。

（5）变压器绕组局部匝间、层、段间短路或断线。

Je5C2100　简述用双电压表测量单相变压器变压比的方法。

答：用双电压表法测量单相变压器变压比原理接线如图 C-4 所示，将一、二次各接一块 0.2 级或 0.5 级电压表，测得结果按公式 $K = \dfrac{U_1}{U_2}$ 计算，即得电压比。试验电压通常可在 1%～25% 的绕组额定电压范围内选择，并尽量使两个电压表指针偏转均能在一半刻度以上，以提高准确度。

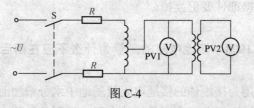

图 C-4

Je5C1101　高压试验现场应做好哪些现场安全措施？

答：试验现场应装设遮栏或围栏，向外悬挂"止步，高压危险！"的标示牌，并派人看守。被试设备两端不在同一点时，另一端还应派人看守。非试验人员不得进入试验现场。

Je5C1102　高压试验加压前应注意些什么？

答：加压前必须认真检查试验接线、表计倍率、量程、调压器零位及仪表的开始状态，均正确无误，通知有关人员离开被试设备，并取得试验负责人许可，方可加压，加压过程中应有人监护并呼唱。

Je5C2103　在测量泄漏电流时如何排除被试品表面泄漏电流的影响？

答：为消除被试品表面吸潮、脏污对测量的影响应做如下工作：

（1）可采用干燥的毛巾或加入酒精、丙酮等对被试品表面擦拭。

（2）在被试品表面涂上一圈硅油。

（3）采用屏蔽线使表面泄漏电流通过屏蔽线不流入测量仪表。

（4）用电吹风干燥试品表面。

Je5C2104　使用钳形电流表时应注意些什么？

答：使用钳形电流表时，应注意钳形电流表的电压等级。测量时戴绝缘手套，站在绝缘垫上，不得触及其他设备，以防短路或接地。

观测表计时，要特别注意保持头部与带电部分的安全距离。

Je5C2105　为什么白天耐压试验合格的绝缘油，有时过了一个晚上耐压就不合格了呢？

答：影响绝缘油电气强度的因素很多，如油吸收水分、污染和温度变化等。如只将油放了一个晚上，耐压强度便降低了，其主要原因是油中吸收了水分。绝缘油极容易吸收水分，尤其是晚上气温下降时，空气中相对湿度升高，空气中的水分更容易浸入而溶解于油中，当油中含有微量水分时，绝缘油的耐压强度便明显下降。

Je5C4106　为什么用绝缘电阻表测量大容量试品的绝缘电阻时，表针会左右摆动？应如何解决？

答：绝缘电阻表系由手摇发电机和磁电式流比计构成。测量时，输出电压会随摇动速度变化而变化，输出电压微小变动对测量纯电阻性试品影响不大，但对于电容性试品，当转速高时，输出电压也高，该电压对被试品充电；当转速低时，被试品向表头放电，这样就导致表针摆动，影响读数。

解决的办法是在绝缘电阻表的"线路"端子 L 与被试品间串入一只 2DL 型高压硅整流二极管，用以阻止被试品对绝缘电阻表放电。这样既可消除表针的摆动，又不影响测量准确度。

Je5C5107　当变压器施以加倍额定电压进行层间耐压试验时，为什么频率也应同时加倍？

答：变压器在进行层间耐压试验时，如果仅将额定电压加倍，而频率维持不变，那么铁心中的磁通密度将增加一倍。这是因为电压与频率、磁通之间的关系是由公式 $E=4.44fW\Phi$ 决定的，因此铁心将过分饱和，绕组将励磁电流过大。假如电压和频率同时都增加一倍，磁通就可以维持不变了。

Je5C4108　影响地网腐蚀的主要因素有哪些？

答：（1）土壤的理化性质。土壤的理化性质包括土壤电阻率、土壤中含水量、含氧量、含盐量、土壤的酸度等。

（2）接地体的铺设方式。

（3）接地极的形状。

（4）周围是否存在基建残留物。

（5）电场的影响，造成电腐蚀。

Je5C3109　直流泄漏试验可以发现哪些缺陷？试验中应注意什么？

答：做直流泄漏试验易发现贯穿性受潮、脏污及导电通道一类的绝缘缺陷。

做泄漏试验时应注意：

（1）试验必须在履行安全工作规程所要求的一切手续后进行。

（2）试验前先进行试验设备的空升试验，测出试具及引线的泄漏电流，并记录下来。确定设备无问题后，将被试品接入试验回路进行试验。

（3）试验时电压逐段上升，并相应的读取泄漏电流值，每升压一次，待微安表指示稳定后（即加上电压 1min）读取相应的泄漏电流，画出伏安特性曲线。

（4）试验前应检查接线、仪表量程、调压器零位，试验后先将调压器退回零位，再切断电源，将被试品接地放电。

（5）记录试验温度，并将泄漏电流换算到同一温度下进行比较。

Je5C3110　交流耐压试验中，往往要在高压侧用标准 TV 测量电压，图 C-5 中（a）、（b）两图哪种测量方法正确，为什么？

答：按图 C-5（a）测量正确。因为做交流耐压试验时被试品有电流通过，在限流电阻 R 上将产生电压降，如按图 C-5（b）连接，测量出的电压将包括电阻 R 两端所产生的电压降，如按图 C-5（a）连接消除了 R 上所产生的电压降对测量的影响，测得的电压与被试品所承受的电压相同。

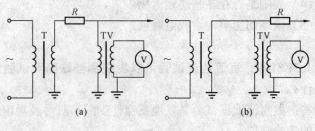

(a)   (b)

图 C-5

Je5C3111　大修时，变压器铁心的检测项目有哪些？

答：大修时，变压器铁心检测的项目包括：

（1）将铁心和夹件的接地片断开，测试铁心对上、下夹件（支架）、方铁和底脚的绝缘电阻是否合格。

（2）将绕组钢压板与上夹件的接地片拆开，测试每个压板对压钉的绝缘电阻是否合格。

（3）测试穿心螺杆或绑扎钢带对铁心和夹件的绝缘电阻是否合格（可用 1 000V 及以下绝缘电阻表测量）。

（4）检查绕组引出线与铁心的距离。

Je5C1112　有 4 节 FZ—30J 阀型避雷器，如果要串联组合使用，必须满足的条件是什么？

答：条件是：每节避雷器的电导电流为 400～600μA，非线性系数 α 相差值不大于 0.05，电导电流相差值不大于 30%。

Je5C1113　测绝缘电阻过程中为什么不应用布或手擦拭绝缘电阻表的表面玻璃？

答：用布或手擦拭绝缘电阻表的表面玻璃，亦会因摩擦产生静电荷，影响测量结果，所以测试过程中不应擦拭表的表面玻璃。

Je5C3114　变压器空载试验电源的容量一般是怎样考虑

的?

答:为了保证电源波形失真度不超过 5%,试品的空载容量应在电源容量的 50%以下;采用调压器加压试验时,空载容量应小于调压器容量的 50%;采用发电机组试验时,空载容量应小于发电机容量的 25%。

Je5C2115 为什么电力电缆直流耐压试验要求施加负极性直流电压?

答:进行电力电缆直流耐压时,如缆芯接正极性,则绝缘中如有水分存在,将会因电渗透性作用使水分移向铅包,使缺陷不易发现。当缆芯接正极性时,击穿电压较接负极性时约高 10%,因此为严格考查电力电缆绝缘水平,规定用负极性直流电压进行电力电缆直流耐压试验。

Je5C2116 用一根细(截面小于 $1mm^2$)的高压引线进行少油断路器泄漏电流试验时,为什么有时带上高压引线空试的泄漏电流比带上被试开关时泄漏电流大?遇到这种情况应如何处理?

答:不带被试开关时,由于高压引线较细且接线端部为尖端,在高电压下电场强度超过空气的游离场强便发生空气游离使泄漏电流增加。而当接上被试开关以后,由于开关的面积较大,使尖端电场得到改善,引线泄漏电流减少,加上开关本身泄漏电流一般很小(小于 $10\mu A$),往往小于尖端引起的泄漏电流,所以会出现不接被试开关时泄漏电流大于接上被试开关的测量结果。遇到这种情况,可以更换较粗的高压引线(或用屏蔽线),同时使用均压球等均匀电场措施,使空试时接线端部电场得到改善,以减小空试时的泄漏电流值。

Je5C2117 双臂电桥测量小电阻 R_x 时,图 C-6 中(a)、(b)两种接线哪一种正确,为什么?

答：图 C-6（b）接线正确。因为从 C1、C2 引到被试电阻的两根线除本身电阻外还有在 C1、C2、a、b 四点处的接触电阻，按图 C-6（a）接线这些电阻统统测量进去，当 R_x 较小时，测量误差将很大。按图 C-6（b）接线不仅不包括引线电阻及 C1、C2 处的接触电阻，连 a、b 的接触电阻也归入电压端子的引线中去了，因此测得的是真正的 R_x 值。

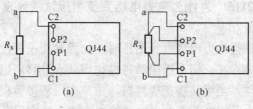

图 C-6

Je5C3118 10kV 及以上电力电缆直流耐压试验时，往往发现随电压升高，泄漏电流增加很快，是不是就能判断电缆有问题，在试验方法上应注意哪些问题？

答：10kV 及以上电力电缆直流耐压试验时，试验电压分 4～5 级升至 3～6 倍额定电压值。因电压较高，随电压升高，如无较好的防止引线及电缆端头游离放电的措施，则在直流电压超过 30kV 以后，对于良好绝缘的泄漏电流也会明显增加，所以随试验电压的上升泄漏电流增大很快不一定是电缆缺陷，此时必须采取极间屏障或绝缘覆盖（在电缆头上缠绕绝缘层）等措施减少游离放电的杂散泄漏电流之后，才能判断电缆绝缘水平。

Je5C2119 何谓雷电反击？

答：反击是当雷电击到避雷针时，雷电流经过接地装置通入大地。若接地装置的接地电阻过大，它通过雷电流时电位将升得很高，作用在线路或设备的绝缘上，可使绝缘发生击穿。接地导体由于地电位升高可以反过来向带电导体放电的这种现象叫"雷电反击"。

Je5C2120 串级式 TV $\tan\delta$ 测量时，常规法要二、三次绕组短接，而自激法、末端屏蔽法、末端加压法却不许短接，为什么？

答：常规法测量时，如不将二、三次绕组短接，若此时一次绕组也不短接，会引入励磁电感和空载损耗影响测得的 $\tan\delta$ 值出现偏大的误差。而自激法或末端屏蔽法主要测的是一次绕组及下铁心对二、三次和对地的分布电容与 $\tan\delta$ 值。如果将二、三次短路，则励磁电流大大增加，不仅有可能烧坏互感器，还使一次电压与二、三次电压间相角差增加，引起不可忽视的测量误差。另外从自激法的接线来讲，高压标准电容器自激法，用一个或两个低压绕组励磁，低压标准电容器法，两个绕组均已用上，因而不允许短路。

Je5C1121 用绝缘电阻表测量大容量试品的绝缘电阻时，测量完毕为什么绝缘电阻表不能骤然停止，而必须先从试品上取下测量引线后再停止？

答：在测量过程中，绝缘电阻表电压始终高于被试品的电压，被试品电容逐渐被充电，而当测量结束前，被试品电容已储存有足够的能量；若此时骤然停止，则因被试品电压高于绝缘电阻表电压，势必对绝缘电阻表放电，有可能烧坏绝缘电阻表。

Je3C5122 变压器在运行中产生气泡的原因有哪些？

答：变压器在运行中产生气泡的原因有：

（1）固体绝缘浸渍过程不完善，残留气泡。

（2）油在高电压作用下析出气体。

（3）局部过热引起绝缘材料分解产生气体。

（4）油中杂质水分在高电场作用下电解。

（5）密封不严、潮气反透、温度骤变、油中气体析出。

（6）局部放电会使油和纸绝缘分解出气体，产生新的气泡。

（7）变压器抽真空时，真空度达不到要求，保持时间不够；或者是抽真空时散热器阀门未打开，散热器中空气未抽尽。真空注油后，油中残留气体仍会形成气泡。

Je5C4123　用双电压表法测量变压器绕组联结组别应注意什么？

答：用双电压表法测量变压器绕组联结组别应注意以下两点：

（1）三相试验电压应基本上是平衡的（不平衡度不应超过2%），否则测量误差过大，甚至造成无法判断绕组联结组别。

（2）试验中所采用电压表要有足够的准确度，一般不应低于0.5级。

Je3C3124　通过空载特性试验，可发现变压器的哪些缺陷？

答：通过空载试验可以发现变压器的以下缺陷：

（1）硅钢片间绝缘不良。

（2）铁心极间、片间局部短路烧损。

（3）穿心螺栓或绑扎钢带、压板、上轭铁等的绝缘部分损坏，形成短路。

（4）磁路中硅钢片松动、错位、气隙太大。

（5）铁心多点接地。

（6）线圈有匝、层间短路或并联支路匝数不等，安匝不平衡等。

（7）误用了高耗劣质硅钢片或设计计算有误。

Je5C3125　通过负载特性试验，可发现变压器的哪些缺陷？

答：通过负载试验可以发现变压器的以下缺陷：

（1）变压器各金属结构件（如电容环、压板、夹件等）或油箱箱壁中，由于漏磁通所致的附加损耗过大。

（2）油箱盖或套管法兰等的涡流损耗过大。

（3）其他附加损耗的增加。

（4）绕组的并绕导线有短路或错位。

Je5C3126 电力变压器做负载试验时，多数从高压侧加电压；而空载试验时，又多数从低压侧加电压，为什么？

答：负载试验是测量额定电流下的负载损耗和阻抗电压，试验时，低压侧短路，高压侧加电压，试验电流为高压侧额定电流，试验电流较小，现场容易做到，故负载试验一般都从高压侧加电压。

空载试验是测量额定电压下的空载损耗和空载电流，试验时，高压侧开路，低压侧加压，试验电压是低压侧的额定电压，试验电压低，试验电流为额定电流百分之几或千分之几时，现场容易进行测量，故空载试验一般都从低压侧加电压。

Je5C1127 高压套管电气性能方面应满足哪些要求？

答：高压套管在电气性能方面通常要满足：

（1）长期工作电压下不发生有害的局部放电。

（2）1min 工频耐压试验下不发生滑闪放电。

（3）工频干试或冲击试验电压下不击穿。

（4）防污性能良好。

Je5C2128 GIS 成套设备主要由哪些电气一次元件构成？

答：由断路器、隔离开关、接地开关、电流互感器、电压互感器、避雷器、母线（包括主母线和分支母线）和终端构成。

Je4C1129 为什么说在低于 5℃时，介质损耗试验结果准确性差？

答：温度低于 5℃时，受潮设备的介质损耗试验测得的 $\tan\delta$ 值误差较大，这是由于水在油中的溶解度随温度降低而降低，在低温下水析出并沉积在底部，甚至成冰。此时测出的 $\tan\delta$ 值显然不易检出缺陷，而且仪器在低温下准确度也较差，故应尽可能避免在低于 5℃时进行设备的介质损耗试验。

Je4C1130　如何用电流表、电压表测量接地电阻？

答：接通电源后，首先将开关 S 闭合，用电流表测出线路电流 I，用高内阻电压表测出接地极 E 与电位探测极 T 之间的电阻 R_x 上的电压 U，则接地电阻 $R_x = U / I$。

测量接地电阻时要注意安全，必要时戴绝缘手套，见图 C-7。

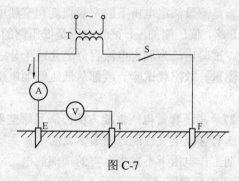

图 C-7

Je3C1131　测量接地电阻时应注意什么？

答：应注意以下几点：

（1）测量时，被测的接地装置应与避雷线断开。

（2）电流极、电压极应布置在与线路或地下金属管道垂直的方向上。

（3）应避免在雨后立即测量接地电阻。

（4）采用交流电流表、电压表法时，电极的布置宜用三角形布置法，电压表应使用高内阻电压表。

（5）被测接地体 E、电压极 P 及电流极 C 之间的距离应符合测量方法的要求。

（6）所用连接线截面电压回路不小于 $1.5mm^2$，电流回路应适合所测电流数值；与被测接地体 E 相连的导线电阻不应大于 R_x 的 2%～3%。试验引线应与接地体绝缘。

（7）仪器的电压极引线与电流极引线间应保持 1m 以上距离，以免使自身发生干扰。

（8）应反复测量 3～4 次，取其平均值。

（9）使用地阻表时发现干扰，可改变地阻表转动速度。

（10）测量中当仪表的灵敏度过高时，可将电极的位置提高，使其插入土中浅些。当仪表灵敏度不够时，可给电压极和电流极插入点注入水而使其湿润，以降低辅助接地棒的电阻。

Je4C1132　使用单相 TV 进行高压核相试验，应该注意什么？

答：使用电压互感器进行高压核相，先应将低压侧所有接线接好，然后用绝缘工具将电压互感器接到高压线路或母线；工作时应戴绝缘手套和护目眼镜，站在绝缘垫上；应有专人监护，保证作业安全距离；对没有直接电联系的系统核相，应注意避免发生串联谐振，造成事故。

Je4C3133　变压器外施工频耐压试验以及感应耐压试验的作用？

答：外施工频耐压试验能够考核变压器主绝缘强度、检查局部缺陷，能发现主绝缘受潮、开裂、绝缘距离不足等缺陷。感应耐压试验主要考核变压器纵绝缘（绕组层间、相间及段间）。

Je4C1134　为什么套管注油后要静置一段时间才能测量其 tanδ？

答：刚检修注油后的套管，无论是采取真空注油还是非真空注油，总会或多或少地残留少量气泡在油中。这些气泡在试验电压下往往发生局部放电，因而使实测的 tanδ 增大。为保证测量的准确度，对于非真空注油及真空注油的套管，一般都采取注油后静置一段时间且多次排气后再进行测量的方法，从而纠正偏大的误差。

Je4C2135　对变压器进行感应耐压试验的目的和原因是什么？

答：对变压器进行感应耐压试验的目的是：

（1）试验全绝缘变压器的纵绝缘。

（2）试验分级绝缘变压器的部分主绝缘和纵绝缘。

对变压器进行感应耐压试验的原因是：

（1）由于在做全绝缘变压器的交流耐压试验时，只考验了变压器主绝缘的电气强度，而纵绝缘并没有承受电压，所以要做感应耐压试验。

（2）对半绝缘变压器主绝缘，因其绕组首、末端绝缘水平不同，不能采用一般的外施电压法试验其绝缘强度，只能用感应耐压法进行耐压试验。为了要同时满足对主绝缘和纵绝缘试验的要求，通常借助于辅助变压器或非被试相绕组支撑被试绕组把中性点的电位抬高，一举达到两个目的。

Je4C2136　如何利用单相电压互感器进行高压系统的核相试验？

答：在有直接电联系的系统（如环接）中，可外接单相电压互感器，直接在高压侧测定相位，此时在电压互感器的低压侧接入 0.5 级的交流电压表。在高压侧依次测量 Aa、Ab、Ac、Ba、Bb、Bc、Ca、Cb、Cc 间的电压，根据测量结果，电压接近或等于零者，为同相；约为线电压者，为异相，将测得值作图，即可判定高压侧对应端的相位。

Je4C2137　已知被试品的电容量为 C_x（μF），耐压试验电压为 U_{exp}（kV），如做工频耐压试验，所需试验变压器的容量

是多少?

答：进行试品耐压试验所需试验变压器的容量为：$S \geqslant wC_xU_{exp}U_N \times 10^{-3}$，其中，$U_N$ 为试验变压器高压侧额定电压 kV；C_x 为试品电容，μF；U_{exp} 为试验电压，kV；$\omega = 2\pi f$。

Je4C2138 试验中有时发现绝缘电阻较低，泄漏电流大而被认为不合格的被试品，为何同时测得的 tanδ 值还合格呢?

答：绝缘电阻较低，泄漏电流大而不合格的试品，一般表明在被试的并联等值电路中，某一支路绝缘电阻较低，而若干并联等值电路的 tanδ 值总是介于并联电路中各支路最大与最小 tanδ 值之间，且比较接近体积较大或电容较大部分的值，只有当绝缘状况较差部分的体积很大时，实测 tanδ 值才能反映出不合格值，当此部分体积较小时，测得整体的 tanδ 值不一定很大，可能小于规定值，对于大型变压器的试验，经常出现这种现象，应引起注意，避免误判断。

Je4C2139 过电压分哪几种形式?

答：过电压分为大气过电压和内部过电压，其中大气过电压包括直击雷过电压和感应过电压。内部过电压包括操作过电压和谐振过电压。

Je3C4140 变压器正式投入运行前做冲击合闸试验的目的是什么?

答：变压器正式投入运行前做冲击合闸试验的目的有：

（1）带电投入空载变压器时，会产生励磁涌流，其值可超过额定电流，且衰减时间较长，甚至可达几十秒。由于励磁涌流产生很大的电动力，为了考核变压器各部的机械强度，需做冲击合闸试验，即在额定电压下合闸若干次。

（2）切空载变压器时，有可能产生操作过电压。对不接地绕组此电压可达 4 倍相电压；对中性点直接接地绕组，此电压仍可达 2 倍相电压。为了考核变压器绝缘强度能否承受需做开断试验，有切就要合，亦即需多次切合。

（3）由于合闸时可能出现相当大的励磁涌流，为了校核励磁涌流是否会引起继电保护误动作，需做冲击合闸试验若干次。

每次冲击合闸试验后，要检查变压器有无异音异状。一般规定，新变压器投入，冲击合闸 5 次；大修后投入，冲击合闸 3 次。

Je3C4141　金属氧化物避雷器运行中劣化的征兆有哪几种？

答：金属氧化物在运行中劣化主要是指电气特性和物理状态发生变化，这些变化使其伏安特性漂移，热稳定性破坏，非线性系数改变，电阻局部劣化等。一般情况下这些变化都可以从避雷器的如下几种电气参数的变化上反映出来：

（1）在运行电压下，泄漏电流阻性分量峰值的绝对值增大；

（2）在运行电压下，泄漏电流谐波分量明显增大；

（3）运行电压下的有功损耗绝对值增大；

（4）运行电压下的总泄漏电流的绝对值增大，但不一定明显。

Je3C3142　发电机为什么要做直流耐压试验并测泄漏电流？

答：在直流耐压的试验过程中，可以从电压和电流的对应关系中观察绝缘状态，大多数情况下，可以在绝缘尚未击穿之前就能发现缺陷，因直流电压是按照电阻分布的，因而对发电机定子绕组做高压直流试验能比交流更有效地发现端部缺陷和间隙性缺陷。

Je3C5143　发电机的空载特性试验有什么意义？做发电

机空载特性试验应注意哪些事项？

答：发电机的空载特性试验，也是发电机的基本试验项目。发电机空载特性是指发电机在额定转速下，定子绕组中电流为零时，绕组端电压 U_0 和转子励磁电流 I_L 之间的关系曲线。发电机的空载特性试验就是实测这条特性曲线。$0\sim1.3$ 倍额定电压，一般取 $10\sim12$ 点。

在做发电机空载特性试验时应注意，发电机已处在运行状态，所以它的继电保护装置除强行励磁及自动电压调整装置外应全部投入运行。试验中三相线电压值应接近相等，相互之间的不对称应不大于 3%，发电机的端电压超过额定值时，铁心温度上升很快，所以此时应尽量缩短试验时间，在 1.3 倍额定电压下不得超过 5min。

试验中还应注意，当将励磁电流由大到小逐级递减或由小到大递升时，只能一个方向调节，中途不得有反方向来回升降。否则，由于铁心的磁滞现象，会影响测量的准确性。

Je3C5144　变压器铁心多点接地的主要原因及表现特征是什么？

答：统计资料表明，变压器铁心多点接地故障在变压器总事故中占第三位，主要原因是变压器在现场装配及安装中不慎遗落金属异物，造成多点接地或铁轭与夹件短路、芯柱与夹件相碰等。

变压器铁心多点接地故障的表现特征有：

（1）铁心局部过热，使铁心损耗增加，甚至烧坏。

（2）过热造成的温升，使变压器油分解，产生的气体溶解于油中，引起变压器油性能下降，油中总烃大大超标。

（3）油中气体不断增加并析出（电弧放电故障时，气体析出量较之更高、更快），可能导致气体继电器动作发信号甚至使变压器跳闸。

在实践中，可以根据上述表现特征进行判断，其中检测油中溶解气体色谱和空载损耗是判断变压器铁心多点接地的重要依据。

Je3C3145 进行大容量被试品工频耐压时，当被试品击穿时电流表指示一般是上升，但为什么有时也会下降或不变？

答：根据试验接线的等值电路，并由等值电路求得

$$I = \frac{U}{\sqrt{R^2 + (X_C - X_L)^2}}$$

当被试品击穿时，相当于 X_C 短路，此时电流为

$$I = \frac{U}{\sqrt{R^2 + X_L^2}}$$

式中　X_C——试品容抗，Ω；

　　　X_L——试验变压器漏抗，Ω；

　　　I——试验回路电流，A；

　　　U——试验电压，V。

比较一下可看出：当 $X_C - X_L = X_L$，即 $X_C = 2X_L$ 时，击穿前后电流不变；当 $X_C - X_L > X_L$，即 $X_C > 2X_L$ 时，击穿后电流增大；当 $X_C - X_L < X_L$，即 $X_C < 2X_L$ 时，击穿后电流减小。

一般情况下 $X_C \gg X_L$，因此击穿后电流增大，电流表指示上升，但有时因试品电容量很大或试验变压器漏抗很大时，也可能出现 $X_C \leqslant 2X_L$ 的情况，这时电流表指示就会不变或下降，这种情况属非正常的，除非有特殊必要（例如用串联谐振法进行耐压试验）一般应避免。

Je3C3146 大修时对有载调压开关应做哪些试验？大修后、带电前应做哪些检查调试？

答：有载调压开关大修时，应进行以下电气试验：

（1）拍摄开关切换过程的录波图，检查切换是否完好，符合规定程序。

（2）检查过渡电阻的阻值，偏差一般不应超出设计值的±10%。

（3）检查每一挡位上，从进到出回路的完好性，其回路接触电阻应不大于出厂标准，一般小于 $500\mu\Omega$。

有载调压开关大修后、带电前，应进行如下检查调试：

（1）挡位要一致。远方指示，开关本体（顶盖上）指示，操动机构箱上的指示，必须指示同一挡位。

（2）手摇调整两个完整的调压循环，从听到切换声，到看到挡位显示数对中，对摇动的圈数而言，升挡和降挡都是对称的，例如从 6 到 7 挡，从听见切换声到挡位数 7 挡中的手摇圈数，应当与从 7 到 6 挡时的相应圈数完全对称，最多不要超过半圈。

（3）电动调整两个完整的调压循环，不应有卡涩、滑挡的现象，调到始端或终端时，闭锁装置能有效制动。

（4）进行油压试验，外观无渗漏，有载调压开关储油柜的油位不得有与变压器储油柜趋平的现象。

上述检查调试完好后，再与变压器一起进行有关的试验，如直流电阻、绝缘试验、变比、接线组别等，然后方可投入系统准备带电调试。

Je3C2147　做 GIS 交流耐压试验时应特别注意什么？

答：做 GIS 交流耐压试验时应特别注意以下几方面：

（1）规定的试验电压应施加在每一相导体和金属外壳之间，每次只能一相加压，其他相导体和接地金属外壳相连接。

（2）当试验电源容量有限时，可将 GIS 用其内部的断路器或隔离开关分断成几个部分分别进行试验，同时不试验的部分应接地，并保证断路器断口，断口电容器或隔离开关断口上承受的电压不超过允许值。

（3）GIS 内部的避雷器在进行耐压试验时应与被试回路断开，GIS 内部的电压互感器、电流互感器的耐压试验应参照相应的试验标准执行。

Je3C3148　怎样测量 CVT 主电容 C_1 和分压电容 C_2 的介损？

答：测量主电容 C_1 和 $\tan\delta_1$ 的接线如图 C-8 所示。试验时由 CVT 的中间变压器二次绕组励磁加压。E 点接地，分压电容 C_2 的"δ"点接高压电桥标准电容器的高压端，主电容 C_1 高压端接高压电桥的 C_x 端，按正接线法测量。由于"δ"绝缘水平所限，试验时电压不应超过 3kV，为此可在"δ"点与地间接入一静电电压表进行电压监视。此时由 C_2 与 C_n 串联构成标准支路，由于 C_n 的 $\tan\delta$ 近似于零，而电容量 C_2 远大于 C_n，故不影响电压监视及测量结果。

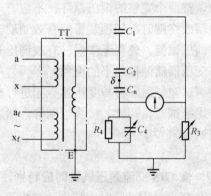

图 C-8

测量分压电容 C_2 和 $\tan\delta_2$ 接线如图 C-9 所示。由 CVT 中间变压器二次绕组励磁加压。E 点接地，分压电容 C_2 的"δ"点接高压电桥的 C_x 端，主电容 C_1 高压端与标准电容 C_n 高压端相接，按正接线法测量。试验电压 4～6.5kV 应在高压侧测量，此时 C_1 与 C_n 串联组成标准支路。为防止加压过程中，绕组过载，最好在回路中串入一个电流表进行电流监视。

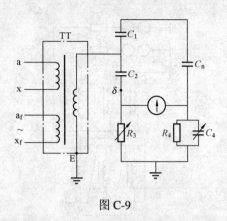

图 C-9

Je2C3149　叙述三相分级绝缘的 110kV 及以上电力变压器进行感应耐压试验的方法。

答：对分级绝缘的变压器，只能采用单相感应耐压进行试验。因此，要分析产品结构，比较不同的接线方式，计算出线端相间及对地的试验电压，选用满足试验电压的接线。一般要借助辅助变压器或非被试相绕组支撑，轮换三次，才能完成一台变压器的感应耐压试验。例如，对联结组别为 YNd11 的双绕组变压器，可按图 C-10 接线进行 A 相试验。非被试的两相线端并联接地，并与被试相串联，使相对地和相间电压均达到试验电压的要求，而非被试的两相，仅为 1/3 试验电压（即中性点电位）。当中性点电位达不到试验电压时，在感应耐压前，应先进行中性点的外施电压试验，B、C 相的感应耐压试验可仿此进行。

Je2C4150　怎样测量输电线路的零序阻抗？

答：输电线路零序阻抗测量的接线如图 C-11 所示，测量时将线路末端三相短路接地，始端三相短路接单相交流电源。根据测得电流、电压及功率，按下式计算出每相每千米的零序参数

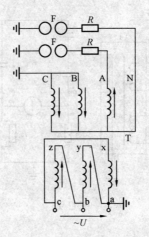

图 C-10

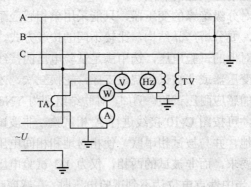

图 C-11

$$Z_0 = \frac{3U}{I}\frac{1}{L}$$

$$R_0 = \frac{3P}{I^2}\frac{1}{L}$$

$$X_0 = \sqrt{Z_0^2 - R_0^2}$$

$$L_0 = \frac{X_0}{2\pi f}$$

式中　P ——所测功率，W；

　　　U ——试验电压，V；

　　　Z_0 ——零序阻抗，Ω/km；

　　　R_0 ——零序电阻，Ω/km；

　　　X_0 ——零序电抗，Ω/km；

　　　L_0 ——零序电感，H/km；

　　　I ——试验电流，A；

　　　L ——线路长度，km；

　　　f ——试验电源的频率，Hz。

Je2C3151　怎样根据变压器直流电阻的测量结果对变压器绕组及引线情况进行判断？

答： 应依据下述标准进行判断：

（1）1 600kVA 以上变压器，各相绕组电阻相互间的差别不应大于三相平均值的 2%，无中性点引出的绕组，线间差别不应大于三相平均值的 1.0%。

（2）1 600kVA 及以下变压器，相间差别一般不大于三相平均值的 4%，线间差别一般不大于三相平均值的 2%。

（3）与以前相同部位测得值（换算到同一温度下）比较其变化不应大于 2%。

如果测算结果超出标准规定，应查明原因。一般情况下，三相电阻不平衡的原因有以下几种：

（1）分接开关接触不良。分接开关接触不良，反映在一二个分接处电阻偏大，而且三相之间不平衡。这主要是分接开关不清洁，电镀层脱落，弹簧压力不够等。固定在箱盖上的分接开关，也可能是在箱盖紧固以后，使开关受力不均造成接触不良。

（2）焊接不良。由于引线和绕组焊接处接触不良，造成电阻偏大；多股并联绕组，其中有一二股没有焊上，这时一般电阻偏大较多。

（3）三角形联结绕组，其中一相断线，测出的三个线端电阻都比设计值相差得多，其关系为 2：1：1。

此外，变压器套管的导电杆和绕组连接处，由于接触不良也会引起直流电阻增加。

Je1C3152 表征电气设备外绝缘污秽程度的参数主要有哪几个？

答：主要有以下三个：

（1）污层的等值附盐密度。它以绝缘子表面每平方厘米的面积上有多少毫克的氯化钠来等值表示绝缘子表面污秽层导电物质的含量。

（2）污层的表面电导。它以流经绝缘子表面的工频电流与作用电压之比，即表面电导来反映绝缘子表面综合状态。

（3）泄漏电流脉冲。在运行电压下，绝缘子能产生泄漏电流脉冲，通过测量脉冲次数，可反映绝缘子污秽的综合情况。

Je1C3153 什么叫冲击系数？均匀电场和稍不均匀电场及极不均匀电场的冲击系数为多少？

答：50%冲击击穿电压和持续作用电压下击穿电压之比称为冲击系数。均匀电场和稍不均匀电场的冲击系数为 1；极不均匀电场的冲击系数大于 1。

Je5C2154 在带电设备附近测量绝缘电阻时，测量人员应执行哪些安全操作程序？

答：测量人员和绝缘电阻表安放位置，必须选择适当，保持安全距离，以免绝缘电阻表引线或引线支持物触碰带电部分。移动引线时，必须注意监护，防止工作人员触电。

Je1C5155　局部放电超声定位的原理是什么？

答：当设备内部有局部放电时，必然伴有超声波信号发放，现场可以通过多个超声探头测得的放电超声信号与电测所得的放电信号的时间差，计算出放电点距离超声探头的距离，以该超声探头为球心相应的距离为半径作球面，至少三个球面可得一交点，即可求得放电点的几何位置。

Je1C5156　测量变压器局部放电有何意义？

答：因为变压器绝缘介质的局部放电是一个长时间存在的现象，当其放电量过大时将对绝缘材料产生破坏作用，最终可能导致绝缘击穿。所以，要对变压器进行局部放电测量。

Je1C5157　局部放电测量中常见的干扰有几种？

答：常见干扰有：

（1）高压测量回路干扰。

（2）电源侧侵入的干扰。

（3）高压带电部位接触不良引起的干扰。

（4）试区高压电场作用范围内金属物处于悬浮电位或接地不良的干扰。

（5）空间电磁波干扰，包括电台、高频设备的干扰等。

（6）地中零序电流从入地端进入局部放电测量仪器带来的干扰。

Jf5C1158　遇有电气设备着火，应该怎样灭火？

答：遇有电气设备着火时，应立即将有关设备的电源切断，然后进行救火。对带电设备应使用干式灭火器、二氧化碳灭火器等灭火，不得使用泡沫灭火器灭火。对注油设备应使用泡沫灭火器或干燥的沙子等灭火。发电厂和变电站控制室内应备有防毒面具，防毒面具要按规定使用并定期进行试验，使其经常处于良好状态。

Jf5C1159　怎样进行触电急救？

答：触电急救必须分秒必争，立即就地迅速用心肺复苏法进行抢救，并坚持不断地进行，同时及早与医疗部门联系，争取医务人员接替救治。在医务人员未接替救治前，不应放弃现场抢救，更不能只根据没有呼吸或脉搏擅自判定伤员死亡，放弃抢救。只有医生有权做出伤员死亡的诊断。

Jf5C1160　用手锯锯扁钢带有哪些要求？

答：锯扁钢带要求：

（1）根据扁钢带的型号选择合适的手锯。

（2）把待锯的扁钢带在台钳上固定好。

（3）注意握锯姿势及锯条与扁钢带的角度，防止扭断锯条。

Jf5C2161　对现场使用的电气仪器仪表有哪些基本要求？

答：对现场使用的电气仪器仪表的基本要求有：

（1）要有足够的准确度，仪表的误差应不大于测试所需准确度等级的规定，并有定期检验合格证书。

（2）抗干扰的能力要强，即测量误差不应随时间、温度、湿度以及电磁场等外界因素的影响而显著变化，其误差应在规定的范围内。

（3）仪表本身消耗的功率越小越好，否则在测小功率时，会使电路工况改变而引起附加误差。

（4）为保证使用安全，仪表应有足够的绝缘水平。

（5）要有良好的读数装置，被测量的值应能直接读出。

（6）使用维护方便、坚固，有一定的机械强度。

（7）便于携带，有较好的耐振能力。

Jf5C1162　多油和少油断路器的主要区别是什么？

答：多油断路器的油箱是接地铁箱。箱内的油既用于灭弧，还作为高压带电体对油箱和同相开断动静触头之间的绝缘（在三相式断路器中还用作不同相高压带电体之间的绝缘），所以其用油量很大，体积也较大。

少油断路器的油箱是用绝缘材料（例如环氧树脂玻璃布或瓷等）制成的，或是不接地的铁箱。箱内的油除用来灭弧外，仅作为同相开断触头之间的绝缘，其高压带电体对地的绝缘部件由瓷质绝缘或其他有机绝缘材料制成。而不同相高压带电体之间，则依靠间距中的气体来绝缘，因此，其用油量较小，体积也较小。

Jf5C2163　对未经处理的白色硅胶，使用前应做怎样处理？

答：白色状态的硅胶，在使用前应浸渍氯化钴。浸渍方法：取占硅胶质量 3%的氯化钴溶解于水中，水量保证使硅胶能充分吸收，再将硅胶倒入氯化钴溶液中，并使它充分吸收，直到硅胶为粉红色。然后将其放在 110～120℃温度下进行干燥处理，直至硅胶完全转变成蓝色为止。

Jf5C1164　按被测量名称分，现场常用的电气仪表有哪几种？

答：有电压表、电流表、功率表、欧姆表、电能表、功率因数表、频率表、相序表及万用表等。

Jf5C3165　35kV 及以上的电流互感器常采用哪些防水防潮措施？

答：35kV 及以上的电流互感器的防水防潮措施有：

（1）有些老式产品必须加装吸湿装置。

（2）对装有隔膜者，应及时更换有缺陷的隔膜，每次检修时，要将隔膜弯折，仔细检查。特别是在打开顶盖时，须采取措施防止积水突然流入器身内部。最好先设法通过呼吸孔将积水吸出。

（3）应检查瓷箱帽的严密性，用 196.2kPa（2kgf/cm^2）水压试验，以防止砂眼漏水。

（4）消除一切可能割破橡皮隔膜的因素，如零件的毛刺等。

（5）提高装配质量，保证密封良好。

（6）受潮的电流互感器在（100±5）℃经 48h 干燥无效时，应进行真空干燥处理。

Jf5C2166　如发现电流互感器高压侧接头过热，应怎样处理？

答：处理要点：

（1）若接头发热是由于表面氧化层使接触电阻增大，则应把电流互感器接头处理干净，抹上导电膏。

（2）接头接触不良，应旋紧接头固定螺钉，使其接触处有足够的压力。

Jf4C2167　为什么要特别关注油中乙炔的含量？

答：乙炔（C$_2$H$_2$）是变压器油高温裂解的产物之一。其他还有一价键的甲烷、乙烷，还有二价键的乙烯、丙烯等。乙炔是三价键的烃，温度需要高达千摄氏度以上才能生成。这表示充油设备的内部故障温度很高，多数是有电弧放电了，所以要特别重视。

Jf4C3168　电力变压器装有哪些继电保护装置？

答：（1）电力变压器装设的主保护有：① 瓦斯保护（反应变压器本体内部故障）；② 差动保护（反应变压器各侧电流互感器以内的故障）。

（2）电力变压器装设的后备保护有：① 复合电压闭锁过电流保护；② 负序电流保护；③ 低阻抗保护；④ 零序过电流保护；⑤ 零序过电压保护；⑥ 过负荷保护；⑦ 超温、超压保护；

⑧ 冷却系统保护；⑨ 其他专门保护。

具体装设那种保护，要按照继电保护规程、规定，视变压器的容量、电压在电网中的作用而合理选配。

Jf4C3169　变电站装设限流电抗器的主要目的是什么？

答：其主要目的是：当线路或母线发生故障时，使短路电流限制在断路器允许的开断范围内，通常要限制在 31.5kA 以下，以便选用轻型断路器。

Jf4C3170　如何填写电力设备预防性试验报告？

答：填写电力设备预防性试验报告时，一般应包括下列内容：

（1）按报告格式填写设备铭牌、技术规范。

（2）填写试验时间、温度、湿度、压力，对变压器还要写明上层油温。

（3）填写试验结果，必要时将绝缘电阻、直流电阻、介质损耗因数 $\tan\delta$ 换算到规定温度，以便与历次试验数据比较；对火花放电电压要注意温度和压力等的换算。

（4）写明试验人员和记录人姓名等。

（5）计算准确、数据齐全、字迹清楚、无涂改痕迹。

Jf2C3171　衡量电能质量的基本指标是什么？电压偏移过大的危害及正常运行情况下各类用户的允许电压偏移为多少？

答：电压、频率、谐波是衡量电能质量的三大基本指标。

电压偏移过大，除了影响用户的正常工作以外，还会使网络中的电压损耗和能量损耗加大，危害电气设备的绝缘，危及电力系统的稳定性，正常运行情况下各类用户的允许电压偏移如下：

（1）35kV 及以下电压供电的负荷：±5%。

（2）10kV 及以下电压供电的负荷：±7%。

（3）低压照明负荷：+5%～-10%。

（4）农村电网：+7.5%～-10%（正常情况）；+10%～-15%（事故情况）。

Jf1C5172　为什么磁电系仪表只能测量直流电，而不能测量交流电？

答：因磁电系仪表由于永久磁铁产生的磁场方向不能改变，所以只有通入直流电流才能产生稳定的偏转，如在磁电系测量机构中通入交流电流，产生的转动力矩也是交变的，可动部分由于惯性而来不及转动，所以这种测量机构不能测量交流（交流电每周的平均值为零，所以结果没有偏转，读数为零）。

Jf1C5173　高压电机定子绕组进行耐压试验时，交流耐压和直流耐压是否可以相互代替？为什么？

答：不可以相互代替。因为交流电压和直流电压在电气设备中的分布是不一样的，直流耐压所需的试验设备容量较小，直流电压在绝缘中的分布是同绝缘电阻的分布成正比，易发现电机定子绕组的端部缺陷。而做交流耐压时，所需的试验设备容量较大，交流电压则与绝缘电阻并存的分布电容成反比，交流耐压试验更接近于设备在运行中过电压分布的实际情况，交流耐压易发现槽口缺陷。

Jf1C4174　发电机预防性试验包括哪些项目？

答：发电机预防性试验包括：

（1）定子绕组的绝缘电阻、吸收比或极化指数。

（2）定子绕组的直流电阻。

（3）定子绕组泄漏电流和直流耐压。

（4）定子绕组的交流耐压。

（5）转子绕组的绝缘电阻。

（6）转子绕组的直流电阻。

（7）转子绕组的交流阻抗和功率损耗。

（8）轴电压。

Jf1C5175　什么是输电线路的耐雷水平？线路耐雷水平与哪些因素有关？

答：（1）线路耐雷水平是指不至于引起线路绝缘闪络的最大雷电流幅值，单位是 kA。

（2）影响因素：① 绝缘子串 50%的冲击放电电压；② 耦合系数；③ 接地电阻大小；④ 避雷线的分流系数；⑤ 杆塔高度；⑥ 导线平均悬挂高度。

4.1.4 计算题

La5D1001 已知人体电阻 R_{min} 为 8 000Ω，又知通过人体的电流 I 超过 0.005A 就会发生危险，试求安全工作电压 U 是多少？

解：$U=IR_{min}=8\,000\times0.005=40$（V）

答：安全工作电压 U 是 40V。

La5D1002 试求截面积 $S=95mm^2$、长 $L=120km$ 的铜质电缆，在温度 $t_2=0℃$ 时的电阻 R_0（铜在 $t_1=20℃$ 时的电阻率 $\rho=0.017\,5\times10^{-6}$，电阻温度系数 $\alpha=0.004/℃$）。

解：$R_{20}=\rho\dfrac{L}{S}=0.017\,5\times10^{-6}\times\dfrac{120\times10^3}{95\times10^{-6}}=22.11$（Ω）

$R_0=R_{20}[1+\alpha(t_2-t_1)]=22.11\times[1+0.004\times(0-20)]=20.34$（Ω）

答：在 0℃时的电阻 R_0 为 23.88Ω。

La5D2003 已知一正弦电动势 e 的三要素为：$E_m=200V$，$\omega=314rad/s$，$\varphi=-\pi/6rad$，试写出 e 的函数表达式，并计算 $t=0$ 时的 e 值。

解：$e=200\sin\left(314t-\dfrac{\pi}{6}\right)$（V）；$t=0$ 时，$e=200\sin\left(-\dfrac{\pi}{6}\right)=-100$（V）

答：e 的函数表达式为 $e=200\sin\left(314t-\dfrac{\pi}{6}\right)$，当 $t=0$ 时，e 为 $-100V$。

La5D2004 已知某电源频率为 $f=100Hz$，试求其角频率 ω 和周期 T。

解：$\omega=2\pi f=2\times3.14\times100=628$（rad/s）

$$T=1/f=1/100=0.01 \text{（s）}$$

答：其角频率ω为628rad/s，周期T为0.01s。

La5D2005 画出图 D-1 所示电路中电流的实际方向，并比较各点电位的高低。

解：电流的实际方向如图 D-2 所示，图 D-1（a）中 $V_1>V_2$，图 D-1（b）中 $V_1>V_2>V_3>V_4$。

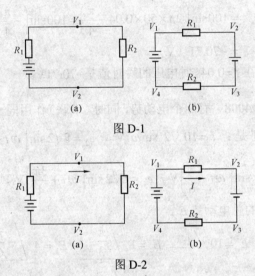

图 D-1

图 D-2

答：各点电位的高低为 $V_1>V_2>V_3>V_4$。

La5D3006 已知 $e_1=E_m\sin(\omega t+45°)$，$e_2=E_m\sin(\omega t+15°)$，$f=50\text{Hz}$，试求：

（1）e_1 和 e_2 的相位差ωt；

（2）e_1 超前 e_2 多长时间 t（$\omega=2\pi f$）？

解：（1）e_1、e_2 的相位差$\omega t=45°-15°=30°=\dfrac{\pi}{6}$（rad）

（2）由$\omega t=\dfrac{\pi}{6}$可得，$t=\dfrac{\pi}{6\omega}=\dfrac{\pi}{6\times2\pi f}=\dfrac{1}{12\times50}=0.001\,67\text{（s）}$

答：e_1 和 e_2 的相位差为 $\dfrac{\pi}{6}$rad。e_1 超前 $e_2$0.001 67s。

La5D3007　有一正弦电压 $u=100\sin(\omega t-45°)$V。问在 $t=0.04$s 时电压的瞬时值 u_i 是多少（已知电源频率 f 为 50Hz）？

解：
$$u_i = 100\sin(\omega t - 45°) = 100\sin\left(2\pi ft - \frac{\pi}{4}\right)$$
$$= 100\sin\left(2\pi \times 50 \times 0.04 - \frac{\pi}{4}\right) = 100\sin\left(-\frac{\pi}{4}\right)$$
$$= -70.71 \text{（V）}$$

答：在 $t = 0.04$s 时电压的瞬时值是 -70.71V。

La5D4008　有四个电动势，同时（串联）作用同一电路中，它们分别是：$e_1 = 10\sqrt{2}\sin\omega t$V，$e_2 = 8\sqrt{2}\sin\left(\omega t + \dfrac{\pi}{3}\right)$V，$e_3 = 4\sqrt{2} \times \sin\left(\omega t - \dfrac{\pi}{6}\right)$V，$e_4 = 6\sqrt{2}\sin\left(\omega t + \dfrac{3\pi}{4}\right)$V，试用作图法求它们的总电动势 $\dot{E}$。

解：$\dot{E}_1 = 10\underline{/0}\quad \dot{E}_2 = 8\underline{/\dfrac{\pi}{3}}\quad \dot{E}_3 = 4\underline{/-\dfrac{\pi}{6}}\quad \dot{E}_4 = 6\underline{/-\dfrac{3\pi}{6}}$

各电动势的相量如图 D-3 所示。

答：总电动势的相量图如图 D-3 所示。

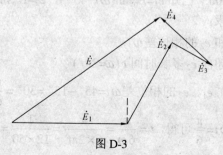

图 D-3

Lb5D4009　一把 U=220V、P_1=75W 的电烙铁，接在交流电压源 u=311sin314t 上，求：

（1）通过电烙铁的电流的有效值 I 及电烙铁的电阻 R。

（2）将这把电烙铁接在 U=110V 的交流电源上，问它消耗的功率 P 是多少？

解：（1）交流电压源 U 的有效值 U=311/$\sqrt{2}$ =220（V）

$$R = \frac{U^2}{P} = \frac{220^2}{75} = 645.33 \ (\Omega)$$

$$i = \frac{u}{R} = \frac{311\sin 314t}{645.33} \approx 0.482\sin 314t \ (A)$$

$$I = 0.482/\sqrt{2} \approx 0.341 \ (A)$$

（2）
$$P = \frac{U^2}{R} = \frac{110^2}{645.33} = 18.75 \ (W)$$

答：通过电烙铁的电流的有效值 I 为 0.341A，电烙铁的电阻为 645.33Ω；将这把电烙铁接在 U=110V 的交流电源上，它消耗的功率 P 是 18.75W。

Lb5D4010　某单相变压器的 S_N=250kVA，U_{1N}/U_{2N}=10/0.4kV，试求高、低压侧的额定电流 I_{1N} 和 I_{2N}。

解：高压侧额定电流

$$I_{1N} = \frac{S_N}{U_{1N}} = \frac{250}{10} = 25 \ (A)$$

低压侧额定电流

$$I_{2N} = \frac{S_N}{U_{2N}} = \frac{250}{0.4} = 625 \ (A)$$

答：高、低压侧的额定电流 I_{1N}、I_{2N} 分别为 25A、625A。

Lb5D5011　某电力变压器的型号为 SFSZL3–50000/110，额定电压为 110$^{+4}_{-2}$×2.5%/38.5/11kV，问该变压器高压侧有几个抽头？对应各抽头，高低压绕组间的电压比 k_1、k_2、k_3、k_4、k_5、k_6、k_7 各是多少？

解：高压侧有 7 个抽头。对应高压侧各抽头，高、低压绕组间的电压比分别为

$$k_1 = \frac{110 + 4 \times 2.5\% \times 110}{11} = 11$$

$$k_2 = \frac{110 + 3 \times 2.5\% \times 110}{11} = 10.75$$

$$k_3 = \frac{110 + 2 \times 2.5\% \times 110}{11} = 10.5$$

$$k_4 = \frac{110 + 2.5\% \times 110}{11} = 10.25$$

$$k_5 = \frac{110}{11} = 10$$

$$k_6 = \frac{110 - 2.5\% \times 110}{11} = 9.75$$

$$k_7 = \frac{110 - 2 \times 2.5\% \times 110}{11} = 9.5$$

答：该变压器高压侧有 7 个抽头，对应各抽头高低压绕组间的电压比分别是 11、10.75、10.5、10.25、10、9、75、9.5。

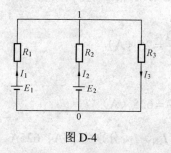

图 D-4

Lb5D5012 电路如图 D-4 所示，已知 E_1=130V，R_1=1Ω，E_2=117V，R_2=0.6Ω，R_3=24Ω，用节点电压法计算各支路的电流 I_1、I_2、I_3。

解：由图 D-4 可列出下列节点电压方程

$$\left(\frac{1}{R_1} + \frac{1}{R_2} + \frac{1}{R_3} \right) U_{10} = \frac{E_1}{R_1} + \frac{E_2}{R_2}$$

即

$$\left(\frac{1}{1} + \frac{1}{0.6} + \frac{1}{24} \right) U_{10} = \frac{130}{1} + \frac{117}{0.6}$$

所以 $\qquad U_{10}=120V$

则 $\qquad I_1 = \dfrac{E_1 - U_{10}}{R_1} = \dfrac{130 - 120}{1} = 10$ （A）

$$I_2 = \dfrac{E_2 - U_{10}}{R_2} = \dfrac{117 - 120}{0.6} = -5 \text{ （A）}$$

$$I_3 = \dfrac{U_{10}}{R_3} = \dfrac{120}{24} = 5 \text{ （A）}$$

答：各支路的电流 I_1、I_2、I_3 依次为 10A、−5A、5A。

Lb5D5013 在图 D-5 所示电路中，试导出 I 的计算式并说明 R_3 增大时，流过电流表的电流 I 如何变动，并说明其原因。

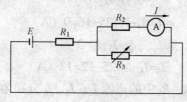

图 D-5

解：流过安培表的电流 I 为

$$I = \dfrac{E}{R_1 + R_2 /\!/ R_3} \times \dfrac{R_3}{R_2 + R_3}$$

$$= \dfrac{R_3 E}{R_1(R_2 + R_3) + R_2 R_3}$$

$$= \dfrac{E}{\dfrac{R_1 R_2}{R_3} + R_1 + R_2}$$

从上式可以看出，当 R_3 增大时，分母减小，所以流过电流表的电流 I 增大。

答：I 的计算式为 $I = \dfrac{E}{\dfrac{R_1 R_2}{R_3} + R_1 + R_2}$；当 R_3 增大时，分母减

小，所以流过电流表的电流增大。

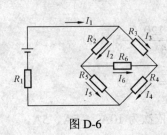

图 D-6

Lb5D5014 在图 D-6 中，已知 $I_1=25A$、$I_3=16A$、$I_4=12A$，它们的正方向如图 D-6 所示，求电阻 R_2、R_5、R_6 中的电流 I_2、I_5、I_6。

解：根据基尔霍夫定律得

$$-I_3-I_6+I_4=0$$
$$I_6=I_4-I_3=12-16=-4（A）$$

又

$$-I_1+I_3+I_2=0$$
$$I_2=I_1-I_3=25-16=9（A）$$

又

$$-I_4-I_5+I_1=0$$
$$I_5=I_1-I_4=25-12=13（A）$$

答：R_2、R_5、R_6 中的电流 I_2、I_5、I_6 分别为 9、13、$-4A$。

Lb5D5015 求图 D-7 所示电路中，储存于各电容器的电能。

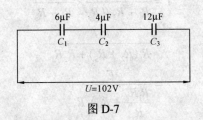

图 D-7

解：先求电路的总电容 C

$$\frac{1}{C}=\frac{1}{C_1}+\frac{1}{C_2}+\frac{1}{C_3}=\frac{1}{6}+\frac{1}{4}+\frac{1}{12}=\frac{6}{12}=\frac{1}{2}$$

$$C=2\mu F$$

再求每个电容所带电荷 Q_1、Q_2、Q_3

$$Q=Q_1=Q_2=Q_3=CU=2\times10^{-6}\times10^2=2.04\times10^{-4} \text{（C）}$$

根据公式 $Q=CU$ 可得

$$U_1=\frac{Q_1}{C_1}=\frac{2.04\times10^{-4}}{6\times10^{-6}}=34 \text{（V）}$$

$$U_2=\frac{Q_2}{C_2}=\frac{2.04\times10^{-4}}{4\times10^{-6}}=51 \text{（V）}$$

$$U_3=\frac{Q_3}{C_3}=\frac{2.04\times10^{-4}}{12\times10^{-6}}=17 \text{（V）}$$

每个电容储存的电能 W_1、W_2、W_3 分别为

$$W_1=\frac{1}{2}C_1U_1^2=\frac{1}{2}\times6\times10^{-6}\times34^2=3.468\times10^{-3} \text{（J）}$$

$$W_2=\frac{1}{2}C_2U_2^2=\frac{1}{2}\times4\times10^{-6}\times51^2=5.2\times10^{-3} \text{（J）}$$

$$W_3=\frac{1}{2}C_3U_3^2=\frac{1}{2}\times12\times10^{-6}\times17^2=1.734\times10^{-3} \text{（J）}$$

答：C_1、C_2、C_3 的电能分别为 3.468×10^{-3}J、5.2×10^{-3}J、1.734×10^{-3}J。

Lb5D1016 已知正弦交流电压的有效值 U 为 220V，试求其最大值 U_m 和平均值 U_{av}。

解：该正弦交流电压的最大值

$$U_m=\sqrt{2}\times U=\sqrt{2}\times220=311.1 \text{（V）}$$

该正弦交流电压的平均值

$$U_{av}=U/1.11=220/1.11=198.2 \text{（V）}$$

答：该正弦交流电压的最大值为 311.1V；平均值为 198.2V。

Lb5D3017 两个同频率正弦量 u_1、u_2 的有效值各为 40V、30V，问

（1）在 u_1 和 u_2 同相时，u_1+u_2 的有效值为多少？

（2）在 u_1 和 u_2 反相时，u_1+u_2 的有效值为多少？

（3）在 u_1 和 u_2 相位相差 90° 时，u_1+u_2 的有效值为多少？

解：（1）在 u_1 和 u_2 同相时，u_1+u_2 的有效值=40+30=70（V）

（2）在 u_1 和 u_2 反相时，u_1+u_2 的有效值=40–30=10（V）

（3）在 u_1 和 u_2 相位相差 90° 时，u_1+u_2 的有效值 $\sqrt{40^2+30^2}$ =50（V）

答：在 u_1 和 u_2 同相时，u_1+u_2 的有效值为 70V；在 u_1 和 u_2 反相时，u_1+u_2 的有效值为 10V；在 u_1 和 u_2 相位相差 90° 时，u_1+u_2 的有效值为 50V。

Lb5D5018 已知某串联谐振试验电路的电路参数电容 C=0.56μF，电感 L=18H，电阻 R=58Ω，试求该电路的谐振频率 f 及品质因数 Q。

解：该电路的谐振频率

$$f = \frac{1}{2\pi\sqrt{LC}} = \frac{1}{2\pi\sqrt{18\times0.56\times10^{-6}}} = 50.13 \text{（Hz）}$$

该电路的品质因数

$$Q = \frac{1}{R}\sqrt{\frac{L}{C}} = \frac{1}{58}\times\sqrt{\frac{18}{0.56\times10^{-6}}} = 97.75$$

答：该电路的谐振频率为 50.13Hz，品质因数 Q 为 97.75。

Lb5D5019 如图 D-8 所示，已知 U=220V，I_1=10A，$I_2=5\sqrt{2}$ A 试用三角函数表示各正弦量，并计算 t=0 时的 u、i_1 和 i_2 之值。

解：（1）表达式

$$u=220\sqrt{2}\sin\omega t$$

$$i_1 = 10\sqrt{2}\sin\left(\omega t + \frac{\pi}{2}\right)$$

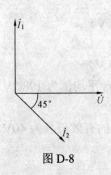

图 D-8

$$i_2 = 10\sin\left(\omega t - \frac{\pi}{4}\right)$$

（2）$t=0$ 时，$u=220\times\sqrt{2}\times\sin 0°=0$（V）

$$i_1 = 10\sqrt{2}\times\sin\frac{\pi}{2} = 14.14 \text{（A）}$$

$$i_2 = 10\sin\left(-\frac{\pi}{4}\right) = -7.07 \text{（A）}$$

答：各正弦量的表达式为 $U=220\sqrt{2}\sin\omega t$，$i_1 = 10\sqrt{2}$ $\sin\left(\omega t+\frac{\pi}{2}\right)$，$i_2 = 10\sin\left(\omega t-\frac{\pi}{4}\right)$；当 $t=0$ 时 $u=0\text{V}$，$i_1=14.14\text{A}$，$i_2=-7.07\text{A}$。

Jd5D1020 一台单相变压器，$U_{1N}=220\text{V}$，$f=50\text{Hz}$，$N_1=200$ 匝，铁心截面积 $S=35\text{cm}^2$，试求主磁通的最大值 Φ_m 和磁通密度最大值 B_m。

解：主磁通最大值

$$\Phi_m = \frac{U_{1N}}{4.44fN_1} = \frac{220}{4.44\times 50\times 200} = 0.004\,955 \text{（Wb）}$$

磁通密度最大值

$$B_m = \frac{\Phi_m}{S} = \frac{0.004\,955}{35\times 10^{-4}} = 1.415\,7 \text{（T）}$$

答：主磁通的最大值和磁通密度最大值分别为 0.004 955Wb、1.415 7T。

Jd5D5021 一台三相变压器的 $S_N=60\,000\text{kVA}$，$U_{1N}/U_{2N}=220/11\text{kV}$，Yd 联结，低压绕组匝数 $N_2=1\,100$ 匝，试求额定电流 I_{1N}、I_{2N} 和高压绕组匝数 N_1。

解：额定电流

$$I_{1N} = \frac{S_N}{\sqrt{3}U_{1N}} = \frac{60\,000}{\sqrt{3}\times 220} \approx 157 \text{（A）}$$

$$I_{2N} = \frac{S_N}{\sqrt{3}U_{2N}} = \frac{60\ 000}{\sqrt{3} \times 11} \approx 3\ 149\ （A）$$

高压绕组匝数 N_1

$$\frac{N_1}{N_2} = \frac{1}{\sqrt{3}} \times \frac{U_{1N}}{U_{2N}}$$

$$N_1 = \frac{1}{\sqrt{3}} \times \frac{U_{1N}}{U_{2N}} \times N_2 = \frac{1}{\sqrt{3}} \times \frac{220}{11} \times 1\ 100 = 12\ 702\ （匝）$$

答：额定电流 I_{1N} 为 157A，I_{2N} 为 3 149A，高压绕组每相匝数为 12 702 匝。

Jd5D5022　某电力变压器的型号为 SFL1–8000/35，额定容量为 8 000kVA，$U_{1N}=35$kV，$U_{2N}=11$kV，YNd11 联结，试求：

（1）该变压器高低压侧的额定电流 I_{1N}、I_{2N}。

（2）额定负载时，高低压绕组中流过的电流。

解：（1）额定电流

$$I_{1N} = \frac{S_N}{\sqrt{3}U_{1N}} = \frac{8\ 000}{\sqrt{3} \times 35} \approx 132\ （A）$$

$$I_{2N} = \frac{S_N}{\sqrt{3}U_{2N}} = \frac{8\ 000}{\sqrt{3} \times 11} \approx 420\ （A）$$

（2）流过高压绕组中的电流=$I_{1N} \approx 132$（A）

流过低压绕组中的电流 = $\frac{1}{\sqrt{3}}I_{2N} \approx 242$（A）

答：该变压器高低压侧的额定电流分别约为 132A、420A。额定负载时高、低压绕组中流过的电流为 132A、242A。

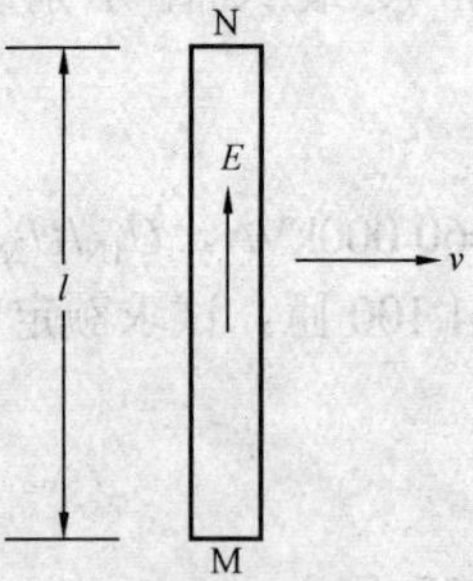

图 D-9

Jd5D5023　在图 D-9 中，当长

l=0.45m 的导线以 v=10m/s 的速度垂直于磁场的方向在纸面上向右运动时，产生的磁感应电动势 E 为 4.5V，方向已标在图 D-9 上，试确定磁通密度 B 的大小及方向。

解：因为 $E=Blv$

所以 $B = \dfrac{E}{lv} = \dfrac{4.5}{0.45 \times 10} = 1$（T）

答：磁通密度的大小为 1T，方向为水平向右。

Jd4D1024 现有电容量 C_1 为 200μF、耐压为 500V 和电容量 C_2 为 300μF、耐压为 900V 的两只电容器，试求：

（1）将两只电容器串联起来后的总电容量 C 是多少？

（2）电容器串联以后若在两端加 1 000V 电压，电容器是否会被击穿？

解：（1）两只电容器串联后的总电容为

$$C = \frac{C_1 C_2}{C_1 + C_2} = \frac{200 \times 300}{200 + 300} = 120 \ (\mu F)$$

（2）两只电容器串联后加 1 000V 电压，则 C_1、C_2 两端的电压 U_1、U_2 为

$$U_1 = \frac{C_2}{C_1 + C_2} U = \frac{300}{200 + 300} \times 1\,000 = 600 \ (V)$$

$$U_2 = \frac{C_1}{C_1 + C_2} U = \frac{300}{200 + 300} \times 1\,000 = 400 \ (V)$$

答：将两只电容器串联起来后的总电容量 C 为 120μF；电容 C_1 两端的电压是 600V，超过电容 C_1 的耐压 500V，所以 C_1 被击穿。C_1 击穿后，1 000V 电压全部加在电容 C_2 上，所以 C_2 也会被击穿。

Jd4D1025 电路如图 D-10 所示，试用 U_2 的计算式说明在开关 S 合上后，电压 U_2 是增加还是减少？

解：开关 S 拉开时，电阻 R_2 上的电压 U_2 为

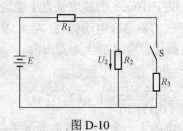

图 D-10

$$U_2 = \frac{R_2}{R_1 + R_2} E$$

开关 S 合上时，电阻 R_2 上的电压 U_2 为

$$U_2 = \frac{\dfrac{R_2 R_3}{R_2 + R_3}}{R_1 + \dfrac{R_2 R_3}{R_2 + R_3}} E = \frac{R_2 E}{R_1 + R_2 + \dfrac{R_1 R_2}{R_3}}$$

比较以上两式可知，开关 S 合上后，电阻 R_2 上的电压 U_2 要减少。

答：开关 S 合上后，电阻 R_2 上的电压 U_2 要减少。

La4D1026 电路如图 D-11 所示，已知 $E_1=20V$，$R_1=20\Omega$，$R_2=20\Omega$，$R_3=3\Omega$，$R_4=7\Omega$。求：

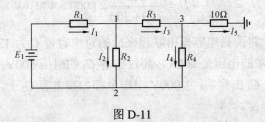

图 D-11

（1）支路电流 I_1、I_2、I_3、I_4 和 I_5；

（2）各电阻吸收的功率 P_1、P_2、P_3、P_4、P_5。

解：（1）等效电路如图 D-11 所示，对包含接点 1、2、3

的封闭面用基尔霍夫电流定律，知 $I_5=0A$。

$$I_1 = \frac{E_1}{R_1 + R_2 //(R_3 + R_4)} = \frac{20}{20 + \dfrac{20 \times (3+7)}{20+3+7}} = 0.75 \text{（A）}$$

$$I_2 = \frac{R_3 + R_4}{R_2 + R_3 + R_4} I_1 = \frac{3+7}{20+3+7} \times 0.75 = 0.25 \text{（A）}$$

$$I_3 = I_4 = I_1 - I_2 = 0.75 - 0.25 = 0.5 \text{（A）}$$

（2）$P_1 = I_1^2 R_1 = 0.75^2 \times 20 = 11.25 \text{（W）}$

$P_2 = I_2^2 R_2 = 0.25^2 \times 20 = 1.25 \text{（W）}$

$P_3 = I_3^2 R_3 = 0.5^2 \times 3 = 0.75 \text{（W）}$

$P_4 = I_4^2 R_4 = 0.5^2 \times 7 = 1.75 \text{（W）}$

$P_5 = I_5^2 R_5 = 0 \times R_5 = 0 \text{（W）}$

答：支路电流 I_1、I_2、I_3、I_4 和 I_5 分别为 0.75A、0.25A、0.5A、0.5A、0A；各电阻吸收的功率 P_1、P_2、P_3、P_4、P_5 分别为 11.25W、1.25W、0.75W、1.75W、0W。

Lb4D1027 在图 D-12 分压器电路中，在开关 S 闭合的情况下，滑动触头在位置 a 时输出电压 U_{ex} 是多少伏？在位置 b 时输出电压 U_{ex} 是多少伏？在中点 c 时输出电压 U_{ex} 是多少伏？

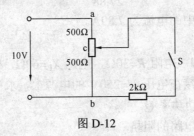

图 D-12

解：滑动触头在位置 a 时，输出电压 $U_{ex}=10V$；在位置 b 时，输出电压 $U_{ex}=0V$，在位置 c 时，输出电压

$$U_{ex} = \frac{10}{500 + \dfrac{500 \times 2\,000}{500 + 2\,000}} \times \frac{500 \times 2\,000}{500 + 2\,000} = 4.44 \ \text{（V）}$$

答：滑动触头在位置 a 时输出电压是 10V，在位置 b 时输出电压是 0V，在中点 c 时输出电压是 4.44V。

Lb4D1028　电阻 $R=12\Omega$，电感 $L=160\text{mH}$ 的线圈与电容 $C=127\mu\text{F}$ 串联后，接到电压 $U=220\text{V}$、频率 $f=50\text{Hz}$ 的工频电源上，求电路中的电流 I。

解：角频率

$$\omega = 2\pi f = 2 \times 3.14 \times 50 = 314 \ \text{（rad/s）}$$

电路中的阻抗为

$$Z = \sqrt{R^2 + \left(\omega L - \frac{1}{\omega C}\right)^2}$$

$$= \sqrt{12^2 + \left(314 \times 160 \times 10^{-3} - \frac{1}{314 \times 127 \times 10^{-6}}\right)^2}$$

$$= 27.88 \ \text{（}\Omega\text{）}$$

电路中的电流为

$$I = \frac{U}{Z} = \frac{220}{27.88} = 7.89 \ \text{（A）}$$

答：电路中的电流为 7.89A。

Lb4D1029　电阻 $R=30\Omega$，电感 $X_L=60\Omega$，容抗 $X_C=20\Omega$ 组成串联电路，接在电压 $U=250\text{V}$ 的电源上，求视在功率 S、有功功率 P、无功功率 Q。

解：串联电路的阻抗

$$Z = \sqrt{R^2 + (X_L - X_C)^2} = \sqrt{30^2 + (60 - 20)^2} = 50 \ \text{（}\Omega\text{）}$$

电路电流

$$I = \frac{U}{Z} = \frac{250}{50} = 5 \text{（A）}$$

视在功率

$$S = UI = 250 \times 5 = 1\,250 \text{（VA）}$$

有功功率

$$P = I^2 R = 5^2 \times 30 = 750 \text{（W）}$$

无功功率

$$Q = I^2(X_L - X_C) = 5^2 \times 40 = 1\,000 \text{（W）}$$

答：视在功率 S 为 1 250VA，有功功率为 750W，无功功率为 1 000W。

Lb4D1030 已知负载的电压和电流相量为 $u = (80 + j50)$V，$i = (80 - j50)$A，求负载的等效阻抗 Z 和有功功率 P。

解：负载的等效阻抗为

$$Z = \frac{u}{i} = \frac{80 + j50}{80 - j50} = \frac{(80 + j50)^2}{(80 - j50)(80 + j50)} = 0.44 + j0.9 \text{（Ω）}$$

其视在功率为

$$S = uI^* = (80 + j50)(80 + j50) = 3\,900 + j8\,000 \text{（W）}$$

所以有功功率为

$$P = 3\,900 \text{（W）}$$

答：负载的等效阻抗和有功功率分别为 (0.44+j0.9)Ω、3 900W。

Lb4D1031 有一星形连接的三相对称负载，接于线电压 $U_L = 100$V 的三相对称电源，负载中流过的电流 $I_L = 8$A，负载功率因数 $\cos\varphi = 0.8$，求三相中的总功率 P 是多少？

解：在负载的星形连接中，负载中流过的电流为线电流，所以三相电路功率

$$P = \sqrt{3}\,U_L I_L \cos\varphi = \sqrt{3} \times 100 \times 8 \times 0.8 = 1\,109 \text{（W）}$$

答：三相中的总功率是 1 109W。

Jd4D1032　有一台星形连接的三相电炉，每相电阻丝的电阻 $R=50\Omega$，接到线电压 $U_L=380V$ 的三相电源上，求相电压 U_{ph}、相电流 I_{ph} 各是多少？

解：
$$U_{ph}=\frac{U_L}{\sqrt{3}}=\frac{380}{\sqrt{3}}\approx 220\ （V）$$

$$I_{ph}=\frac{U_{ph}}{R}=\frac{220}{50}\approx 4.4\ （A）$$

答：相电压、相电流各约是 220V、4.4A。

Jd4D1033　有一台三相发电机，每相电压 $U_{ph}=220V$，试求当绕组分别星形连接和三角形连接时，输出的线电压 U_L 是多少？

解：星形连接时，输出的线电压
$$U_L=\sqrt{3}U_{ph}=\sqrt{3}\times 220=381.05\ （V）$$

三角形连接时，输出的线电压
$$U_L=U_{ph}=220\ （V）$$

答：当绕组分别做星形连接和三角形连接时，输出的线电压分别为 381.05V、220V。

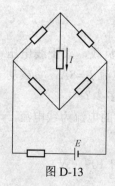

图 D-13

La4D2034　在图 D-13 所示的桥形电路中，已知 $E=11V$ 时 $I=52mA$，问电动势 E 降至 $6V$ 时，I 等于多少？

解：根据齐次原理

因为 $E=11V$ 时，$I=52mA$

所以 $E=6V$ 时，$I=\frac{6}{11}\times 52=28.36$（mA）

答：电动势 E 降至 $6V$ 时，I 等于

28.36mA。

La4D2035 在 50Hz、380V 的单相电路中,接有感性负载,负载的功率 $P=20$kW,功率因数 $\cos\varphi=0.6$,试求电路中的电流 I?

解:因为 $P=UI\cos\varphi$

所以 $I=\dfrac{P}{U\cos\varphi}=\dfrac{20\times10^3}{380\times0.6}=87.72$ (A)

答:电路中的电流为 87.72A。

Lb4D3036 在 50Hz、220V 电路中,接有感性负载,当它取用功率 $P=10$kW 时,功率因数 $\cos\varphi=0.6$,今欲将功率因数提高至 0.9,求并联电容器的电容值 C。

解:当功率因数 $\cos\varphi=0.6$ 时,负载消耗的无功功率 Q 为

$$Q=\frac{P}{\cos\varphi}\times\sin\varphi$$

$$=\frac{10}{0.6}\times\sqrt{1-0.6^2}=13.33\,(\text{kvar})$$

当功率因数 $\cos\varphi=0.9$ 时,负载消耗的无功功率 Q' 为

$$Q'=\frac{P}{\cos\varphi}\times\sin\varphi$$

$$=\frac{10}{0.9}\times\sqrt{1-0.9^2}=4.84\,(\text{kvar})$$

电容器补偿的无功功率 Q_{co} 为

$$Q_{\text{co}}=13.33-4.84=8.49\ (\text{kvar})$$

又因 $\qquad Q_{\text{co}}=I_\text{C}U=\dfrac{U^2}{X_C}=\omega CU^2$

所以 $\qquad C=\dfrac{Q_{\text{co}}}{\omega U^2}=\dfrac{8.49\times10^3}{2\pi\times50\times220^2}=558\ (\mu\text{F})$

答:并联电容器的电容值为 558μF。

Lb4D3037 将一个感性负载接于 110V、50Hz 的交流电源时，电路中的电流 I 为 10A，消耗功率 P=600W。试求：

（1）负载中的 $\cos\varphi$。

（2）R、X_L。

解：（1）因为 $P=UI\cos\varphi$

所以 $\cos\varphi = \dfrac{P}{UI} = \dfrac{600}{110\times10} = 0.55$

（2）因 $P=I^2R$

所以 $P = \dfrac{P}{I^2} = \dfrac{600}{10^2} = 6$ （Ω）

又因无功功率 $Q = \dfrac{P}{\cos\varphi}\times\sin\varphi = I^2 X_L$

所以 $X_L = \dfrac{P\times\sin\varphi}{\cos\varphi I^2} = \dfrac{600\times\sqrt{1-0.55^2}}{0.55\times10^2} = 9.11$ （Ω）

答： 负载中的 $\cos\varphi$ 为 0.55。R 和 X_L 分别为 6Ω，9.11Ω。

La4D3038 如图 D-14 所示 R、L、C 并联电路，已知 R=50Ω，L=16mH，C=40μF，U=220V，求谐振频率 f_0，谐振时的电流 I_0。谐振时电流 I_0 是否为最小值？

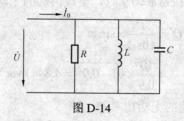

图 D-14

解： $f_0 = \dfrac{1}{2\pi\sqrt{LC}}$

$= \dfrac{1}{2\times3.14\sqrt{16\times10^{-3}\times40\times10^{-6}}} = 199.04$ （Hz）

$I_0 = \dfrac{U}{R} = \dfrac{220}{50} = 4.4$ （A）

谐振时的电流 I_0 是最小值。

答：谐振频率 f_0 为 199.04Hz，谐振时的电流 I_0 为 4.4A，谐振时电流 I_0 是最小值。

La4D3039　假定三相对称线电压 U_L=380V，三角形对称负载 z=(12+j9)Ω，试求各相电流 I_{ph} 与线电流 I_L。

解：
$$I_{ph} = \frac{U_L}{Z} = \frac{380}{\sqrt{12^2 + 9^2}} = 25.33 \text{（A）}$$

$$I_L = \sqrt{3} I_{ph} = \sqrt{3} \times 25.33 = 43.87 \text{（A）}$$

答：各相电流与线电流分别为 25.33A，43.87A。

Lb4D3040　已知三相对称电源的相电压 U_{ph} 为 220V，A 相接入一只 U=220V、P=40W 的灯泡，B 相和 C 相各接入一只 U=220V、P=100W 的灯泡，中线的阻抗不计，电路连接图如图 D-15 所示，求各灯泡中的电流 I_A、I_B、I_C 和中线电流 $\dot{I}_0$。

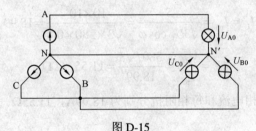

图 D-15

解：40W 灯泡的电阻为
$$R = \frac{U^2}{P} = \frac{220^2}{40} = 1210 \text{（Ω）}$$

100W 灯泡的电阻为
$$R' = \frac{U^2}{P'} = \frac{220^2}{100} = 484 \text{（Ω）}$$

因有中线，故各相可单独运算

$$I_A = \frac{U_{ph}}{R} = \frac{220}{1210} = 0.18 \text{（A）}$$

$$I_B = I_C = \frac{U_{ph}}{R'} = \frac{220}{484} = 0.45 \text{（A）}$$

设 A 相为参考相量，则 $\dot{I}_A = 0.18 \angle 0°$

$$\dot{I}_B = 0.45 \angle -120°, \quad \dot{I}_C = 0.45 \angle -240°$$

$$\dot{I}_0 = \dot{I}_A + \dot{I}_B + \dot{I}_C = 0.18 - 0.225 - j0.39 - 0.225 + j0.39 = -0.27 \text{（A）}$$

答：各灯泡中的电流 I_A、I_B、I_C 和中线电流 I_0 分别为 0.18A、0.45A、0.45A、0.27A。

Jd4D3041 一台三相电动机接成星形，输入功率 S 为 10kW，线电压 U_L 为 380V，功率因数 $\cos\varphi$ 为 0.8，求相电流 I_{ph} 和每相阻抗 Z。

解：$I_L = I_{ph} = \dfrac{S}{\sqrt{3}U_L \cos\varphi} = \dfrac{10 \times 10^3}{\sqrt{3} \times 380 \times 0.8} = 18.99 \text{（A）}$

$$Z = \frac{U_{ph}}{I_{ph}} = \frac{380/\sqrt{3}}{18.99} = 11.55 \text{（Ω）}$$

答：相电流和每相阻抗分别为 18.99A，11.55Ω。

Jd4D3042 额定电压为 380V 的小型三相异步电动机的功率因数 $\cos\varphi$ 为 0.85，效率 η 为 0.88，在电动机输出功率 P 为 2.2kW 时，电动机从电源取用多大电流 I_L？

解：电动机从电源取用的功率 S' 为

$$S' = \frac{P}{\eta} = \frac{2.2 \times 10^3}{0.88} = 2\,500 \text{（W）}$$

又因 $S' = \sqrt{3}U_L I_L \cos\varphi$

所以 $I_L = \dfrac{S'}{\sqrt{3}U_L\cos\varphi} = \dfrac{2\,500}{\sqrt{3}\times380\times0.85} = 4.67$（A）

答：电动机从电源取用 4.67A 的电流。

Ld4D3043　某主变压器型号为 OSFPS−120000/220，容量比 $S_1/S_2/S_3$ 为 120 000/120 000/60 000kVA，额定电压比 $U_{1N}/U_{2N}/U_{3N}$ 为 220/121/11kV，求该变压器各侧的额定电流 I_{1N}、I_{2N}、I_{3N}。

解：高压侧额定电流 I_N

$$I_{1N} = \frac{S_1}{\sqrt{3}U_{1N}} = \frac{120\,000}{\sqrt{3}\times220} \approx 315\,（A）$$

中压侧额定电流 I_{2N}

$$I_{2N} = \frac{S_2}{\sqrt{3}U_{2N}} = \frac{120\,000}{\sqrt{3}\times121} \approx 573\,（A）$$

低压侧额定电流 I_{3N}

$$I_{3N} = \frac{S_3}{\sqrt{3}U_{3N}} = \frac{60\,000}{\sqrt{3}\times11} \approx 3\,149\,（A）$$

答：该变压器高、中、低压侧的额定电流分别为 315A、573A、3 149A。

Jd4D3044　某变压器做负载试验时，室温为 15℃，测得短路电阻 $r_k=5\Omega$，短路电抗 $x_k=58\Omega$，求 75℃时的短路阻抗 $Z_{k75℃}$ 是多少（该变压器线圈为铝导线）？

解：对于铝导线

$$r_{k75℃} = \frac{225+75}{225+15}r_k = \frac{225+75}{225+15}\times5 = 6.25\,（\Omega）$$

$$Z_{k75℃} = \sqrt{r_{k75℃}^2 + x_k^2} = \sqrt{6.25^2+58^2} \approx 58.34\,（\Omega）$$

答：75℃时的短路阻抗 $Z_{k75℃}$ 是 58.34Ω。

Jd4D3045　某变压器做负载试验时，室温为 25℃，测得短

路电阻 $r_k=3\Omega$，短路电抗 $x_k=35\Omega$，求 75℃时的短路阻抗 $Z_{k75℃}$ 是多少（该变压器线圈为铜导线）？

解：对于铜导线

$$r_{k75℃}=\frac{235+75}{235+25}r_k=\frac{235+75}{235+25}\times3=3.58（\Omega）$$

$$Z_{k75℃}=\sqrt{r_{k75℃}^2+x_k^2}=\sqrt{3.58^2+35^2}\approx35.2（\Omega）$$

答：75℃时的短路阻抗 $Z_{k75℃}$ 是 35.2Ω。

Jd4D3046　有一台 320kVA 的变压器，其分接开关在 I 位置时，电压比 k_1 为 10.5/0.4；在 II 位置时，电压比 k_1' 为 10/0.4；在 III 位置时，电压比 k_1'' 为 9.5/0.4，已知二次绕组匝数 N_2 为 36，问分接开关在 I、II、III 位置时，一次绕组的匝数 N_1、N_1'、N_1'' 分别为多少？

解：分接开关在位置 I 时

因为
$$\frac{N_1}{N_2}=k_1$$

所以
$$N_1=k_1N_2=\frac{10.5}{0.4}\times36=945（匝）$$

分接开关在位置 II 时

$$N_1'=k_1'N_2=\frac{10}{0.4}\times36=900（匝）$$

分接开关在位置 III 时

$$N_1''=k_1''N_2=\frac{9.5}{0.4}\times36=855（匝）$$

答：分接开关在 I、II、III 位置时，一次绕组的匝数分别是 945、900、855 匝。

Jd4D4047　某变压器测得星形连接侧的直流电阻为 $R_{ab}=0.563\Omega$，$R_{bc}=0.572\Omega$，$R_{ca}=0.56\Omega$，试求相电阻 R_a、R_b、R_c 及相间最大差别；如果求其相间差别超过 4%，试问故障相在

哪里？

解： $R_a = \dfrac{1}{2}(R_{ab} + R_{ca} - R_{bc}) = \dfrac{1}{2}(0.563 + 0.56 - 0.572)$

$\qquad\qquad = 0.275\,5\ (\Omega)$

$R_b = \dfrac{1}{2}(R_{ab} + R_{bc} - R_{ca}) = \dfrac{1}{2}(0.563 + 0.572 - 0.56) = 0.287\,5\ (\Omega)$

$R_c = \dfrac{1}{2}(R_{bc} + R_{ca} - R_{ab}) = \dfrac{1}{2}(0.56 + 0.572 - 0.563) = 0.284\,5\ (\Omega)$

a 相 b 相电阻的差别最大为

$$\frac{R_b - R_a}{\dfrac{1}{3}(R_a + R_b + R_c)} \times 100\%$$

$$= \frac{0.287\,5 - 0.275\,5}{\dfrac{1}{3}(0.275\,5 + 0.287\,5 + 0.284\,5)} \times 100\%$$

$$= 4.25\%$$

所以故障可能是 b 相有焊接不良点或接触不良；也可能故障在 a 相，即 a 相制造时匝数偏少或有匝间短路故障，应结合电压比试验、空载试验结果综合判断。

答： 相电阻 R_a、R_b、R_c 分别为 $0.275\,5\Omega$，$0.287\,5\Omega$，$0.284\,5\Omega$，相间最大差别为 4.25%，如相间差别超过 4%，故障可能是 b 相有焊接不良点或接触不良，也可能故障在 a 相，应结合电压比试验空载试验结果综合判断。

Jd4D4048 三相电力变压器 Yyn 接线，$S=100\text{kVA}$，$\dfrac{U_{1N}}{U_{2N}} = \dfrac{6\,000}{400}\text{V}$，$\dfrac{I_{1N}}{I_{2N}} = \dfrac{9.63}{144}\text{A}$。在低压侧加额定电压做空载试验，测得 $P_{k0}=600\text{W}$，$I_0=9.37\text{A}$，$U_{10}=400\text{V}$，$U_{20}=6\,000\text{V}$，求电压比 k，空载电流百分值 $I_0\%$，励磁阻抗 Z_m、r_m、x_m。

解： $\qquad\qquad k = \dfrac{U_{1N}'}{U_{2N}} = \dfrac{6\,000}{400} = 15$

空载电流百分值

$$I_0\% = \frac{I_0}{I_{2N}} \times 100\% = \frac{9.37}{144} \times 100\% = 6.5\%$$

每相空载损耗

$$P'_{k0} = \frac{P_{k0}}{3} = \frac{600}{3} = 200 \ (\text{W})$$

励磁阻抗

$$Z_m = \frac{U_{10}/\sqrt{3}}{I_0} = \frac{\sqrt{3}}{9.37} = 24.65 \ (\Omega)$$

$$r_m = \frac{P'_{k0}}{I_0^2} = \frac{200}{9.37^2} = 2.28 \ (\Omega)$$

$$x_m = \sqrt{Z_m^2 - r_m^2} = \sqrt{24.65^2 - 2.28^2} = 24.5 \ (\Omega)$$

答：电压比为 15，空载电流百分值为 6.5%，励磁阻抗 Z_m 为 24.65Ω，r_m 为 2.28Ω，x_m 为 24.5Ω。

Jd4D4049 一台单相变压器，S_N=20 000kVA，$\dfrac{U_{1N}}{U_{2N}} = \dfrac{220}{\sqrt{3}}$/ 11kV，$f_N$=50Hz，在 15℃时做空载试验，电压加在低压侧，测得 U_1=11kV，I_0=45.4A，P_{k0}=47kW，试求折算到高压侧的励磁参数 Z'_m、r'_m、x'_m 的欧姆值及标么值 Z''^*_m、r''^*_m、x''^*_m。

解：折算至高压侧的等效电路参数

一次额定电流

$$I_{1N} = \frac{S_N}{U_{1N}} = \frac{2\,000 \times 10^3}{\frac{220}{\sqrt{3}} \times 10^3} = 157.46 \ (\text{A})$$

二次额定电流

$$I_{2N} = \frac{S_N}{U_{2N}} = \frac{20\,000 \times 10^3}{11 \times 10^3} = 1\,818.18 \ (\text{A})$$

电压比

$$k = \frac{220/\sqrt{3}}{11} = 11.55$$

据空载试验数据，算出折算至高压侧的励磁参数为

$$Z'_m = k^2 \frac{U_1}{I_0} = 11.55^2 \times \frac{11 \times 10^3}{45.4} = 32\,322.19 \ (\Omega)$$

$$r'_m = k^2 \frac{P_{k0}}{I_0^2} = 11.55^2 \times \frac{47 \times 10^3}{45.4^2} = 3\,041.94 \ (\Omega)$$

$$x'_m = \sqrt{Z'^2_m - r^2_m} = \sqrt{32\,322.19^2 - 3\,041.94^2} = 32\,178.73 \ (\Omega)$$

取阻抗的基准值

$$Z_j = \frac{U_{1N}}{I_{1N}} = \frac{\frac{220}{\sqrt{3}} \times 10^3}{157.46} = 806.66 \ (\Omega)$$

励磁参数的标么值为

$$Z''^*_m = \frac{Z'_m}{Z_0} = \frac{32\,322.19}{806.66} = 40.07$$

$$r''^*_m = \frac{r'_m}{Z_0} = \frac{3\,041.94}{806.66} = 3.77$$

$$x''^*_m = \frac{x'_m}{Z_0} = \frac{32\,178.73}{806.66} = 39.89$$

答：折算到高压侧的励磁参数 Z'_m、r'_m、x'_m 分别为 32 322.19Ω、3 041.94Ω、32 178.73Ω，标么值 Z''^*_m、r''^*_m、x''^*_m 分别为 40.07、3.77、39.89。

Jd4D4050 一台单相变压器，$S_N=20\,000$kVA，$\frac{U_{1N}}{U_{2N}} = \frac{220}{\sqrt{3}}$/ 11kV，$f_N=50$Hz，绕组由铜线绕制，在 15℃时做短路试验，电压加在高压侧，测得 $U_k=9.24$kV，$I_k=157.4$A，$P_k=129$kW，试求折算到高压侧的短路参数 Z_k、r_k、x_k，并求折算到 75℃时的值。

解：高压侧的额定电流

$$I_{1N} = \frac{S_N}{U_{1N}} = \frac{20\,000 \times 10^3}{\frac{220}{\sqrt{3}} \times 10^3} = 157.46 \ \text{(A)}$$

根据试验数据，折算至高压侧的短路参数为

$$Z_k = \frac{U_k}{I_{1N}} = \frac{9.24 \times 10^3}{157.46} = 58.70 \ \text{(}\Omega\text{)}$$

$$r_k = \frac{P_k}{I_{1N}^2} = \frac{129 \times 10^3}{157.46^2} = 5.20 \ \text{(}\Omega\text{)}$$

$$x_k = \sqrt{Z_k^2 - r_k^2} = \sqrt{58.70^2 - 5.20^2} = 58.47 \ \text{(}\Omega\text{)}$$

折算至75℃时的参数为

$$r_{k75℃} = \frac{235 + 75}{235 + 15} \times 5.20 = 6.45 \ \text{(}\Omega\text{)}$$

$$Z_{k75℃} = \sqrt{r_{k75℃}^2 + x_k^2} = \sqrt{6.45^2 + 58.47^2} = 58.82 \ \text{(}\Omega\text{)}$$

答：折算到高压侧的短路参数 Z_k、r_k、x_k 分别为58.70Ω、5.20Ω、58.47Ω。折算到75℃时分别为58.82Ω、6.45Ω、58.47Ω。

Jd4D5051 已知某变压器的短路参数标么值为：$r^*_{k75℃} = 0.008\Omega$，$x^*_{k75℃} = 0.072\,5\Omega$，求在额定负载下，$\cos\varphi = 0.8$（滞后）和 $\cos\varphi = 0.8$（超前）时的电压调整率 ΔU_N。

解：当 $\cos\varphi = 0.8$（滞后）时，$\sin\varphi = 0.6$，电压调整率

$$\Delta U_N = (r^*_{k75℃}\cos\varphi + x^*_{k75℃}\sin\varphi) \times 100\%$$

$$= (0.008 \times 0.8 + 0.072\,5 \times 0.6) \times 100\%$$

$$= 4.99\%$$

当 $\cos\varphi = 0.8$（超前）时，$\sin\varphi = -0.6$，此时的电压调整率

$$\Delta U_N = (r^*_{k75℃}\cos\varphi - x^*_{k75℃}\sin\varphi) \times 100\%$$

$$= (0.008 \times 0.8 - 0.072\,5 \times 0.6) \times 100\%$$

$$= -3.71\%$$

答：在额定负载下，$\cos\varphi = 0.8$（滞后）和 $\cos\varphi = 0.8$（超前）时的电压调整率分别为 4.99%、-3.71%。

Jd4D4052 一台变压器额定容量 S_N 为 1 600kVA，额定电压比 U_{1N}/U_{2N} 为 35/10.5kV，联结组别为 YNd11，求高低压绕组的额定电流 I_{1N}、I_{2N}。

解：因为变压器的容量为

$$S_N = \sqrt{3}\, I_{1N} U_{1N} = \sqrt{3}\, I_{2N} U_{2N}$$

所以高低压绕组的额定电流 I_{1N}、I_{2N} 为

$$I_{1N} = S_N/(\sqrt{3}\, U_{1N}) = 1\ 600/(\sqrt{3} \times 35) = 26.4\ （A）$$

$$I_{2N} = S_N/(\sqrt{3}\, U_{2N}) = 1\ 600/(\sqrt{3} \times 10.5) = 8.8\ （A）$$

答：高低压绕组的额定电流 I_{1N}、I_{2N} 分别为 26.4A、8.8A。

Jd4D4053 有一台额定容量为 S_N=1 000kVA，额定电压比为 U_{1N}/U_{2N}=35/10.5kV，额定电流比为 I_{1N}/I_{2N}=16.5/55A，联结组别为 YNd11 的变压器，其空载损耗为 P_0=4 900W，空载电流 I_0 为 5%I_{1N}，求高压侧励磁电阻 R_m 和励磁电抗 X_m。

解：已知 I_{1N}=16.5A，U_{1N}=35kV，则空载电流为

$$I_0 = I_{1N} \times 5\% = 16.5 \times 5\% = 0.825\ （A）$$

高压侧励磁电阻为

$$R_m = P_0/(3\, I_0^2) = 4\ 900/(3 \times 0.825^2) = 2\ 399.8\ （\Omega）$$

高压侧励磁阻抗为

$$Z_m = U_{1N}/(\sqrt{3}\, I_0) = 35\ 000/(\sqrt{3} \times 0.825) = 24\ 493.6\ （\Omega）$$

高压侧励磁电抗为

$$X_m = \sqrt{Z_m^2 - R_m^2} = \sqrt{24\ 493.6^2 - 2\ 399.8^2}$$

$$= 24\ 375.8\ （\Omega）$$

答：高压侧励磁电阻为 2 399.8Ω，励磁电抗为 24 375.8Ω。

Jd4D4054 在同一三相对称电源作用下，三相交流线性对称负载做星形连接时，A 相相电流 $\dot{I}_A = 30\ \angle{-30°}$ A。求当负载容量及性质不变，做三角形连接时的线电流 $\dot{I}_A$、$\dot{I}_B$、$\dot{I}_C$。

解：当电源不变时，负载做三角形连接时

$$\dot{I}_A = 30\angle{-30°}\ (A)$$

$$\dot{I}_B = 30\angle{-30°}-120° = 30\angle{-150°}\ (A)$$

$$\dot{I}_C = 30\angle{-30°}+120° = 30\angle{90°}\ (A)$$

答： 当负载做三角形连接时的线电流 $\dot{I}_A$、$\dot{I}_B$、$\dot{I}_C$ 分别为 $30\angle{-30°}$ A，$30\angle{-150°}$ A，$30\angle{-90°}$ A。

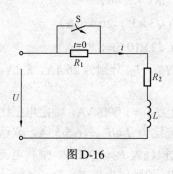

图 D-16

Jd4D4055　图 D-16 为发电机的励磁电路。正常运行时，S 是断开的；发电机外线路短路时，其端电压下降，为不破坏系统的稳定运行，须快速提高发电机端电压，所以通过强励装置动作合上 S，将 R_1 短接，则发电机端电压提高。已知：

U=220V，R_1=40Ω，L=1H，R_2=20Ω，求 S 闭合后 i 的变化规律。

解： S 闭合前

$$i_{L(0-)} = \frac{U}{R_1+R_2} = \frac{220}{40+20} = 3.67\ (A)$$

S 闭合后，根据换路定律

$$i(0_+) = i(0_-) = 3.67\,(A)$$

电路重新进入稳态后

$$i(\infty) = \frac{U}{R_2} = \frac{220}{20} = 11\ (A)$$

时间常数

$$\tau = \frac{L}{R_2} = \frac{1}{20}\ (s)$$

根据三要素法公式 $i(t)=i(\infty)+[i_L(0_-)-i(\infty)]\,e^{-\frac{1}{\tau}t}$ 确定 i 的变化规律为

$$i(t)=11+(3.67-11)e^{-20t} = 11-7.33e^{-20t} \ (A)\ (t \geqslant 0)$$

答：S 闭合后 i 的变化规律为 $i(t) =(11-7.33e^{-20t})A$ （$t \geqslant 0$）。

Jd4D4056 求图 D-17 所示各电路发生换路时，各元件上电压 u_R、u_C 和电流的初始值 $i(0_+)$。

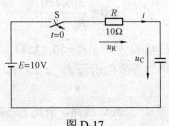

图 D-17

解：因为在图 D-17 中换路前 C 相当于开路，所以 $u_C(0_-)=$ 10（V）

换路后根据换路定律有

$$u_C \approx u_C(0_+)=u_C(0_-)=10 \ (V)$$
$$i(0_+)=0 \ (A)$$
$$u_R(0_+)=i(0_+)R=0 \times 10=0 \ (V)$$

答：u_R、u_C 分别为 0V、10V，电流的初始值为 0A。

Jd4D4057 有一个直流有源二端网络，用内电阻 R_b' =50kΩ 的电压表测得它两端的电压 U_{ab}=100V，用内电阻为 R_b'' =150kΩ 的电压表测得它两端的电压 U_{ab}=150V，求这个网络的等效电压源 E_0 和 R_0。

解：当用电压表测有源二端网络时，其等值电路如图 D-18 所示

$$U_{ab} = E_0 - IR_0 = E_0 - \frac{E_0R_0}{R_0 + R_b}$$

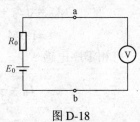

图 D-18

$$U_{ab} = \frac{E_0 R_b}{R_0 + R_b}$$

将两次测得结果代入上式

$$\begin{cases} 100 = \dfrac{E_0 \times 50}{R_0 + 50} \\ 150 = \dfrac{E_0 \times 150}{R_0 + 150} \end{cases}$$

解方程得：$E_0 = 200$（V），$R_0 = 50$（kΩ）

答：这个网络的等效电压源 E_0 为 200V，R_0 为 50kΩ。

Jd3D3058 某一 220kV 线路，全长 $L = 57.45$km，进行零序阻抗试验时，测得零序电压 $U_0 = 516$V，零序电流 $I_0 = 25$A，零序功率 $P_0 = 3\,220$W，试计算每相每千米零序阻抗 Z_0 零序电阻 R_0，零序电抗 X_0 和零序电感 L_0。

解：每相零序阻抗

$$Z_0 = \frac{3U_0}{I_0} \frac{1}{L} = \frac{3 \times 516}{25} \times \frac{1}{57.45}$$

$$= 1.078 \ (\Omega/\text{km})$$

每相零序电阻

$$R_0 = \frac{3P_0}{I_0^2} \frac{1}{L} = \frac{3 \times 3\,220}{25^2} \times \frac{1}{57.45}$$

$$= 0.269 \ (\Omega/\text{km})$$

每相零序电抗

$$X_0 = \sqrt{Z_0^2 + R_0^2} = \sqrt{1.078^2 - 0.269^2}$$

$$= 1.044 \ (\Omega/\text{km})$$

每相零序电感

$$L_0 = \frac{X_0}{2\pi f} = \frac{1.044}{2 \times 3.14 \times 50}$$

$=0.003\ 32$（H/km）

答：每相零序阻抗为 $1.078\Omega/km$，零序电阻为 $0.269\Omega/km$，零序电抗 $1.044\Omega/km$，零序电感是 $0.003\ 32H/km$。

Jd3D3059 一台 SF1–20000/100 变压器，联结组标号 YNd11，额定电压 $U_{N1}/U_{N2}=110/10.5kV$，额定电流 $I_{1N}/I_{2N}=105/1\ 100A$，零序阻抗试验结构如图 D-19 所示，测得电压 $U=240V$，电流 $I=13.2A$，试计算零序阻抗的标么值 Z_0^*。

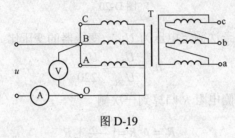

图 D-19

解：变压器的基准阻抗 Z_{b1}

$$Z_{b1}=\frac{U_{ph}}{S_N/3U_{N1}}=\frac{3U_{ph}^2}{S_N}$$

$$=\frac{3\times\left(110\times10^3\times\sqrt{3}\right)^2}{20\ 000\times10^3}$$

$$=605\ (\Omega)$$

变压器零序阻抗

$$Z_0=\frac{3U}{I}=\frac{3\times240}{13.2}=54.55\ (\Omega)$$

零序阻抗标么值

$$Z_0^*=\frac{Z_0}{Z_{b1}}=\frac{54.55}{605}=0.09$$

答：变压器零序阻抗的标么值是 0.09。

Jd3D3060 单相变压器二次侧额定电压 $U_{2N}=220V$ 端子上

接有 $R=0.316\Omega$ 的电阻，若在一次侧端子施加电压，当一次电流 $I_1=3A$ 时，所加电压 $U_1=2\ 160V$，如图 D-20 所示，问一次额定电压 U_{1N} 是多少？假设变压器的电抗及损耗忽略不计。

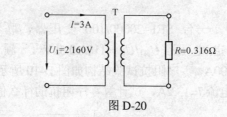

图 D-20

解： 设一次额定电压为 U_{1N}，变压器的变压比

$$n_y = \frac{U_{1N}}{U_{2N}} = \frac{U_{1N}}{220}$$

将二次侧电阻 R 归算到一次侧

$$R' = n_y^2 R = \left(\frac{U_{1N}}{220}\right)^2 R$$

则一次侧的电压 U_1 为

$$U_1 = IR' = I\left(\frac{U_{1N}}{220}\right)^2 R$$

所以

$$U_{1N} = 220\sqrt{\frac{U_1}{IR}} = 220\sqrt{\frac{2\ 160}{3\times 0.316}}$$

$$=10\ 501\ （V）$$

答： 一次额定电压为 10 501V。

Jd4D5061 一台 SFSZL–31500/110，YNyn0d11 的变压器额定电压 $U_{1N}/U_{2N}/U_{3N}=110/38.5/10.5kV$，额定电流 $I_{1N}/I_{2N}/I_{3N}=165/472/1\ 732A$，额定频率 $f_N=50Hz$，空载电流 $I_0=0.8\%$，$P_0=34kW$，采用单相电源进行空载试验，低压侧加压至 $U=10.5kV$，为把试验容量 S 限制在 50kVA 以下，利用电容器

进行补偿，其接线图见图 D-21，计算补偿电容量 C 为多少？

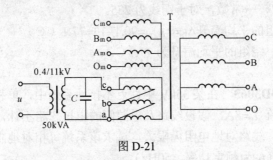

图 D-21

解：空载试验的试验电流

$$I'_0 = I_{3N} I_0 = 1\,732 \times 0.8\% = 1\,732 \times \frac{0.8}{100} = 13.86 \ \text{（A）}$$

试验时需要补偿的功率 Q_L 和电流 I

$$Q_L = \sqrt{S^2 - P_0^2} = \sqrt{50^2 - 34^2} = 36.66 \ \text{（kVA）}$$

$$I = I'_0 - \frac{Q_L}{U_{3N}} = 13.86 - \frac{36.66}{10.5}$$

$$= 13.86 - 3.49 = 10.37 \text{（A）}$$

需补偿电容量

$$C = \frac{I}{2\pi f_N U} = \frac{10.37}{2 \times 3.14 \times 50 \times 10.5 \times 10^3} = 3.15 \ \text{（μF）}$$

答：补偿的电容量应大于或等于 3.15μF。

Jd3D4062 一台 KSGJY-100/6 的变压器做温升试验，当温度 t_m=13℃时，测得一次绕组的直流电阻 R_1=2.96Ω，当试验结束时，测得一次绕组的直流电阻 R_2=3.88Ω，试计算该绕组的平均温升Δt_p。

解：试验结束后绕组的平均温度 t_p 可按下式计算

$$t_p = \frac{R_2}{R_1}(T + t_m) - T = \frac{3.88}{2.96}(235 + 13) - 235$$

=90.1（℃）

式中　T——常数，对于铜线为235。

绕组的平均温升$\Delta t_p = t_p - t_m = 90.1 - 13 = 77.1$（℃）

答：绕组的平均温升为77.1℃。

Jd3D3063　在某35kV中性点不接地系统中，单相金属性接地电流$I_g = 8A$，假设线路及电源侧的阻抗忽略不计，三相线路对称，线路对地电阻无限大，试求该系统每相对地阻抗及对地电容（f_N为额定功率，50Hz）。

解：设每相的对地阻抗为Z_0，对地电容为C_0，则单相金属性接地电流I_g为

$$I_g = 3\omega C_0 U_{ph}$$

所以

$$C_0 = \frac{I_g}{3wU_{ph}} = \frac{I_g}{3 \times 2\pi f_N U_{ph}}$$

$$= \frac{8}{3 \times 2 \times 3.14 \times 50 \times 35 \times 10^3 / \sqrt{3}}$$

$$= 0.42 \times 10^{-6}（F）= 0.42（\mu F）$$

因线路对地电阻无限大，Z_0相当于一相对地的容抗，即

$$Z_0 = \frac{1}{\omega C_0} = \frac{1}{2 \times 3.14 \times 50 \times 0.42 \times 10^{-6}} = 7\,583（\Omega）$$

答：该系统每相对地阻抗为7 583Ω，对地电容为0.42μF。

Jd4D4064　若采用电压、电流表法测量$U_N = 10kV$、$Q_C = 334kvar$的电容器的电容量，试计算加压在$U_s = 200V$时，电流表的读数I应是多少？

解：根据公式

$Q_C = \omega C U_N^2$得

$$C = \frac{Q_C}{\omega U_N^2} = \frac{334 \times 10^3}{314 \times (10 \times 10^3)^2}$$

$$\approx 0.000\,010\,64 \text{ (F)}$$

$$= 10.64 \text{ (μF)}$$

$$I = \omega C U_s = 314 \times 10.64 \times 10^{-6} \times 200 = 0.668 \text{ (A)}$$

答：电流表的读数为 0.668A。

Jd3D1065 采用串联法测量一台 25 000kVA，6.3kV 发电机的零序电抗，测量结果如下：零序电压 $U_0=81$V，零序电流 $I_0=315$A，零序功率 $P_0=6\,300$W，试计算发电机的零序电抗 X_0。

解：$Z_0 = \dfrac{U_0}{3I_0} = \dfrac{81}{3 \times 315} = 0.087\,5 \text{ (Ω)}$

$$R_0 = \frac{P_0}{3I_0^2} = \frac{6\,300}{3 \times 315^2} = 0.021\,2 \text{ (Ω)}$$

$$X_0 = \sqrt{Z_0^2 - R_0^2} = \sqrt{0.085\,7^2 - 0.021\,2^2} = 0.083 \text{ (Ω)}$$

答：发电机的零序电抗为 0.083Ω。

Jd3D2066 用一套工频调感串联谐振耐压试验装置对 110kV 电缆进行 50Hz 工频交流耐压试验。设已知电缆每千米的电容量 $C_0=0.13$μF/km，串联谐振耐压试验装置共配有两台的 200kV 可调电抗器，每台可调电抗器的最小电感值 $L_1=600$H，试问用这套试验装置能进行最长为多少米的该型电缆的工频交流耐压试验（$f=50$Hz）？

解：产生串联谐振的条件 $\omega L = \dfrac{1}{\omega C}$

两台可调电抗器可并联进行试验，并联后的最小电感量 $L=L_1/2=600/2=300 \text{ (H)}$

能产生串联谐振的最大电容量

$$C = 1/\omega^2 L = 1/[(2\pi f)^2 \times 300] = 1/[(2\pi \times 50)^2 \times 300]$$

$$\approx 3.38 \times 10^{-8} \text{ (F)}$$

能产生串联谐振的电缆最大长度

$$l=C/C_0=3.38\times10^{-8}/(0.13\times10^{-9})\approx260（m）$$

答：用这套试验装置能进行最长为 260m 的该型电缆的工频交流耐压试验。

Jd3D2067 一台 SFS–40000/110 变压器，YNd11，U_{1N}：110/10.5kV，I_N：310/3 247.5A，铭牌阻抗电压 $U_k\%=7\%$，在现场进行负载试验，在 110kV 侧加电压，负载试验电流 I_s 限制在 10A，计算试验时的电压 U_s 是多大？

解：由 $U_k\%=\dfrac{I_N Z_k}{U_N}\times100\%$ 得

$$Z_k=\frac{U_k\%U_N}{100\%I_N}=\frac{7\%\times110\times10^3}{100\%\times310}=24.84（\Omega）$$

试验电压

$$U_s=I_sZ_k=10\times24.84=248.4（V）$$

答：负载试验电压为 248.4V。

Jd4D5068 一台 35kV 变压器，试验电压 $U_s=85$kV，额定频率 $f_N=50$Hz，测得绕组对地电容 $C_x=0.01\mu$F，试验变压器 S_N 为 25kVA，U_N 为 100/0.5kV，试计算试验变压器容量是否合适。

解：试验时所需试验变压器容量

$$S=\frac{\omega C_x U_s U_N}{1\,000}$$

$$=\frac{2\pi f_N C_x U_s U_N}{1\,000}$$

$$=\frac{2\times3.14\times50\times0.01\times10^{-6}\times85\times10^3\times100\times10^3}{1\,000}$$

$$=26.7（kVA）$$

因为 $S>S_N$，所以试验变压器容量不合适。

答: 试验变压器额定容量略小于试验所需容量，一般不宜采用。

Jd3D2069 图 D-22 所示为中性点经消弧线圈接地的电力网发生单相直接接地。已知，频率 $f=50\text{Hz}$，$C=3\mu\text{F}$，求满足完全补偿的消弧线圈的电感值。

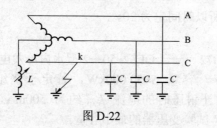

图 D-22

解: 设相电压为 U，流过消弧线圈的电流有效值 $I_\text{L}=\dfrac{U}{\omega L}$

单相接地的电容电流 $I_\text{C}=3\omega C U$

要完全补偿，$I_\text{L}=I_\text{C}$

$$\omega=2\pi f=2\pi\times50\approx314\text{（rad/s）}$$

得 $L=\dfrac{1}{\omega^2 3C}=\dfrac{1}{314^2\times3\times3\times10^{-6}}\approx1.13\text{（H）}$

答: 满足完全补偿的消弧线圈的电感值约为 1.13H。

Jd4D4070 一台 SFL–20000/110 变压器，电压 110/10.5kV 联结组别为 YNd11，在 110kV 侧加压测零序阻抗，测量时零序电压 $U_0=240\text{V}$，零序电流 $I_0=13.2\text{A}$，试计算零序阻抗值 Z_0。

解: YNd11 变压器零序阻抗由下式计算

$$Z_0=\frac{3U_0}{I_0}=\frac{3\times240}{13.2}=54.55\text{（}\Omega\text{）}$$

答: 该变压器的零序阻抗为 54.55Ω。

Jd3D1071 如果进行感应耐压试验的频率 f 为 400Hz，则

试验时间 t 应是多少 s？

解：试验持续时间由下式计算

$$t = 60 \times \frac{100}{f} = 60 \times \frac{100}{400} = 15 \text{（s）}$$

答：试验时间应为 15s，但按国标规定试验时间最低不得小于 20s，所以时间定为 20s。

Jd3D1072　一台 QFS—50—2 型水内冷发电机，定子电压 U_N=10 500V，容量 S=50 000kW，若定子绕组交流耐压为 16.5kV，估计耐压时的电流 I_{exp} 约为 500mA，试计算采用 100kV/380V 试验变压器的最小容量。

解：已知试验变压器高压侧电压 U_{exp1} 为 100kV，试验电流 I_{exp} 为 500mA，则试验变压器的容量 S_{exp} 为

$$S_{exp} \geq U_{exp1} I_{exp} = 100 \times 10^3 \times 500 \times 10^{-3}$$

$$= 50\ 000 \text{（VA）} = 50 \text{（kVA）}$$

答：试验变压器的最小容量为 50kVA。

Jd3D1073　一台电容分压器高压臂 C1 由四节（n=4）100kV，C=0.006 6μF 的电容器串联组成，低压臂 C2 由二节 2.0kV，2.0μF 的电容器并联组成，测量电压 U_1 为交流 400kV，求高低压臂 C1、C2 的值 C_1、C_2、分压比 K 和低压臂上的电压值 U_2。

解：高压臂

$$C_1 = \frac{C}{n} = \frac{0.006\ 6}{4} \times 10^6 = 1650 \text{（pF）}$$

低压臂由 2 台 2.0μF 的电容器并联组成，则

$$C_2 = 2 \times 2.0 = 4 \text{（μF）}$$

分压比

$$K = \frac{C_1 + C_2}{C_1} = \frac{1650 \times 10^{-6} + 4}{1650 \times 10^{-6}} = 2\ 425$$

低压臂上的电压值 U_2 为

$$U_2 = U_1 / K = 400 \times 10^3 \times \frac{1}{2\,425} = 165 \quad (\text{V})$$

答：高压臂 C_1 为 1 650pF，低压臂 C_2 为 4μF，分压比为 2 425，低压臂上的电压值是 165V。

Jd3D3074　某一 220kV 线路，全长 L=143km，测量其正序电容，若忽略电导的影响，测得线电压的平均值 U_{LP}=500V，三相平均电流 I_{php}=0.174A，试计算每公里的正序电容 C_1（额定频率 f_N=50Hz）。

解：正序导纳 Y_1 为

$$Y_1 = \frac{\sqrt{3}I_{php}}{U_{LP}} \frac{1}{L} = \frac{\sqrt{3} \times 0.174}{500} \times \frac{1}{143}$$

$$= 4.22 \times 10^{-6} \quad (\text{S/km})$$

忽略电导影响，正序导纳=正序电纳，即：$Y_1 = B_1$
正序电容

$$C_1 = \frac{B_1}{2\pi f} \times 10^6 = \frac{4.22 \times 10^{-6}}{2 \times 3.14 \times 50} \times 10^6$$

$$= 0.013\,4 \quad (\text{μF/km})$$

答：线路的正序电容为 0.013 4μF/km。

Jd4D4075　试计算 OY220/$\sqrt{3}$ –0.00275 耦合电容器在最高运行电压 U 下运行的电流值 I（额定频率 f_N 为 50Hz）。

解：由题目可知额定电压 U_N=220kV，耦合电容 C=0.002 75×10^{-6}F，则最高运行电压

$$U = 1.15 U_N / \sqrt{3} = 1.15 \times 220 / \sqrt{3} = 146 \quad (\text{kV})$$

最高运行电压下的电流

$$I = \omega C U = 2\pi f C U$$

$$= 2 \times 3.14 \times 50 \times 0.002\,75 \times 10^{-6} \times 146 \times 10^3$$

$$=0.126 \ (\text{A})$$

答：耦合电容器在最高运行电压下的电流为 0.126A。

Jd3D4076 一台 QF—25—2 型 25 000kW 同步调相机，转子额定电压 $U_N=182\text{V}$，转子额定电流 $I_N=375\text{A}$，测量转子在膛内时的交流阻抗试验电压 $U=120\text{V}$，回路电流 $I=4.52\text{A}$，试计算其在试验电压下的交流阻抗值 Z。

解：试验电压下的交流阻抗值

$$Z = \frac{U}{I} = \frac{120}{4.52} = 26.55 \ (\Omega)$$

答：在试验电压下的交流阻抗为 26.55Ω。

Jd3D4077 在进行变压器投切实验时，为了录取过电压值，常利用变压器上电容套管进行测量，已知线电压 $U_L=220\text{kV}$，套管高压与测量端间电容 $C_1=420\text{pF}$，若输入录波器的电压 U_2 不高于 300V，试问如何选择分压电容 C_2 的参数，并绘制出测量线路图。

解：相电压最大值

$$U_{max} = 1.15 U_L / \sqrt{3} = 1.15 \frac{220}{\sqrt{3}} = 146 \ (\text{kV})$$

设过电压值不超过 $3U_{max}$。

已知 $C_1=420\text{pF}$；$U_2 \leqslant 300\text{V}$

所以 $C_2 = \dfrac{(3U_{max} - U_2)C_1}{U_2}$

$$= \frac{(3 \times 146 \times 10^3 - 300) \times 420 \times 10^{-12}}{300}$$

$$= 6.13 \times 10^{-7} \ (\text{F})$$

$$= 0.613 \ (\mu\text{F})$$

答：分压电容 C_2 值不小于 0.613μF，测量线路如图 D-23 所示。

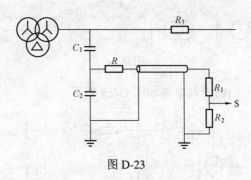

图 D-23

Jd3D3078 为了测量变压器在温升试验中的铁心温度，将一铜线圈埋入铁心表面温度 t_1=16℃时，该线圈电阻 R_1=20.1Ω，当温升试验结束时，测得该线圈电阻 R_2=25.14Ω，试计算铁心的温升Δt 是多少（T 为常数，对于铜绕组为 235）？

解： 根据铜线圈温度计算公式得试验结束时线圈的平均温度 t_2 为

$$t_2 = \frac{R_2}{R_1}(T + t_1) - T$$

$$= \frac{25.14}{20.1}(235 + 16) - 235$$

$$= 78.9 \ (℃)$$

铁心的温升Δt=t_2－t_1=78.9－16=62.9（℃）

答： 铁心的温升为 62.9℃。

Jd3D4079 有一长度 L=2km 的配电线路，如图 D-24 所示，已知变压器的额定容量 4 000kVA，额定电压 U_{1N}/U_{2N} 为 35/10.5kV，电抗 X_{ph} 为 0.5Ω，配电线每相电阻 R 及电抗 X_L 均为 0.4Ω/km，试计算在该配电线路出口 A 处及末端 B 处三相短路时的稳态短路电流 I_{kA}、I_{kB}。

图 D-24

解： 一相的等效电路如图 D-25 所示。

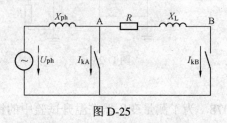

图 D-25

根据已知条件 $X_{ph}=0.5\Omega$，$R=0.4\times2=0.8$（Ω），$X_L=0.4\times2=0.8$（Ω）。

根据戴维南定理，A 点的短路电流为

$$I_{RA} = \frac{U_{ph}}{X_{ph}} = \frac{10.5\times10^3/\sqrt{3}}{0.5} = 12124 \text{（A）}$$

B 点的短路电流为

$$I_{RB} = \frac{U_{ph}}{\sqrt{R^2+(X_{ph}+X_L)^2}}$$

$$= \frac{10.5\times10^3/\sqrt{3}}{\sqrt{0.8^2+(0.5+0.8)^2}}$$

$$= 3\ 971 \text{（A）}$$

答： 该配电线路出口 A 处的稳态短路电流为 12 124A，B 处的稳态短路电流为 3 971A。

Jd3D4080 在 $U_L=10.5kV$、$f_V=50Hz$ 中性点不接地的配电系统中，假设各相对地电容为 $2.5\mu F$，试求单相金属性接地时的接地电流 I_g。

解：根据已知条件，线路及电源侧的阻抗可忽略不计。相对地电容 $C_0=2.5\mu F$，相电压为

$$U_{ph} = \frac{U_L}{\sqrt{3}} = 10.5/\sqrt{3} = 6.06 \text{ （kV）}$$

当 A 相接地时，B、C 两相电压上升至线电压，其对地电容电流 I_B（或 I_C）增大 $\sqrt{3}$ 倍，即

$$I_B = I_C = \sqrt{3}\omega C_0 U_{ph}$$

而接地电流为 I_B 和 I_C 的相量和，即

$$\begin{aligned}
I_g &= I_B\cos 30° + I_C\cos 30° \\
&= 3\omega C_0 U_{ph} \\
&= 3\times 2\pi f_N C_0 U_{ph} \\
&= 3\times 2\times 3.14\times 50\times 2.5\times 10^{-6}\times 6.06\times 10^3 \\
&= 14.27 \text{ （A）}
\end{aligned}$$

答：单相金属性接地时的接地电流为 14.27A。

Jd3D3081 测量一台发电机定子绕组漏电抗，已知：发电机额定容量 $S_N=25\,000\text{kVA}$，额定电压 $U_N=6.3\text{kV}$，定子绕组每相的串联匝数 $N_1=10$ 匝，探测线圈匝数 $N_m=5$ 匝，定子绕组系数 $K_{N1}=0.98$，测量结果见表 D-1，试计算发电机定子绕组漏电抗 X_{1d}。

表 D-1　　　　　　　　　测　量　结　果

U_s （V）	I_s （A）	P （W）	U_m （V）
91.5	176.7	16 125	13.4

解：

$$Z = \frac{U_s}{\sqrt{3}I_s} = \frac{91.5}{\sqrt{3}\times 176.7} = 0.299 \text{ （Ω）}$$

$$R_s = \frac{P}{3I_s^2} = \frac{16\,125}{\sqrt{3}\times 176.7^2} = 0.172 \text{ （Ω）}$$

$$X = \sqrt{Z^2 - R_S^2} = \sqrt{0.299^2 - 0.172^2} = 0.245 \ (\Omega)$$

$$X_a = \frac{U_m}{I_s} \frac{N_1 K_{N1}}{N_m} = \frac{13.4 \times 10 \times 0.98}{176.7 \times 5}$$

$$= 0.149 \ (\Omega)$$

$$X_{1d} = X - X_a = 0.245 - 0.149 = 0.096 \ (\Omega)$$

答： 发电机定子绕组的漏电抗为 0.096Ω。

Jd3D3082 某站 U_N 为 35kV 软母线，各相分别用 4 片，沿面爬距为 290mm 的悬式绝缘子挂装，试求其沿面爬电比距 λ 为多少？

解： $L = 4 \times 290 = 1\ 160 \ (mm) = 116cm$

最高运行线电压

$$U_{L,max} = U_e \times 1.15 = 35 \times 1.15 = 40.25 \ (kV)$$

$$\lambda = L / U_{L,max} = 116 / 40.25 = 2.88 \ (cm/kV)$$

答： 沿面爬电比距为 2.88cm/kV。

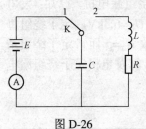

图 D-26

Jd3D3083 如图 D-26，$L = \dfrac{1}{\pi^2} H$，电感线圈的电阻 $R = \dfrac{1}{\pi} \Omega$，$C = 100\mu F$，当电流表指示为 "0" 时，将 K 合向 "2"，试计算其固有频率 f_0 及品质因数 Q。

解：

$$f_0 = \frac{1}{2\pi\sqrt{LC}}$$

$$= \frac{1}{2\pi\sqrt{\dfrac{1}{\pi^2} \times 100 \times 10^{-6}}} = 50 \ (Hz)$$

$$Q = \frac{\omega_0 L}{R} = \frac{2\pi f_0 L}{R} = \frac{2\pi \times 50 \times \dfrac{1}{\pi^2}}{1/\pi} = 100$$

208

答：固有频率是 50Hz，品质因数为 100。

Jd3D4084　一台 SFL1–10000/110 的变压器，铭牌标有：P_0=14kW，P_k=72kW，YNd11，试求当该变压器供给β=90%额定负载且其功率因数 $\cos\varphi$ 为 0.9（滞后）时的效率η。

解：已知β=90%=0.9　　$\cos\varphi$=0.9

$$P_0=14\text{kW}，P_k=72\text{kW}$$

变压器输出有功功率 P_2 为

$$P_2=\beta S_N\cos\varphi=0.9\times10\,000\times0.9=8\,100（\text{kW}）$$

变压器线圈损耗 P_k' 为

$$P_k'=\beta^2 P_k=0.9^2\times72=58.32（\text{kW}）$$

变压器输入有功功率 P_1 为

$$P_1=P_2+P_0+P_k'=8\,100+14+58.32=8\,172.32（\text{kW}）$$

$$\eta=\frac{P_2}{P_1}\times100\%=\frac{8\,100}{8\,172.32}\times100\%\approx99\%$$

答：当该变压器供给 90%额定负载且其功率因数 $\cos\varphi$=0.9（滞后）时的效率为 99%。

Jd3D4085　设有三台三相变压器并列运行，其额定电压均为 35/10.5kV，其他规范如下：

（1）容量 S_{N1}：1 000kVA；阻抗电压 U_{k1}%：6.25；

（2）容量 S_{N2}：1 800kVA；阻抗电压 U_{k2}%：6.6；

（3）容量 S_{N3}：2 400kVA；阻抗电压 U_{k3}%：7.0。

当总负载为 4 500kVA 时，各变压器所供给的负载 P_1、P_2、P_3 各是多少？

解：因各变压器阻抗电压不同，每台变压器的负载分配可按下式计算

$$P_i=\frac{P}{\dfrac{P_1}{U_{k1}\%}+\dfrac{P_2}{U_{k2}\%}+\dfrac{P_3}{U_{k3}\%}}\times\frac{P_1}{U_{ki}\%}$$

$$P_1 = \frac{4\,500}{\dfrac{1\,000}{6.25} + \dfrac{1\,800}{6.6} + \dfrac{2\,400}{7.0}} \times \frac{1\,000}{6.25}$$

$$= 928.3 \approx 928\,(\mathrm{kVA})$$

$$P_2 = \frac{4\,500}{\dfrac{1\,000}{6.25} + \dfrac{1\,800}{6.6} + \dfrac{2\,400}{7.0}} \times \frac{1\,800}{6.6}$$

$$= 1\,582.3 \approx 1\,582\,(\mathrm{kVA})$$

$$P_3 = \frac{4\,500}{\dfrac{1\,000}{6.25} + \dfrac{1\,800}{6.6} + \dfrac{2\,400}{7.0}} \times \frac{2\,400}{7.0}$$

$$= 1\,989.3 \approx 1\,989\,(\mathrm{kVA})$$

答：各变压器所供给的负载为：928kVA、1 582kVA、1 989kVA。

Jd3D5086 有一台双断口断路器，当负荷侧有一相线路上发生单相接地故障时，断路器在保护作用下跳闸，计算：

（1）该相断路器两个断口上的电压各为相电压百分数的多少？

（2）当两断口都并联连接均匀电容器时，两个断口上的电压分布为相电压百分数的多少（设断口间电容和三角箱对地电容都相等）？

解：（1）先画出两断口及三角箱对地的等值电路图如图 D-27 所示。其中 C_d 为断口电容，C_0 为三角箱对地电容。

设 $C_d = C_0$，则

$$U_1 = \frac{C_d + C_0}{2C_d + C_0} U_{\mathrm{ph}} = \frac{2C_d}{3C_d} U_{\mathrm{ph}} = \frac{2}{3} U_{\mathrm{ph}} = 0.667 U_{\mathrm{ph}}$$

所以 $\dfrac{U_1}{U_{\mathrm{ph}}} \times 100\% = 0.667 \times 100\% = 66.7\%$

$$U_2 = \frac{C_d}{2C_d + C_0} U_{\mathrm{ph}} = \frac{C_d}{3C_d} U_{\mathrm{ph}} = \frac{1}{3} U_{\mathrm{ph}} = 0.333 U_{\mathrm{ph}}$$

所以 $\dfrac{U_2}{U_{ph}}\times100\%=0.333\times100\%=33.3\%$

（2）两个断口安装均压电容后，等值电路如图 D-28 所示。

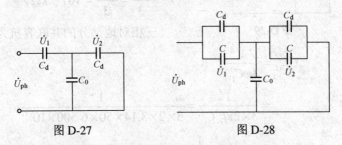

图 D-27   图 D-28

其中 C 为均压电容，设 C 远远大于 C_d，得

$$U_1'=\frac{C+C_d+C_0}{2(C+C_d)+C_0}U_{ph}\approx\frac{C+C_d}{2(C+C_d)}U_{ph}=\frac{1}{2}U_{ph}$$

所以 $\dfrac{U_1'}{U_{ph}}\times100\%=\dfrac{1}{2}\times100\%=50\%$

$$U_2'=\frac{C+C_d+C_0}{2(C+C_d)+C_0}U_{ph}\approx\frac{C+C_d}{2(C+C_d)}U_{ph}=\frac{1}{2}U_{ph}$$

所以 $\dfrac{U_2'}{U_{ph}}\times100\%=\dfrac{1}{2}\times100\%=50\%$

答：两个断口的电压分别为相电压的 66.7% 和 33.3%，并联均压电容后，两个断口电压均为相电压的 50%。

Jd3D5087　今有一条 10kV 空母线，带有 JSJW—10 型电压互感器，频率 f 为 50Hz，其 10kV 侧的励磁感抗 X_L 为每相 500kΩ，母线和变压器低压绕组的对地电容 C_{11}=6 500pF，该母线接在变压器的低压侧，已知变压器高低压绕组之间的电容 C_{12}=2 000pF，变压器高压侧电压为 110kV，试求当 110kV 侧中性点暂态电压 U_t 为 $110/\sqrt{3}$ kV 时，10kV 侧的电容传递过电压 U_1。

211

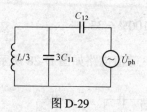

图 D-29

解：等效电路如图 D-29 所示，由题意知三相并联电抗

$$\frac{X_L}{3} = \frac{500}{3} = 167（k\Omega）$$

三相对地部分的并联容抗为

$$X_{3C11} = \frac{1}{3\omega C_{11}}$$

$$= \frac{1}{3 \times 2\pi f_N C_{11}} = \frac{1}{3 \times 2 \times 3.14 \times 50 \times 6\ 500 \times 10^{-12}}$$

$$= \frac{1}{3 \times 314 \times 6\ 500 \times 10^{-12}} = 163（k\Omega）$$

所以 $\frac{L}{3}$ 和 $3C_{11}$ 并联后，10kV 侧的相等值对地容抗为

$$X_C = \frac{X_{3C11} \times \frac{X_L}{3}}{\frac{X_L}{3} - X_{3C11}} = \frac{167 \times 163}{167 - 163} = 6\ 805（k\Omega）$$

10kV 侧的等值三相对地电容为

$$3C'_{11} = \frac{1}{\omega X_C} = \frac{1}{2\pi f X_C} = \frac{1}{2 \times 3.14 \times 50 \times 6\ 805 \times 10^3}$$

$$= \frac{1}{314 \times 6\ 805 \times 10^3} = 468 \times 10^{-12}（F）$$

$$= 468（pF）$$

$$U_1 = U_t \frac{C_{12}}{C_{12} + 3C'_{11}} = \frac{110}{\sqrt{3}} \times \frac{2\ 000}{2\ 000 + 468} = 51.5（kV）$$

答：10kV 侧电容传递过电压为 51.5kV。

Jd4D4088 如图 D-30 所示，用振荡曲线测得断路器的刚分，刚合点在波腹 a 点附近，已知 S_1 的距离是 2cm，S_2 的距离是 2.2cm，试求断路器刚分、刚合的速度 v（试验电源频率为

50Hz）。

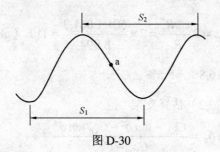

图 D-30

解：若刚分、刚合点在波腹附近，速度 v 为

$$v = \frac{S_1 + S_2}{2 \times 0.01} = \frac{2 + 2.2}{2 \times 0.01} = 210 \text{（cm/s）} = 2.1\text{m/s}$$

答：刚分、刚合点的速度为 2.1m/s。

Jd3D5089 下面为"末端屏蔽法"测量 JCC—110 型串级式电压互感器 $\tan\delta$ 的试验结果，试计算之，并通过（A）、（B）项结果近似估计支架的电容量 C_X 及 $\tan\delta$ 值（忽略瓷套及油的影响）。

（1）X，X_D 及底座（垫绝缘）接 C_X 线，R_4 上并联 3 184Ω，$R_3 = 2\,943$Ω，$\tan\delta = 4.7\%$。

（2）X，X_D 接 C_X 线，底座接地，R_4 上并联 3 184Ω，$R_3 = 4\,380$Ω，$\tan\delta = 1.5\%$。

（3）底座接 C_X 线，X，X_D 接地，R_4 上并联 1 592Ω，$R_3 = 8\,994$Ω，$\tan\delta = 16.8\%$。

解：（1）$C_{XA} = 2\dfrac{C_N R_4'}{R_3} = 2 \times \dfrac{50 \times 1\,592}{2\,943} = 54.1$（pF），$\tan\delta' =$

$\dfrac{1}{2}\tan\delta = \dfrac{4.7\%}{2} = 2.35\%$

（2）$C_{XB} = 2\dfrac{C_N R_4'}{R_3} = 2 \times \dfrac{50 \times 1\,592}{4\,380} = 36.3$（pF），$\tan\delta'' =$

$$\frac{1}{2}\tan\delta = \frac{1.5\%}{2} = 0.75\%$$

（3）$C_{XC} = 2\dfrac{C_N R_4''}{R_3} = 2\times\dfrac{50\times 1\,061.3}{8\,994} = 11.8$（pF）, $\tan\delta'' =$

$$\frac{1}{3}\tan\delta = \frac{1}{3}\times 16.8\% = 5.6\%$$

由（1）、（2）估算支架

$$\tan\delta_X = \frac{C_{XA} - \tan\delta' - C_{XB}\tan\delta''}{C_{XA} - C_{XB}}$$

$$= \frac{54.1\times 2.35\% - 36.3\times 0.75\%}{54.1 - 36.3} = 5.61\%$$

$$C_X = C_{XA} - C_{XB} = 54.1 - 36.3 = 17.8\text{（pF）}$$

其中 $R_4' = \dfrac{3\,184}{4} = 1\,592$（Ω）

$$R_4'' = \frac{3\,184\times 1\,592}{3\,184 + 1\,592} = 1\,061.3\text{（Ω）}$$

答： 支架电容量约为 17.8pF，$\tan\delta$ 约为 5.61%。

Jd3D5090 如图 D-31 所示的电桥电路，已知 $Z_2 = R_2$，$Z_3 = R_3$，$1/Z_1 = G + j\omega C$，$Z_4 = R_x + j\omega L_x$。问在什么条件下电桥平衡，并测出 R_x 和 L_x 的值。

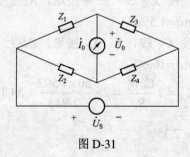

图 D-31

解： 电桥平衡时，$\dot{I}_0 = 0$ 且 $\dot{U}_0 = 0$

即应有
$$\frac{Z_2}{Z_1+Z_2}\dot{U}_s - \frac{Z_4}{Z_3+Z_4}\dot{U}_s = 0$$

由上式得出电桥的平衡条件为
$$Z_1Z_4 = Z_2Z_3$$

代入电路参数得
$$\frac{R_x + j\omega L_x}{G + j\omega C} = R_2R_3$$

即
$$R_x + j\omega L_x = GR_2R_3 + jR_2R_3\omega C$$

得到 $R_x = GR_2R_3$ $L_x = R_2R_3C$

答：在 $Z_1Z_4 = Z_2Z_3$ 时，电桥平衡。$R_x = GR_2R_3$，$L_x = R_2R_3C$。

Jd3D1091 一电感线圈，其中电阻 $R=15\Omega$，电感 $L=20\text{mH}$，试问通过线圈的电流 $I=20\text{A}$（频率 $f=50\text{Hz}$）时，所需要电源电压 U 是多少伏？电感线圈的有功功率 P、无功功率 Q、视在功率 S 及功率因数 $\cos\varphi$ 各是多少？

解：线圈感抗
$$X_L = 2\pi fL = 2\times3.14\times50\times20\times10^{-3} = 6.28\ （\Omega）$$

电感线圈的阻抗
$$Z = \sqrt{R^2 + X_L^2} = \sqrt{15^2 + 6.28^2}$$
$$= 16.26\ （\Omega）$$

电感线圈两端的电压
$$U = IZ = 20\times16.26 = 325.2\ （\text{V}）$$

有功功率
$$P = I^2R = 20^2\times15 = 6\ 000\ （\text{W}）$$

无功功率
$$Q = I^2X_L = 20^2\times6.28 = 2\ 512\ （\text{var}）$$

视在功率
$$S = \sqrt{P^2 + Q^2} = \sqrt{6\ 000^2 + 2\ 512^2} \approx 6\ 505\ （\text{VA}）$$

功率因数

$$\cos\varphi = \frac{P}{S} = \frac{6\,000}{6\,505} \approx 0.92$$

答：所需电源电压是 325.2V，电感线圈的有功功率为 6 000W，无功功率为 2 512var，视在功率为 6 505VA，功率因数为 0.92。

Ld3D1092 在 R、L、C 串联电路中，$R=200\Omega$，$L=500\text{mH}$，$C=0.5\mu F$，当电源角频率 ω 分别为 500，1 000，2 000，8 000rad/s 时，电路的总阻抗 Z_1 是多少？电路是什么性质？

解：当频率 $\omega_1=500\text{rad/s}$ 时

$$X_{C1} = \frac{1}{\omega_1 C} = \frac{1}{500 \times 0.5 \times 10^{-6}} = 4\,000 \ (\Omega)$$

$$X_{L1} = \omega_1 L = 500 \times 500 \times 10^{-3} = 250 \ (\Omega)$$

电路总阻抗

$$Z_1 = \sqrt{R^2 + (X_{L1} - X_{C1})^2} = \sqrt{200^2 + (250 - 4\,000)^2}$$

$$\approx 3755 \ (\Omega)$$

因为 $X_{L1} < X_{C1}$，所以此时电路呈容性。

当频率 $\omega_2=1\,000\text{rad/s}$ 时

$$X_{L2} = \omega_2 L = 1\,000 \times 500 \times 10^{-3} = 500 \ (\Omega)$$

$$X_{C2} = \frac{1}{\omega_2 C} = \frac{1}{1\,000 \times 0.5 \times 10^{-6}} = 2\,000 \ (\Omega)$$

$$Z_2 = \sqrt{R^2 + (X_{L2} - X_{C2})^2}$$

$$= \sqrt{200^2 + (500 - 2\,000)^2} = 1\,513 \ (\Omega)$$

因为 $X_{L1} < X_{C1}$，所以此时电路仍呈容性。

当频率 $\omega_3=2\,000\text{rad/s}$ 时

$$X_{L3} = \omega_3 L = 2\,000 \times 500 \times 10^{-3} = 1\,000 \ (\Omega)$$

$$X_{C3} = \frac{1}{\omega_3 C} = \frac{1}{2\,000 \times 0.5 \times 10^{-6}} = 1\,000 \ (\Omega)$$

$$Z_3 = \sqrt{R^2 + (X_{L3} - X_{C3})^2}$$
$$= \sqrt{200^2 + (1\,000 - 1\,000)^2} = 200 \ (\Omega)$$

因为 $X_{L1} = X_{C1}$，所以此时电路呈电阻性。

当频率 $\omega_4 = 8\,000\text{rad/s}$ 时

$$X_{L4} = \omega_4 L = 8\,000 \times 500 \times 10^{-3} = 4\,000 \ (\Omega)$$

$$X_{C4} = \frac{1}{\omega_4 C} = \frac{1}{8\,000 \times 0.5 \times 10^{-6}} = 250 \ (\Omega)$$

$$Z_4 = \sqrt{R^2 + (X_{L4} - X_{C4})^2}$$
$$= \sqrt{200^2 + (4\,000 - 250)^2} \approx 3\,755 \ (\Omega)$$

因为 $X_{L1} > X_{C1}$，所以此时电路呈感性。

答：电路总阻抗和性质分别为：500rad/s 时，电路总阻抗为 3 755Ω，容性；1 000rad/s 时电路总阻抗为 1 513Ω，容性；2 000rad/s 时，电路总阻抗为 200Ω，阻性；8 000rad/s 时，电路总阻抗为 3 755Ω，感性。

Lb3D1093 有一交流接触器，其线圈额定电压 $U_N = 380\text{V}$，额定电流 $I_N = 30\text{mA}$，频率 $f = 50\text{Hz}$，线圈的电阻 $R = 1.6\text{k}\Omega$，试求线圈的电感 L 大小。

解：线圈的阻抗为

$$Z = \frac{U_N}{I_N} = \frac{380}{30 \times 10^{-3}} = 12\,667 \ (\Omega) = 12.67 \ (\text{k}\Omega)$$

线圈的感抗为

$$X_L = \sqrt{Z^2 - R^2} = \sqrt{12.67^2 - 1.6^2} = 12.57 \ (\text{k}\Omega)$$

因为 $X_L = 2\pi f L$

所以 $L = \dfrac{X_L}{2\pi f} = \dfrac{12.57 \times 10^3}{2 \times 3.14 \times 50} = 40.03 \ (\text{H})$

答：线圈电感为 40.03H。

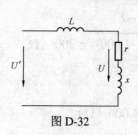

图 D-32

Jd3D1094 为了降低小功率单相交流电动机的转速，可采用降低电动机端电压的方法。为此，在电源和电动机之间串联一个电感 L，如图 D-32 所示。已知电动机的电阻 $r=190\Omega$，电抗 $x=260\Omega$，电源电压 $U=220V$，频率 $f=50Hz$，要使电动机的端电压 $U'=180V$，试求所需串联的电感 L。

解：先求线路中的电流

$$I = \frac{U'}{Z'} = \frac{U'}{\sqrt{r^2 + x^2}} = \frac{180}{\sqrt{190^2 + 260^2}} = 0.559 \text{（A）}$$

而

$$U = IZ = I \times \sqrt{r^2 + (X_L + X)^2}$$

$$= 0.559 \times \sqrt{190^2 + (X_L + 260)^2} = 220 \text{（V）}$$

所以

$$X_L + 260 = \sqrt{\left(\frac{U}{I}\right)^2 - 190^2} = \sqrt{\left(\frac{220}{0.559}\right)^2 - 190^2}$$

$$= 344.66 \text{（}\Omega\text{）}$$

即 $X_L = 344.66 - 260 = 84.66 \text{（}\Omega\text{）}$

$$L = \frac{X_L}{2\pi f} = \frac{84.66}{2 \times 3.14 \times 50} \approx 0.269\,6 \text{（H）}$$

答：所需串联的电感为 0.269 6H。

Jd3D2095 某三相对称电路，线电压 $U_L=380V$，三相对称负载接成星形，每相负载为 $R=6\Omega$，感抗 $X_L=8\Omega$，求相电流 I_{ph} 及负载消耗的总功率 P。

解：相电压

$$U_{ph} = \frac{U_L}{\sqrt{3}} = \frac{380}{\sqrt{3}} \approx 220 \text{（V）}$$

相电流

$$I_{ph} = \frac{U_{ph}}{Z} = \frac{220}{\sqrt{6^2 + 8^2}} = 22 \text{ (A)}$$

该负载消耗的功率

$$P = 3I^2 R = 3 \times 22^2 \times 6 = 8\,712 \text{ (W)}$$

答：负载消耗的总功率为 8 712W，相电流为 22A。

Jd3D2096　对称三相感性负载连接成星形，接到电压 $U_L = 380V$ 的三相电源上，测得输入线电流 $I_L = 12.1A$，输入功率 $P = 5.5kW$，求负载的功率因数 $\cos\varphi$ 和无功功率 Q 各是多少？

解：$I_{ph} = I_L = 12.1 \text{ (A)}$

$$U_{ph} = \frac{U_L}{\sqrt{3}} = \frac{380}{\sqrt{3}} \approx 220 \text{ (V)}$$

$$Z = \frac{U_{ph}}{I_{ph}} = \frac{220}{12.1} = 18.18 \text{ (}\Omega\text{)}$$

视在功率：$S = 3I^2 Z = 3 \times 12.1^2 \times 18.18 = 7\,985 \text{ (VA)}$

功率因数：$\cos\varphi = \dfrac{P}{S} = \dfrac{5\,500}{7\,985} \approx 0.689$

无功功率：$Q = \sqrt{S^2 - P^2} = \sqrt{7\,985^2 - 5\,500^2} \approx 5\,789 \text{ (var)}$

答：负载功率因数为 0.689，无功功率为 5 789var。

Jd3D2097　对称三相负载连接成三角形，接到线电压 $U_L = 380V$ 的三相电源上，测得线电流 $I_L = 17.3A$，三相功率 $P = 4.5kW$，试求每相负载的电阻 R 和感抗 X_L 各是多少？

解：每相负载中流过的电流

$$I_{ph} = \frac{I_L}{\sqrt{3}} = \frac{17.3}{\sqrt{3}} \approx 10 \text{ (A)}$$

相电压

$$U_{ph} = U_L = 380 \text{ (V)}$$

每相负载阻抗

$$Z = \frac{U_{ph}}{I_{ph}} = \frac{380}{10} = 38 \quad (\Omega)$$

每相负载消耗的功率

$$P' = \frac{1}{3}P = \frac{4.5}{3} = 1.5 \quad (kW)$$

$$P' = I_{ph}^2 R$$

$$R = \frac{P'}{I_{ph}^2} = \frac{1.5 \times 10^3}{10^2} = 15 \quad (\Omega)$$

$$X_L = \sqrt{Z^2 - R^2} = \sqrt{38^2 - 15^2} = 34.9 \quad (\Omega)$$

答：每相负载的电阻是 15Ω，感抗是 34.9Ω。

Jd3D2098 SJ–20/10 型三相变压器，绕组都为星形连接，高压侧额定电压 U_{1N}=10kV，低压侧额定电压 U_{2N}=0.4kV，变压器的额定容量 S_N=20kVA，试求该台变压器高压侧和低压侧的相电压 U_{1ph}、U_{2ph}、相电流 I_{1ph}、I_{2ph} 及线电流 I_{1L}、I_{2L} 各是多少？

解：高压侧的相电压

$$U_{1ph} = \frac{U_{1L}}{\sqrt{3}} = \frac{10}{\sqrt{3}} = 5.77 \quad (kV)$$

低压侧的相电压

$$U_{2ph} = \frac{U_{2L}}{\sqrt{3}} = \frac{0.4}{\sqrt{3}} = 0.23 \quad (kV)$$

高压侧的相电流

$$I_{1ph} = I_{1L} = \frac{S_N}{\sqrt{3}U_{1L}} = \frac{20}{\sqrt{3} \times 10} = 1.15 \quad (A)$$

低压侧的相电流

$$I_{2ph} = I_{2L} = \frac{S_N}{\sqrt{3}U_{2L}} = \frac{20}{\sqrt{3} \times 0.4} = 28.87 \quad (A)$$

答：高压侧和低压侧的相电压分别为 5.77kV 和 230V；线电流和相电流相等，分别为 1.15A 和 28.87A。

Jd3D5099 SFL–31500/110 变压器一台，空载损耗 P_{k0}=86kW，短路损耗 P_k=200kW，空载电流 I_0%=2.7，短路电压 U_k%=10.5，试做出变压器的简化电路图（电路各参数折算到 110kV 侧）。

解：因为是三相变压器，给出的损耗是三相的，故每相铜损耗 P'_k 为：$P'_k = \dfrac{P_k}{3}$=200/3=66.6kW，因归算到 110kV 侧，所以该侧额定电流 I_{1N} 为

$$I_{1N} = I_{1L} = \frac{S}{\sqrt{3}U_{1N}} = \frac{31\,500}{\sqrt{3}\times 110} = 165.3 \ (\text{A})$$

每相短路电压 U' 的绝对值为

$$U'_k = U_k\% \times \frac{U_{1N}}{\sqrt{3}} = 10.5\% \times \frac{110}{\sqrt{3}} = 6.67 \ (\text{kV})$$

$$r = \frac{P'_k}{I_{1N}^2} = \frac{66.6\times 10^3}{165.3^2} = 2.44 \ (\Omega)$$

$$z = \frac{U'_k}{I_{1N}} = \frac{6.67\times 10^3}{165.3} = 40.4 \ (\Omega)$$

$$x = \sqrt{z^2 - r^2} = \sqrt{40.4^2 - 2.44^2} \approx 40.3 \ (\Omega)$$

从计算可见，在大中型号变压器中，因为 r 很小，故 $x \approx z$，简化等效电路图 D-33 所示。

答：变压器的简化电路图如图 D-33 所示。

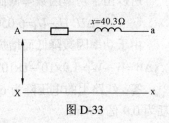

图 D-33

Jd2D4100 在某超高压输电线路中，线电压 U_L=22×10⁴V，输送功率 P=30×10⁷W，若输电线路的每一相电抗 X_L=5Ω，试计算负载功率因数 $\cos\varphi_1$=0.9 时，线路上的电压降 U_1 及输电线上一年的电能损耗 W_1；若负载功率因数从 $\cos\varphi_1$=0.9 降为 $\cos\varphi_2$=0.65，则线路上的电压降 U_2 及输电线路上一年的电能损

耗 W_2 又各为多少。

解：当负载功率因数为 0.9 时，输电线上的电流为

$$I_1=\frac{P}{\sqrt{3}U_L\cos\varphi_1}=\frac{30\times10^7}{\sqrt{3}\times22\times10^4\times0.9}\approx875\ （A）$$

$$U_1=I_1X_L=875\times5=4\ 375（V）$$

则一年［以 365 天计，时间 $t=365\times24=8\ 760$（h）］中输电线上损耗的电能为

$$W_1=3\ I_1^2\ R_Lt=3\times875^2\times5\times8\ 760=1\times10^{11}（Wh）=1\times10^8kWh$$

当功率因数由 $\cos\varphi_1=0.9$ 降低至 $\cos\varphi_2=0.65$ 时，则输电线路上的电流将增加至

$$I_2=\frac{P}{\sqrt{3}U_L\cos\varphi_2}=\frac{30\times10^7}{\sqrt{3}\times22\times10^4\times0.65}=1\ 211（A）$$

则线路上的电压降为

$$U_2=I_2X_L=1\ 211\times5=6\ 055（V）$$

一年中输电线上损耗的电能将增至

$$W_2=3I_2^2R_Lt=3\times1\ 211^2\times5\times8\ 760=1.9\times10^{11}（Wh）$$
$$=1.9\times10^8kWh$$

所以由于功率因数降低而增加的电压降为

$$\Delta U=U_2-U_1=6\ 050-4\ 375=1\ 680（V）$$

由于功率因数降低而增加的电能损耗为

$$\Delta W=W_2-W_1=1.9\times10^8-1\times10^8=0.9\times10^8（kWh）=0.9\ 亿\ kWh$$

答：线路上的电压降为 6 055V，输电线路上一年的电能损耗为 0.9 亿 kWh。

Jd2D4101　三个同样的线圈，每个线圈有电阻 R 和电抗 X，且 $R=8\Omega$，$X=8\Omega$。如果它们连接为：① 星形；② 三角形，并接到 380V 的三相电源上，试求每种情况下的线电流 I_L 以及测量功率的两个瓦特表计读数的总和 P。

解：（1）当连接为星形时，因为相电压为

$$U_{ph} = \frac{U_L}{\sqrt{3}} = IZ$$

所以 $I_L = \dfrac{\dfrac{U_L}{\sqrt{3}}}{Z} = \dfrac{\dfrac{U_L}{\sqrt{3}}}{\sqrt{R^2 + X^2}} = \dfrac{\dfrac{380}{\sqrt{3}}}{\sqrt{8^2 + 8^2}} = 19.4$（A）

在一相中吸收的功率为

$P_1 = U_{ph} I \cos\varphi$（$\cos\varphi$ 为功率因数）

因为 $\varphi = \arctan\dfrac{X}{R} = \arctan\dfrac{8}{8} = \arctan 1 = 45°$，$\cos 45° = \dfrac{\sqrt{2}}{2}$，

所以 $P_1 = \dfrac{380}{\sqrt{3}} \times 19.4 \times \dfrac{\sqrt{2}}{2} = 220 \times 19.4 \times 0.707 \approx 3\,010$（W）

因为吸收的总功率＝两个瓦特计读数的总和，故

$$P = 3U_{ph} I \cos\varphi = 3 \times \frac{380}{\sqrt{3}} \times 19.4 \times \frac{\sqrt{2}}{2} \approx 9\,029 \text{（W）}$$

（2）当连接成三角形时，因为相电压为 $U_{ph}=380\text{V}$（相电压和线电压的有效值相等）所以，相电流 I_{ph}

$$I_{ph} = \frac{U_{ph}}{Z} = \frac{U_{ph}}{\sqrt{R^2 + X^2}} = \frac{380}{\sqrt{8^2 + 8^2}} = 33.59 \text{（A）}$$

线电流 I_L 为

$$I_L = \sqrt{3}\, I_{ph} = \sqrt{3} \times 33.59 = 58.18 \text{（A）}$$

在一相中吸收的功率 P_1 为

$$P_1 = U_{ph} I_{ph} \cos\varphi = 380 \times 33.59 \times \frac{\sqrt{2}}{2} \approx 9\,026 \text{（W）} \approx 9.026\text{kW}$$

吸收的总功率 P 为

$$P = 3P_1 = 3 \times 9.026 = 27.078 \text{（kW）}$$

答：当为星形连接时，线电流为 19.4A，测量功率的两个瓦特表计读数的总和为 9 029W；当为三角形连接时，线电流为 58.18A，测量功率的两个瓦特表计读数的总和为 27.078kW。

Jd4D4102 已知变压器的一次绕组 N_1=320 匝，电源电压 E_1=3 200V，f=50Hz，二次绕组的电压 E_2=250V，负荷电阻 R_2=0.2Ω，铁心截面积 S=480cm²，试求二次绕组匝数 N_2，一、二次侧电流 I_1、I_2，最大磁通密度 B_m，一、二次功率因数 $\cos\varphi_1$、$\cos\varphi_2$，一、二次功率 P_1、P_2（负荷感抗 X_L=0.04Ω）。

解：（1）因为 $\dfrac{N_2}{N_1} = \dfrac{E_2}{E_1}$

所以二次绕组匝数

$$N_2 = \frac{E_2}{E_1} \times N_1 = \frac{250}{3\ 200} \times 320 = 25 \ （匝）$$

（2）二次阻抗 Z_2 为

$$Z_2 = \sqrt{R_2^2 + X_L^2} = \sqrt{0.2^2 + 0.04^2} = 0.204 \ （\Omega）$$

$$I_2 = \frac{E_2}{Z_2} = \frac{250}{0.204} = 1\ 225 \ （A）$$

（3）因为 $\dfrac{I_1}{I_2} = \dfrac{N_2}{N_1}$

所以 $I_1 = \dfrac{I_2 N_2}{N_1} = \dfrac{1\ 225 \times 25}{320} = 95.7 \ （A）$

（4）从公式 $E_1 = 4.44 f N_1 B_m S \times 10^{-4}$ 可求得 B_m

$$B_m = \frac{E_1}{4.44 \times f \times N_1 \times S \times 10^{-4}}$$

$$= \frac{3\ 200 \times 10^4}{4.44 \times 50 \times 320 \times 480}$$

$$= 0.938 （T）$$

（5）因为二次电流和电压的相角差与电源电压和一次电流的相角差相等，即：$\varphi_1 = \varphi_2$

已知 $\cos\varphi_2 = \dfrac{R_2}{Z_2} = \dfrac{0.2}{0.204} = 0.98$

$$\cos\varphi_1 = \cos\varphi_2 = 0.98$$

（6）由上面求得的数据，可求得 P_1 和 P_2

$P_1=E_1I_1\cos\varphi=3\ 200\times95.7\times0.98=300\ 115.2$（W）$\approx300$kW

$P_2=E_2I_2\cos\varphi=250\times1\ 225\times0.98=300\ 125$（W）$\approx300$kW

答：二次绕组匝数为 25 匝；一、二次电流分别为 95.7A、1 225A；一、二次功率因数均为 300kW；一、二次功率因数均为 0.98；最大磁通量为 0.938T。

Lc1D5103 图 D-34 所示为微分电路，设运算放大器为理想运放，试用"虚短路、虚开路"模型求出输出电压 u_0 与输入电压 u_i 的关系式。

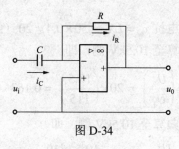

图 D-34

解：由图 D-34 可知

$$i_C = C\frac{\mathrm{d}u_i}{\mathrm{d}t}$$

虚短路得

$$i_R = -\frac{u_0}{R}$$

虚开路得

$$i_C = i_R$$

将 i_C、i_R 代入 $i_C=i_R$ 得

$$u_0 = -RC\frac{\mathrm{d}u_i}{\mathrm{d}t}$$

答：输出电压 u_0 与输入电压 u_i 的关系式为 $u_0 = -RC\dfrac{\mathrm{d}u_i}{\mathrm{d}t}$。

Jb1D3104 一个无限大容量系统通过一条 50km 的 110kV

输电线路向某一变电站供电，接线情况如图 D-35 所示。已知线路每千米的电抗值为 $X_1=0.4\Omega/km$，试计算变电站出线上发生三相短路时的短路电流 I_R。

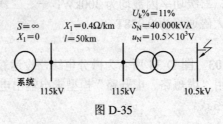

$$S=\infty \qquad X_1=0.4\Omega/km \qquad U_k\%=11\%$$
$$X_1=0 \qquad l=50km \qquad S_N=40\ 000kVA$$
$$u_N=10.5\times10^3V$$

系统   115kV   115kV   10.5kV

图 D-35

解：线路总电抗 $x_L = LX_1 = 50\times0.4 = 20$（$\Omega$）

线路电抗折算至 10.5kV 侧，即

$$x_1' = x_1\left(\frac{U_2}{U_1}\right)^2 = 20\times\left(\frac{10.5}{115}\right)^2 = 0.167 \text{（}\Omega\text{）}$$

变压器电抗归算至 10.5kV 侧，即

$$x_b = U_k\%\frac{U_N^2}{S_N} = 11\%\times\frac{10.5^2\times10^6}{40\ 000\times10^3} = 0.303\text{（}\Omega\text{）}$$

$$u_L = \frac{1}{\sqrt{3}}U_N$$

短路电流有效值

$$I_k = \frac{U_L}{x_1'+x_b} = \frac{10.5\times10^3}{\sqrt{3}(0.167+0.303)} = 12.9 \text{（kA）}$$

答：变电站出线发生三相短路时的短路电流有效值为 12.9kA。

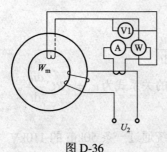

图 D-36

Jb1D5105 进行一台发电机的定子铁心损耗试验，如图 D-36 所示。设已知发电机铁心轭部截面积 $S=1.8m^2$，铁轭重量 $G=110t$，试验时

测量线圈匝数 $N_m=1$ 匝，测量电压 U_1 为 300V，实测损耗值 $P_{Fe}=100kW$，求定子铁心轭部的单位铁损值 ΔP_{Fe}。

解：试验时磁通密度

$$B' = \frac{45U_1}{N_m S} = \frac{45 \times 300}{1 \times 1.8} = 7\,500 \quad （T）$$

定子铁心轭部的单位铁损值

$$\Delta P_{Fe} = \frac{P_{Fe}}{G} \left(\frac{10\,000}{B'} \right)^2 = \frac{100 \times 10^3}{110 \times 10^3} \times \left(\frac{10\,000}{7\,500} \right)^2 = 1.616 \quad （W/kg）$$

答：定子铁心轭部的单位铁损值 ΔP_{Fe} 为 1.616W/kg。

Jb1D4106 一台双极汽轮发电机，额定功率因数 $\cos\varphi_N=0.85$（滞后），同步电抗的标么值 $\overline{U}_N = 1$、$\overline{I}_N = 1$、$\overline{x}_s = 2.3\Omega$（不饱和值），电枢绕组电阻可以忽略不计，此发电机与无穷大电网并联运行，求发电机在额定工况下额定负载时的功率角 θ_N。

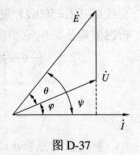

图 D-37

解：做简化的矢量图，如图 D-37 所示。

由已知数据得

$$\varphi_N = \cos^{-1} 0.85 = 31.8 \quad （°），\quad \sin\varphi_N = 0.527$$

由图 D-37 得

$$\psi_N = \tan^{-1} \frac{\overline{U}_N \sin\varphi_N + \overline{I}_N \overline{x}_s}{\overline{U}_N \cos\varphi_N} = \tan^{-1} \frac{0.527 + 2.3}{0.85} = 73.3 \quad （°）$$

得：$\theta_N = \psi_N - \varphi_N = 41.5 \quad （°）$

答：额定负载时的功率角 θ_N 为 41.5°。

Jb1D5107 某变电站 10kV 母线上接有电容器、串联电抗率 $K=6\%$，母线短路容量 $S_k=100MVA$。当母线上接有产生 n 次

（即 3 次）谐波的非线性负荷，电容器容量为多少时，将发生高次谐波并联谐振？

解： $Q_{cx} = S_k \left(\dfrac{1}{n^2} - K \right)$

$\qquad = 100 \times \left(\dfrac{1}{3^2} - 6\% \right)$

$\qquad = 5.11 \ (\text{Mvar})$

答： 母线上的电容器容量为 5.11Mvar 时将发生高次谐波并联谐振。

Lb1D3108 有幅值 $u_{1q}=100\text{kV}$ 的无限长直角电压波由架空线路（$Z_1=500\Omega$）进入电缆（$Z_2=50\Omega$），如图 D-38 所示，求折射波电压、电流和反射波电压、电流。

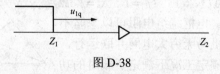

图 D-38

解： 折射系数 α 计算式如下

$$\alpha = \frac{2Z_2}{Z_1 + Z_2} = \frac{2 \times 50}{500 + 50} = \frac{2}{11}$$

反射系数 β 计算式如下

$$\beta = \frac{Z_2 - Z_1}{Z_1 + Z_2} = \frac{50 - 500}{500 + 50} = -\frac{9}{11}$$

折射波电压 u_{2q} 计算式如下

$$u_{2q} = \alpha u_{1q} = \frac{2}{11} \times 100 = 18.18 \ (\text{kV})$$

折射波电流 i_{2q} 计算式如下

$$i_{2q} = \frac{u_{2q}}{Z_2} = \frac{18.18}{50} = 0.36 \ (\text{kA})$$

反射波电压 u_{1f} 计算式如下

$$u_{1f} = \beta u_{1q} = -\frac{9}{11} \times 100 = -81.82 \quad (\text{kV})$$

反射波电流 i_{1f} 计算式如下

$$i_{1f} = \frac{u_{1f}}{-Z_1} = -\frac{81.82}{-500} = 0.16 \quad (\text{kA})$$

答： 折射波电压为 18.18kV，折射波电流为 0.36kA，反射波电压为–81.82kV，反射波电流为 0.16kA。

Jb1D4109 一台三相发电机的绕组做三角形联结，给对称三相负载供电。发电机的相电流中含有一次、三次和五次谐波，它们的有效值分别为 I_{xg1}=40A、I_{xg3}=20A、I_{xg5}=20A。试求线电流和相电流有效值的比值。

解： 相电流的有效值为

$$I_{xg} = \sqrt{I_{xg1}^2 + I_{xg3}^2 + I_{xg5}^2} = \sqrt{40^2 + 20^2 + 20^2} = 49 \quad (\text{A})$$

线电流的基波有效值为相电流基波的 $\sqrt{3}$ 倍，即 $I_1 = \sqrt{3} I_{xg1}$，$I_5 = \sqrt{3} I_{xg5}$。

线电流中不含三次谐波。

线电流的有效值

$$I = \sqrt{I_1^2 + I_5^2} = \sqrt{\left(\sqrt{3} I_{xg1}\right)^2 + \left(\sqrt{3} I_{xg5}\right)^2}$$

$$= \sqrt{3} \sqrt{40^2 + 20^2} = 77.5 \quad (\text{A})$$

故 $\dfrac{I}{I_{xg}} = \dfrac{77.5}{49} = 1.58$

答： 线电流和相电流有效值的比值为 1.58。

Jb1D3110 某一 220kV 线路，全长 L=21.86km，进行正序阻抗试验时，测得线电压平均值 U_{av}=286V，三相电流的平均值 I_{av}=21.58A，三相总功率 P=800W，试计算每相每千米正序阻抗

Z_1、正序电阻 R_1、正序电抗 X_1 和正序电感 L_1。

解：正序阻抗 Z_1

$$Z_1 = \frac{U_{av}}{\sqrt{3}I_{av}} \frac{1}{L} = \frac{286}{\sqrt{3} \times 21.58} \times \frac{1}{21.86} = 0.35 \ (\Omega/km)$$

正序电阻 R_1

$$R_1 = \frac{P}{3I_{av}^2} \frac{1}{L} = \frac{800}{3 \times 21.58^2} \times \frac{1}{21.86} = 0.026\ 2 \ (\Omega/km)$$

正序电抗 X_1

$$X_1 = \sqrt{Z_1^2 - R_1^2} = \sqrt{0.35^2 - 0.026\ 2^2} \approx 0.35 \ (\Omega/km)$$

正序电感 L_1

$$L_1 = \frac{X_1}{2\pi f} = \frac{0.35}{2 \times 3.14 \times 50} = 0.001\ 11 \ (H/km)$$

答：每相每千米正序阻抗 Z_1、正序电阻 R_1、正序电抗 X_1 和正序电感 L_1 分别为 0.35Ω/km、0.026 2Ω/km、0.35Ω/km、0.001 11H/km。

La1D2111 试求图 D-39 所示电路的等效电阻 R。

解：由于电桥平衡，后一个环节处于桥臂上可以断开

$$R = \frac{20 + 60}{2} = 40 \ (\Omega)$$

答：等效电阻 R 为 40Ω。

La1D3112 试用求图 D-40 所示电路中的电流 I。

解：（1）当 8V 电压源单独作用时，6V 电压源用短路线代之，此时电流 I' 如下

$$I' = \frac{8}{6 + \dfrac{6 \times 3}{6 + 3}} \times \frac{6}{6 + 3} = \frac{2}{3} \ (A)$$

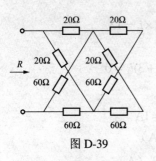

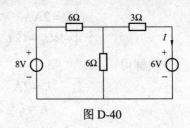

图 D-39　　　　　　　　　　　图 D-40

（2）当 6V 电压源单独作用时，8V 电压源用短路线代之，此时电流 I'' 如下

$$I'' = \frac{-6}{3 + 6/2} = -1 \ \text{（A）}$$

（3）由叠加定理可知，两电压源同时作用时的电流 I 如下

$$I = I' + I'' = \frac{2}{3} + (-1) = -\frac{1}{3} \ \text{（A）}$$

答： 电路中的电流 I 为 $-\frac{1}{3}$A。

La1D3113　用回路分析法求图 D-41 所示电路中各电阻支路的电流 I_1、I_2 和 I_3。

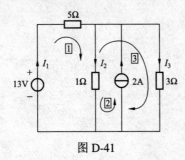

图 D-41

解： 选回路如图 D-41 所示，列回路方程如下

231

$$\begin{cases} (5+1)i_1 + 1 \times i_2 - 1 \times i_3 = 13 \\ i_2 = 2A \\ -1 \times i_3 - 1 \times i_2 + (1+3)i_3 = 0 \end{cases}$$

联解得

$$i_1 = 2A，\quad i_3 = 1A$$

$$I_1 = i_1 = 2（A）$$

$$I_2 = i_1 + i_2 - i_3 = 3（A）$$

$$I_3 = i_3 = 1（A）$$

答：各电阻支路的电流 I_1、I_2 和 I_3 分别为 2A、3A 和 1A。

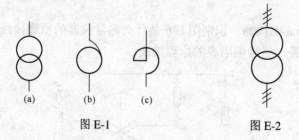

4.1.5 绘图题

La5E1001 写出下列设备的文字符号：

电阻器、电容器、电抗器、发电机、电动机、线圈、变压器、电流互感器、电压互感器。

答：R、C、L、G、M、L、T、TA、TV。

La5E1002 写出下列设备的文字符号：

电流表、电压表、断路器、隔离开关、避雷器、母线、滤波器。

答：PA、PV、QF、QS、F、W、EF。

La5E2003 画出下列电气设备的图形符号：

双绕组变压器、自耦变压器、电抗器。

答：双绕组变压器、自耦变压器和电抗器的图形符号如图E-1所示。

La5E2004 画出三相双绕组变压器图形符号。

答：如图E-2所示。

(a)　　(b)　　(c)

图 E-1　　　　　　图 E-2

La5E2005 画出星形—三角形联结的具有有载分接开关的三相变压器图形符号。

答：如图E-3所示。

La5E1006 画出接地消弧线圈图形符号。

答：如图 E-4 所示。

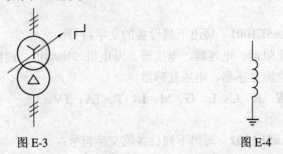

图 E-3   图 E-4

La4E1007 画出下列电气设备、仪表的图形符号：
隔离开关、断路器、避雷器、电流表、电压表。

答：隔离开关、断路器、避雷器、电流表和电压表的图形符号如图 E-5 所示。

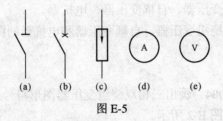

(a)   (b)   (c)   (d)   (e)

图 E-5

La4E1008 识别图 E-6 是什么测量仪器的原理接线图。

答：绝缘电阻表的原理接线。

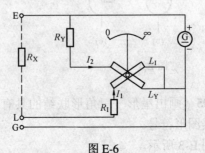

图 E-6

234

La4E1009 识别图 E-7 是什么测量仪器的原理接线图。

答：单臂电桥的原理接线。

La4E3010 图 E-8 的接线是测量什么物理量？

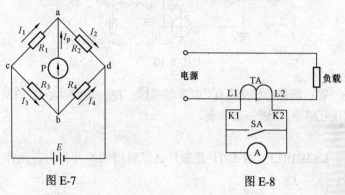

图 E-7   图 E-8

答：经电流互感器测量电流。

La4E3011 图 E-9 为球隙测量交流高电压接线，写出其中各元件的名称。

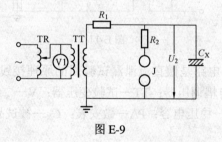

图 E-9

答：TT—试验变压器；TR—调压器；J—铜球；R_1、R_2—保护电阻；C_X—被试品。

La3E1012 图 E-10 测量什么物理量？并写出主要元件名称。

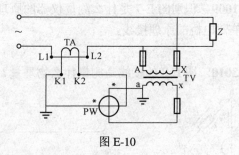

图 E-10

答：测量单相交流有功功率的接线；TA—电流互感器；TV—电压互感器；PW—功率表。

La3E1013 图 E-11 是做什么试验用的？并写出各元件名称。

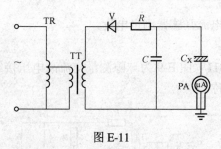

图 E-11

答：该电路是做直流泄漏试验用的原理接线图。图 E-11中，TR—自耦调压器；TT—试验变压器；V—二极管；R—保护电阻；C—稳压电容；PA—微安表；C_X—被试品。

La3E2014 图 E-12 是什么接线图？
答：是用两台全绝缘电压互感器测量三相电压接线图。

La3E2015 图 E-13 接线是什么试验接线？
答：测量介损的反接线法。

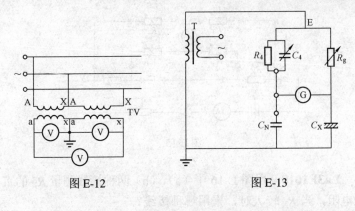

图 E-12   图 E-13

La3E3016 图 E-14 是什么试验项目的接线图？并写出各元件的名称。

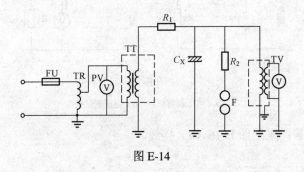

图 E-14

答：是交流耐压原理接线图。图 E-14 中：FU—熔断器；TR—调压器；PV—试验电压表；TT—试验变压器；R_1—限流电阻；C_X—被试品；R_2—限流保护电阻；F—放电间隙；TV—测量用电压互感器。

La3E3017 图 E-15 是什么仪器的原理接线图？图中哪一元件没有画出？

答：是双臂电桥原理接线图。图中 R_X 与 R_N 之间的 r 没有画出。

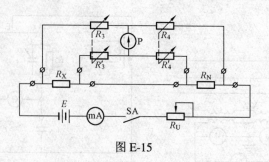

图 E-15

La3E1018 用图 E-16 中（a）、（b）两种接线测量 R_X 的直流电阻，当 R_X 较大时，采用哪种接线？

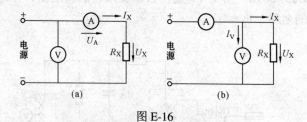

图 E-16

（a）电压表前接； （b）电压表后接

答：采用图 E-16（a）接线。

La3E3019 图 E-17 接线测量什么物理量？

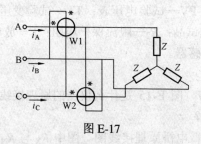

图 E-17

答：用两功率表法测量对称三相电路无功功率。

La3E4020 图 E-18 接线测量什么物理量？

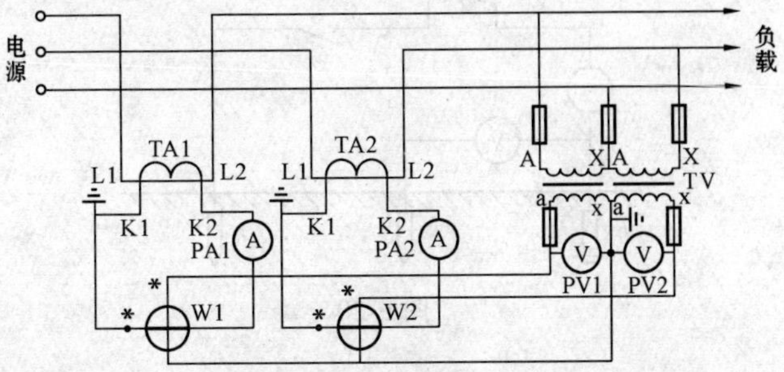

图 E-18

答：用两功率表法加互感器测量三相有功功率。

La3E1021 图 E-19 是什么试验接线？

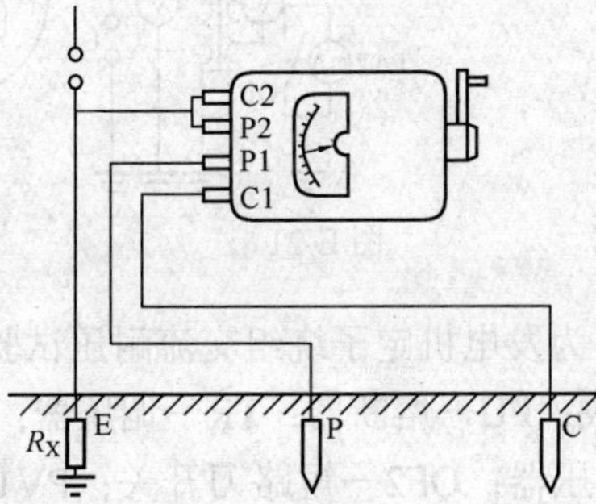

图 E-19

答：接地电阻测量仪测量接地电阻的接线。

La3E2022 图 E-20 是什么试验接线？X—P 长度与 X—C
长度有何关系？

答：电压表—电流表法测量接地电阻的原理接线。

X—P 长度等于 0.618 倍 X—C 长度。

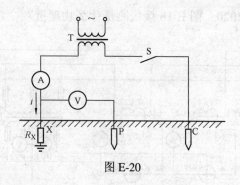

图 E-20

La3E5023 图 E-21 是什么试验接线？写出主要元件名称。

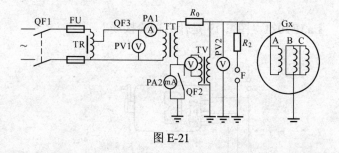

图 E-21

答：图 E-21 为发电机定子绕组交流耐压试验接线。

QF1—刀开关；FU—熔断器；TR—调压器；QF3—空气开关；TT—试验变压器；QF2—短路刀开关；PV1、PV2—低压电压表、高压静电伏特计；F—保护球隙；Gx—被试发电机；TV—电压互感器；R_0—限流电阻；R_2—球隙限流电阻；PA1、PA2—电流表。

La2E1024 图 E-22 中三相五柱电压互感器的接线属于何种接线？

答：属于 YNyn△接线。

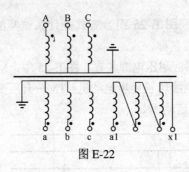

图 E-22

La2E1025 图 E-23 为哪种保护的原理接线图？

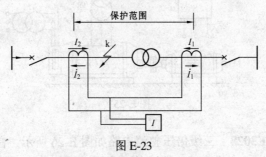

图 E-23

答：变压器的差动保护原理接线图。

La2E2026 图 E-24 为发电机泄漏电流与所加直流电压的变化曲线，分别指出各条曲线所代表的发电机绝缘状况。

答：1—绝缘良好；2—绝缘受潮；3—绝缘有集中性缺陷；4—绝缘有严重的集中性缺陷。

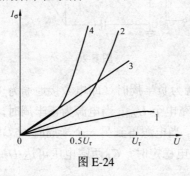

图 E-24

La2E3027 图 E-25 组合方式是什么试验的电源组合？并写出主要设备的名称。

答：倍频感应耐压电源装置。图 E-25 中，M1—鼠笼型异步电动机；M2—绕线转子异步电动机；TM—升压变压器；TR—调压变压器；S—启动器。

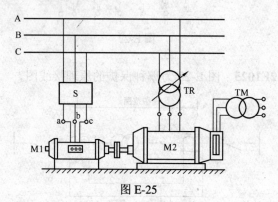

图 E-25

La2E3028 三级倍压整流电路如图 E-26 所示，在负载 R_L 上就可得 $3U_{2m}$ 的电压，简述其工作原理。

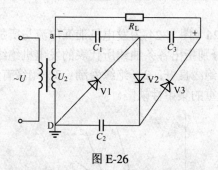

图 E-26

答：当电源为负半周时（即电源接地端为正），V1 导通，电源给电容 C_1 充电至 U_{2m}，当电源为正半周时，C_1 和电源串联一起给 C_2 充电，当电源再到另一个半周时，C_1 电源和 C_2 串联，给 C_3 充电。充电稳定时，C_1 两端电压可达 U_{2m}，C_2、C_3 两端

电压可达 $2U_{2m}$。所以，此时在 R_L 上就有 $3U_{2m}$ 的直流电压。

La2E4029 图 E-27 是什么试验接线方式？并写出主要元件名称。

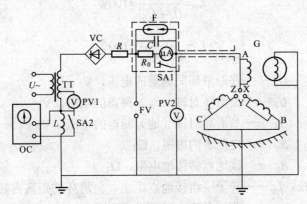

图 E-27

答：发电机直流耐压和泄漏电流试验接线图。图 E-27 中：SA1—短路开关；SA2—示波器开关；R—保护电阻；F—50～250V 放电管；PV1—0.5 级电压表；PV2—1～1.5 级静电电压表；FV—保护用球隙；OC—观察局部放电的电子示波器；TT—试验变压器；G—试品发电机。

La1E3030 图 E-28 是什么故障的寻测方法？并写出测量后的计算公式。

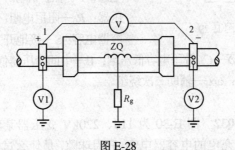

图 E-28

答：用直流压降法查找发电机转子绕组稳定接地故障点的试验接线，其计算公式为

$$R_g = R_v[U/(U_1+U_2)-1]$$

$$L_+ = \frac{U_1}{U_1+U_2} \times 100\%$$

$$L_- = \frac{U_2}{U_1+U_2} \times 100\%$$

式中　　U ——在两滑环间测量的电压，V；

$\quad\quad U_1$ ——正滑环对轴（地）测得的电压，V；

$\quad\quad U_2$ ——负滑环对轴（地）测得的电压，V；

$\quad\quad R_v$ ——电压表的内阻，Ω；

$\quad\quad R_g$ ——接地点的接地电阻，Ω；

$\quad L_+$、L_-——转子绕组接地点距正、负滑环的距离占转子绕组总长度 L 的百分数。

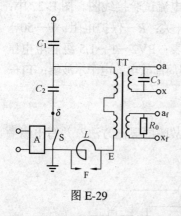

图 E-29

La1E1031　图 E-29 是什么一次设备的原理接线图？并写出主要元件的名称。

答：电容式电压互感器原理接线图。

图 E-29 中：C_1—主电容；C_2—分压电容；L—谐振电抗器的电感；F—保护间隙；TT—中间变压器；R_0—阻尼电阻；C_3—防振电容器电容；S—接地开关；A—载波耦合装置；δ—C_2 分压电容低压端；E—中间变压器低压端；ax—主二次绕组；$a_f x_f$—辅助二次绕组。

La1E4032　图 E-30 为 110、220kV 变压器某项试验接线图，C_0 为被充电的电容器电容，F 为球隙，是什么试验接线图？

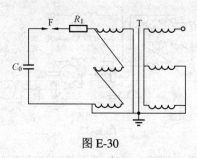

图 E-30

答：110、220kV 变压器操作波感应耐压试验接线图。

La1E4033 图 E-31 是什么试验装置接线，有何作用？试验电压是由 T 还是由 TM 提供？

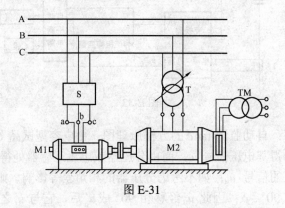

图 E-31

答：图 E-31 为倍频感应耐压试验电源装置接线图，其作用是为感应耐压试验提供两倍于系统电源频率的电压。试验电压由 TM 提供。

图 E-31 中，M1 为笼型异步电动机；M2 为绕线转子异步电动机；TM 为升压变压器；T 为调压变压器；S 为启动器。

La1E3034 识别图 E-32 是什么试验项目接线图？

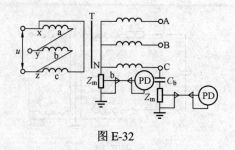

图 E-32

答：变压器局部放电试验单相励磁接线图。

La1E5035 识别图 E-33 是什么图形？并简述其测量原理。

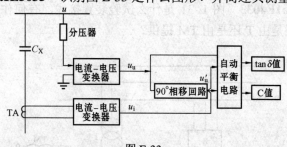

图 E-33

答：自动监测 $\tan\delta$ 的方框原理图。由电容型试品 C_X 处经传感器得其电压信号 u_i，而由分压器或电压互感器处得反映线路电压的信号 u_u；如不考虑分压器的相角差等影响，则 u_u 与 u_i 应差 $90° - \delta$；因此 u_u 经移相 $90°$ 成 u'_u 后，它与 u_i 之间的相角差，即介质损耗角 δ。

La1E5036 画出串联谐振试验原理图及其等值电路。
答：串联谐振试验原理图及其等值电路图如图 E-34 所示。

Lb1E4037 试画出 R–L–C 串联电路在正弦交流电压下的相量图（容性电路与感性电路任选一画出）。
答：相量图如图 E-35 所示。

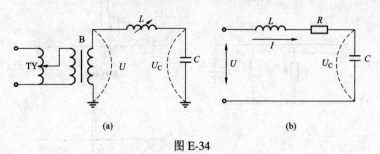

图 E-34

（a）原理图；（b）等值电路

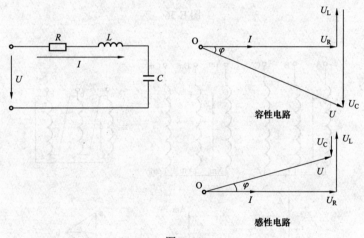

图 E-35

Lb1E4038 试画出 R–L–C 并联电路在正弦交流电压下的相量图（容性电路与感性电路任选一画出）。

答：相量图如图 E-36 所示。

Lb1E4039 画出电力变压器联结组别 YNynd11 的绕组接线图及电压相量图。

答：如图 E-37 所示。

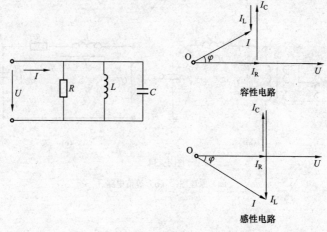

容性电路

感性电路

图 E-36

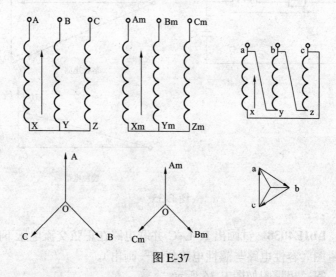

图 E-37

Jd5E1040 有一交流电路，负载为 R，画出用电流表、电压表测量电流、电压的示意图。

答：如图 E-38 所示。

Jd5E1041　画出用一台单相全绝缘电压互感器测量电压的接线图。

　　答：如图 E-39 所示。

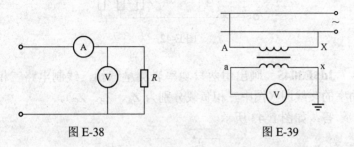

图 E-38　　　　　　　　　　　　　图 E-39

Jd5E1042　画出用一台电流互感器测量单相电流的接线图。

　　答：如图 E-40 所示。

Jd5E2043　画出用一只功率表测量直流功率的接线图（负载为 R，直流电源用 E、r 串联表示）。

　　答：如图 E-41 所示。

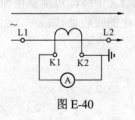

图 E-40

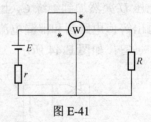

图 E-41

Jd5E3044　画出用一只功率表测量三相四线制电路三相交流功率的接线图（图中，三相负载相等均为 Z）。

　　答：如图 E-42 所示。

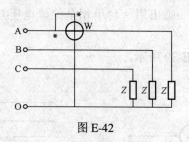

图 E-42

Jd5E3045 画出用两只功率表测量三相三线制电路三相功率的接线图（图中三相负载分别为 Z_A、Z_B、Z_C）。

答：如图 E-43 所示。

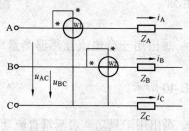

图 E-43

Jd5E4046 C_X 表示某一电气设备的绝缘，当有一个直流电压 U 突然加到绝缘 C_X 上时，在绝缘 C_X 中会流过泄漏电流 i。画出等值电路图和泄漏电流随时间变化的吸收曲线。

答：如图 E-44 所示。

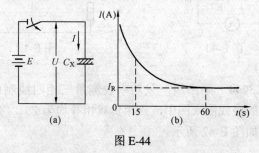

图 E-44

（a）等值电路图；（b）泄漏电流随时间变化的吸收曲线

Jd4E1047 已知 T 为铁心，N1、N2 为变压器的一次、二次绕组，R 为负载，画出变压器的原理图，并标出电流电压方向。

答：如图 E-45 所示。

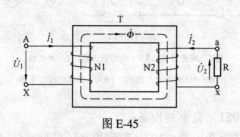

图 E-45

Jd4E2048 画出单臂电桥的原理图，标明符号，可以不标出电流方向。

答：如图 E-46 所示。

Jd4E2049 一台 35kV 半绝缘电压互感器，用一只电压表和一只电流表测量其空载电流，画出试验接线图。

答：如图 E-47 所示。

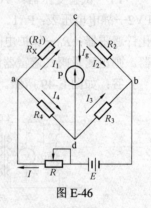

图 E-46

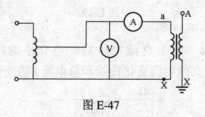

图 E-47

Jd4E2050 有一只单相电源开关 QK，一台单相调压器 T1，一台升流器 T，一只标准电流互感器 TA0，两只电流表（0.5 级），画出检查测量被试电流互感器 TAX 变比的接线图。

答：如图 E-48 所示。

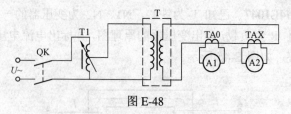

图 E-48

QK—电源开关；T1—单相调压器；T—升流器；

TA0—标准电流互感器；TAX—被试电流互感器

Jd4E3051 有下列设备：

TT—试验变压器；VC—整流用高压硅堆；C—稳压电容；PV2—静电电压表；PA1、PA2—测量用微安表；MOA—被试氧化锌避雷器；R_0—保护电阻；PV1—电磁式电压表；TR—调压器。画出测量阀式避雷器泄漏电流原理接线图。

答：如图 E-49 所示。

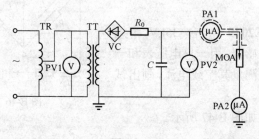

图 E-49

Jd4E3052 加上直流电压后，电介质的等值电路如图 E-50，画出各支路电流变化曲线和总电流 i 的变化曲线。

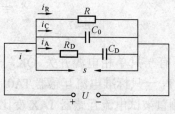

图 E-50

答：如图 E-51 所示。

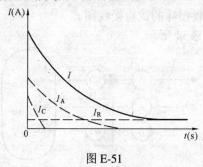

图 E-51

Jd4E2053 用一个刀闸 S，两节甲电池 E 和一块直流毫伏表 PV，做一台电压互感器的极性试验，画出接线图。

答：如图 E-52 所示。

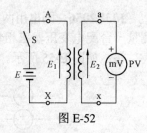

图 E-52

Jd4E1054 图 E-53 为直流法测量变压器绕组接线组别，根据测量结果，判断其接线组别。

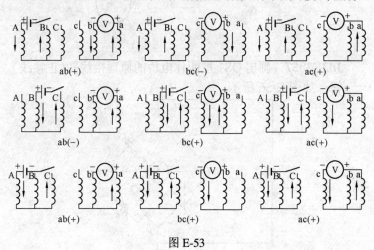

图 E-53

答：此变压器联结组标号为：Yy0。

Jd3E1055 画出用两只瓦特表、三只电流表测量一台配电变压器三相空载损耗的试验接线图。

答：如图 E-54 所示。

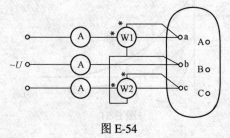

图 E-54

Jd3E2056 画出用两只瓦特表、三只电压表和三只电流表测量一台配电变压器三相负载损耗和阻抗电压的试验接线图。

答：如图 E-55 所示。

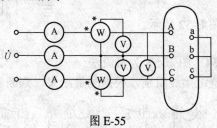

图 E-55

Jd3E3057 画出 QS1 型西林电桥的原理接线图（正接线）。

答：如图 E-56 所示。

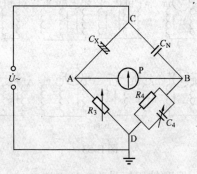

图 E-56

254

Jd3E3058 画出 QJ44 双臂电桥的原理接线图（标电流方向）。

答：如图 E-57 所示。

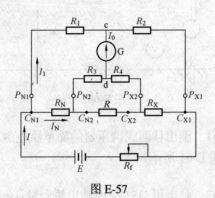

图 E-57

Jd3E3059 根据图 E-58 和图 E-59 所示的变压器绕组线电压接线及其相量图判断其接线组别。

答：联结组别为 Yd11。

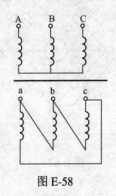

图 E-58

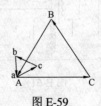

图 E-59

Jd3E2060 有一台隔离变压器，一只刀闸，一块电流表和一块电压表，画出测量地网接地电阻交流电流电压表法接线图。

答：如图 E-60 所示。

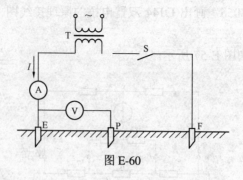

图 E-60

Jd3E3061 画出移圈式调压器的简单原理图。

答： 如图 E-61 所示。

Jd3E3062 画出用 QS1 型西林电桥测量–tanδ的原理接线图（正接线）。

答： 如图 E-62 所示。

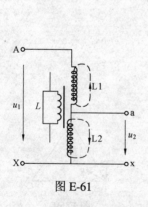

图 E-61

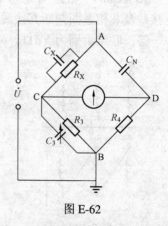

图 E-62

Jd3E3063 画出 QS1 型西林电桥反接线测量 tanδ时原理接线图。

答： 如图 E-63 所示。

Jd3E3064 图 E-64 为绝缘并联等值电路，画出其相量图。

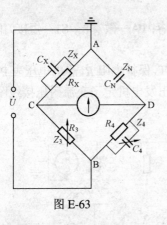

图 E-63

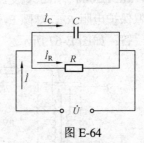

图 E-64

答：如图 E-65 所示。

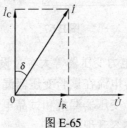

图 E-65

Jd3E4065 图 E-66 为发电机定子绕组的直流耐压试验接线图，请写出虚线内 F、C、PA、S1 的名称。

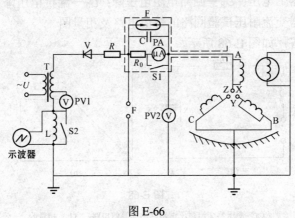

图 E-66

答：F—放电管；C—滤波电容；PA—微安表；S1—短接刀闸。

Jd3E5066 用试验变压器 T，保护电阻 R，静电电压表 PV，球隙保护电阻 R_G，球隙 F，画出发电机定子交流耐压接线图。

答：如图 E-67 所示。

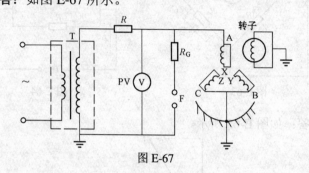

图 E-67

Jd2E3067 对电力变压器等大容量设备进行交流耐压，由于是容性负载，电容电流在试验变压器漏抗上产生压降，引起电压升高。随着试验变压器漏抗和试品电容的增大，电压升高也越大。这种现象称容升现象。

已知：C_X—被试变压器的等值电容；X_T—试验变压器的漏抗；R—试验回路的等值电阻；U—外加试验电压；U_X—被试变压器上电压；U_R—回路电阻电压降；U_T—漏抗电压降。画出变压器交流耐压试验回路的等值电路及相量图。

答：如图 E-68 所示。

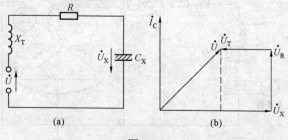

图 E-68

（a）变压器交流耐压试验回路的等值电路；（b）相量图

Jd2E3068 用调压器 T、电流表 PA、电压表 PV、功率表 P、频率表 PF 测量发电机转子的交流阻抗和功率损耗，画出试验接线图。

答：如图 E-69 所示。

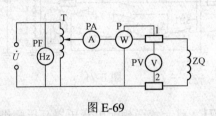

图 E-69

Jd2E1069 在变压器高压侧施加 380V 三相交流电压，短接 Aa，画出采用双电压表法测量变压器接线组别时，测量 $\dot{U}_{Bb}$、$\dot{U}_{Cb}$、$\dot{U}_{Bc}$ 的三个接线图。

答：如图 E-70 所示。

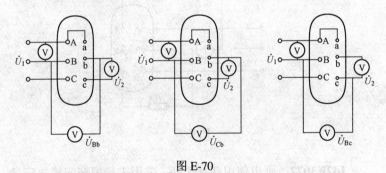

图 E-70

Jd2E5070 用下列设备：

QK—刀开关；FU—熔丝；HG—绿色指示灯；SB1—常闭分闸按钮；SB2—常开合闸按钮；S1—电磁开关；S2—调压器零位触点；F—球隙；HR—红色指示灯；TR—调压器；TT—试验变压器；TV—电压互感器。进行交流耐压试验，画出试验接线图。

答：如图 E-71 所示。

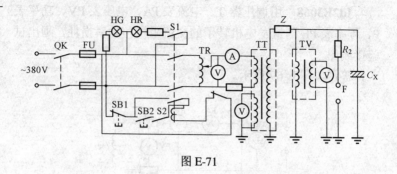

图 E-71

Jd2E2071 对一台三相配电变压器高压侧供给 380V 三相电源，用一只相位表 P 和可调电阻 R，测量变压器联结组别，画出测量接线图。

答：如图 E-72 所示。

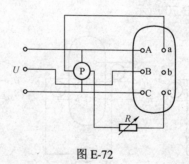

图 E-72

Jd2E3072 画出使用西林电桥，采用末端屏蔽间接法测量 110、220kV 串级式电压互感器的支架介损 $\tan\delta$ 和电容量 C 的接线图，并写出计算 $\tan\delta$ 和 C 的公式。

答：如图 E-73 所示

$$\tan\delta = \frac{C_1 \tan\delta_1 - C_2 \tan\delta_2}{C_1 - C_2}$$

$$C = C_1 - C_2$$

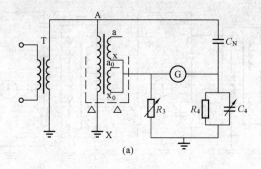

(a)

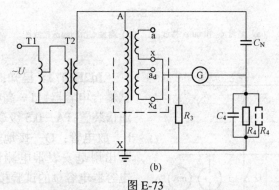

(b)

图 E-73

（a）测量下铁心对二、三次绕组及支架的 $\tan\delta_1$、C_1；

（b）测量下铁心对二、三次绕组的 $\tan\delta_2$、C_2

Jd2E4073 图 E-74 为 220kV 电容式电压互感器的原理接线图。画出使用西林电桥，采用自激法测量主电容 C_1 的介损、电容量和分压电容 C_2 的介损、电容量的试验接线图。

答：如图 E-75 所示。

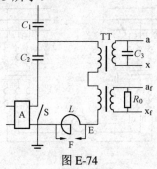

图 E-74

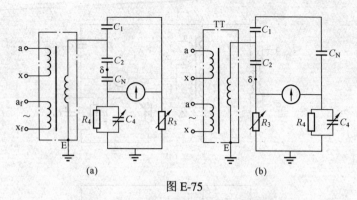

图 E-75

（a）测量 C_1 和 $\tan\delta_1$ 接线图； （b）测量 C_2 和 $\tan\delta_2$ 接线图

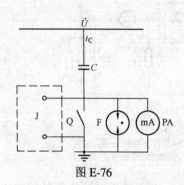

图 E-76

Jd2E1074 已知：C—被试耦合电容器；J—高频载波通信装置；PA—0.5 级毫安表；F—放电管；Q—接地开关。画出用毫安表带电测量耦合电容器电容量的试验接线。

答： 如图 E-76 所示。

Jd2E1075 绘出用两台电压互感器 TV1、TV2 和一块电压表，在低压侧进行母线Ⅰ（A、B、C）与母线Ⅱ（A′、B′、C′）的核相试验接线原理图。

答： 如图 E-77 所示。

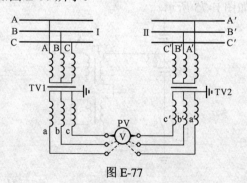

图 E-77

Jd2E3076 有一直流电源 *E*，一只电流表 PA，一只电压表 PV，一个可调电阻 R，一把刀开关 Q，一台电容器 C，用上述设备测量输电线路的直流电阻，画出测量接线图。

答：如图 E-78 所示。

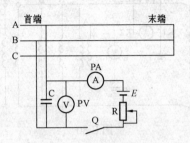

图 E-78　直流电阻测量接线

Jd1E3077 有如下设备：

G—倍频发电机，输出电压 1 385V，频率 115Hz；T1—平衡试验变压器；*C*—高压套管电容；PD—局部放电测量仪；Z_m—测量阻抗；TV—电压互感器；T2—被试变压器，组成图 E-79 试验接线图，对一台联结组别为 YNd11 的主变压器进行试验，写出此项试验的名称和采用的试验电源名称。

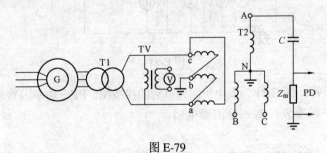

图 E-79

答：此项试验为局部放电试验，采用 115Hz 倍频电源装置。

Jd1E4078 用一台电流互感器，一台电压互感器，一块电流表，一块电压表，测量一台联结组别为 **YNy** 接法的变压器的零序阻抗，画出试验接线图。

答：如图 E-80 所示。

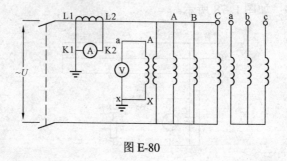

图 E-80

Jd1E5079 图 E-81 是什么试验项目的接线？标出 P1、PF、R_S 的名称。

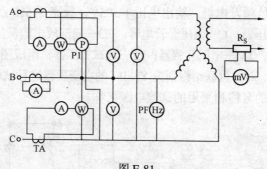

图 E-81

答：图 E-81 为发电机温升试验的接线图。P1—功率因数表；PF—频率表；R_S—分流器电阻。

Jd1E4080 图 E-82 为绝缘介质中的局部放电等值电路图，1—电极；2—绝缘介质；3—气泡。请画出在电源电压 u 的作用下，绝缘介质中产生局部放电的等值电路图。

答：图 E-82 绝缘介质中产生局部放电的等值电路图如图 E-83

所示。

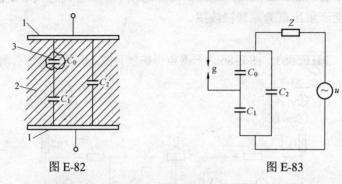

图 E-82   图 E-83

Jd1E4081 已知：G—电源；QF1、QF2—断路器；T—空载变压器。画出在系统中投、切空载变压器时的原理图。

答：如图 E-84 所示。

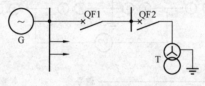

图 E-84

Jd1E4082 图 E-85 中：L—串联电抗器的电感；C_X—SF_6 断路器耐压时的对地等值电容；C_1、C_2—匹配及分压电容器电容；TT—试验变压器；T1—隔离变压器；TR—感应调压器。说出是哪个试验项目的原理接线图。

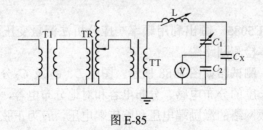

图 E-85

答：图 E-85 为 SF₆ 断路器用固定频率型调容调感式串联谐振交流耐压试验原理接线图。

Jd1E5083 图 E-86 为一继电保护展开图，识别这是什么图。

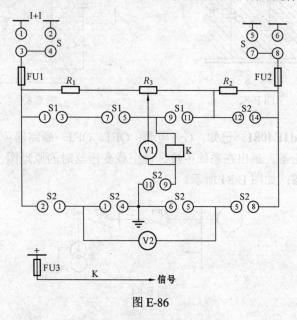

图 E-86

答：所示电路为直流绝缘监察装置图。

Jd1E5084 画出由两台试验变压器串级升压的原理接线图。

答：两台试验变压器串级升压的原理接线图如图 E-87 所示。

Jd1E5085 画出利用频率响应分析法测量变压器绕组变形的基本检测回路图。

答：测试图如图 E-88 所示，图中 L、C_1 及 C_2 分别代表绕组单位长度的分布电感、分布电容和对地分布电容，u_1、u_2 分别为等效网络的激励端电压和响应端电压，u_S 为正弦波激励信号源电压，R_S 为信号源输出阻抗，R 为匹配电阻。

266

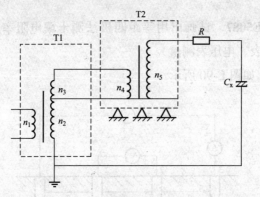

图 E-87

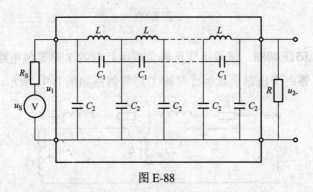

图 E-88

Jd1E5086 画出电流互感器局部放电测量原理接线图。

答： 电流互感器局部放电测量原理接线图如图 E-89 所示。

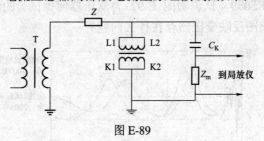

图 E-89

L1、L2—一次绕组端子；K1、K2—二次绕组端子；C_K—耦合电容器；

Z—滤波器；Z_m—检测阻抗；T—试验变压器

Jd1E5087 试画出用等距四极法测土壤电阻率的接线图（用电流表、电压表测量）。

答：如图 E-90 所示。

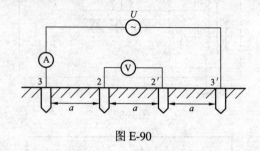

图 E-90

Jd1E4088 试画出变压器负载运行时的 T 形等值电路图。

答：变压器负载运行时的 T 形等值图如图 E-91 所示。

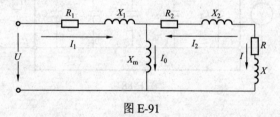

图 E-91

R_1、X_1—一次侧阻抗；R_2、X_2—二次侧阻抗；X_m—激励阻抗；R、X—负载阻抗

Je1E5089 试说明图 E-92 为变压器何种试验的结果图，并判断该图反映变压器存在什么问题？

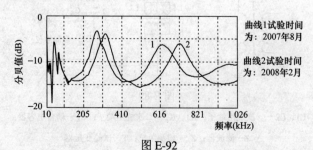

图 E-92

268

答： 图 E-92 为变压器绕组变形测试图，由于曲线 2 与曲线 1 比较，部分波峰及波谷的频率分布位置明显向右移动，说明该变压器可能由于短路电流冲击等原因而发生了绕组变形。

4.1.6　论述题

Lb3F3001　高电压技术研究的内容有哪几个方面？

答：高电压技术研究的内容相当广泛，主要有下列四个方面：

（1）绝缘问题的研究。绝缘的作用就是只让电荷沿导线方向移动，而不让它往其他任何方向移动，这是高电压技术中最关键的问题，涉及绝缘的问题有：各种绝缘的特性；各种绝缘在高电压下的放电原理和耐电强度；各种绝缘的结构、生产和老化规律，以及各种绝缘和大自然的关系，如气候环境；怎样才能延长各种绝缘的寿命等。

（2）过电压问题的研究。电力设备除了承受交流或直流工作电压的作用外，还会遇到雷电过电压和内部过电压的作用，过电压对电力设备的绝缘会带来严重的危害。因此就需要研究过电压的发生和变化规律，以及防止过电压引起事故的技术措施。

（3）高电压试验与测量技术的研究。为了研究绝缘和过电压问题，就必须进行各种高电压试验，因而就必须研究试验的方法、测量技术以及研制各种高电压测试设备。

（4）电瓷防污闪问题的研究。

Lb4F3002　为什么测量大电容量、多元件组合的电力设备绝缘的 $\tan\delta$，对反映局部缺陷并不灵敏？

答：对小电容量电力设备的整体缺陷，$\tan\delta$ 确有较高的检测力，比如纯净的变压器油耐压强度为 250kV/cm；坏的变压器油是 25kV/cm；相差 10 倍。但测量介质损耗因数时，$\tan\delta$（好油）=0.01%，$\tan\delta$（坏油）=10%，要相差 1 000 倍。可见介质损耗试验灵敏得多。但是，对于大容量、多元件组合的设备，如发电机、变压器、电缆、多油断路器等，实际测量的总体设

备介质损耗因数 $\tan\delta_x$ 则是介于各个元件的介质损耗因数的最大值与最小值之间。这样，对于局部的严重缺陷，测量 $\tan\delta_x$ 反映并不灵敏。从而有可能使隐患发展为运行故障。

鉴于上述情况，对大容量、多元件组合体的电力设备，测量 $\tan\delta$ 必须解体试验，才能从各元件的介质损耗因数值的大小上检验其局部缺陷。

Lb4F4003　为什么变压器空载试验能发现铁心的缺陷？

答：空载损耗基本上是铁心的磁滞损耗和涡流损失之和，仅有很小一部分是空载电流流过线圈形成的电阻损耗。因此，空载损耗的增加主要反映铁心部分的缺陷。如硅钢片间的绝缘漆质量不良，漆膜劣化造成硅钢片间短路，可能使空载损耗增大 10%～15%；穿心螺栓、轭铁梁等部分的绝缘损坏，都会使铁心涡流增大，引起局部发热，也使总的空载损耗增加。另外制造过程中选用了比设计值厚的或质量差的硅钢片以及铁心磁路对接部位缝隙过大，也会使空载损耗增大。因此，测得的损失情况可反映铁心的缺陷。

Lb4F4004　为什么绝缘油内稍有一点杂质，它的击穿电压会下降很多？

答：以变压器油为例来说明这种现象。在变压器油中，通常含有气泡（一种常见杂质），而变压器油的介电系数比空气高 2 倍多，由于电场强度与介电常数是成反比的，再加上气泡使其周围电场畸变，所以气泡中内部电场强度也比变压器油高 2 倍多，气泡周边的电场强度更高了。而气体的耐电强度比变压器油本来就低得多。所以，在变压器油中的气泡就很容易游离。气泡游离之后，产生的带电粒子再撞击油的分子，油的分子又分解出气体，由于这种连锁反应或称恶性循环，气体增长将越来越快，最后气泡就会在变压器油中沿电场方向排列成行，最终导致击穿。

如果变压器油中含有水滴，特别是含有带水分的纤维（棉纱或纸类），对绝缘油的绝缘强度影响最为严重。杂质虽少，但由于会发生连锁反应并可以构成贯通性缺陷，所以会使绝缘油的放电电压下降很多。

Lb3F3005　为什么对含有少量水分的变压器油进行击穿电压试验时，在不同的温度时分别有不同的耐压数值？

答：造成这种现象的原因是变压器油中的水分在不同温度下的状态不同，因而形成"小桥"的难易程度不同。在 0℃以下水分结成冰，油黏稠，"搭桥"效应减弱，耐压值较高。略高于 0℃时，油中水呈悬浮胶状，导电"小桥"最易形成，耐压值最低。温度升高，水分从悬浮胶状变为溶解状，较分散，不易形成导电"小桥"，耐压值增高。在 60~80℃时，达到最大值。当温度高于 80℃，水分形成气泡，气泡的电气强度较油低，易放电并形成更多气泡搭成气泡桥，耐压值又下降了。

Lb3F3006　为什么变压器绝缘受潮后电容值随温度升高而增大？

答：水分子是一种极强的偶极子，它能改变变压器中吸收电容电流的大小。在一定频率下，温度较低时，水分子呈现出悬浮状或乳脂状，存在于油中或纸中，此时水分子偶极子不易充分极化，变压器吸收电容电流较小，则变压器电容值较小。

温度升高时，分子热运动使黏度降低，水分扩散并显溶解状态分布在油中，油中的水分子被充分极化，使电容电流增大，故变压器电容值增大。

Lb4F4007　何谓悬浮电位？试举例说明高压电力设备中的悬浮放电现象及其危害。

答：高压电力设备中某一金属部件，由于结构上的原因或运输过程和运行中造成断裂，失去接地，处于高压与低压电极间，按其阻抗形成分压。而在这一金属上产生一对地电位，称之为悬浮电位。悬浮电位由于电压高，场强较集中，一般会使周围固体介质烧坏或炭化，也会使绝缘油在悬浮电位作用下分解出大量特征气体，从而使绝缘油色谱分析结果超标。

变压器高压套管末屏失去接地会形成悬浮电位放电。

Lb4F4008　35kV 变压器的充油套管为什么不允许在无油状态下做耐压试验，但又允许做 tanδ 及泄漏电流试验？

答：由于空气的介电常数 ε_1=1，电气强度 E_1=30kV/cm，而油的介电常数 ε_2=2.2，电气强度 E_2 可达 80～120kV/cm，若套管不充油做耐压试验，导杆表面出现的场强会大于正常空气的耐受场强，造成瓷套空腔放电，电压加在全部瓷套上，导致瓷套击穿损坏。若套管在充油状态下做耐压试验，因油的电气耐受强度比空气的高得多，能够承受导杆表面处的场强，不会引起瓷套损坏，因此不允许在无油状态下做耐压试验。套管不充油可做 tanδ 和泄漏试验，是因为测 tanδ 时，其试验电压 U_{exp}=10kV，测泄漏电流时，施加的电压规定为充油状态下的 U_{exp} 的 50%电压，都比较低，不会出现导杆表面的场强大于空气的耐受电气强度的现象，也就不会造成瓷套损坏，故允许在无油状态下测量 tanδ 和泄漏电流。

Lb3F3009　为什么绝缘油击穿试验的电极采用平板型电极，而不采用球型电极？

答：绝缘油击穿试验用平板形成电极，是因极间电场分布均匀，易使油中杂质连成"小桥"，故击穿电压较大程度上决定于杂质的多少。如用球型电极，由于球间电场强度比较集中，杂质有较多的机会碰到球面，接受电荷后又被强电场斥去，故不容易构成"小桥"。绝缘油击穿试验的目的是检查油中水分、纤维等杂质，因此采用平板形电极较好。我国规定使用直径为 25mm 的平板形标准电极进行绝缘油击穿试验，板间距离规定为 2.5mm。

Lb3F3010　SF₆ 气体中混有水分有何危害？

答： SF_6 气体中混有水分，造成的危害有两个方面：

（1）水分引起化学腐蚀，干燥的 SF_6 气体是非常稳定的，在温度低于 500℃时一般不会自行分解，但是在水分较多时，200℃以上就可能产生水解：$2SF_6+6H_2O \longrightarrow 2SO_2+12HF+O_2$，生成物中的 HF 具有很强的腐蚀性，且是对生物肌体有强烈腐蚀的剧毒物，SO_2 遇水生成硫酸，也有腐蚀性。

水分的危险，更重要的是在电弧作用下，SF_6 分解过程中的反应。在反应中的最后生成物中有 SOF_2、SO_2F_4、SOF_4、SF_4 和 HF，都是有毒气体。

（2）水分对绝缘的危害。水分的凝结对沿面绝缘也是有害的，通常气体中混杂的水分是以水蒸气形式存在，在温度降低时可能凝结成露水附着在零件表面，在绝缘件表面可能产生沿面放电（闪络）而引起事故。

Lb3F3011　耦合电容器在电网中起什么作用？耦合电容器的工作原理是什么？

答： 耦合电容器是载波通道的主要结合设备，它与结合滤波器共同构成高频信号的通路，并将电力线上的工频高电压和大电流与通信设备隔开，以保证人身设备的安全。

我们知道，电容器的容抗与电流的频率 f 成反比。高频载波信号通常使用的频率为 30～500kHz，对于 50Hz 工频来说，耦合电容器呈现的阻抗要比对前者呈现的阻抗值大 600～10 000 倍，基本上相当于开路。对高频载波信号来说，则接近于短路，所以耦合电容器可作为载波高频信号的通路，并可隔开工频高压。

Lb4F3012　为什么变压器的二次电流变化时，一次电流也

随着变化？

答：变压器负载（变压器二次侧接上负载）时，二次侧有了电流 $\dot{I}_2$，该电流建立的二次磁动势 $\dot{F}_2 = \dot{I}_2 N_2$ 也作用于主磁路上，它会使主磁通 Φ 发生改变，电动势 E_1 也随之发生改变，从而打破了原来的平衡状态，而在外施电压 U_1 不变的前提下，主磁通 Φ 应不变（因 $U_1 \approx E_1 \propto \Phi$），因此，由 I_1 建立的一次磁动势和二次磁动势的合成磁动势所产生的主磁通将仍保持原来的值，所以二次电流变化，一次电流也随着变化。

Lb3F4013　真空断路器灭弧原理是什么？

答：真空断路器的灭弧原理是：同任何一种高压开关一样，熄灭电弧都要靠灭弧室。灭弧室是高压开关的心脏。当开关的动触头和静触头分开的时候，在高电场的作用下，触头周围的介质粒子发生电离、热游离、碰撞游离，从而产生电弧。如果动、静触头处于绝对真空之中，当触头开断时由于没有任何物质存在，也就不会产生电弧，电路就很容易分断了。但是绝对真空是不存在的，人们只能制造出相当高的真空度。真空断路器的灭弧室的真空度已做到 $1.3 \times 10^{-2} \sim 1.3 \times 10^{-4}\text{Pa}$（$10^{-4} \sim 10^{-6}\text{mm}$ 汞柱）以上，在这种高真空中，电弧所产生的微量离子和金属蒸汽会极快地扩散，从而受到强烈的冷却作用，一旦电流过零熄弧后，真空间隙介电强度恢复速度也极快，从而使电弧不再重燃。这就是真空断路器利用高真空来熄灭电弧并维持极间绝缘的基本原理。

Lb3F4014　阻抗电压不等的变压器并联运行时会出现什么情况？

答：变压器的阻抗电压，是短路阻抗 Z_{R75} 与一次额定电流 I_{1N} 的乘积。变压器带负载以后，在一次电压 U_1 和二次负载的功率因数 $\cos\varphi_2$ 不变情况下，二次电压 U_2 必然随负载电流 I_2 的增大而下降。因变压器 I 的阻抗电压大，其外特性向下倾斜较大；变压器Ⅱ阻抗电压较小，其外特性曲线较平。当两台阻抗电压不等的变压器并联运行时，在共同的二次电压 U_2 之下，两台变压器的二次负载电流 I_{12} 及 $I_{Ⅱ2}$ 就不相等。阻抗电压小的变压器分担的电流大，阻抗电压大的变压器分担的电流小。若让阻抗电压大的变压器满载，阻抗电压小的变压器就要过载；若让阻抗电压小的变压器满载，阻抗电压大的变压器就欠载，便不能获得充分利用。

Lb2F3015　为什么要监测金属氧化物避雷器运行中的持续电流的阻性分量？

答：当工频电压作用于金属氧化物避雷器时，避雷器相当于一台有损耗的电容器，其中容性电流的大小仅对电压分布有意义，并不影响发热，而阻性电流则是造成金属氧化物电阻片发热的原因。

良好的金属氧化物避雷器虽然在运行中长期承受工频运行电压，但因流过的持续电流通常远小于工频参考电流，引起的热效应极微小，不致引起避雷器性能的改变。而在避雷器内部出现异常时，主要是阀片严重劣化和内壁受潮等阻性分量将明显增大，并可能导致热稳定破坏，造成避雷器损坏。但这个持续电流阻性分量的增大一般是经过一个过程的，因此运行中定期监测金属氧化物避雷器的持续电流的阻性分量，是保证安全运行的有效措施。

Lb2F3016　电击穿的机理是什么？它有哪些特点？

答：在电场的作用下，当电场强度足够大时，介质内部的电子带着从电场获得的能量，急剧地碰撞它附近的原子和离子，使之游离。因游离而产生的自由电子在电场的作用下又继续和其他原子或离子发生碰撞，这个过程不断地发展下去，使自由电子越来越多。在电场作用下定向流动的自由电子多了，如此，不断循环下去，终于在绝缘结构中形成了导电通道，绝缘性能就完全被破坏。这就是电击穿的机理。

电击穿的特点是：外施电压比较高；强电场作用的时间相当短便发生击穿，通常不到 1s；击穿位置往往从场强最高的地方开始（如电极的尖端或边缘处）；电击穿与电场的形状有关，而几乎与温度无关。

Lb2F4017　剩磁对变压器哪些试验项目产生影响？

答：在大型变压器某些试验项目中，由于剩磁，会出现一些异常现象，这些项目是：

（1）测量电压比。目前在测量电压比时，大都使用 QJ—35、AQJ—1、ZB1 等类型的电压比电桥，它们的工作电压都比较低，施加于一次绕组的电流也比较小，在铁心中产生的工作磁通很低，有时可能抵消不了剩磁的影响，造成测得的电压比偏差超过允许范围。遇到这种情况可采用双电压表法。在绕组上施加较高的电压，克服剩磁的影响。

（2）测量直流电阻。剩磁会对充电绕组的电感值产生影响，从而使测量时间增长。为减少剩磁的影响，可按一定的顺序进行测量。

（3）空载测量。在一般情况下，铁心中的剩磁对额定电压下的空载损耗的测量不会带来较大的影响。主要是由于在额定电压下，空载电流所产生的磁通能克服剩磁的作用，使铁心中的剩磁通随外施空载电流的励磁方向而进入正常的运行状况。但是，在三相五柱的大型产品进行零序阻抗测量后，由于零序磁通可由旁轭构成回路，其零序阻抗都比较大，与正序阻抗近似。在结束零序阻抗试验后，其铁心中留有少量磁通即剩磁，若此时进行空载测量，在加压的开始阶段三相瓦特表及电流表会出现异常指示。遇到这种情况，施加电压可多持续一段时间，待电流表及瓦特表指示恢复正常再读数。

Lb2F4018　劣化与老化的含义是什么？

答：所谓劣化是指绝缘在电场、热、化学、机械力、大气条件等因素作用下，其性能变劣的现象。劣化的绝缘有的是可逆的，有的是不可逆的，例如，绝缘受潮后，其性能下降，但进行干燥后，又恢复其原有的绝缘性能，显然，它是可逆的。再如，某些工程塑料在湿度、温度不同的条件下，其机械性能呈可逆的起伏变化，这类可逆的变化，实质上是一种物理变化，没有触及化学结构的变化，不属于老化。

而老化则是绝缘在各种因素长期作用下发生一系列的化学物理变化，导致绝缘电气性能和机械性能等不断下降。绝缘老化原因很多，但一般电气设备绝缘中常见的老化是电老化和热老化，例如，局部放电时会产生臭氧，很容易使绝缘材料发生臭氧裂变，导致材料性能老化；油在电弧的高温作用下，能分解出碳粒，油被氧化而生成水和酸，都会使油逐渐老化。

由上分析可知，劣化含义较广泛，而老化的含义相对就窄一些，老化仅仅是劣化的一个方面，两者具体的联系与区别示意如下：

$$
劣化
\begin{cases}
可逆
\begin{cases}
疲劳 \\
其他可逆的绝缘缺陷
\end{cases} \\
\\
不可逆—老化
\begin{cases}
热老化 \\
电老化
\end{cases}
\end{cases}
$$

Lb2F5019　工频耐压试验接线中球隙及保护电阻有什么作用？

答：在现场对电气设备 C_x 进行工频耐压试验，常按图 F-1 接线（R_1 为保护电阻，R_2 为球隙保护电阻，F 为球隙）。

球隙由一对铜球构成，并联在被试品 C_x 上，其击穿电压为被试品耐压值的 1.1～1.2 倍，接上被试品进行加压试验过程中，当因误操作或其他原因出现过电压时球隙就放电，避免被试品

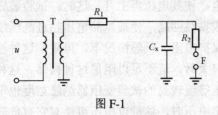

因过电压而损坏。

图 F-1

当球隙放电时，若流过的电流较大，会使铜球烧坏，因此在球隙上串一电阻 R_2（按 $1\Omega/V$ 来选）以减少流过球隙的电流。R_2 还有一个重要作用，就是起阻尼作用，在加压试验中，如球隙击穿放电，电源被自动断开后，由于被试品 C_x（相当于一个电容器）已充电，因此电容中的电能通过连线和球隙及大地形成回路（见图 F-1）放电。因为连线中存在电感 L，所以电容中的电能 $CU^2/2$，转为电感中的磁能 $LI^2/2$，电能与磁能之间的变换会形成振荡，可能产生过电压，损坏被试品，串上 R_2 后可使振荡很快衰减下来，降低振荡过电压，因此，R_2 也称阻尼电阻。R_1 的作用是当被试品 C_x 击穿时，限制试验变压器输出电流，限制电磁振荡过电压，避免损坏仪器设备。

Lb2F5020　在工频耐压试验中，被试品局部击穿，为什么有时会产生过电压？如何限制过电压？

答： 若被试品是较复杂的绝缘结构，可认为是几个串联电容，绝缘局部击穿就是其中一个电容被短接放电，其等值电路如图 F-2 所示。

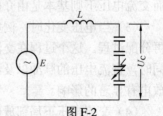

图 F-2

图 F-2 中 E 为归算到试验变压器高压侧的电源电动势，L 为试验装置漏抗。当一个电容击穿，它的电压迅速降到零，无论此部分绝缘强度是否自动恢复，被试品未击穿部分所分布的电压已低于电源电动势，电源就要对被试品充电，使其电压再上升。这时，试验装置的漏抗和被试品电容形成振荡回路，使被试品电压超过高压绕组的电压，电路里接有保护电阻，一般情况下，可限制这种过电压。但试验装置漏抗很大时，就不足以阻尼这种振荡。这种过电压一般不高，但电压等级较高的试验变压器绝缘裕度也不大，当它工作在接近额定电压时，这种过电压可能对它有危险，甚至击穿被试品。一般被试品并联保护球隙，当出现过电压时，保护球隙击穿，限制电压升高。

Lb1F4021　在固体绝缘、液体绝缘以及液固组合绝缘上施加交流或直流电压进行局部放电测量时，两者的局部放电现象主要有哪些差别？

答：主要有如下几点差别：

（1）直流电压下局部放电的脉冲重复率比交流电压下局部放电的脉冲重复率可能低很多。这是因为直流电压下单脉冲的时间间隔是由与绝缘材料特性有关的电气时间常数所决定的，而交流电压下，单个脉冲的时间间隔是由外施电压的频率所决定的。

（2）因绝缘材料内部的电压分布不同而引起的局部放电现象不同。直流电压下绝缘材料内部电压分布是由电阻率决定的，而交流电压下则基本是由介电常数决定的。

（3）当电压变化时，例如电压升高或降低，都将有电荷的再分配过程。这个过程在交流电压下和直流电压下是不同的。同时，直流电压的脉冲以及温度参量变化，都可能对直流局部放电有显著的影响。

（4）交流电压下局部放电的视在放电量、脉冲重复率等基本量，对直流电压下的局部放电来说，也是适用的。但是，用以表征交流电压下放电量和放电次数综合效应的那些累积量表达式，不适于直流电压下的局部放电。

（5）直流电压下要确定局部放电起始电压和熄灭电压是困难的，因为它们与绝缘内部的电压分布有关，后者是变化无常的，而交流则相对容易些。

Lb1F4022　在交流耐压试验中，为什么要测量试验电压的峰值？

答： 在交流耐压试验和其他绝缘试验中，规定测量试验电压峰值的主要原因有：

（1）波形畸变。近几年来，用电单位投入了许多非线性负荷，增大了谐波电流分量，使地区电网电压波形产生畸变的问题越来越严重。此外，还进一步发现高压试验变压器等设备，由于结构和设计问题，也引起高压试验电压波形发生畸变。例如交流高压试验变压器铁心饱和，使励磁电流出现明显的 3 次谐波，试验电压出现尖顶波，特别是近年来国内流行的体积小、质量轻的所谓轻型变压器，铁心用得小，磁密选得高，使输出电压波形畸变更严重；又如某些阻抗较大的移圈调压器和部分磁路可能出现饱和的感应调压器，也使输出电压波形发生畸变。试验电压波形畸变对试验结果带来明显的误差和问题，引起了人们的关注。为了保证试验结果正确，对高压交流试验电压的测量，应按 GB 311.3—1983《高电压试验技术》和 DL 474.1～474.6—1992《现场绝缘试验实施导则》的规定，测量其峰值。

（2）电力设备绝缘的击穿或闪络、放电取决于交流试验电压峰值。在交流耐压试验和其他绝缘试验时，被试电力设备被击穿或产生闪络、放电，通常主要取决于交流试验电压的峰值。这是由于交流电压波形在峰值时，绝缘中的瞬时电场强度达到最大值，若绝缘不良，一般都在此时发生击穿或闪络、放电。这个现象已为长期的实践和理论研究所证实，而且对内绝缘击穿（大多数为由严重的局部放电发展为击穿）和外绝缘的闪络、放电都是如此。交流高压试验常遇到试验电压波形畸变的情况，因此形成了交流高电压试验电压值应以峰值为基准的理论基础。

Lb1F5023 为什么在变压器空载试验中要采用低功率因数的瓦特表？

答：有的单位在进行变压器空载试验时，不管功率表的额定功率因数为多少，拿起来就测量。例如有用 D26–W、D50–W 等型 $\cos\varphi_W=1$ 的功率表来测量的，殊不知前者的准确度虽达 0.5 级，后者甚至达到 0.1 级，但其指示值反映的是 U、I、$\cos\varphi$，三个参数综合影响的结果，仪表的量程是按 $\cos\varphi=1$ 来确定的。而在测量大型变压器的空载或负载损耗时，因为功率因数很低，甚至达到 $\cos\varphi \leqslant 0.1$，若用它测量，则必然出现功率表的电压和电流都已达到标准值，但表头指示值和表针偏转角却很小的情况，给读数造成很大的误差。

设功率表的功率常数为 C_W（W/格）则有

$$C_W = U_n I_n \cos\varphi / a_N$$

式中　　U_n——功率表电压端子所处位置的标称电压，V；

I_n——功率表电流端子所处位置的标称电流，A；

$\cos\varphi$——功率表的额定功率因数；

a_N——功率表的满刻度格数。

举一个例子来说明这个问题。若被测量的电压和电流等于功率表的额定值 100V 和 5A，当功率表和被测量的功率因数皆等于 1 时，则功率表的读数为满刻度 100 格，功率常数等于 5W/格。若被测量的功率因数为 0.1 时，同样采用上面那块功率因数等于 1 的功率表来测量，则功率表的读数只有 10 格。很明显，在原来的 1/10 刻度范围内读出的数其准确性很差。假如换用功率因数也是 0.1 的功率表来测量，则读数可提高到满刻度 100 格，功率常数为 0.5W/格。从两个读数来看，采用低功率因数的功率表读数误差可以减小很多。

Lb1F5024　试验变压器的输出电压波形为什么会畸变？如何改善？

答：电压波形畸变的可能原因是调压器和高压试验变压器的特性引起的，这是因为试验变压器在试品放电前实际上几乎是工作在空载状态，此时只有励磁电流 i_e 通过变压器的一次侧。当变压器铁心工作在饱和状态时，励磁电流是非正弦的，含有3、5 次等谐波分量，因而是尖顶波形。变压器的磁化特性曲线（$\Phi \sim i$ 曲线），由于它的起始部分及饱和部分是非线性的，因此即使正弦电压作用到一次侧，其磁通为正弦的，但励磁电流仍为非正弦的。

如果计及磁化曲线的磁滞回线，励磁电流波形将左右不对称。这一非正弦的励磁电流将流过调压器的漏抗，产生非正弦的电压降，因此在试验变压器的一次电压变为非正弦，其中含有调压器漏抗压降中的高次谐波（主要是 3 次谐波），于是试验变压器的高压输出电压就被畸变了。试验变压器的铁心愈饱和（即电压愈接近额定值），调压器的漏抗愈大，波形畸变就愈严重。由于移圈式调压器漏抗大，因此当用它调压时，波形畸变颇为严重。实际运行表明，波形畸变在输出电压较低时也同样严重，这是因为此时移圈式调压器本身漏抗最大，使非正弦漏抗压降在试验变压器一次电压中占很大的比重。

为了改善试验变压器的输出电压波形，可以在它的一次并联适当数值的电容器、滤波装置或在高压侧接电容电感串联谐振电路，如图 F-3 所示。

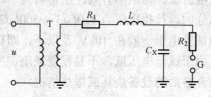

图 F-3

对 100kV 的试验变压器，在其一次侧及移圈调压器之间并联 16μF 的电容后，其电压波形可以得到很大的改善，基本上满足要求。

对 150kV、25kVA 的试验变压器，对 3 次谐波可取 $C_3=250μF$，$L_3=4.58mH$；对 5 次谐波，可取 $C_5=110μF$，$L_5=3.66mH$ 构成谐振电路，使谐波分量被低阻抗分路。

Je5F3025　常规停电预防性试验有哪些不足？

答：多年来，常规停电预防性试验对保证电力设备安全运行起到了积极的作用。但是随着电力设备的大容量化、高电压化、结构多样化及密封化，对常规停电预防性试验而言，由于所采用的方法大多是传统的简易诊断方法，因而显得不太适应，主要表现在如下几个方面：

（1）试验时需要停电。目前，我国电力供应还比较紧张，即使是计划性停电，也会给生产带来一定的影响。在某些情况下，当由于系统运行的要求设备无法停运时，往往造成漏试或超周期试验，这就难以及时诊断出绝缘缺陷。另外，停电后设备温度降低，测试结果有时不能反映真实情况。

（2）试验时间集中、工作量大。我国的绝缘预防性试验往往集中在春季，由于要在很短的时间（通常为 3 个月左右）内，对数百甚至数千台设备进行试验，一则劳动强度大，二则难以对每台设备都进行十分仔细的诊断，对可疑的数据未能及时进行反复研究和综合判断，以致酿成事故。

（3）试验电压低、诊断的有效性值得研究。现行的变电设备中有很大部分的运行相电压为 $110/\sqrt{3} \sim 500/\sqrt{3}$ kV，而传统的诊断方法的试验电压一般在 10kV 及以下，即试验电压远低于工作电压。由于试验电压低，不易发现缺陷，所以曾多次发生预防性试验合格后的设备烧坏或爆炸情况。

Je5F3026　为什么电力设备绝缘带电测试要比停电预防

性试验更能提高检测的有效性？

答：停电预防性试验一般仅进行非破坏性试验，其试验电压一般小于 10kV。而带电测试则是在运行电压下，采用专用仪器测试电力设备的绝缘参数，它能真实地反映电力设备在运行条件下的绝缘状况，由于试验电压通常远高于 10kV（如 110kV 系统为 64～73kV，220kV 系统为 127～146kV），因此有利于检测出内部绝缘缺陷。另一方面带电测试可以不受停电时间限制，随时可以进行，也可以实现微机监控的自动检测，在相同温度和相似运行状态下进行测试，其测试结果便于相互比较，并且可以测得较多的带电测试数据，从而对设备绝缘可靠地进行统计分析，有效地保证电力设备的安全运行。因此带电测试与停电预防性试验比较，更能提高检测的有效性。

Je4F3027 为什么要研究不拆高压引线进行预防性试验？当前应解决什么难题？

答：电力设备的电压等级越高，其器身也越高，引接线面积越大，感应电压也越高，拆除高压引线需要用升降车、吊车，工作量大，拆接时间长，耗资大，且对人身及设备安全均构成一定威胁。为提高试验工作效率，节省人力、物力，减少停电时间，当前需要研究不拆高压引线进行预防性试验的方法。

由于不拆引线进行预防性试验，通常是在变电站电力设备部分停电的状况下进行，将会遇到电场干扰强，测试数据易失真，连接在一起的各种电力设备互相干扰、制约等一系列问题。为此，必须解决以下难题：

（1）与被试设备相连的其他设备均能耐受施加的试验电压。

（2）被试设备在有其他设备并联的情况下，测量精度不受影响。

（3）抗强电场干扰的试验接线。

Je4F3028 为什么《电力设备预防性试验规程》规定电力

设备预防性试验应在空气相对湿度 **80%** 以下进行？

答：实测表明，在空气相对湿度较大时进行电力设备预防性试验，所测出的数据与实际值相差甚多。例如，当空气相对湿度大于 75% 时，测得避雷器的绝缘电阻由 2 000MΩ 以上降为 180MΩ 以下；10kV 电缆的泄漏电流由 20μA 以下上升为 150μA 以上，且三相值不规律、不对称；35kV 多油断路器的介质损耗因数由 3% 上升为 8%，从而使测量结果无法参考。

造成测量值与实际值差别甚大的主要原因：一是水膜的影响；二是电场畸变的影响。当空气相对湿度较大时，绝缘物表面将出现凝露或附着一层水膜，导致表面绝缘电阻大大降低，表面泄漏电流大大增加。另外，凝露和水膜还可能导致导体和绝缘物表面电场发生畸变，电场分布更不均匀，从而产生电晕现象，直接影响测量结果。为准确测量，通常在空气相对湿度为 65% 以下进行。

Je4F3029 为什么用绝缘电阻表测量大容量绝缘良好设备的绝缘电阻时，其数值随时间延长而愈来愈高？

答：用绝缘电阻表测量绝缘电阻实际上是给绝缘物上加上一个直流电压，在此电压作用下，绝缘物中产生一个电流 i，所测得的绝缘电阻 $R_I = U / i$。

由研究和试验分析得知，在绝缘物上加直流后，产生的总电流 i 由三部分组成：电导电流、电容电流和吸收电流。测量绝缘电阻时，由于绝缘电阻表电压线圈的电压是固定的，而流过绝缘电阻表电流线圈的电流随时间的延长而变小，故兆欧表反映出来的电阻值愈来愈高。

设备容量愈大，吸收电流和电容电流愈大，绝缘电阻随时间升高的现象就愈显著。

Je4F3030 为什么要测量电力设备的吸收比？

答：对电容量比较大的电力设备，在用绝缘电阻表测其绝缘电阻时，把绝缘电阻在两个时间下读数的比值，称为吸收比。按规定吸收比是指 60s 与 15s 时绝缘电阻读数的比值，它用下式表示

$$K = R''_{60} / R''_{15}$$

测量吸收比可以判断电力设备的绝缘是否受潮，这是因为绝缘材料干燥时，泄漏电流成分很小，绝缘电阻由充电电流所决定。在摇到 15s 时，充电电流仍比较大，于是这时的绝缘电阻 R''_{15} 就比较小；摇到 60s 时，根据绝缘材料的吸收特性，这时的充电电流已经衰减，绝缘电阻 R''_{60} 就比较大，所以吸收比就比较大。而绝缘受潮时，泄漏电流分量就大大地增加，随时间变化的充电电流影响就比较小，这时泄漏电流和摇的时间关系不明显，这样 R''_{60} 和 R''_{15} 就很接近，换言之，吸收比就降低了。

这样，通过所测得的吸收比的数值，可以初步判断电力设备的绝缘受潮。

吸收比试验适用于电机和变压器等电容量较大的设备，其判据是，如绝缘没有受潮 $K \geqslant 1.3$。而对于容量很小的设备（如绝缘子），摇绝缘电阻只需几秒钟的时间，绝缘电阻的读数即稳定下来，不再上升，没有吸收现象。因此，对电容量很小的电力设备，就用不着做吸收比试验了。

测量吸收比时，应注意记录时间的误差，应准确或自动记录 15s 和 60s 的时间。

对大容量试品，国内外有关规程规定可用极化指数 R_{10min}/R_{1min} 来代替吸收比试验。

Je3F3031　对电力设备进行绝缘强度试验有什么重要意义？

答： 电力设备在正常的运行过程中，不仅要承受额定电压的长期作用，还要耐受各种过电压，如工频过电压、雷电过电压、操作过电压。为了考核设备承受过电压的能力，人为模拟

各种过电压，对设备的绝缘进行试验以检验其承受能力。这就是所谓绝缘强度试验，亦称耐压试验。

为了简化，现场常用等效的交、直流耐压来代替试验设备较为复杂的冲击试验，同时也考核了设备在工作电压下的绝缘裕度。

Je3F3032 在《规程》中为什么要突出测量发电机泄漏电流的重要性？

答：《规程》规定，在发电机的预防性试验中要测量其定子绕组的泄漏电流并进行直流耐压试验。这是因为通过测量泄漏电流能有效地检出发电机主绝缘受潮和局部缺陷，特别是能检出绕组端部的绝缘缺陷。对直流试验电压作用下的击穿部位进行检查，均可发现诸如裂纹、磁性异物钻孔、磨损、受潮等缺陷或制造工艺不良现象。例如，某发电机前次试验 A、B、C 三相泄漏电流分别为 2、2、6μA，后又发展为 2、2、15μA，C 相与前次比较有明显变化。经解体检查发现：泄漏电流显著变化的 C 相线棒上有一铁屑扎进绝缘中。

Je3F3033 测量小容量试品的介质损耗因数时，为什么要求高压引线与试品的夹角不小于 90°？

答：由于试品容量很小，高压引线与试品的杂散电容对测量的影响不可忽视。图 F-4 为测量互感器介质损耗因数的接线图。高压引线与试品（端绝缘和支架）间存在杂散电容 C_0，当瓷套表面存在脏污并受潮时，该杂散电流存在有功分量，使介质损耗因数的测量结果出现正误差。某单位曾对一台电压互感器在高压引线角度 α 为 10°、45° 和 90° 下进行测量，测得的介质损耗因数 $\tan\delta_{10}$:$\tan\delta_{45}$:$\tan\delta_{90}$=4:2:1。显然，为了测量准确，应尽量减小高压引线与试品间的杂散电容，在气候条件较差的情况下尤为重要。由上述实测结果表明，当高压引线与试品夹角为 90° 时，杂散电容最小，测量结果最接近实际介质损耗因

数 $\tan\delta$。

Je3F3034 在电场干扰下测量电力设备绝缘的 $\tan\delta$，其干扰电流是怎样形成的？

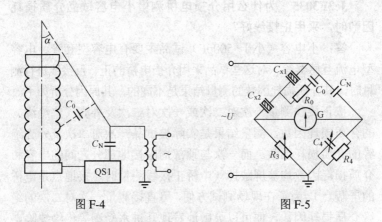

图 F-4   图 F-5

答：在现场预防性试验中，往往是部分被试设备停电，而其他高压设备和母线则带电。因此停电设备与带电母线（设备）之间存在着耦合电容，如果被试设备通过测量线路接地，那么沿着它们之间的耦合电容电流便通过测量回路。若把被试设备以外的所有测量线路都屏蔽起来，这时从外部通过被试设备在测量线路中流过的所有电流之和称为干扰电流。因此，干扰电流是沿着干扰元件与测量线路相连接的试品间的部分电容电流的总和。

干扰电流的大小及相位取决于干扰源和被试设备之间的耦合电容，以及取决于干扰源上电压的高低和相位。干扰电流的数值可利用西林电桥进行测量。

干扰电流实际上在大多数情况下是由一个最靠近被试设备的干扰元件（例如一带电母线或邻近带电设备）所产生的，但也必须计及所有干扰元件的影响。因为总干扰电流是由各个干扰源的各自干扰电流所组成，而次要干扰元件能使通过被试设备的干扰电流有不同的数值和相位。由此可知，干扰电流是一个相量，它有大小和方向，当被试设备确定和运行方式不变的情况下，干扰电流的大小和方向即可视为不变。

Je3F3035　为什么用介损电桥测量小电容试品介质损耗因数时，采用正接线好？

答： 小电容（小于 500pF）试品主要有电容型套管、电容型电流互感器等。对这些试品采用介损电桥的正、反接线进行测量时，其介质损耗因数的测量结果是不同的，其原因分析如下。

按正接线测量一次对二次或一次对二次及外壳（垫绝缘）的介质损耗因数，测量结果是实际被试品一次对二次及外壳绝缘的介质损耗因数。而一次与顶部周围接地部分之间的电容和介质损耗因数均被屏蔽掉（电桥正接线测量时，接地点是电桥的屏蔽点）。为了在现场测试方便，可直接测量一次对二次的绝缘介质损耗因数，便可以灵敏地发现其进水受潮等绝缘缺陷，而按反接线测量的是一次对二次及地的介质损耗因数值。由于试品本身电容小，而一次与顶部对周围接地部分之间的电容所占的比例相对就比较大，也就对测量结果（反接线测量的综合介质损耗因数）有较大的影响。

由于正接线具有良好的抗电场干扰、测量误差较小的特点，一般应以正接线测量结果作为分析判断绝缘状况的依据。

Je3F3036　为什么油纸电容型电流互感器的介质损耗因数一般不进行温度换算？

答： 油纸绝缘的介质损耗因数 $\tan\delta$ 与温度的关系取决于油与纸的综合性能。良好的绝缘油是非极性介质，油的 $\tan\delta$ 主要是电导损耗，它随温度升高而增大。而纸是极性介质，其 $\tan\delta$ 由偶极子的松弛损耗所决定，一般情况下，纸的 $\tan\delta$ 在-40～60℃的温度范围内随温度升高而减小。因此，不含导电杂质和水分的良好油纸绝缘，在此温度范围内其 $\tan\delta$ 没有明显变化，所以可不进行温度换算。若要换算，也不宜采用充油设备的温度换算方式，因为其温度换算系数不符合油纸绝缘的 $\tan\delta$ 随温度变化的真实情况。

当绝缘中残存有较多水分与杂质时，$\tan\delta$ 与温度的关系就不同于上述情况，$\tan\delta$ 随温度升高明显增加。如两台 220kV 电流互感器通入 50%额定电流，加温 9h，测取通入电流前后 $\tan\delta$ 的变化，$\tan\delta$ 初始值为 0.53%的一台无变化，$\tan\delta$ 初始值为 0.8%的一台则上升为 1.1%。实际上已属非良好绝缘（《规程》要求值为不大于 0.8%），故 $\tan\delta$ 随温度上升而增加。因此，当常温下测得的 $\tan\delta$ 较大时，为进一步确认绝缘状况，应考察高温下的 $\tan\delta$ 变化，若高温下 $\tan\delta$ 明显增加时，则应认为绝缘存在缺陷。

Je3F4037　为什么预防性试验合格的耦合电容器会在运行中发生爆炸？

答：从耦合电容器的结构可知，整台耦合电容器是由 100 个左右的单元件串联后组成的。就电容量而言，其变化+10%，在 100 个单元件如有 10 个以下的元件发生短路损坏，还是在允许范围之内。此时，另外 90 个左右单元件电容要承担较高的运行电压，这对运行中的耦合电容器的绝缘造成了极大的危害。

造成耦合电容器损坏事故的主要原因，多数是由于在出厂时就带有一定的先天缺陷。有的厂家对电容芯子烘干不好，留有较多的水分，或元件卷制后没有及时转入压装，造成元件在空气中的滞留时间太长，另外，还有在卷制中碰破电容器纸等。个别电容器由于胶圈密封不严，进入水分。此时一部分水分沉积在电容器底部，另一部分水分在交流电场的作用下将悬浮在油层的表面，此时如顶部单元件电容器有气隙，它最容易吸收水分，又由于顶部电容器的场强较高，这部分电容器最易损坏。对损坏的电容器解体后分析得知，电容器表面已形成水膜。由于表面存在杂质，使水膜迅速电离而导电，引起了电容量的漂移，介电强度、电晕电压和绝缘电阻降低，损耗增大，从而使电容器发热，最后造成了电容器的失效。所以每年的预防性试验测量绝缘电阻、介质损耗因数并计算出电容量是十分必要的。即使绝缘电阻、介质损耗因数和电容量都在合格范围内，当单元件电容器有少量损坏时，还不可能及早发现电容器内部存在的严重缺陷。

电容器的击穿往往是与电场的不均匀相联系的，在很大程度上决定于宏观结构和工艺条件，而电容器的击穿就发生在这些弱点处。电容器内部无论是先天缺陷还是运行中受潮，都首先造成部分电容器损坏，运行电压将被完好电容器重新分配，此时每个单元件上的电压较正常时偏高，从而导致完好的电容器继续损坏，最后导致电容器击穿。

为减少耦合电容器的爆炸事故发生，对运行中的耦合电容器应连续监测或带电测量电容电流，并分析电容量的变化情况。

Je3F3038　为什么要对电力设备做交流耐压试验？交流耐压试验有哪些特点？

答：交流耐压试验是鉴定电力设备绝缘强度最有效和最直接的方法。

电力设备在运行中，绝缘长期受着电场、温度和机械振动的作用会逐渐发生劣化，其中包括整体劣化和部分劣化，形成缺陷。例如，由于局部地方电场比较集中或者局部绝缘比较脆弱就存在局部的缺陷。各种预防性试验方法各有所长，均能分别发现一些缺陷、反映出绝缘的状况，但其他试验方法的试验电压往往都低于电力设备的工作电压，作为安全运行的保证还不够有力。直流耐压试验虽然试验电压比较高，能发现一些绝缘的弱点，但是由于电力设备的绝缘大多数都是组合电介质，在直流电压的作用下，其电压是按电阻分布的，所以使用直流做试验就不一定能够发现交流电力设备在交流电场下的弱点，如发电机的槽部缺陷在直流下就不易被发现。交流耐压试验符合电力设备在运行中所承受的电气状况，同时交流耐压试验电压一般比运行电压高，因此通过试验后，设备有较大的安全裕度，所以这种试验已成为保证安全运行的一个重要手段。

但是由于交流耐压试验所采用的试验电压比运行电压高得多，过高的电压会使绝缘介质损失增大、发热、放电，会加速绝缘缺陷的发展，因此，从某种意义上讲，交流耐压试验是一种破坏性试验。

在进行交流耐压试验前，必须预先进行各项非破坏性试验，如测量绝缘电阻、吸收比、介质损耗因数 $\tan\delta$、直流泄漏电流等，对各项试验结果进行综合分析，以决定该设备是否受潮或含有缺陷。若发现已存在问题，需预先进行处理，待缺陷消除后，方可进行交流耐压试验，以免在交流耐压试验过程中，发生绝缘击穿，扩大绝缘缺陷，延长检修时间，增加检修工作量。

Je5F3039 用双臂电桥测量电阻时，为什么按下测量电源按钮的时间不能太长？

答： 双臂电桥的主要特点是可以排除接触电阻对测量结果的影响，常用于对小阻值电阻的精确测量。正因为被测电阻的阻值较小，双臂电桥必须对被测电阻通以足够大的电流，才能获得较高的灵敏度，以保证测量精度。所以，在被测电阻通电截面较小的情况下，电流密度就较大，如果通电时间过长就会因被测电阻发热而使其电阻值变化，影响测量准确性。另外，长时间通以大电流还会使桥体的接点烧结而产生一层氧化膜，影响正常测量。在测量前应对被测电阻的阻值有一估计范围，这样可缩短按下测量电源按钮的时间。

Je2F3040 有载调压分接开关的切换开关筒上静触头压力偏小时对变压器直流电阻有什么影响？

答： 当切换开关筒上静触头压力偏小时，可能造成变压器绕组直流电阻不平衡。例如，对某变电站一台 SFZ7-20000/110

型变压器的 110kV 绕组进行直流电阻测试时，有载调压分接开关〔长征电器一厂 1990 年产品（ZY1-Ⅲ500/60C，±9），由切换开关和选择开关组合而成〕连续调节几挡，三相直流电阻相对误差都比上年增加，其中第Ⅳ挡和第Ⅴ挡直流电阻相对误差达到 2.1%，多次测试，误差不变，超过国家标准，与上年相同温度下比较，A 相绕组直流电阻明显偏小。

为查出三相绕组直流电阻误差增大的原因，首先进行色谱分析并测量变压比，排除绕组本身可能发生匝间短路等；其次将有载调压分接开关中的切换开关从变压器本体中吊出，同时采用厂家带来的酒精温度计检测温度，这样测试变压器连同绕组的直流电阻，测试结果是三相直流电阻相对误差很小，折算到标准温度后，与上年测试数据接近。此时又因酒精温度计与本体温度计比较之间误差很大，本体温度计偏高 8℃，经检查系温度计座里面油已干，照此折算开始测量的三相绕组直流电阻，实质上是 A 相绕组直流电阻正确，B、C 两相绕组直流电阻偏大，再检查切换开关和切换开关绝缘筒，发现 B、C 两相切换开关与绝缘筒之间静触头压力偏小，导致了 B、C 两相绕组电阻增大，造成相对误差增大。

对此问题的处理方法是：拧下切换开关绝缘筒静触头，采用 0.5mm 厚镀锡软铜皮垫入 B、C 两相静触头内侧，再恢复到变压器正常状态下进行测试，测试结果是，三相绕组的各挡直流电阻相对误差都很小，只有一挡最大误差值也仅为 1.35%，达到合格标准。

Je2F3041　根据变压器油的色谱分析数据，诊断变压器内部故障的原理是什么？

答：电力变压器绝缘多系油纸组合绝缘，内部潜伏性故障产生的烃类气体来源于油纸绝缘的热裂解，热裂解的产气量、产气速度以及生成烃类气体的不饱和度，取决于故障点的能量密度。故障性质不同，能量密度亦不同，裂解产生的烃类气体也不同，电晕放电主要产生氢，电弧放电主要产生乙炔，高温过热主要产生乙烯。

故障点的能量不同，上述各种气体产生的速率也不同。这是由于在油纸等碳氢化合物的化学结构中因原子间的化学键不同，各种键的键能也不同。含有不同化学键结构的碳氢化合物有程度不同的热稳定性，因而得出绝缘油随着故障点的温度升高而裂解生成烃类的顺序是烷烃、烯烃和炔烃。同时，又由于油裂解生成的每一烃类气体都有一个相应最大产气率的特定温度范围，从而导出了绝缘油在变压器的各不相同的故障性质下产生不同组分、不同含量的烃类气体的简单判据。

Je2F3042　电流互感器二次侧开路为什么会产生高电压？

答：电流互感器是一种仪用变压器。从结构上看，它与变压器一样，有一、二次绕组，有专门的磁通路；从原理上讲，它完全依据电磁转换原理，一、二次电势遵循与匝数成正比的数量关系。

一般地说电流互感器是将处于高电位的大电流变成低电位的小电流。也即是说：二次绕组的匝数比一次要多几倍，甚至几千倍（视电流变比而定）。如果二次开路，一次侧仍然被强制通过系统电流，二次侧就会感应出几倍甚至几千倍于一次绕组两端的电压，这个电压可能高达几千伏以上，进而对工作人员和设备的绝缘造成伤害。

Je2F3043　为什么吸收比和极化指数不进行温度换算？

答：由于吸收比与温度有关，对于良好的绝缘，温度升高，吸收比增大；对于油或纸绝缘不良时，温度升高，吸收比较小。若知道不同温度下的吸收比，则就可以对变压器绕组的绝缘状况进行初步分析。

对于极化指数而言，绝缘良好时，温度升高，其值变化不大，例如某台 167MVA、500kV 的单相电力变压器，其吸收比随温度升高而增大，在不同温度时的极化指数分别为 2.5（17.5℃）、2.65（30.5℃）、2.97（40℃）和 2.54（50℃）；另一台 360MVA、220kV 的电力变压器，其吸收比随温度升高而增大，而在不同温度下的极化指数分别为 3.18（14℃）、3.11（31℃）、3.28（38℃）和 2.19（47.5℃）。它们的变化都不显著，也无规律可循。

Je2F3044　当前在变压器吸收比的测量中遇到的矛盾是什么？它有哪些特点？

答：当前在变压器吸收比的测量中遇到的主要矛盾如下：

（1）一般工厂新生产的变压器，发现吸收比偏低的，而多数绝缘电阻值却比较高。

（2）运行中有相当数量的变压器，吸收比低于 1.3；但一直运行安全，未曾发生过问题。

对这些现象有各种各样的分析，一时难以统一。但有些看法是共同的，认为吸收比不是一个单纯的特征数据，而是一个易变动的测量值，总结起来有以下特点。

（1）吸收比有随着变压器绕组的绝缘电阻值升高而减小的趋势。

（2）绝缘正常情况下，吸收比有随温度升高而增大的趋势。

（3）绝缘有局部问题时，吸收比会随温度上升而呈下降的现象。

在实际测量中也发现有一些变压器的吸收比随着温度上升反而呈现下降的趋势，其中有一部分变压器绝缘状况属于合格范围，研究者对此进行了分析：

当变压器纸绝缘含水量很小（0.3%），油的 $\tan\delta$ 较大（0.08%～0.52%），吸收比数值会随温度上升而下降。这时的绝缘状况，也仍为合格的。

当变压器纸绝缘含水量愈大，其绝缘状况愈差，绝缘电阻的温度系数愈大，吸收比数值较低，且随温度上升而下降。

有的研究者认为，由于干燥工艺的提高，油纸绝缘材质的改善，变压器的大型化，吸收过程明显变长，出现绝缘电阻提高、吸收比小于 1.3 而绝缘并非受潮的情况是可以理解的。因此，当绝缘电阻高于一定值时，可以适当放松对吸收比的要求。

究竟绝缘电阻高到什么数值情况下，吸收比不作要求。从经验上说，当温度在 10℃ 时，110、220kV 的变压器，其绝缘电阻（$R_{60''}$）大于 3 000MΩ 时，可以认为其绝缘状况没有受潮，可以对吸收比不作考核要求。另一个判别受潮与否的经验数据是：绝缘受潮的变压器，$R_{60''}$ 与 $R_{15''}$ 之差通常在数十兆欧以下，且最大值不会超过 200MΩ（$R_{60''}$ 与 $R_{15''}$ 分别为持续加压测试至第 60s 和第 15s 时绝缘电阻的测得值）。

Je2F3045 为什么油纸绝缘电力电缆不采用交流耐压试验，而采用直流耐压试验？

答：（1）电缆电容量大，进行交流耐压试验需要容量大的试验变压器，现场不具备这样的试验条件。

（2）交流耐压试验有可能在油纸绝缘电缆空隙中产生游离放电而损害电缆，电压数值相同时，交流电压对电缆绝缘的损害较直流电压严重得多。

（3）直流耐压试验时，可同时测量泄漏电流，根据泄漏电流的数值及其随时间的变化或泄漏电流与试验电压的关系，可判断电缆的绝缘状况。

（4）若油纸绝缘电缆存在局部空隙缺陷，直流电压大部分分布在与缺陷相关的部位上，因此更容易暴露电缆的局部缺陷。

Je2F3046 测量电力电缆的直流泄漏电流时，为什么在测量中微安表指针有时会有周期性摆动？

答：如果没有电缆终端头脏污及试验电源不稳定等因素的影响，在测量中直流微安表出现周期性摆动，可能是被试电缆的绝缘中有局部的孔隙性缺陷。孔隙性缺陷在一定的电压下发生击穿，导致泄漏电流增大，电缆电容经过被击穿的间隙放电；

当电缆充电电压又逐渐升高，使得间隙又再次被击穿；然后，间隙绝缘又一次得到恢复。如此周而复始，就使测量中的微安表出现周期性的摆动现象。

Je3F3047　为什么测量变压器的 tanδ 和吸收比 K 时，铁心必须接地？

答：变压器做绝缘特性试验时，如果变压器的铁心未可靠接地，将使 tanδ 值和 K 分别有偏大和偏小的误差，造成对设备绝缘状况的误判断。因为铁心未接地时，测得的 tanδ 值实际上是铁心对地间绝缘介质的 tanδ，由于绕组对铁心的电容较大，而铁心对下夹铁的电容很小，故其容抗很大，所以试验电压大部分降于铁心与下夹铁之间。再则，铁心与下夹铁间只垫有 3～5mm 厚的硬纸板，其绝缘强度较低，当电压升高时该处由电离可能发展为局部放电，导致 tanδ 增大。

在吸收比测量中，若铁心未接地，使绕组对外壳间串入了铁心对外壳间的绝缘介质而使绝缘值升高，而小电容的串入使 R_{15} 有较大幅度的提高，从而导致吸收比下降。

Je2F3048　测量绝缘油的 tanδ 时，为什么一般要将油加温到约 90℃ 后再进行？

答：绝缘油的 tanδ 值随温度升高而增大，越是老化的油，其 tanδ 随温度的变化也越快。例如，老化了的油在 20℃ 时 tanδ 值仅相当于新油 tanδ 值的 2 倍，在 100℃ 时可相当于 20 倍。也常遇到这种情况，20℃ 时油的 tanδ 值不大，而 90℃ 所测得的 tanδ 又远远超过标准，所以应尽量在高温时测量油的 tanδ。

另外，变压器油的温度常能达到 70～90℃，所以测量 90℃ 绝缘油的 tanδ 值对保证变压器安全运行是一个较重要的参数。

基于上述，《规程》规定在 90℃ 下测量绝缘油的 tanδ。

Je2F3049　为什么大型变压器测量直流泄漏电流容易发

现局部缺陷，而测量 $\tan\delta$ 却不易发现局部缺陷？

答：大型变压器体积较大，绝缘材料有油、纸、棉纱等。其绕组对绕组、绕组对铁心、套管导电芯对外壳，组成多个并联支路。当测量绕组的直流泄漏电流时，能将各个并联支路的直流泄漏电流值反映出来。而测量 $\tan\delta$ 时，因在并联回路中的 $\tan\delta$ 是介于各并联分支中的最大值和最小值之间。其值的大小决定于缺陷部分损耗与总电容之比。当局部缺陷的 $\tan\delta$ 虽已很大时，但与总体电容之比的值仍然很小，总介质损耗因数较小，只有当缺陷面积较大时，总介质损耗因数才增大，所以不易发现缺陷。

Je1L4050　为什么温差变化和湿度增大会使高压互感器的 $\tan\delta$ 超标？如何处理？

答：互感器外部主要有底座、储油柜和接有一次绕组出线的大瓷套和二次绕组出线的小瓷套。当它们内部和外部的温度变化时，$\tan\delta$ 也会变化，因此 $\tan\delta$ 值与温度有一定的关系。当大小瓷套在湿度较大的空气中，使瓷套表面附上了肉眼看不见的小水珠，这些小水珠凝结在试品的大小瓷套上，造成了试品绝缘电阻降低和电容量减小。对电容量较大的 U 字形电容式互感器，电容改变的相当大，导致出现负 $\tan\delta$ 值。

如果想降低 $\tan\delta$ 值，一是按照技术条件和标准要求，在规定的温度和湿度情况下测量 $\tan\delta$ 值。二是在实际温度下想办法排除大小瓷套上的水分，使试品恢复原来本身实际的电容量和绝缘电阻，以达到测出试品的 $\tan\delta$ 值的真实数据。

处理方法有：化学去湿法、红外线灯泡照射法、烘房加热法等。

若采用上述方法处理后，个别试品 $\tan\delta$ 值仍降不下来，就要从试品的制造工艺和干燥水平上找原因。根据经验，如果是电流互感器，造成 $\tan\delta$ 值偏大的主要原因有试品包扎后时间过长，试品吸尘、吸潮或有碰伤等现象。电容式结构的试品，还可能出现电容屏断裂或地屏接触不良或断开现象，造成 $\tan\delta$ 值偏大或测不出来。如果是电压互感器，主要是由于试品的胶木支撑板干燥不透或有开裂现象，造成 $\tan\delta$ 值偏大。因为胶木支撑板的好坏，直接影响试品的 $\tan\delta$ 值。

Je1F4051　高压电流互感器末屏引出结构方式对末屏的介质损耗因数有何影响？

答： 高压电流互感器末屏引出的结构方式有两种；一种是从二次接线板（环氧酚醛层压玻璃布板）上引出，另一种是利用一个绝缘小瓷套管，从油箱底座上引出，如图 F-6 所示。

现场测试表明，电流互感器的末屏引出结构方式对其介质损耗因数测量结果影响较大。由二次接线的环氧玻璃布板上直接引出的末屏介质损耗因数一般都较大，最大可达 8%左右，即使合格的也在 1%～1.5%之间；由绝缘小瓷套管引出的末屏介质损耗因数一般都较小，在 1%以下，最小的在 0.4%左右。

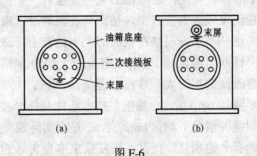

图 F-6

（a）二次接线板引出；（b）绝缘小瓷套管引出

对于由二次接线板上直接引出的末屏介质损耗因数不合格的电流互感器，可采取更换二次接线板的方法。但是，有的更换了二次接线板后，末屏介质损耗合格，在 1%～1.5%之间，而有的更换了二次接线板后，介质损耗因数反而增大。对于这种情况，应将其末屏改为由绝缘小瓷套管引出至箱壳，这样更换后的末屏介质损耗因数可达 1%以下。

两种末屏引出结构方式对末屏介质损耗因数影响如此之大，主要是与末屏引出的绝缘结构材料有关。电流互感器的末屏对二次绕组及地之间，可以看成一个等效电容，它由油纸、变压器油和环氧玻璃布板或小瓷套管并联组成。末屏介质损耗因数的大小与上述并联绝缘介质的性能如其 $\tan\delta$ 和电容量 C 有很大关系。

若将环氧玻璃布板和瓷套管的 $\tan\delta$ 和 C 进行对比，环氧玻璃布板结构方式在 20℃、50Hz 下的 $\tan\delta$ 和 C 较瓷套管方式在 20℃、50Hz 下的 $\tan\delta$ 和 C 大。根据电介质理论，绝缘介质的 $\tan\delta$ 大、C 大，必然使末屏介质损耗因数大。此外，环氧玻璃布板是由电工用无碱玻璃布浸以环氧酚醛树脂经热压而成，其压层间难免出现一些微小的气泡和杂质，有的甚至出现夹层和裂纹，这种有缺陷的环氧玻璃布板不但会影响末屏介质损耗因数，导致其增大，而且会影响到末屏对二次及地的绝缘电阻的降低，有的甚至降到 1 000MΩ以下而不合格。

采用绝缘小瓷套管的末屏引出方式，不但能保证电流互感器的末屏介质损耗因数在合格的范围内，而且能够提高末屏对地的绝缘水平。一般说来，末屏对地绝缘电阻可达 5 000MΩ以上，末屏对地的 1min 工频耐压可由 2kV 提高到 5kV。

Je1F4052 为什么油纸电容型套管的 $\tan\delta$ 一般不进行温度换算？有时又要求测量 $\tan\delta$ 随温度的变化？

答：油纸电容型套管的主绝缘为油纸绝缘，其 $\tan\delta$ 与温度的关系取决于油与纸的综合性能。良好绝缘套管在现场测量温度范围内，其 $\tan\delta$ 基本不变或略有变化，且略呈下降趋势。因此，一般不进行温度换算。

对受潮的套管，其 $\tan\delta$ 随温度的变化而有明显的变化，绝缘受潮的套管的 $\tan\delta$ 随温度升高而显著增大。

基于上述，当 tanδ 的测量值与出厂值或上次测试值比较有明显增长或接近于要求值时，应综合分析 tanδ 与温度、电压的关系，当 tanδ 随温度增加明显增大或试验电压从 10kV 升到 $U_m/\sqrt{3}$，tanδ 增量超过 ±0.3% 时，不应继续运行。

鉴于近年来电力部门频繁发生套管试验合格而在运行中爆炸的事故以及电容型套管 tanδ 的要求值提高到 0.8%～1.0%，现场认为再用准确度较低的西林电桥（绝对误差为 |Δtanδ|≤0.3%）进行测量值得商榷，建议采用准确度高的测量仪器，其测量误差应达到 |Δtanδ|≤0.1%，以准确测量小介质损耗因数 tanδ。

Je3F3053　为什么测量 110kV 及以上高压电容型套管的介质损耗因数时，套管的放置位置不同，往往测量结果有较大的差别？

答：测量高压电容型套管的介质损耗因数时，由于其电容小，当放置不同时，因高压电极和测量电极对周围未完全接地的构架、物体、墙壁和地面的杂散阻抗的影响，会对套管的实测结果有很大影响。不同的放置位置，这些影响又各不相同，所以往往出现分散性很大的测量结果。因此，测量高压电容型套管的介质损耗因数时，要求垂直放置在妥善接地的套管架上进行，而不应该把套管水平放置或用绝缘索吊起来在任意角度进行测量。

Je1F5054　为什么要对变压器类设备进行交流感应耐压试验？如何获得中频率的电源？

答：交流感应耐压试验是考核变压器、电抗器和电压互感器等设备电气强度的一个重要试验项目。以变压器为例，工频交流耐压试验只检查了绕组主绝缘的电气强度，即高压、中压、低压绕组间和对油箱、铁心等接地部分的绝缘。而纵绝缘，即绕组匝间、层间、段间的绝缘没有检验。交流感应耐压试验就は在变压器的低压侧施加比额定电压高一定倍数的电压，靠变压器自身的电磁感应在高压绕组上得到所需的试验电压来检验变压器的主绝缘和纵绝缘。特别是对中性点分级绝缘的变压器，由于不能采用外施高压进行工频交流耐压试验，其主绝缘和纵绝缘均由感应耐压试验来考核。

为了提高试验电压，又不使铁心饱和，多采用提高电源频率的方法，这可从变压器的电势方程式来理解

$$E=KfB$$

式中　E——感应电动势；

　　　K——常数；

　　　f——频率；

　　　B——磁通密度。

由此可见，若欲使磁通密度不变，当电压增加一倍时，频率 f 就要相应地增加一倍。因此感应耐压试验电源的频率要大于额定频率两倍以上，一般采用 100～250Hz 的电源频率。

获得中频率的电源有以下几种方法：

（1）中频发电机组。它是由一个电动机拖动一个中频的同步发电机所组成。发电机组的调压是通过改变励磁机的励磁变阻器，用励磁机来调节对发电机转子的励磁，从而达到发电机的定子输出电压平滑可调的目的。这种方法多在制造厂中应用。

（2）绕线式异步电动机反拖取得两倍频的试验电源。这种方法称为反拖法。它实际上是将绕线式异步电动机作为异步变频机应用的一个例子。

（3）用三相绕组接成开口三角形取得三倍频试验电源。这是现场进行感应耐压试验较易实现的一种方法。它们可以是 3 台单相变压器组合而成，也有采用五柱式变压器作为专用三倍频电源的。

（4）可控硅变频调压逆变电源。应用可控硅逆变技术来产生中频，用作感应耐压试验电源，具有显著优点。如质量轻，可利用 380V 低压交流电源，装置兼有调压作用，节省大量调

压设备等,因此是一种有希望的倍频感应耐压试验的电源装置。

Je1F4055 为什么避雷器工频放电电压会偏高或偏低?

答:避雷器工频放电电压偏高或偏低,除了限流电阻选择不当,升压速度不当和试验电源波形畸变等外部原因外,还有避雷器的内部原因。

避雷器工频放电电压偏高的内部原因是:内部压紧弹簧压力不足,搬运时使火花间隙发生位移;黏合的 O 形环云母片受热膨胀分层,增大了火花间隙,固定电阻盘间隙的小瓷套破碎,间隙电极位移;制造厂出厂时工频放电电压接近上限。

避雷器工频放电电压偏低的内部原因是:火花间隙组受潮,电极腐蚀生成氧化物,同时 O 形环云母片的绝缘电阻下降,使电压分布不均匀;避雷器经多次动作、放电,而电极灼伤产生毛刺;由于间隙组装不当,导致部分间隙短接;弹簧压力过大,使火花间隙放电距离缩短。

Je3F3056 如何保证红外成像检测结果的正确?

答:(1)要防止太阳照射与背景辐射影响。户外设备检测应选择在阴天、日出前或日落后一段时间内,最好在晚上。户内设备检测时,应关闭照明灯。当附近有高温设备时,应进行遮挡或选择合适的检测方向。

(2)要防止环境温度的影响。应避开环境温度过高和过低的夏季和冬季,检测在春季 4、5 月份和秋季 9、10 月份;变电站选择日出或日落后 3h 检测;选择理想的环境温度参照体,如不发热的相似设备表面,来采集环境温度参数,可在一定程度上弥补环境温度变化带来的检测误差。

(3)要防止气象条件的影响。选择无雾、无雨、云天气进行;尽量在无风的天气检测,实在不行,则进行风速修正。

(4)要防止大气中物质的影响。由于红外线在传输路径大气中存在水汽、CO、CH_4 和悬浮微粒,使其衰减,因此检测应尽量安排在大气较干燥的季节，并且湿度不超过 85%；在保证安全条件下，检测距离尽量缩短为 5m 左右。

（5）要防止发射率的影响。检测时应正确设定发射率，并在检测结果处理时，进行发射率修正。

（6）要防止运行状态的影响。检测和负荷电流有关的设备时，应选择在满负荷下检测；检测和电压有关的绝缘时，应保证在额定电压下，电流越小越好；检测温度时，应使设备达到稳定状态为止。

Je2F4057　为什么说测量电气设备的介质损耗因数 tanδ，对判断设备绝缘的优劣状况具有重要意义？

答：在绝缘受潮和有缺陷时，泄漏电流要增加，在绝缘中有大量气泡、杂质和受潮的情况，将使夹层极化加剧，极化损耗要增加。这样，介质损耗角正切 tanδ 的大小就直接与绝缘的好坏状况有关。同时，介质损耗引起绝缘内部发热，温度升高，这促使泄漏电流增大，有损极化加剧，介质损耗增大使绝缘内部更热，如此循环，可能在绝缘弱的地方引起击穿，故介质损耗值既反映了绝缘本身的状态，又可反映绝缘由良好状况向劣化状况转化的过程。同时介质损耗本身就是导致绝缘老化和损坏的一个因素。

Je4F4058　变压器的作用是什么？为什么需要变压？

答：变压器是一种静止的电气设备，借助电磁感应作用，把一种电压的交流电能转变为同频率的另一种或几种电压的交流电能。为什么需要变压呢？这是因为要将一定数量的大功率的电能输送到远方用户时，如果用较低的电压，则电流将很大，而线路的功率损耗与电流的平方成正比，从而将造成巨大的能量损失。另一方面，大电流在线路上引起很大的电压损失，使得用户无法得到足够的电压，故必须用升压变压器把要输送电能的电压升高，以减小电流。另外，用电设备的电压相对来说却较低，因此电能送到受电端后，还必须用降压变压器将电压降低到用户所需要的数值。

Je4F5059 试述工频交流耐压试验、直流耐压试验及超低频交流耐压试验各有什么优缺点？

答：耐压试验项目包括工频交流耐压试验、直流耐压试验以及20世纪60年代初发展起来的0.1Hz超低频交流耐压试验，三者各有优缺点。工频交流耐压试验历史最久，在复合绝缘各介质上的电压分布以及电机端部表面的电压分布与运行情况下相同。但工频交流耐压试验设备笨重，这促使在20世纪50年代就广泛使用了直流耐压试验。直流耐压试验易于检出端部缺陷和间隙性缺陷，试验时还可测量泄漏电流，按泄漏电流的变化，可判断绝缘的整体性能（例如受潮、局部缺陷等），但直流耐压试验时，在介质内部的电位分布与工频时不同，这使得直流耐压试验不能取代工频交流耐压试验。超低频（0.1Hz）交流耐压试验从1962年起就已实际使用，其主要优点是电压分布接近于工频，而试验设备体积又与直流耐压试验时相仿，可兼顾两者。

Je1F2060 自耦变压器具有哪些优缺点？

答：其优点如下：

（1）消耗材料少，成本低。因为变压器所用硅钢片和铜线的量与绕组的额定感应电动势、额定电流有关，也即与绕组的容量有关，自耦变压器绕组容量降低，所消耗材料也减少，成本也低。

（2）损耗少，效率高。由于铜线和硅钢片用量减少，在同等的电流密度及磁通密度时，自耦变压器的铜耗和铁耗都比双绕组变压器减少，因此效率高。

（3）便于运输和安装。因为它比同等容量的双绕组变压器重量轻、尺寸小，占地面积小。

（4）提高了变压器的极限制造容量。变压器的极限制造容量一般受运输条件的限制，在相同的运输条件下，自耦变压器容量可比双绕组变压器制造大一些。

其缺点如下：

（1）使电力系统短路电流增加。由于自耦变压器的高、中压绕组之间有电的联系，其短路阻抗只有同容量普通双绕组变压器的 $\left(1-\dfrac{1}{k}\right)^2$ 倍，因此在电力系统中采用自耦变压器后，将使三相短路电流显著增加。又由于自耦变压器中性点必须直接接地，所以将使系统的单相短路电流大为增加，有时甚至超过三相短路电流。

（2）造成调压上的困难。主要是由于自耦变压器的高、中压绕组之间有电的联系引起的。

（3）使绕组的过电压保护复杂。由于高、中压绕组的自耦联系，当任一侧落入一个波幅与该绕组绝缘水平相适应的雷电冲击波时，另一侧出现的过电压冲击波的波幅则可能超出该侧绝缘水平。为了避免这种现象的发生，必须在高、中压两侧出线端都装一组避雷器。

（4）使继电保护复杂。

Je1F2061　直流输电的主要特点？

答：直流输电的主要特点如下。

（1）直流架空线路结构简单、造价低、损耗小。与交流输电相比，输送同样的容量，直流线路可节省 1/3 的铜芯铝线，其造价约为交流的 2/3，并且在此条件下直流线路损耗仅为交流的 1/2。

（2）直流输电无交流输电的稳定问题，对于远距离大容量输电，输送功率不受稳定极限的限制，也不需要提高稳定的各种措施，具有良好的技术经济性能。

（3）采用直流输电实现电网互联，可不增加被联电网的短路容量，被联电网可用不同频率或不同步独立运行，增强各电网的独立性和可靠性，运行管理也方便。

（4）利用直流的快速控制，可改善交流系统的运行性能。根据交流系统的要求，可快速改变直流输送的有功和换流器消耗的无功，对交流系统的有功和无功平衡起快速调节作用，从而提高交流系统频率和电压的稳定。

（5）在直流输电中只有电阻起作用，电感和电容均不起作用，利用大地为回路，直流电流则向电阻率很低的大地深层流去，可很好地利用大地这个良导体，提高直流输电系统的运行可靠性和经济性。

（6）直流输电换流站比交流变电站增加了换流装置、滤波和无功补偿装置，致使换流站结构复杂，损耗大，可靠性低，造价和运行费用高。

Je1F3062　110kV 及以上的电力变压器有哪些冷却方式？ODAF 和 OFAF 冷却方式有哪些相同点？哪些不同点？

答：油浸式电力变压器冷却方式如下：

（1）油浸自冷（ONAN）。

（2）油浸风冷（ONAF）。

（3）强迫油循环风冷（OFAF）。

（4）强迫油循环水冷（OFWF）。

（5）强迫导向油循环风冷或水冷（ODAF 或 ODWF）。

ODAF 或 OFAF 冷却方式相同点：都是强油循环，油从箱体下部进入，吸收器身热量后从箱体上部流出，再经风扇冷却降温后，又被潜油泵重新打入箱体下部再循环。最大的不同点是变压器油循环冷却路径不一样：ODAF 方式下变压器油从线圈底部进入，经过线圈内部吸收热量后，从线圈顶部（包括匝间，饼间）流出；OFAF 方式下，油流不经过线圈内部，只在外部循环冷却。

Je1F1063 ±500kV 直流输电换流站中，主要的噪声源是什么，如何采取防治措施？

答：±500kV 直流输电换流站中主要的噪声源如下：

（1）换流变压器的铁心振动及风扇发出的噪声很大，一般噪声水平都超过 85dB。如果有直流偏磁侵入，严重时会发出啸叫。

（2）交、直流滤波场的电容、电感也会发出较大的噪声。

防治噪声的主要方法如下：

（1）提高换流变压器和滤波场的电容、电感的制造质量。换流变压器运行中换向过程就是一个短路过程，所以它的振动、噪声都比交流变压器要大一些。噪声源主要来自于铁心的振动，因此研究铁心叠片末梢的防振措施是减小噪声的重要问题。

（2）正确选择滤波电容的额定电压是防止电容器短期运行中损坏，减小噪声的方法之一。交流滤波电容中谐波（3、5、7、9、11 次）是比较严重的，一组 10kV 等级的电容起往往额定电压要提高到 12.5～13.0kV，才能满足运行的要求，同时起到降低噪声的要求。

（3）滤波电感不宜采用铁心电感而应采用空心电感，可以大大降低电感噪声。

（4）为了防止噪声对换流站周边居民的骚扰，可以在换流变压器旁或变电站围墙上设置声障墙，以降低噪声分贝。

Je1F3064 500kV 并联电抗器在系统中有哪些作用？

答：（1）限制工频暂态过电压，使线路断路器的线路侧不超过 1.4p.u.，线路断路器的变电站侧不超过 1.3p.u.。

（2）在单机带空长线运行方式下，防止自励磁发生。

（3）在并联电抗器的中性点小电抗，可限制潜供电流；限制单相断线时工频谐振过电压。

（4）提供感性无功补偿，主要是补偿线路的充电功率。

Je1F3065 简述在 110kV 及以下系统中，空母线带电磁式电压互感器产生铁磁谐振过电压的防止和限制措施。

答：防止和限制铁磁谐振过电压的措施如下：

（1）排除外界强烈的冲击扰动，例如，在电磁式电压互感器的中性端串入非线性阀片，当母线电压升高时非线性阀片动作，防止铁磁谐振过电压的发生。

（2）选用励磁性能好（饱和拐点比较高）的电磁式电压互感器或改用电容式电压互感器。

（3）在电磁式电压互感器的开口三角形绕组中加装一个阻尼电阻 R，使 $R \leqslant 0.4X_T$（互感器的励磁感抗）。

Je1F2066 **中性点直接接地变压器的绕组在大气过电压作用时，电压是如何分布的？**

答：当大气过电压作用在中性点直接接地变压器绕组上时，绕组上电压分布是呈衰减指数分布。一开始由于绕组的感抗很大，所以电流不从变压器绕组的线匝中流过，而只从高压绕组的匝与匝之间，以及绕组与铁心即绕组对地之间的电容中流过。由于对地电容的存在，在每线匝间电容上流过的电流都不相等，因此，沿着绕组高度的起始电压的分布，也是不均匀的。在最初瞬间的电压分布情况是首端几个线匝间，电位梯度很大。使匝间绝缘及绕组间绝缘受到很大的威胁。在绕组中部电位大大减小，尾部（中性接地端）趋于平缓。

从起始电压分布状态过渡到最终电压分布状态，伴随有谐振的过程，这是出于绕组之间电容及绕组的电感的作用。在谐振过程中，绕组某些部位的对地主绝缘，甚至承受比冲击电压还要高的电压。

技能操作试题

4.2.1 单项操作题

行业：电力工程　　　　工种：电气试验　　　　等级：初/中

编　号	C54A001	行为领域		e	鉴定范围	5/4
考核时限	5min	题　型		A	题　分	20
试题正文	用万用表测量不同阻值电阻					
需要说明的问题和要求	单独完成测量接线					
工具、材料、设备场地	1. 万用表 2. 不同阻值电阻 50、500Ω，5kΩ，5MΩ					

	序号	项目名称	质量要求	满分	扣　分
评 分 标 准	1	选择挡位、量程	挡位、量程选择正确	5	挡位、量程选择错误扣5分
	2	零位调整	先让测量棒短接调整零位	5	未进行零位调整的扣5分
	3	更换量程	调整指针零位	3	未进行扣3分
	4	测量数据	数据准确	5	每个测量数据不准确扣5分
	5	测量时间	按时完成测量	2	超时扣2分

行业：电力工程　　　　工种：电气试验　　　　等级：初/中

编　　号	C54A002	行为领域	e	鉴定范围	5/4
考核时限	20min	题　　型	A	题　　分	20
试题正文	测量变压器绕组的绝缘电阻和吸收比				
需要说明的问题和要求	1. 需他人协助完成测量接线和工作 2. 现场就地操作演示 3. 注意安全，操作过程符合《电业安全工作规程》				
工具、材料、设备场地	1. 10kV 配电变压器 1 台 2. 2 500、500V 绝缘电阻表各 1 台 3. 短路接地线 4. 验电工具 5. 常用电工工具、温度计、湿度仪				

	序号	项目名称	质量要求	满分	扣　分
评分标准	1	绝缘电阻表选择	根据被试设备电压等级选择绝缘电阻表，正确选择 2 500V 绝缘电阻表	2	选择错误一项扣 1 分
	2	验电	试验前应对被试变压器进行验电判断，被试变压器是否断电	2	未进行此项扣 2 分
	3	绕组充分放电	试验前后应对绕组充分放电	2	未进行此项操作扣 2 分
	4	非被试绕组	非被试绕组应可靠短路接地	2	未短路扣 1 分，短路未接地扣 1 分
	5	绝缘电阻表操作	绝缘电阻表须接线正确，摇起后，才搭上被试绕组，绝缘电阻表转速均匀。测量完毕时，应先拆除绕组，然后再停止摇动	4	每项操作错误扣 1 分
	6	吸收比测量	测量时间准确 计算方式正确	3	时间不准确扣 1 分 计算方式错误扣 1 分
	7	测量数据记录	绝缘电阻与吸收比数据准确；记录试品温度及环境温度、湿度	3	每项数据不准扣 1 分
	8	测量时间	在 20min 内测试	2	超时完成扣 2 分

312

编　　号	C43A003	行为领域	e	鉴定范围	4/3
考核时限	20min	题　　型	A	题　　分	20
试题正文	配电变压器交流耐压试验				
需要说明的问题和要求	1. 需他人协助完成测量接线和试验 2. 现场就地操作演示，不得触动运行设备 3. 注意安全，操作过程符合《电业安全工作规程》				
工具、材料、设备场地	1. 被试配电变压器 2. 交流试验变压器 3. 单相调压器 4. 常用电工工具 5. 接地线 6. 电压表 0.5 级 1 块 7. 电流表 0.5 级 1 块 8. 试验用控制保护装置				

	序号	项目名称	质量要求	满分	扣　　分
评 分 标 准	1	设备组织准备	应准备和组织本项试验	3	设备组织差一样扣 1 分
	1.1	一次设备	所需一次设备：单调压器、交流试验变压器		
	1.2	测量系统	低压测量接线可靠、准确，电压表精度、量程合适	2	接线错误扣 1 分，电压表选择错误扣 1 分
	1.3	保护系统	耐压试验应设置可靠的过流继电保护和高压侧限流保护	2	未设置扣 2 分，设置错误扣 1 分
	2	试验设备容量计算	根据已知配电变压器容量，估算试验设备容量	4	未估算扣 4 分，估算错误扣 1～3 分
	3	试验接线	被试绕组短接后连接高压，非被试绕组短接并可靠接地	4	接线错误扣 4 分
	4	试验电压确定	按照 GB 50150—1991《电气装置安装工程　电气设备交流试验标准》或 DL/T 596—1996《电力设备预防性试验规程》选择试验电压	2	试验电压确定错误扣 2 分
	5	试验分析判断	从仪表指示情况分析判断从放电和击穿的声音分析判断	3	判断错误扣 3 分，提不全判断条件扣 2 分

编　　号	C43A004	行为领域	e	鉴定范围	4/3
考核时限	20min	题　型	A	题　分	20
试题正文	电力电容器电容量测量				
需要说明的问题和要求	1. 需他人协助完成测量接线和试验 2. 现场就地操作演示，不得触动运行设备 3. 注意安全，操作过程符合《电业安全工作规程》 4. 掌握电桥法、电流电压表法测量电容的方法				
工具、材料、设备场地	1. 被试电力电容器 2. 介质损耗电桥 3. 相应加压设备 4. 常用电工工具 5. 接地线 6. 电流表 7. 电压表				

	序号	项目名称	质量要求	满分	扣　分
评分标准	1	测量设备选择	针对不同测量方法，正确选择测量设备，如西林电桥，自动升压电桥或电流电压表法所需要的电流电压表	6	选择错误扣 0.5 分
	2	测量接线	对应不同测量方法采取正确的接线方式	6	错 1 项扣 2 分
	3	测量操作	测量操作符合相应的操作规程	3	未按操作规程扣 2 分
	4	试验结果计算	采用电流电压表法或双电压表法时，应掌握测量结果计算公式，并正确计算	5	未掌握计算方法扣 4 分，计算错误扣 2 分

编　　号	C43A005	行为领域	e	鉴定范围	4/3
考核时限	20min	题　　型	A	题　分	20
试题正文	测量氧化锌避雷器75%直流1mA电压下的泄漏电流				
需要说明的问题和要求	1. 需他人协助完成测量接线和试验 2. 现场就地操作演示，不得触动运行设备 3. 注意安全，操作过程符合《电业安全工作规程》				
工具、材料、设备场地	1. 35kV或110kV氧化锌避雷器1台 2. 200kV直流电压发生器 3. 接地线及放电棒 4. 微安表（0.2级）1块 5. 试验场地应比较开阔，具有足够的安全距离 6. 温度计、湿度仪				

	序号	项目名称	质量要求	满分	扣　分
评分标准	1	接线方式			
	1.1	直流电压发生器	直流电压发生器应可靠接地，高压输出接至避雷器端部	3	未接地扣1分，输出接错扣3分
	1.2	微安表	微安表接至避雷器下部并接地或接至避雷器端部，但应加屏蔽，避雷器下部直接接地	3	接错扣3分
	2	操作过程	接微安表后，对避雷器施加直流电压，测出1 000μA下直流电压，再测75%该电压的下泄漏电流	5	操作过程有错视程度扣1~5分
	3	避雷器	被试避雷器表面应干净，并可靠接地	3	避雷器表面脏污并未加屏蔽扣1分，未接地扣3分（扣分不超过2分）
	4	安全事项	试验完成后，降压至零后必须先将被试避雷器对地放电后，再进行拆线操作	3	未放电扣3分，放电方法不对扣1分
	5	测试数据	测试数据应准确可靠，并记录环境温度、湿度	3	数据不准，依误差大小扣1分；未记录环境温度扣2分

编　　号	C43A006	行为领域	e		鉴定范围	4/3
考核时限	20min	题　型	A		题　分	20
试题正文	10kV 电压互感器的伏安特性曲线测量					
需要说明的问题和要求	1. 需他人协助完成测量接线和试验 2. 现场就地操作演示，不得触动运行设备 3. 注意安全，操作过程符合《电业安全工作规程》					
工具、材料、设备场地	1. 单相调压器 2. 电压表（0.5 级）1 块 3. 电流表（0.5 级）1 块 4. 常用电工工具 5. 接地线 6. 试验用线					

	序号	项目名称	质量要求	满分	扣　分
评 分 标 准	1	设备选择			
	1.1	调压器	调压器选择正确	4	选择错扣 4 分
	1.2	电压表	电压表选择正确，量程准确	4	选择错扣 4 分
	1.3	电流表	电流表选择正确，量程准确	4	选择错扣 4 分
	2	试验接线	试验接线应按图正确接线	8	接线每错 1 处扣 2 分

316

编　　号	C54A007	行为领域	e	鉴定范围	5/4
考核时限	20min	题　　型	A	题　分	20
试题正文	测量110kV油浸式电流互感器介质损耗因数				
需要说明的问题和要求	1. 单独完成测量接线 2. 现场就地操作演示 3. 注意安全，操作过程符合《电业安全工作规程》				
工具、材料、设备场地	1. 介质损耗因数测量仪 2. 常用电工工具 3. 试验用线 4. 被试品：110kV油浸式电流互感器				

	序号	项目名称	质量要求	满分	扣　分
评 分 标 准	1	测量方法	应采用正接线方式进行试验测量	4	测量方法错误扣4分
	2	试验线选择及连接	高压引线及测量引线选用合适，布局合理	5	高压引线及测量引线选择不合适扣2分，布局不合理扣2分
	3	测量仪器操作	操作过程符合介质损耗因数测试仪操作过程	5	操作过程错误扣2分 仪器测量方法选择错误扣2分
	4	试验结果记录	应准确记录试验时间、地点、温度、湿度及试验结果	3	漏记一项扣0.5分，扣完为止
	5	试验结果	试验结果应准确可靠，符合被试品的真实状态	3	视误差大小扣0.5～3分

行业：电力工程			工种：电气试验		等级：中/高	
编　号	C43A008		行为领域	e	鉴定范围	4/3
考核时限	20min		题　型	A	题　分	20
试题正文	测量110kV电容套管的介质损耗因数值					
需要说明的问题和要求	1. 需他人协助完成测量接线和试验 2. 现场就地操作演示，不得触动运行设备 3. 注意安全，操作过程符合《电业安全工作规程》					
工具、材料、设备场地	1. 被试品110kV电容套管 2. 西林电桥 3. 试验变压器 4. 单相调压器或采用自动升压测试电桥 5. 常用电工工具、温度计、湿度仪 6. 接地线					

	序号	项目名称	质量要求	满分	扣　分
评 分 标 准	1	加压回路	加压回路接线正确，设备选型正确，电压监测接线正确，电压表量程正确	5	电压接线错误扣2分，其他错一项扣1分
	2	高压布线	高压引线长短合适，布局合理	4	高压引线过长扣1分，布局不合理扣2分
	3	测量方法	应采用正接线方式进行测量	4	测量方法错误扣4分
	4	西林电桥操作	操作过程符合西林电桥操作过程，分流器位置选择合适，平衡调节熟练	3	操作过程错误扣1分 分流器选择不当扣1分 平衡调节不熟练扣1分
	5	试验结果记录	应准确记录试验时间、地点、温度、湿度及试验结果	2	漏记一项扣0.5分
	6	试验结果	试验结果应准确可靠，符合被试品的真实状态	2	视误差大小扣0.5~2分

编　号	C43A009	行为领域	e	鉴定范围	4/3
考核时限	20min	题　型	A	题　分	20
试题正文	断路器分合闸时间的测定				
需要说明的问题和要求	1. 需他人协助完成测量接线和试验 2. 现场就地操作演示，不得触动无关设备 3. 注意安全，操作过程符合《电业安全工作规程》				
工具、材料、设备场地	1. 断路器时间特性测试仪 2. 常用电工工具 3. 试验用线 4. 被试品：断路器				

	序号	项目名称	质量要求	满分	扣　分
评 分 标 准	1	选用正确的接线方式	接线正确	6	接线错误扣6分
	2	测量仪器操作	操作过程符合断路器时间特性测试仪操作过程	4	仪器操作错误扣4分
	3	试验结果记录	应准确记录试验时间、地点、温度、湿度及试验结果	4	漏记一项扣0.5分，扣完为止
	4	试验结果	试验结果应准确可靠，能准确计算出断路器同期性	6	结果不正确扣6分，同期结果错误扣3分

编　号	C32A010	行为领域	e	鉴定范围	2/3
考核时限	10min	题　型	A	题　分	20
试题正文	采用直流感应法测量 Yyn0 配电变压器连接组别				
需要说明的问题和要求	独立讲述方法，需他人协助完成				
工具、材料、设备场地	1. 被试配电变压器 2. 直流毫安表或万用表 1 块 3. 干电池 1 节				

	序号	项目名称	质量要求	满分	扣　分
评分标准	1	设备组织准备	选用设备及表计应正确	7	设备组织差一样扣 3 分；选择不正确扣 4 分
	2	操作过程	从高压侧瞬间施加直流电压，低压侧测量感应电流方向	7	与要求相反扣 7 分 表计挡位选择不正确扣 2 分
	3	试验结果判断	根据加压极性和感应电流方向判断配电变压器连接组别	6	判断不正确扣 6 分

编　　号	C54A011	行为领域	e	鉴定范围	5/4
考核时限	20min	题　　型	A	题　　分	20
试题正文	电流互感器的励磁特性试验				
需要说明的问题和要求	1. 需要他人协助完成测量接线的工作 2. 现场就地操作演示 3. 注意安全，操作过程符合《电力安全工作规程》				
工具、材料、设备场地	1. 被测电流互感器 2. 调压器 3. 电压表 4. 电流表 5. 常用电工工具				

	序号	项目名称	质量要求	满分	扣　分
评 分 标 准	1	试验接线图	正确绘制试验接线图	4	绘制错误扣 1～4 分
	2	试验接线	依照试验接线图正确连接调压器，电压、电流表	6	未正确连接扣 1～6 分
	3	试验步骤	试验时要将电压从零向上递升，以电流为基础，读取电压值，直至额定电流	6	操作步骤错误扣 1～6 分
	4	励磁特性曲线绘制与判断	试验完毕后，应根据试验数据绘制励磁特性曲线并作出相应判断	4	绘制错误扣 4 分，未作出相应判断扣 1～2 分

行业：电力工程		工种：电气试验		等级：初/中	

编　　号	C54A012	行为领域	e	鉴定范围	5/4
考核时限	20min	题　型	A	题　分	20

试题正文	110kV 隔离开关主回路电阻测量

需要说明的问题和要求	1. 需他人协助完成测量接线和试验 2. 现场就地操作演示 3. 注意安全，操作过程符合《电业安全工作规程》

工具、材料、设备场地	1. 回路电阻测试仪 2. 常用电工工具 3. 试验用线 4. 被试品：110kV 隔离开关

	序号	项目名称	质量要求	满分	扣　分
评分标准	1	确定测量回路	正确选择 110kV 隔离开关导电主回路	4	主回路选择错误扣 1～4 分
	2	测试技术	测试电流不小于 100A 电压测量线应在电流输出线的内侧	6	每错一项扣 3 分
	3	试验接线	将试验引线正确连接至 110kV 隔离开关导电主回路	3	试验接线错误扣 1～4 分
	4	测量仪器操作	操作过程符合回路电阻测试仪操作过程，试验电流选择正确	3	仪器操作错误扣 3 分 电流选择错误扣 2 分
	5	试验结果记录	应准确记录试验时间、地点、温度、湿度及试验结果	2	漏记一项扣 0.5 分，扣完为止
	6	试验结果	试验结果应准确可靠，符合被试品的真实状态	2	视误差大小扣 0.5～2 分

4.2.2 多项操作题

行业：**电力工程**　　　工种：**电气试验**　　　等级：**中/高**

编　号	C43B013	行为领域	e	鉴定范围	4/3
考核时限	30min	题　型	B	题　分	30
试题正文	变电所地网接地电阻测试（以模拟操作方式演示）				
需要说明的问题和要求	1. 采用工频电流电压表测试法 2. 需他人协助完成试验接线和试验 3. 现场就地操作演示，不得触动运行设备 4. 注意安全，操作过程符合《电业安全工作规程》				
工具、材料、设备场地	1. 工频电源 2. 电流互感器（0.2 级） 3. 电流表（0.5 级） 4. 晶体管电压表（0.5 级） 5. 接地线 6. 常用电工工具				

	序号	项目名称	质量要求	满分	扣　分
评分标准	1	工频电源设备选择	应选择经过隔离的变压器为工频电源	7	选择错误扣 7 分
	2	试验接线	采用三极直线法或夹角布线法接线	6	接线错误扣 6 分
	3	电压极和电流极距离确定	掌握距离计算公式，并正确计算	6	未掌握扣 6 分 计算错误扣 2 分
	4	排除干扰措施	采用倒换电源极性或采用测量功率方法	6	未掌握扣 6 分
	5	测量结果计算	掌握接地电阻计算公式，并正确计算	5	未掌握扣 5 分 计算错误扣 2 分

编　　号	C43B014	行为领域	e	鉴定范围	4/3
考核时限	30min	题　型	B	题　分	30
试题正文	对 10kV 双母线进行核相工作				
需要说明的问题和要求	1. 需要他人协助完成测量接线和试验 2. 现场就地操作演示，不得触动其他设备 3. 注意安全，操作过程符合《电业安全工作规程》				
工具、材料、设备场地	1. 10kV 全绝缘电压互感器 1 台 2. 绝缘操作杆，绝缘靴，绝缘手套，护目镜 3. 高阻电压表 1 块 4. 若干引线和电工工具				

	序号	项目名称	质量要求	满分	扣　分
评分标准	1	设备组织准备	试验仪表，设备正确齐备	7	不正确扣 7 分 少一样扣 3 分
	2	试验接线	接线正确，严禁 TV 二次短路	7	接线不正确扣 3 分，表计及量程选择不正确扣 4 分
	3	操作程序	测量顺序正确，操作符合《安规》有关条款	9	测量数据不完备、准确扣 4 分 未采取安全措施扣 5 分
	4	试验结果判断	正确判断两段母线相位	7	判断错误扣 7 分

编　　号	C43B015	行为领域	e	鉴定范围	4/3
考核时限	20min	题　型	B	题　分	30
试题正义		运行中带电监测避雷器工频电导（或泄漏）电流的全电流和阻抗电流分量			
需要说明的问题和要求		1. 需他人协助完成测量接线和试验 2. 现场就地操作演示，不得触动运行设备 3. 注意安全，操作过程符合《电业安全工作规程》 4. 需要操作运行设备二次接线，应由二次操作人员完成			
工具、材料、设备场地		1. 低内阻的交流电流表（MF20–VF–14型万用表） 2. 带电监测金属氧化物避雷器泄漏电流的专用仪器 3. 常用电工工具 4. 接地线			

	序号	项目名称	质量要求	满分	扣　分
评 分 标 准	1	带电监测磁吹和普通阀形避雷器电导电流	选用正确的交流电流表；测量接线正确；测量结果记录正确（含电压、电流值及温度）	9	错一项扣4分
	2	带电监测金属氧化物避雷器工频泄漏电流的阻性分量和全电流	选择正确的测量设备 正确申办工作票 测量接线正确 测量结果记录正确	12	每错一项扣3分
	3	带电测量结果判断	对测量结果应与以往的记录和三相结果进行互相比较，给出分析诊断意见	9	不能进行判断或判断错误扣9分

编　　号	C54B016	行为领域	e	鉴定范围	5/4
考核时限	20min	题　　型	B	题　　分	30
试题正文	变压器空载试验设备准备及接线				
需要说明的问题和要求	1. 需他人协助完成测量接线 2. 现场就地操作演示，不得触动运行设备 3. 注意安全，操作过程符合《电业安全工作规程》				
工具、材料、设备场地	1. 被试品：变压器 2. 调压器 3. 中间变压器 4. 电压表（0.5 级） 5. 电流表（0.5 级） 6. 电流互感器（0.2 级） 7. 电压互感器（0.2 级） 8. 功率表（$\cos\varphi = 0.1\sim0.2$） 9. 接地线 10. 常用电工工具				

	序号	项目名称	质量要求	满分	扣　分
评分标准	1	试验一次设备确定和准备	根据被试变压器容量确定调压器和中间变压器容量	7	未掌握确定方法扣 5 分，不完整视情况扣 1~3 分
	2	测量仪表选择	电压表、电流表及功率表精度选择不低于 0.5 级，功率表应采用低功率因数功率表	5	选错一项扣 2 分
	3	电流互感器和电压互感器选择	互感器精度应不低于 0.2 级	4	选错一项扣 2 分
	4	测量接线	采用双功率表法或三功率表法，接线应安全可靠 　功率表的连接必须使其电流线圈和电压线圈两点之间电位差最小 　功率表电流线圈和电压线圈极性必须正确 　互感器连接正确可靠	8	接线每错一项扣 2 分
	5	测量结果计算分析方法	计算正确，结论正确	6	计算错误或结论错误扣 6 分

编　　号	C43B017	行为领域	e	鉴定范围	4/3
考核时限	20min	题　型	B	题　分	30
试题正文	发电机定子绕组工频谐振耐压试验				
需要说明的问题和要求	1. 需他人协助完成测量接线和试验 2. 现场就地操作演示，不得触动运行设备 3. 注意安全，操作过程符合《电业安全工作规程》				
工具、材料、设备场地	1. 被试发电机 2. 谐振试验变压器 3. 常用电工工具 4. 接地线 5. 电压测量装置				

	序号	项目名称	质量要求	满分	扣　分
评 分 标 准	1	设备选型和试验电压确定	正确选择试验设备，正确确定耐压电压值	8	错一项扣4分
	2	试验接线	试验接线正确	6	接线错误扣3分
	3	试验电压加压过程	正确调节谐振试验变压器，使之输出稳定的试验电压	8	调节过程每错一项扣1分
	4	试验电压测量	试验电压必须在高压侧测量，应选用在经过检定并在检定有效期内的分压器或数显表进行测量	8	未进行高压测量扣6分，测量设备选择错误扣3分

编　　号	C32B018	行为领域	e	鉴定范围	3/2
考核时限	20min	题　型	B	题　分	30
试题正文	有串联间隙的氧化锌避雷器工频放电试验				
需要说明的问题和要求	1. 需他人协助完成测量接线和试验 2. 现场就地操作演示，不得触动无关设备 3. 注意安全，操作过程符合《电业安全工作规程》				
工具、材料、设备场地	1. 交流试验变压器 2. 单相调压器 3. 常用电工工具 4. 试验用线 5. 电压表 0.5 级 1 块 6. 电流表 0.5 级 1 块 7. 被试品：有串联间隙的氧化锌避雷器				

	序号	项目名称	质量要求	满分	扣　分
评分标准	1	设备组织准备	组织和准备本项试验所需一次设备	8	漏一项扣 1.5 分
	2	试验接线	接线正确可靠	6	错一项扣 1 分
	3	试验回路保护的选择	有串联间隙的氧化锌避雷器，将放电流控制在 0.05～0.2A 之间，放电后在 0.2s 切断电源	6	选择不当扣 6 分
	4	升压要求	升压稳定，按每秒 3～5kV 进行	6	操作错误扣 6 分
	5	试验结果记录	应准确记录试验时间、地点、温度、湿度及试验结果	2	漏记一项扣 0.5 分，扣完为止
	6	试验结果	试验结果应准确可靠，符合被试品的真实状态	2	视误差大小扣 0.5～2 分

行业：电力工程　　　　工种：电气试验　　　　等级：初/中

编　　号	C54B019	行为领域	e	鉴定范围	5/4
考核时限	20min	题　　型	B	题　分	30
试题正文	三相电力变压器的变比测试				
需要说明的问题和要求	1. 需他人协助完成测量接线和试验 2. 现场就地操作演示，不得触动运行设备 3. 注意安全，操作过程符合《电业安全工作规程》 4. 采用双电压表法				
工具、材料、设备场地	1. 被试变压器 2. 电压表（精度不低于 0.5 级） 3. 电压互感器（0.2 级） 4. 常用电工工具 5. 接地线				

	序号	项目名称	质量要求	满分	扣　分
评 分 标 准	1	测量设备选型和试验电压确定	正确选择电压表，电压互感器型号及测量范围 试验电压应高于被试变压器额定电压 1/3 以上	6	错一项扣 3 分
	2	试验接线	试验接线应正确可靠，电压表连线应尽量短	5	错一项扣 2 分
	3	施加试验电压	试验电压应加在变压器一次绕组	5	选择错误扣 5 分
	4	电压互感器接线	电压互感器极性配合正确	4	错误扣 2 分
	5	分相测量三相变压器变化	接线方式应正确可靠。三角形连接的绕组中非测试相绕组必须短接	5	接线错误扣 3 分
	6	变比计算	熟悉并掌握不同组别变压器变比计算公式	5	未掌握扣 4 分 掌握不熟悉扣 2 分

编　号	C43B020	行为领域	e	鉴定范围	4/3
考核时限	20min	题　型	B	题　分	30
试题正文	发电机定子绕组绝缘鉴定试验的解剖检查				
需要说明的问题和要求	1. 独立完成解剖检查 2. 现场就地操作演示，不得触动运行设备 3. 注意安全				
工具、材料、设备场地	1. 发电机定子绕组线棒 2. 钢锯或电工刀 3. 钢尺和塞尺				

	序号	项目名称	质量要求	满分	扣　分
评分标准	1	解剖检查	用钢锯或电工刀分断割取线棒	9	操作方式错误扣6分
	2	检查内容	测量线棒截面部分以及主绝缘厚度，检查截面上绝缘的完整性 检查股线间、铜线与主绝缘间、主绝缘层间是否存在间隙、脱壳和分层 检查云母绝缘有无因游离放电将云母腐蚀现象 观察铜导线有无过热现象 观察铜导线有无粉末性物质 检查股线是否松散，股线有无磨细断股和短路	21	每错一项扣9分

编　　号	C43B021	行为领域	e	鉴定范围	4/3
考核时限	20min	题　　型	B	题　　分	30

试题正文	绝缘油 tanδ 测量				
需要说明的问题和要求	1. 独立完成油样抽取 2. 试验室内进行操作演示 3. 注意安全，操作过程符合《电业安全工作规程》				
工具、材料、设备场地	1. 油杯 2. 高压交流电桥 3. 绝缘油与测量装置				

	序号	项目名称	质量要求	满分	扣　　分
评 分 标 准	1	清洗油杯	试验前应先用四氯化碳或酒精等清洗剂将测量油杯仔细清洗并烘干	7	未清洗扣 7 分，选错清洗材料扣 2 分，未烘干扣 2 分
	2	绝缘油取样	取样后，需送远方试验时，取样瓶需用腊封口，以防受潮，且应在 24h 内尽快进行试验	7	错一项扣 3 分
	3	施加试验电压	保证油间隙上的电场强度 1kV/mm。在油试验前必须对空杯进行 1.5 倍工作电压的耐压试验，然后用被试绝缘油冲洗油杯 2 次，再将被试绝缘油注入油杯，静置 10min 以上，待油中空气逸出，在规定温度下测量	8	错一项扣 1 分
	4	温度控制	明确被试油种类不同，温度要求准确，并准确掌握测量时机	8	未掌握温度要求值扣 3 分，没掌握测量时机扣 5 分

编　号	C32B022	行为领域	e	鉴定范围	4/3
考核时限	20min	题　型	B	题　分	30
试题正文	电磁式电压互感器的介质损耗试验				
需要说明的问题和要求	1. 需他人协助完成测量接线和试验 2. 现场就地操作演示，不得触动无关设备 3. 注意安全，操作过程符合《电业安全工作规程》				
工具、材料、设备场地	1. 介质损耗因数测量仪 2. 常用电工工具 3. 试验用线 4. 被试品：35kV 或 110kV 电磁式电压互感器				

	序号	项目名称	质量要求	满分	扣　分
评分标准	1	接线方式	根据现场实际情况，采用末端屏蔽法或末端加压法进行测量	5	判断不准确，选择错误扣 5 分，经提示选择正确扣 2 分
	2	试验线选择及连接	高压引线及测量引线选用合适，布局合理	5	高压引线及测量引线选择不合适扣 2 分，布局不合理扣 2 分
	3	测量仪器操作			
	3.1	接线方式	在仪器上正确选择正接线或反接线测量，测量结果正确无误	6	接线选择错误扣 6 分
	3.2	操作过程	操作过程符合介质损耗因数测试仪操作过程	6	操作过程错误扣 2~6 分
	4	试验结果记录	应准确记录试验时间、地点、温度、湿度及试验结果	4	漏记一项扣 0.5 分，扣完为止
	5	试验结果	试验结果应准确可靠，符合被试品的真实状态	4	视误差大小扣 0.5~4 分

行业：电力工程　　　　工种：电气试验　　　　等级：中/高

编　号	C43B023	行为领域	e	鉴定范围	4/3
考核时限	30min	题　型	B	题　分	30
试题正文	110kV 三相三绕组电力变压器进行直流泄漏试验					
需要说明的问题和要求	1. 需他人协助完成测量接线和试验 2. 现场就地操作演示，不得触动无关设备 3. 注意安全，操作过程符合《电业安全工作规程》					
工具、材料、设备场地	1. 直流发生器 2. 常用电工工具 3. 试验用线 4. 被试品：110kV 三相三绕组电力变压器					

	序号	项目名称	质量要求	满分	扣　分
评 分 标 准	1	设备组织准备	试验设备完备正确	5	少一样扣 2 分 错一样扣 2 分
	2	试验线选择及连接	高压引线选用合适，布局合理	5	高压引线选择不合适扣 2 分，布局不合理扣 2 分
	3	测量仪器操作			
	3.1	接线方式	正确连接直流发生器，确保试验仪器之间有足够的安全距离	6	连线错误、安全距离不够扣 6 分，经提示满足要求的扣 3 分
	3.2	操作过程	操作过程符合直流发生器操作过程	6	操作过程错误扣 2～6 分
	4	试验结果记录	应准确记录试验时间、地点、温度、湿度及试验结果	4	漏记一项扣 0.5 分，扣完为止
	5	试验结果	试验结果应准确可靠，符合被试品的真实状态	4	视误差大小扣 0.5～4 分

行业：电力工程		工种：电气试验		等级：技师/高技	

编　　号	C21B024	行为领域	e	鉴定范围	2/1
考核时限	30min	题　型	B	题　分	30
试题正文	使用频率响应法测量三相三绕组电力变压器的绕组变形				
需要说明的问题和要求	1. 需他人协助完成测量接线和试验 2. 现场就地操作演示，不得触动无关设备 3. 注意安全，操作过程符合《电业安全工作规程》				
工具、材料、设备场地	1. 变压器频率响应绕组变形分析仪（配置有试验用手提电脑） 2. 常用电工工具 3. 试验用线 4. 被试品：三相三绕组电力变压器				

	序号	项目名称	质量要求	满分	扣　分
评分标准	1	试验接线	将变压器频率响应绕组变形分析仪与试验用手提电脑正确连接后接入三相三绕组电力变压器被试绕组	6	连接错误扣 2～6 分
	2	试验要求	按照要求分别对三相三绕组电力变压器所有绕组进行试验	4	视试验情况扣 1～4 分
	3	操作过程	正确操作变压器频率响应绕组变形分析仪	6	操作过程错误扣 2～6 分
	4	试验结果记录	应准确记录试验时间、地点、温度、湿度及试验结果	4	漏记一项扣 0.5 分，扣完为止
	5	试验结果判断	根据试验结果利用相间分析和与前次试验结果对比的方法对变压器绕组变形情况进行准确判断	10	根据分析结果的准确性视误差大小扣 4～10 分

334

编　　号	C21B025	行为领域		e	鉴定范围	2/1
考核时限	30min	题　　型		B	题　分	30
试题正文	使用自激法测量 110kV 电容式电压互感器的介损和电容量					
需要说明的问题和要求	1. 需他人协助完成测量接线和试验 2. 现场就地操作演示，不得触动无关设备 3. 注意安全，操作过程符合《电业安全工作规程》					
工具、材料、设备场地	1. 有自激法功能的介损测试仪 2. 常用电工工具 3. 试验用线 4. 被试品：110kV 电容式电压互感器					

	序号	项目名称	质量要求	满分	扣　分
评分标准	1	试验接线	正确选择 110kV 电容式电压互感器二次加压端子，并将介损测试仪试验引线正确连接到被试设备上	10	连接错误扣 2~10 分
	2	操作过程	正确操作有自激法功能的介损测试仪，并正确选择测量方式，试验电压为 2.5kV	6	操作过程错误扣 1~6 分 电压选择错误扣 4 分
	3	测量要求	能准确测量 110kV 电容式电压互感器上下两节电容的介损和电容量	4	试验不全扣 2~4 分
	4	试验结果记录	应准确记录试验时间、地点、温度、湿度及试验结果	4	漏记一项扣 0.5 分，扣完为止
	5	试验结果判断	试验结果应准确可靠，符合被试品的真实状态	6	视试验结果的准确性扣 1~6 分

编　号	C21B026	行为领域	e	鉴定范围	2/1
考核时限	30min	题　型	B	题　分	30
试题正文	测量 110kV SF₆ 断路器的动作电压及时间特性				
需要说明的问题和要求	1. 需他人协助完成测量接线和试验 2. 现场就地操作演示，不得触动无关设备 3. 注意安全，操作过程符合《电业安全工作规程》				
工具、材料、设备场地	1. 断路器特性试验测试仪 2. 常用电工工具 3. 试验用线 4. 被试品：110kV SF₆ 断路器				

	序号	项目名称	质量要求	满分	扣　分
评 分 标 准	1	动作电压试验			
	1.1	选用正确的接线方式	接线正确	6	接线错误扣 6 分
	1.2	测量仪器操作	操作过程符合断路器特性测试仪操作过程	4	仪器操作错误扣 4 分
	2	时间特性试验			
	2.1	选用正确的接线方式	接线正确	6	接线错误扣 1～6 分
	2.2	测量仪器操作	操作过程符合断路器特性测试仪操作过程	4	仪器操作错误扣 4 分
	3	试验结果记录	应准确记录试验时间、地点、温度、湿度及试验结果	4	漏记一项扣 0.5 分，扣完为止
	4	试验结果判断	熟悉试验标准，对测量所读取得数据能做出正确的结论	6	不熟悉试验标准扣 2 分 不合格判断扣 2～4 分

编　号	C21B027	行为领域	e	鉴定范围	2/1
考核时限	60min	题　型	B	题　分	30

试题正文	容量为 1 600kVA 及以上油浸式 110kV 电力变压器电气绝缘试验［试验项目包括：① 测量与铁心绝缘的各紧固件（连接片可拆开者）及铁心（有外引接地线）绝缘电阻；② 非纯瓷套管的试验；③ 测量绕组连同套管的绝缘电阻、吸收比；④ 绕组连同套管的介损和电容量］
需要说明的问题和要求	1. 需他人协助完成测量接线和试验 2. 现场就地操作演示，不得触动无关设备 3. 注意安全，操作过程符合《电业安全工作规程》
工具、材料、设备场地	1. 可变电压绝缘电阻测试仪 2. 介损测试仪 3. 常用电工工具 4. 试验用线 5. 被试品：容量为 1 600kVA 及以上油浸式 110kV 电力变压器

	序号	项目名称	质量要求	满分	扣　分
评分标准	1	测量与铁心绝缘的各紧固件及铁心绝缘电阻			
	1.1	选用正确的接线方式	断开接地线与绝缘电阻测试仪正确连接	3	接线错误扣 3 分
	1.2	测量仪器操作	操作过程符合绝缘电阻测试仪操作过程	2	仪器操作错误扣 2 分
	2	非纯瓷套管的试验			
	2.1	选用正确的接线方式	断开非纯瓷套管末屏接地，与介损测试仪测量线正确连接，非被试相应可靠接地	3	接线错误扣 3 分

	序号	项目名称	质量要求	满分	扣　分
评分标准	2.2	测量仪器操作	操作过程符合介损测试仪操作过程	2	仪器操作错误扣2分
	3	测量绕组连同套管的绝缘电阻、吸收比			
	3.1	选用正确的接线方式	接线正确，需接地侧接地可靠	3	接线错误扣3分
	3.2	测量仪器操作	操作过程符合绝缘电阻测试仪操作过程	2	仪器操作错误扣2分
	4	绕组连同套管的介损和电容量			
	4.1	选用正确的接线方式	接线正确，需接地侧接地可靠	3	接线错误扣3分
	4.2	测量仪器操作	操作过程符合介损测试仪操作过程	2	仪器操作错误扣2分
	5	试验结果记录	应准确记录试验时间、地点、温度、湿度及试验结果	4	漏记一项扣0.5分，扣完为止
	6	试验结果判断	熟悉试验标准，对测量所读取得数据能做出正确的结论	6	不熟悉试验标准扣2分　是否合格判断扣2~4分

行业：电力工程		工种：电气试验		等级：技师/高技	

编　号	C21B028	行为领域	e	鉴定范围	2/1
考核时限	60min	题　型	B	题　分	30
试题正文		容量为1 600kVA 及以上油浸式 110kV 电力变压器电气特性试验（试验项目包括：① 测量绕组连同套管的直流电阻；② 检查变压器三相接线组别及所有分接头的电压比；③ 有载调压切换装置的检查和试验）			
需要说明的问题和要求		1. 需他人协助完成测量接线和试验 2. 现场就地操作演示，不得触动无关设备 3. 注意安全，操作过程符合《电业安全工作规程》			
工具、材料、设备场地		1. 变压器直流电阻测试仪 2. 变压器组别及变比测试仪 3. 变压器有载调压装置测试仪 4. 常用电工工具 5. 试验用线 6. 被试品：容量为1 600kVA 及以上油浸式 110kV 电力变压器			

	序号	项目名称	质量要求	满分	扣　分
评分标准	1	测量绕组连同套管的直流电阻			
	1.1	选用正确的接线方式	接线正确	3	接线错误扣3分
	1.2	测量仪器操作	操作过程符合直流电阻测试仪操作过程，试验结束或换线过程中进行充分放电	3	仪器操作错误扣3分 放电不充分扣2分
	1.3	试验要求	完成所有挡位直流电阻测试	2	视完成情况扣1～2分
	2	检查变压器三相接线组别及所有分接头的电压比			

	序号	项目名称	质量要求	满分	扣　分
评 分 标 准	2.1	选用正确的接线方式	接线正确	3	接线错误扣3分
	2.2	测量仪器操作	操作过程符合变压器组别及变比测试仪操作过程	2	仪器操作错误扣2分
	2.3	试验要求	完成所有挡位直流电阻测试	2	视完成情况扣1～2分
	3	有载调压切换装置的检查和试验			
	3.1	选用正确的接线方式	接线正确	3	接线错误扣3分
	3.2	测量仪器操作	操作过程符合有载调压装置测试仪操作过程	3	仪器操作错误扣3分
	3.3	试验要求	分别完成单数挡—双数挡、双数挡—单数挡试验	4	视完成情况扣2～4分
	4	试验结果记录	应准确记录试验时间、地点、温度、湿度及试验结果	2	漏记一项扣0.5分，扣完为止
	5	试验结果判断	熟悉试验标准，对测量所读取得数据能做出正确的结论	3	不熟悉试验标准扣1分 不合格判断扣1～2分

编　号	C21B029	行为领域	e	鉴定范围	2/1
考核时限	60min	题　型	B	题　分	30

试题正文	SF_6断路器电气试验（试验项目包括：① 测量绝缘电阻；② 测量每相导电回路电阻；③ 测量断路器分合闸线圈的绝缘电阻及直流电阻；④ 断路器操动机构的试验即断路器分合闸动作电压试验；⑤ 测量断路器分合闸时间及同期性）

需要说明的问题和要求	1. 需他人协助完成测量接线和试验 2. 现场就地操作演示，不得触动无关设备 3. 注意安全，操作过程符合《电业安全工作规程》

工具、材料、设备场地	1. 可变电压绝缘电阻测试仪 2. 断路器导电回路电阻测试仪 3. 断路器特性测试仪 4. 万用表 5. 断路器动作电压测试仪（可用断路器特性测试仪代替） 6. 常用电工工具 7. 试验用线 8. 被试品：SF_6断路器

	序号	项目名称	质量要求	满分	扣　分
评 分 标 准	1	绝缘电阻			
	1.1	选用正确的接线方式	接线正确	3	接线错误扣3分
	1.2	测量仪器操作	操作过程符合绝缘电阻测试仪操作过程	2	仪器操作错误扣2分
	2	测量导电回路电阻			
	2.1	选用正确的接线方式	接线正确	3	接线错误扣3分
	2.2	测量仪器操作	操作过程符合导电回路电阻测试仪操作过程	2	仪器操作错误扣2分
	3	分合闸线圈的绝缘电阻及直流电阻			

	序号	项目名称	质量要求	满分	扣分
评 分 标 准	3.1	选用正确的接线方式	接线正确，能分别使用绝缘电阻和万用表进行准确接线	3	接线错误扣3分
	3.2	测量仪器操作	操作过程符合绝缘电阻测试仪和万用表操作过程	2	仪器操作错误扣3分
	4	动作电压试验			
	4.1	选用正确的接线方式	接线正确	3	接线错误扣3分
	4.2	测量仪器操作	操作过程符合断路器特性测试仪操作过程	2	仪器操作错误扣2分
	5	时间特性试验			
	5.1	选用正确的接线方式	接线正确	3	接线错误扣3分
	5.2	测量仪器操作	操作过程符合断路器特性测试仪操作过程	2	仪器操作错误扣2分
	6	试验结果记录	应准确记录试验时间、地点、温度、湿度及试验结果	2	漏记一项扣0.5分，扣完为止
	7	试验结果判断	熟悉试验标准，对测量所读取得数据能做出正确的结论	3	不熟悉试验标准扣1分 是否合格判断扣1～2分

编　号	C21B030	行为领域	e	鉴定范围	2/1
考核时限	60min	题　型	B	题　分	30
试题正文	\multicolumn{5}{c}{10kV 电容器组预防性试验（试验设备包括：集合式电容器、干式电抗器、放电线圈、氧化锌避雷器）}
需要说明的问题和要求	\multicolumn{5}{l}{1. 需他人协助完成测量接线和试验 2. 现场就地操作演示，不得触动无关设备 3. 注意安全，操作过程符合《电业安全工作规程》}
工具、材料、设备场地	\multicolumn{5}{l}{1. 可变电压绝缘电阻测试仪 2. 单臂电桥或万用表 3. 电容量测试仪 4. 直流发生器 5. 避雷器计数器动作情况测试仪 6. 常用电工工具 7. 试验用线 8. 被试品：集合式电容器、干式电抗器、放电线圈、氧化锌避雷器}

	序号	项目名称	质量要求	满分	扣　分
评分标准	1	确定试验项目	根据预试规程要求确定上述设备所需进行的试验项目： 集合式电容器试验项目： （1）相间和极对壳绝缘电阻 （2）电容值测量 干式电抗器试验项目：预试无试验项目 放电线圈试验项目： （1）一次及二次绝缘电阻 （2）一次绕组直流电阻 氧化锌避雷器试验项目： （1）绝缘电阻 （2）直流泄漏电流 （3）计数器动作情况	5	少一项扣 0.5 分
	2	绝缘电阻测试	分别对集合式电容器、放电线圈和氧化锌避雷器测试		
	2.1	选用正确的接线方式	针对各种试验设备进行正确接线	3	接线错误扣 0.5～2 分

	序号	项目名称	质量要求	满分	扣　分
评 分 标 准	2.2	测量仪器操作	操作过程符合绝缘电阻测试仪操作过程，对电容器试验时应进行必要放电	2	仪器操作错误扣1分 未放电扣0.5分
	3	电容值测量	正确连接电容量测试仪和电容器，仪器操作过程符合电容量测试仪操作过程	4	接线错误扣2分 仪器操作错误扣1分
	4	放电线圈直流电阻	正确连接放电线圈和单臂电桥（万用表），仪器操作符合单臂电桥操作规程	4	接线错误扣2分 仪器操作错误扣1分
	5	避雷器直流泄漏电流			
	5.1	接线方式	正确连接避雷器和直流发生器，确保试验接线之间有足够的安全距离	3	连线错误、安全距离不够扣3分，经提示满足要求的扣1分
	5.2	操作过程	操作过程符合直流发生器操作过程	2	操作过程错误扣2分
	6	计数器动作情况	正确连接计数器及动作情况测试仪，并正确使用计数器动作情况测试仪	3	接线错误扣2分 仪器操作错误扣1分
	7	试验结果记录	应准确记录试验时间、地点、温度、湿度及试验结果	2	漏记一项扣0.5分，扣完为止
	8	试验结果判断	熟悉试验标准，对测量所读取得数据能做出正确的结论	2	不熟悉试验标准扣1分 是否合格判断扣1分

编　号	C21B031	行为领域	e	鉴定范围	2/1
考核时限	60min	题　型	B	题　分	30

试题正文	110、220kV 油浸式电流互感器交接试验（试验项目包括：① 测量绕组的绝缘电阻；② 测量介损和电容量；③ 测量绕组的直流电阻；④ 检查接线极性；⑤ 检查变比；⑥ 测量励磁特性曲线）
需要说明的问题和要求	1. 需他人协助完成测量接线和试验 2. 现场就地操作演示，不得触动无关设备 3. 注意安全，操作过程符合《电业安全工作规程》
工具、材料、设备场地	1. 绝缘电阻测试仪 2. 介损测试仪 3. 双臂电桥 4. 电流互感器特性测试仪（如不使用该设备则使用 5～9 代替） 5. 干电池 6. 微安表 7. 调压箱 8. 大电流发生器 9. 相应电压、电流表若干 10. 常用电工工具 11. 试验用线 12. 被试品：110、220kV 任意油浸式电流互感器 1 台

	序号	项目名称	质量要求	满分	扣　分
评分标准	1	绝缘电阻	按所需进行绝缘电阻测试（分别对一、二次绕组进行），正确连接试验接线，仪器操作过程符合绝缘电阻测试仪操作过程	3	接线错误扣 1～3 分 根据试验情况扣 1～3 分
	2	介损和电容量测试	使用正接法进行试验，试验接线正确，仪器操作过程符合介损测试仪操作过程	3	接线错误扣 1～3 分 仪器操作错误扣 1～3 分
	3	直流电阻	将双臂电桥试验接线正确连接于被试设备，区分电压引线与电流引线，电压引线位于电流引线内侧，仪器操作过程符合双臂电桥操作过程	3	接线错误扣 1～3 分 仪器操作错误扣 1～3 分

	序号	项目名称	质量要求	满分	扣 分
评分标准	4	特性试验	可选用互感器特性测试仪进行试验，也可使用：干电池、微安表、调压箱、大电流发生器、相应电压、电流表若干进行试验。选用互感器特性测试仪按 4.1 执行，未选用按 4.2 后项目执行		
	4.1	特性测试仪进行特性试验	正确连接互感器特性测试仪和电流互感器，试验接线准确，仪器操作过程符合互感器特性测试仪操作过程	6	接线错误扣 1～6 分 仪器操作错误扣 2～6 分
	4.2	级性检查	正确将电流互感器一次、二次分别与干电池、微安表连接，通过微安表指针摆动情况判断互感器极性	3	接线错误扣 1～3 分 操作错误扣 1～3 分
	4.3	检查变比	将大电流发生器与调压箱正确连接后接入被试设备，并选用合适的电流表监测电流的变化情况，操作过程符合试验要求	3	接线错误扣 1～3 分 操作错误扣 1～3 分
	4.4	测量励磁特性曲线	正确连接调压箱与电流互感器二次端子，并接入合适的表记监测电压、电流值，操作过程符合试验要求	3	接线错误扣 1～3 分 操作错误扣 1～3 分
	5	试验结果记录	应准确记录试验时间、地点、温度、湿度及试验结果	3	漏记一项扣 0.5 分，扣完为止
	6	试验结果判断	熟悉试验标准，对测量所读取得数据能做出正确的结论	3	不熟悉试验标准扣 1 分 是否合格判断扣 1～2 分

编　号	C21B032	行为领域	e	鉴定范围	2/1
考核时限	60min	题　型	B	题　分	30

试题正文	110、220kV 油浸电磁式电压互感器交接试验（试验项目包括：① 测量绕组的绝缘电阻；② 测量介损和电容量；③ 测量绕组的直流电阻；④ 检查接线极性；⑤ 检查变比；⑥ 测量励磁特性曲线）

需要说明的问题和要求	1. 需他人协助完成测量接线和试验 2. 现场就地操作演示，不得触动无关设备 3. 注意安全，操作过程符合《电业安全工作规程》

工具、材料、设备场地	1. 绝缘电阻测试仪 2. 介损测试仪 3. 双臂电桥 4. 电流互感器特性测试仪（如不使用该设备则使用 5～9 代替） 5. 干电池 6. 微安表 7. 调压箱 8. 大电流发生器 9. 相应电压、电流表若干 10. 常用电工工具 11. 试验用线 12. 被试品：110、220kV 任意油浸电磁式电压互感器 1 台

	序号	项目名称	质量要求	满分	扣　分
评分标准	1	绝缘电阻	按所需进行绝缘电阻测试（分别对一、二次绕组进行），正确连接试验接线，仪器操作过程符合绝缘电阻测试仪操作过程	3	接线错误扣 1～3 分 根据试验情况扣 1～3 分
	2	介损和电容量测试	使用正接法进行试验，试验接线正确，仪器操作过程符合介损测试仪操作过程	3	接线错误扣 1～3 分 仪器操作错误扣 1～3 分
	3	直流电阻	将双臂电桥试验接线正确连接于被试设备，区分电压引线与电流引线，电压引线位于电流引线内侧，仪器操作过程符合双臂电桥操作过程	3	接线错误扣 1～3 分 仪器操作错误扣 1～3 分

	序号	项目名称	质量要求	满分	扣　分
评分标准	4	特性试验	可选用互感器特性测试仪进行试验，也可使用：干电池、微安表、调压箱、大电流发生器、相应电压、电流表若干进行试验。选用互感器特性测试仪按 4.1 执行，未选用按 4.2 后项目执行		
	4.1	特性测试仪进行特性试验	正确连接互感器特性测试仪和电压互感器，试验接线准确，仪器操作过程符合互感器特性测试仪操作过程	6	接线错误扣 1～6 分　仪器操作错误扣 2～6 分
	4.2	级性检查	正确将电压互感器一次、二次分别与干电池、微安表连接，通过微安表指针摆动情况判断互感器极性	3	接线错误扣 1～3 分　操作错误扣 1～3 分
	4.3	检查变比	将大电流发生器与调压箱正确连接后接入被试设备，并选用合适的电流表监测电流的变化情况，操作过程符合试验要求	3	接线错误扣 1～3 分　操作错误扣 1～3 分
	4.4	测量励磁特性曲线	正确连接调压箱与电压互感器二次端子，并接入合适的表记监测电压、电流值，操作过程符合试验要求	3	接线错误扣 1～3 分　操作错误扣 1～3 分
	5	试验结果记录	应准确记录试验时间、地点、温度、湿度及试验结果	3	漏记一项扣 0.5 分，扣完为止
	6	试验结果判断	熟悉试验标准，对测量所读取得数据能做出正确的结论	3	不熟悉试验标准扣 1 分　是否合格判断扣 1～2 分

编　号	C21B033	行为领域	e	鉴定范围	2/1
考核时限	30min	题型	B	题分	30

试题正文	220kV 双节连接氧化锌避雷器交接试验（试验项目包括：① 测量绝缘电阻；② 测量 1mA 泄漏电流下直流电压及 0.75 倍 1mA 泄漏电流直流电压下的泄漏电流）

需要说明的问题和要求	1. 需他人协助完成测量接线和试验 2. 现场就地操作演示，不得触动无关设备 3. 注意安全，操作过程符合《电业安全工作规程》

工具、材料、设备场地	1. 绝缘电阻测试仪 2. 直流泄漏电流测试仪 3. 高压直流电流表 4. 常用电工工具 5. 试验用线 6. 被试品：220kV 双节连接氧化锌避雷器

	序号	项目名称	质量要求	满分	扣　分
评分标准	1	绝缘电阻测试	分别对避雷器本体及避雷器底座进行试验		
	1.1	选用正确的接线方式	分别针对避雷器本体及避雷器底座进行正确接线	4	接线错误扣 1～4 分
	1.2	测量仪器操作	操作过程符合绝缘电阻测试仪操作过程	2	仪器操作错误扣 2 分
	2	泄漏电流测试			
	2.1	试验方式	使用高压读表法进行测量	3	试验方式错误扣 3 分
	2.2	试验线选择及连接	高压引线选用合适，布局合理，排除高压引线泄漏电流影响	5	高压引线选择不合适扣 2 分，布局不合理扣 2 分
	2.3	接线方式	正确连接直流发生器，确保试验仪器之间有足够的安全距离	5	连线错误、安全距离不够扣 5 分，经提示满足要求的扣 3 分
	2.4	操作过程	操作过程符合直流发生器操作过程	3	操作过程错误扣 1～3 分
	3	试验结果记录	应准确记录试验时间、地点、温度、湿度及试验结果	4	漏记一项扣 0.5 分，扣完为止
	4	试验结果判断	试验结果应准确可靠，符合被试品的真实状态	4	视误差大小扣 2～4 分

4.2.3 综合操作题

行业：电力工程　　　　工种：电气试验　　　　等级：中/高

编　号	C43C034	行为领域	e	鉴定范围	4/3
考核时限	30min	题　型	B	题　分	30
试题正文	测量串级式电压互感器支架介质损耗				
需要说明的问题和要求	1. 需要他人协助完成测量接线和试验 2. 现场就地操作演示，不得触动运行设备 3. 注意安全，操作过程符合《电业安全工作规程》				
工具、材料、设备场地	1. 110kV 串级式电压互感器 1 台 2. 测量介质损耗的仪器 1 套（采用西林电桥或介质损耗自动测量仪） 3. 2 500V/5 000MΩ兆欧表 1 支 4. 绝缘支撑物				

	序号	项目名称	质量要求	满分	扣　分
评分标准	1	设备组织准备	测量仪器及所需辅助设备应正确完备	5	设备组织差一样扣 3 分
	2	试验接线	接线正确 （按测量支架介损间接法接线）	12	接线错误扣 12 分 　未垫绝缘支撑物扣 4 分 　未测量绝缘支撑物绝缘电阻扣 3 分 　未在 Z4 臂并联 R'_4 扣 3 分（采用电桥测量时）
	3	试验操作	符合安规及试验操作程序	8	加压前未检查试验接线、表计倍率、调压器零位及仪表起始状态扣 3 分
	4	试验结果计算	采用计算公式正确并得出准确试验数据	5	所加电压不正确扣 1 分 　仪器操作方法不正确扣 1 分 　测量完毕未首先降压扣 1 分 　采用公式不正确扣 5 分 　计算不正确扣 2 分

编　　号	C32C035	行为领域	e	鉴定范围	2/1
考核时限	30min	题　型	C	题　　分	30
试题正文	串级式电压互感器感应耐压				
需要说明的问题和要求	1. 需他人协助完成测量接线和试验 2. 现场就地操作演示，不得触动无关设备 3. 注意安全，操作过程符合《电业安全工作规程》				
工具、材料、设备场地	1. 三倍频发生器 2. 电压表（0.5 级） 3. 单相调压器 4. 常用电工工具 5. 试验用线 6. 被试品：串级式电压互感器				

	序号	项目名称	质量要求	满分	扣　　分
评 分 标 准	1	试验接线	利用三倍频发生器及各项试验设备连接成试验要求状态并与电压互感器二次端子接线正确	6	连接错误扣 2～6 分
	2	试验电压确定	根据被试互感器的电压等级确定其感应耐压电压值，并考虑被试互感器容升。并折算至互感器二次侧应加电压	6	结算错误扣 4～8 分
	3	耐压时间	耐压时间由 $t=60\dfrac{100}{f}$ 确定 即 $f=150$Hz，$t=40$s	6	不会计算扣 6 分，计算错误扣 1～6 分
	4	操作过程	正确操作三倍频发生器及调压器，利用 150Hz 电压，经单相调压器，调压（电压表监测）至互感器二次侧，进行感应耐压试验	8	操作过程错误扣 2～8 分，有安全错误问题扣 8 分
	5	试验结果记录	应准确记录试验时间、地点、温度、湿度及试验结果	4	漏记一项扣 0.5 分，扣完为止

编　　号	C43C036	行为领域	e	鉴定范围	4/3
考核时限	30min	题　型	C	题　分	30
试题正文	调相机铁心损耗测试				
需要说明的问题和要求	1. 需要他人协助完成测量接线的工作 2. 现场就地操作演示 3. 注意安全，操作过程符合《电业安全工作规程》				
工具、材料、设备场地	1. 大电流发生装置 2. 试验用调相机 3. 酒精温度计 4. 常用电工工具				

	序号	项目名称	质量要求	满分	扣　分
评 分 标 准	1	试验准备			
	1.1	计算铁心截面	掌握计算公式并正确计算 $S=Lh=k(L_1-nb)\left(\dfrac{D_1-D_2}{2}-h_c\right)$	5	未掌握公式扣5分，计算错误扣2分
	1.2	励磁线圈匝数计算	掌握计算公式并正确计算 $W_c=\dfrac{U_2}{4.44fBS}\times10^4$	5	未掌握公式扣5分，计算错误扣2分
	1.3	励磁功率计算	掌握计算公式并正确计算 $P=IU_2\times10^{-3}$（kVA）	5	未掌握公式扣5分，计算错误扣2分
	2	试验接线	接线正确	5	接线错误扣1～5分
	3	记录初始温度	正确放置酒精温度计	3	放置错误扣1～3分
	4	铁心各部温度测试	合上励磁电源10min测量定子铁心各部的温度，再过10min后，复测温度，找出较热处放置温度计，再次检查发热点的发热情况	4	未按正确步骤扣1～4分
	5	试验时间检测	试验持续时间90min，每10min测一次温度	3	测量时间错误扣1～3分

编　号	C32C037	行为领域	e	鉴定范围	2/1
考核时限	30min	题　型	C	题　分	30
试题正文	低电压低转差法测量纵、横轴同步电抗 Xv 和 Xt				
需要说明的问题和要求	1. 需要他人协助完成测量接线的工作 2. 现场就地操作演示 3. 注意安全，操作过程符合《电业安全工作规程》				
工具、材料、设备场地	1. 被试发电机 2. 波形记录仪 3. 380V 电源 4. 常用电工工具				

	序号	项目名称	质量要求	满分	扣　分
评 分 标 准	1	接线图	正确画出测量接线图	4	接线图错 1～4 分
	2	转子绕组	将转子绕组用开关直接短路或通过电阻短路	4	未短路扣 3 分
	3	启动发电机转子	使其转速接近额定转速，相差 5～10r/min	4	操作错误扣 1～4 分
	4	加压	对定子绕组施加额定频率，三相稳定平衡的低压电压（约 $0.02\sim0.15U_N$）	4	试验电压选择不合理扣 4 分
	5	转子转速调节	调节转子的转速，使转差率小于 1%时，断开转子绕组的短路开关，接上电压表进行测量	5	操作步骤错误扣 1～5 分
	6	波形录取	转速稳定后，用记录仪 PS 录取定子电压，电流和转子电压的波形。同时记录转子的转速，并用电压表、电流表测量当转子绕组感应电压为零时定子试验电压的最大值 U_{max} 和相应的定子试验电流的最小值 I_{min}，转子绕组感应电压为最大值时的定子电压最小值 U_{min} 和相应的定子电流最大值 I_{max} 测量完后，合上转子短路开关，断开定子回路电源开关	6	每错一项扣 1 分
	7	测量结束及数值计算	给出同步电抗非饱和值的有效值和标么值计算公式，并计算结果	3	操作程序错误扣 2～4 分，计算公式或计算结果错误扣 2～4 分

编　　号	C43C038	行为领域	e	鉴定范围	4/3
考核时限	180min	题　型	C	题　分	30
试题正文	输电线路工频参数测量（或按测试项目分单项考核）				

需要说明的问题和要求	1. 需要他人协助完成测量接线的工作 2. 现场就地操作演示 3. 注意安全，操作过程符合《电业安全工作规程》

工具、材料、设备场地	1. 被测线路 2. 单、双臂电桥 3. 电压互感器（0.2级） 4. 电流互感器（0.2级） 5. 试验变压器、调压器 6. 电压表、电流表（0.5级） 7. 功率表（低功率因数） 8. 联络用通信设备 9. 静电电压表 10. 兆欧表

	序号	项目名称	质量要求	满分	扣　分
评 分 标 准	1	收集被试线路资料	掌握被试线路名称、电压等级、线路长度、杆塔形式、导线型号截面及是否有平行架空线路	4	未说出基本情况扣1～4分
	2	仪器准备	根据被试线路具体情况准备相应设备	4	未准备齐全、漏一项扣1分
	3	试验电源选择	采用大容量的三相调压器（30kVA以上）试验电源应与系统隔离	4	选择错误扣1～4分
	4	感应电压测试	测量前应先用静电电压表测量感应电压	4	未测量扣2分，测量不准确扣1～2分

	序号	项目名称	质量要求	满分	扣　分
评分标准	5	绝缘电阻测试	非测量相短路接地，用2 500～5 000V兆欧表轮流测量每一相对其他两相及地绝缘电阻	4	接线错误扣2分测量不准确扣1～2分
	6	直流电阻测试	根据线路情况，选择电流电压表法或电桥法进行测量，测量时先将线路始端接地，然后末端三相短路。始端测量接线接好后，拆除始端接地进行测量。测量值应换算至70℃时的相电阻	4	选择方法错误或测量接线错误扣2分；测量步骤错误扣1～2分，测量结果不进行换算或换算不正确扣1～2分
	7	零序阻抗测试	测量时将线路末端三相短路接地，始端三相短路接单相交流电源分别测量电流、电压及功率并应用相应计算公式，计算零序阻抗，零序电阻、零序电抗、零序电感	4	接线错误扣1～4分　未掌握相应计算公式扣1～4分
	8	正序电容测试	线路末端开路，首端加三相电源，两端均用电压互感器测量三相电压。并应用相应计算公式计算正序导纳、正序电导、正序电纳、正序电容，测量电压应足够高	1	接线错误扣1分　未掌握相应计算公式扣1分　测量电压不合适扣1分
	9	零序电容测试	线路末端开路，始端三相短路施加单相电源，在始端测量三相电流，并测量始、末端电压的算术平均值。并应用相应计算公式计算零序导纳、零序电导、零序电纳、零序电容	1	接线错误扣1分　未掌握相应计算公式扣1分

行业：电力工程　　　　工种：电气试验　　　　等级：中/高

编　　号	C32C039	行为领域	e	鉴定范围	3/2
考核时限	20min	题　型	C	题　分	30
试题正文	电力电缆泄漏电流及直流耐压试验				
需要说明的问题和要求	1. 需他人协助完成测量接线和试验 2. 现场就地操作演示，不得触动运行设备 3. 注意安全，操作过程符合《电业安全工作规程》				
工具、材料、设备场地	1. 被试品：电力电缆 2. 直流电压发生器 3. 常用电工工具 4. 接地线 5. 放电棒 6. 微安表				

	序号	项目名称	质量要求	满分	扣　分
评 分 标 准	1	设备选型和试验电压确定	正确选择试验设备 正确确定相应电缆试验电压	6	错一项扣2分
	2	试验接线	试验接线正确，试验回路各点对地及各点相互间有足够电气绝缘和距离	6	错一项扣1分
	3	试验时间	接入的微安表应将电缆表面和空间杂散电流屏蔽 正确确定耐压时间 交接10min，运行5min	5	错误扣3分
	4	试验电压过程	试验电压以0.25、0.5、0.75、1.0倍分段上升，每点停留1min读取泄漏电流值，最后直升至试验电压	4	未按加压过程操作扣3分
	5	过电压保护	为防止电缆击穿后引起振荡型过电压，在试验回路中应串联电阻	4	未采取此措施扣3分
	6	试验完毕时放电	在试验过程中和试验完毕后应对被试电缆充分放电，直至电缆无残留电荷	5	未进行放电扣3分 放电方法不对扣2分 放电不充分扣2分

编　　号	C54C040	行为领域	e	鉴定范围	5/4
考核时限	30min	题　　型	C	题　分	30
试题正文	采用直流脉冲放电寻找电缆非金属性接地点				
需要说明的问题和要求	1. 需要他人协助完成 2. 可采用电缆模拟接地 3. 注意安全，操作过程符合《电业安全工作规程》				
工具、材料、设备场地	1. 被试电缆 2. 试验变压器 3. 调压器 4. 高压硅堆 5. 电力电容器 6. 电压表 7. 操作箱 8. 常用电工工具及线材				

	序号	项目名称	质量要求	满分	扣　分
评分标准	1	设备组织准备	试验设备完备正确	6	差一样扣2分，选错一样扣3分
	2	试验接线	接线正确可靠	9	错一项扣4分，放电间隙制作不当扣5分
	3	试验操作	操作程序正确，升压速度均匀并根据放电声响恰当制作放电间隙	9	升压速度过快扣3分 放电间隙制作不当扣3分 未安排专人负责看守电缆端头扣3分
	4	根据脉冲放电声判断故障点	从电缆沟外能听到故障点放电声，并准确找到其位置	6	未找到故障点扣1分

编　号	C21C041	行为领域	e	鉴定范围	2/1
考核时限	60min	题　型	B	题　分	50

| 试题正文 | 110kV 电力电缆线路交叉互联系统试验 | | | | |

| 需要说明的问题和要求 | 1. 根据题目确定电力电缆线路交叉互联系统所需进行的试验项目
2. 需他人协助完成测量接线和试验
3. 现场就地操作演示，不得触动无关设备
4. 注意安全，操作过程符合《电业安全工作规程》 | | | | |

| 工具、材料、设备场地 | 1. 绝缘电阻测试仪
2. 直流发生器
3. 双臂电桥或回路电阻测试仪
4. 常用电工工具
5. 试验用线
6. 被试品：110kV 电力电缆线路交叉互联系统 | | | | |

	序号	项目名称	质量要求	满分	扣　分
评 分 标 准	1	确定试验项目	根据规程要求确定电力电缆线路交叉互联系统所需试验项目： （1）交叉互联系统的对地绝缘的直流耐压试验 （2）过电压保护器直流1mA 电流参考电压 （3）过电压保护器及其引线的对地绝缘电阻 （4）互联箱闸刀接触电阻	10	少一项扣2分
	2	对地直流耐压试验			
	2.1	试验要求	试验时必须将护层过电压保护器断开。在互联箱中将另一侧的三段电缆金属套都接地，使绝缘接头的绝缘环也能结合在一起进行试验	3	未断开过电压保护器扣1分 未将金属套接地扣1分
	2.2	选用正确的接线方式	正确连接直流发生器，选用正确的高压引线，引线布置合适，与被试设备正确连接	3	接线错误扣0.5～3分
	2.3	测量仪器操作	操作过程符合直流发生器操作过程，试验电压合适	2	仪器操作错误扣1分 试验电压错误扣1分

	序号	项目名称	质量要求	满分	扣　分
评分标准	3	过电压保护器直流参考电压			
	3.1	选用正确的接线方式	正确连接直流发生器，选用正确的高压引线，引线布置合适，与被试设备正确连接	4	接线错误扣 1～4 分
	3.2	测量仪器操作	操作过程符合直流发生器操作过程	3	仪器操作错误扣 3 分
	4	过电压保护器绝缘电阻			
	4.1	选用正确的接线方式	接线正确	4	接线错误扣 1～4 分
	4.2	测量仪器操作	操作过程符合绝缘电阻测试仪操作过程	3	仪器操作错误扣 3 分
	5	互联箱闸刀接触电阻			
	5.1	选用正确的接线方式	接线正确，区分电压引线与电流引线	5	接线错误扣 3 分 电压引线与电流引线未进行区分扣 2 分
	5.2	测量仪器操作	操作过程符合双臂电桥操作过程	3	仪器操作错误扣 3 分
	6	试验结果记录	应准确记录试验时间、地点、温度、湿度及试验结果	,4	漏记一项扣 0.5 分，扣完为止
	7	试验结果分析	熟悉试验标准，对测量所读取得数据能做出正确的结论	6	不熟悉试验标准扣 3 分 是否合格判断扣 1～3 分

编　　号	C21C042	行为领域	e	鉴定范围	2/1
考核时限	120min	题　型	B	题　分	50
试题正文	220kV 三相三绕组变压器感应耐压试验				
需要说明的问题和要求	1. 需他人协助完成测量接线和试验 2. 现场就地操作演示，不得触动无关设备 3. 注意安全，操作过程符合《电业安全工作规程》				
工具、材料、设备场地	1. 无局放变频电源 2. 中间变压器 3. 补偿电抗器 4. 电容分压器 5. 峰值电压表 1 只 6. 220、110kV 均压屏蔽罩各 3 只 7. 常用电工工具 8. 试验用线 9. 被试品：220kV 三相三绕组变压器				

	序号	项目名称	质量要求	满分	扣　分
评分标准	1	绘制试验接线图	根据上述提供设备绘制 220kV 三相三绕组变压器感应耐压试验接线图，见图 CC-1	15	绘制错误扣 5～15 分
	2	试验计算	计算感应耐压值，并计算出时间 感应耐压的试验电压为出厂试验电压的80%，即220kV 侧为316kV，110kV 侧为158kV，试验电源采用变频电源，频率控制在150～300Hz 之间，耐压时间为 $120 \times \dfrac{\text{额定频率}}{\text{试验频率}}$ （s）	10	计算不正确扣 5～10 分

	序号	项目名称	质量要求	满分	扣　分
评分标准	3	试验接线	根据感应耐压试验接线图将试验引线接入变压器被试被试相，并正确使用均压屏蔽罩	10	试验接线错误扣8分　屏蔽罩适用错误扣2分
	4	仪器操作	正确操作感应耐压装置，按计算时间进行试验，确保试验安全进行	10	操作错误扣6分　试验时间未按规定扣4分
	5	试验结果分析	熟悉试验标准，对测量所读取得数据能做出正确的结论	5	不熟悉试验标准扣3分　是否合格判断扣1~2分

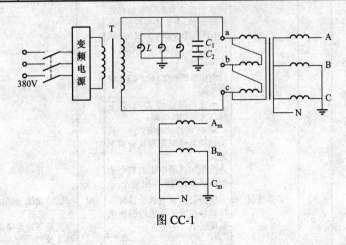

图 CC-1

行业：电力工程　　　　工种：电气试验　　　　等级：技师/高技

编　　号	C21C043	行为领域	e	鉴定范围	2/1
考核时限	120min	题　型	B	题　分	50
试题正文	220kV 三相三绕组变压器在感应耐压试验的基础上完成局部放电试验				
需要说明的问题和要求	1. 需他人协助完成测量接线和试验 2. 现场就地操作演示，不得触动无关设备 3. 注意安全，操作过程符合《电业安全工作规程》				
工具、材料、设备场地	1. 3 通道多路器 2. 钳形电流表 2 只 3. 局放检测单元 1 套 4. 标准方波发生器 5. 常用电工工具 6. 试验用线 7. 被试品：220kV 三相三绕组变压器				

	序号	项目名称	质量要求	满分	扣　分
评分标准	1	绘制试验接线图	在感应耐压试验的基础上根据上述提供设备绘制220kV 三相三绕组变压器感应耐压试验接线图，见图CC-2	15	绘制错误扣 5～15 分
	2	说明加压过程（图CC-3）	电压上升到 $1.1U_m/\sqrt{3}$，保持 5min，其中 U_m 为设备最高运行线电压 电压上升到 U_2，保持 5min 电压上升到 U_1，其持续时间按 7.0.13 条第 4 项的规定执行 试验后立刻不间断地将电压降到 U_2，并至少保持 60min（对于 $U_m \geq 300kV$）或 30min（对于 $U_m < 300kV$），以测量局部放电 电压降低到 $1.1U_m/\sqrt{3}$，保持 5min 当电压降低到 $U_2/3$ 以下时，方可切断电源 除 U_1 的持续时间以外，其余试验持续时间与试验频率无关 在施加试验电压的整个期间，应监测局部放电量	10	加压过程说明错误扣 5～10 分
	3	试验接线	根据局部放电试验接线图将试验引线接入感应耐压试验接线中	10	试验接线错误扣 8 分 屏蔽罩适用错误扣 2 分

362

	序号	项目名称	质量要求	满分	扣　分
评 分 标 准	4	仪器操作	正确操作局部放电监测装置，按规定时间进行试验，确保试验安全进行	10	操作错误扣 5～10 分 　试验时间未按规定扣 4 分
	5	试验结果	按规定时间、规定电压进行试验，记录局放值并与规程进行比较，判断是否合格	5	根据试验结果扣 2～5 分

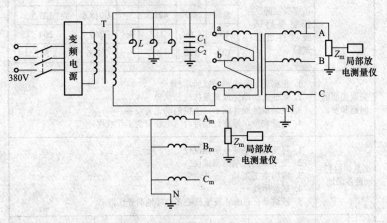

图 CC-2

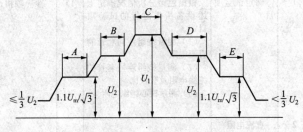

图 CC-3

A=5min；B=5min；C=试验时间；

$D \geqslant 60$min（对于 $U_m \geqslant 300$kV）或 30 min（对于 $U_m < 300$kV）；E=5min

编　　号	C1C044	行为领域	e	鉴定范围	1
考核时限	60min	题　型	B	题　分	50

试题正文	某110kV电力变压器其部分油化试验结果，确定对该变压器进行哪些高压试验项目，从而确定该变压器发生了哪类故障。按照所列试验项目进行试验						

日期	初始	12月后	…	18月后	18月零10天
H_2	2	76	…	133	139
CH_4	1.3	126.3	…	340.7	381.9
C_2H_6	0.5	33.9	…	123.3	139.4
C_2H_4	2.1	259.0	…	552.3	613.6
C_2H_2	0.0	0.5	…	0.6	0.6
总烃	4.0	422.3	…	1 018.8	1 137.5
CO	6	117	…	265	264
CO_2	170	1 417	…	2 206	2 367

需要说明的问题和要求	1. 根据题目要求确定试验项目 2. 需他人协助完成测量接线和试验 3. 现场就地操作演示，不得触动无关设备 4. 注意安全，操作过程符合《电业安全工作规程》

工具、材料、设备场地	1. 可变电压绝缘电阻测试仪 2. 变压器直流电阻测试仪 3. 常用电工工具 4. 试验用线 5. 被试品：110kV发生铁心多点接地的变压器

	序号	项目名称	质量要求	满分	扣　分
评分标准	1	确定试验项目	根据色谱分析情况确定上述设备所需进行的试验项目： （1）测量绕组连同套管的直流电阻 （2）测量绕组连同套管的绝缘电阻及吸收比 （3）测量铁心绝缘电阻	15	少一项扣5分
	2	直流电阻			
	2.1	选用正确的接线方式	接线正确	4	接线错误扣4分

	序号	项目名称	质量要求	满分	扣　分
评 分 标 准	2.2	测量仪器操作	操作过程符合直流电阻测试仪操作过程，试验结束或换线过程中进行充分放电	4	仪器操作错误扣4分 放电不充分扣2分
	2.3	试验要求	完成所有挡位直流电阻测试	2	视完成情况扣1～2分
	3	绝缘电阻和吸收比			
	3.1	选用正确的接线方式	接线正确，需接地侧接地可靠	5	接线错误扣1～5分
	3.2	测量仪器操作	操作过程符合绝缘电阻测试仪操作过程	3	仪器操作错误扣2分
	4	铁心绝缘电阻测试			
	4.1	试验要求	根据变压器情况选择合适的试验电压	3	试验电压选择错误扣3分
	4.2	选用正确的接线方式	断开变压器铁心运行接地与绝缘电阻测试仪接线正确	3	接线错误扣3分
	4.3	测量仪器操作	操作过程符合绝缘电阻测试仪操作过程，试验完成后要进行充分放电	5	仪器操作错误扣3分 试验完成后未进行充分放电扣2分
	5	试验结果记录	应准确记录试验时间、地点、温度、湿度及试验结果	3	漏记一项扣0.5分，扣完为止
	6	试验结果分析	试验结果应准确可靠，符合被试品的真实状态，对变压器进行准确判断	3	视误差大小扣1～3分

编　号	C1C045	行为领域	e	鉴定范围	1
考核时限	60min	题　型	B	题　分	50

试题正文	某110kV电力变压器其低压10kV变压器出口处受到雷击过电压冲击，差动保护跳闸，试制定试验项目，确定该变压器内部是否受到损伤能否继续运行，并完成其中所列高压试验项目进行试验
需要说明的问题和要求	1. 根据题目要求确定试验项目 2. 需他人协助完成测量接线和试验 3. 现场就地操作演示，不得触动无关设备 4. 注意安全，操作过程符合《电业安全工作规程》
工具、材料、设备场地	1. 绝缘电阻测试仪 2. 变压器直流电阻测试仪 3. 变压器绕组变形测试仪1台 4. 常用电工工具 5. 试验用线 6. 被试品：110kV受雷电过电压冲击造成绕组变形的电力变压器

	序号	项目名称	质量要求	满分	扣　分
评 分 标 准	1	确定试验项目	根据事故情况确定上述设备所需进行的试验项目： （1）取主变本体油样及瓦斯气样进行色谱试验 （2）空载试验 （3）测量绕组连同套管的直流电阻 （4）测量绕组连同套管的绝缘电阻及吸收比 （5）进行变压器绕组变形试验	15	少一项扣5分
	2	取主变压本体油样及瓦斯气样进行色谱试验	该试验属于油化试验项目，在此只需指出需进行该项目，因此不需进行具体试验，但需进行必要口述	2	无此项目扣2分
	3	空载试验	该试验由于现场无法满足大型变压器的试验要求，因此不需进行具体试验，但需进行必要口述	2	无此项目扣2分
	4	直流电阻			
	4.1	选用正确的接线方式	接线正确	4	接线错误扣4分

	序号	项目名称	质量要求	满分	扣　分
评分标准	4.2	测量仪器操作	操作过程符合直流电阻测试仪操作过程，试验结束或换线过程中进行充分放电	4	仪器操作错误扣4分　放电不充分扣2分
	4.3	试验要求	完成所有挡位直流电阻测试	2	视完成情况扣1~2分
	5	绝缘电阻和吸收比			
	5.1	选用正确的接线方式	接线正确，需接地侧接地可靠	4	接线错误扣4分
	5.2	测量仪器操作	操作过程符合绝缘电阻测试仪操作过程	3	仪器操作错误扣2分
	6	变形试验			
	6.1	试验接线	将变压器频率响应绕组变形分析仪与试验用手提电脑正确连接后接入三相三绕组电力变压器被试绕组	4	连接错误扣2~4分
	6.2	试验要求	按照要求分别对三相三绕组电力变压器所有绕组进行试验	2	视试验情况扣1~2分
	6.3	操作过程	正确操作变压器频率响应绕组变形分析仪	2	操作过程错误扣2分
	7	试验结果记录	应准确记录试验时间、地点、温度、湿度及试验结果	3	漏记一项扣0.5分，扣完为止
	8	试验结果分析	试验结果应准确可靠，符合被试品的真实状态，对变压器进行准确判断	3	视误差大小扣1~3分

试卷样例

中级电气试验知识要求试卷

一、选择题（每题 1 分，共 20 分）

下列每题都有 4 个答案，其中只有一个正确答案，将正确答案的代号填入括号内。

1. 避雷器的屏蔽环是（　　）。

A. 针状的；B. 悬挂状的；C. 带状的；D. 球状的。

2. 1 000V 以下的电气设备在中性点不接地的电网中，应采用（　　）。

A. 保护接地；B. 保护接零；C. 重复接地；D. 工作接地。

3. 发生串联谐振时（　　）。

A. 电路阻抗最小，电流最大；B. 电路阻抗最大，电流最小；C. 电感承受电压最低；D. 电容承受电压最低。

4. 稳压管在稳定范围内允许流过管子的最大电流称为（　　）。

A. 稳压管通过的峰值电流；B. 稳压管通过的极限电流；C. 稳压管的最大稳定电流；D. 稳压管的平均电流。

5. 规程中规定电力变压器、电压互感器、电流互感器进行交流耐压试验时，交接及大修的试验电压比出厂值低，这主要是考虑（　　）。

A. 现场容量不能满足；B. 现场电压不能满足；C. 积累效应；D. 绝缘配合。

6. 对 220kV 变压器油中溶解气体进行色谱分析时，若发现乙炔含量超过（　　）时，就应引起注意。

A. 2×10^{-6}；B. 5×10^{-6}；C. 50×10^{-6}；D. 150×10^{-6}。

7. 户外少油断路器大多采用（　　　）。

A. 环氧树脂材料做油箱；B. 瓷质性材料做油箱；C. 金属材料做油箱；D. 硅橡胶材料做油箱。

8. 油球间距不大于球半径时，常用测量球隙是典型的（　　　）电场间隙。

A. 均匀；B. 稍不均匀；C. 不均匀；D. 极不均匀。

9. 在直流电压作用下的介质损耗主要是指（　　　）。

A. 电导引起的损耗；B. 夹层极化引起的损耗；C. 电子极化引起的损耗；D. 离子极化引起的损耗。

10. 晶体管电路中，若用 RC 移相网络倒相 180°，至少要用（　　　）RC 移相网络。

A. 一节；B. 二节；C. 三节；D. 四节。

11. 变压器感应耐压试验的作用是考验变压器的（　　　）。

A. 主绝缘强度；B. 纵绝缘；C. 层绝缘强度；D. 主、纵绝缘强度。

12. 变压器绕组的额定电压为 6kV，交接时或大修后绕组连同套管一起的交流耐压试验电压为（　　　）。

A. 19kV；B. 22kV；C. 26kV；D. 30kV。

13. 在测量直流电量时，无需区分表笔极性的是（　　　）仪表。

A. 磁电系；B. 电磁系；C. 静电系；D. 整流系。

14. 在现场对油纸绝缘的电力电缆进行耐压试验最适应的方法是（　　　）。

A. 交流耐压法；B. 直流耐压法；C. 操作波耐压法；D. 雷电波耐压法。

15. 线圈产生感应电动势大小正比于通过线圈的（　　　）。

A. 磁通量的变化量；B. 电流的时间变化量；C. 磁通量的大小；D. 磁通量的变化率。

16. 采用末端屏蔽法测量串级式电压互感器的介损 $\tan\delta$ 时，其值主要反映（　　　）。

A. 全部绕组的绝缘状态；B. 1/2 绕组的绝缘状态；C. 1/4 绕组的绝缘状态；D. 只反映下部铁心的绕组绝缘状态，即 110kV 级 1/2 绕组，220kV 级 1/4 绕组的绝缘状态。

17. 一支 220kV 套管运行一年后，其介损 $\tan\delta$ 值由 0.37% 上升到 3.2%，可能原因是（　　　）。

A. 电容屏产生悬浮电位；B. 电容层间短路；C. 测量小套管内侧引连线断脱或接地；D. 绝缘严重受潮。

18. 三相芯式变压器铁心的磁路是不对称的，因此星形接线的三相变压器的空载电流数值是有差异的，其关系是（　　　）。

A. $I_{OA}\approx I_{OC}>I_{OB}$；B. $I_{OA}\approx I_{OC}<I_{OB}$；C. $I_{OA}=I_{OC}+I_{OB}$；D. $I_{OC}\approx I_{OA}+I_{OB}$。

19. 测量局部放电时，对耦合电容器的要求主要是（　　　）。

A. 介损 $\tan\delta$ 要小；B. 在最高试验电压下应无局部放电；C. 绝缘电阻要高；D. 直流泄漏电流要小。

20. 测得金属氧化物避雷器直流 1mA 的电压值，与初始值相比较，其变化应不大于（　　　）。

A. ±5%；B. ±10%；C. +5%、−10%；D. 10%、−5%。

二、判断题（每题 1 分，共 30 分）

判断下列描述是否正确，正确的在括号内打"√"，错误的在括号内打"×"。

1. 自感电动势的大小与线圈中的电流大小成正比。（　　）

2. 在单相串联型稳压管电路中输出电压基本维持不变，是靠调整管来实现的。　　　　　　　　　　　　　　（　　）

3. 用二功率表法测量三相三线电路的有功功率时，不管电压是否对称，负载是否平衡，都能正确测量。　　（　　）

4. 流比计型仪表的测量机构，其偏转角的大小与测量回路的电流值大小有关。　　　　　　　　　　　　　　（　　）

5. 调相机过励运行时，从电网吸取无功功率，欠励运行时向电网供给无功功率。　　　　　　　　　　　　　（　　）

6. 通过负载损耗试验可以发现变压器油箱盖或套管法兰等损耗过大而发热的缺陷。　　　　　　　　（　　）

7. 局部放电量的大小与设备的额定电压成正比。（　　）

8. 电动机在某一固定负载下运行，其三相电流随电源电压降低而减小。　　　　　　　　　　　　　（　　）

9. 变压器无励磁调压开关，在变压器空载运行时，可进行变换分接头调压。　　　　　　　　　　　（　　）

10. 在交流耐压试验过程中，真空断路器断口内部发生电晕蓝光放电，说明断口间绝缘不良，不能使用。　（　　）

11. SF_6 气体绝缘的负极性击穿电压较正极性击穿电压低。
　　　　　　　　　　　　　　　　　　　　　（　　）

12. 避雷器对任何过电压都能起限制作用。（　　）

13. 在直流试验前后对大容量试品进行短路接地放电，是为了使试验结果准确和保证人身安全。　　　（　　）

14. 一般情况下，介损 $\tan\delta$ 试验主要反映设备绝缘整体缺陷，而对局部缺陷反映不灵敏。　　　　　　（　　）

15. 在间距不变的条件下，均匀电场的击穿电压大于不均匀电场的击穿电压。　　　　　　　　　　（　　）

16. 电流负反馈能够稳定输出电流，电压负反馈能够稳定输出电压。　　　　　　　　　　　　　　（　　）

17. 电压互感器运行时，只要它的二次负载不超过本身的最大容量，其准确级次就能满足电能计量的要求。　（　　）

18. 三相同步发电机的定子绕组采用星形接线的理由之一是在定子绕组中不通过三次谐波电流。　　（　　）

19. 进行变压器的空载试验时，不管从变压器哪一侧绕组加压，测出的空载电流百分数都是一样的。　（　　）

20. 在进行变压器的交流耐压试验时，不管试验回路的状态如何，只要变压器内部有放电现象，接在试验变压器接地端的电流表就总是向大的方向指示。　　　　（　　）

21. 绝缘子表面污层的等值盐密，不仅反映设备的污秽状况，而且是污闪发展的唯一条件。（　　）

22. 在交流耐压试验的升压过程中，电压应徐徐上升，如有时突然急剧上升，一定是试品被击穿。（　　）

23. 弧光接地过电压存在于任何形式的系统中。（　　）

24. 变压器的空载试验与温度无关，变压器的负载试验与温度有关。（　　）

25. 一台 DW8–35 型断路器，其 A 相一支套管的测试介损 $\tan\delta$ 为 7.9%；落下油桶时，为 6.7%；去掉灭弧室时，为 5.7%。这一结果说明该套管绝缘良好。（　　）

26. 自耦调压器在平滑地调节输出电压时，额定输出容量不变，输出电压低，输出电流就大。（　　）

27. 采用末端屏蔽法是测量串级式电压互感器介质损耗 $\tan\delta$ 的方法之一。其方法是高压端 A 加压，x 端和底座接地，二、三次短路后，引入电桥，采用正接线。（　　）

28. 进行变压器的空载试验时，采用低功率因数瓦特表是为了避免产生瓦特表的电流和电压都达到了标称值，但瓦特表的指示却很小的测量误差。（　　）

29. 断路器的刚分、刚合速度，以动、静触头刚分前 10ms 内的平均速度作为刚分、刚合点的瞬时速度。（　　）

30. 变压器空载时，各侧绕组中没有电流通过。（　　）

三、计算题（共 10 分）

有一台 1 000kV、U_{1N}/U_{2N}=35/10.5kV、I_{1N}/I_{2N}=16.5/55A，连接组别为 YNd11 的变压器，其空载损耗为 P_0=4 900W，空载电流 I_0 为 5%I_n，求高压侧励磁电阻 R_m 和励磁电抗 X_m。

四、简答题（每小题 10 分，共 30 分）

1. 简述进行变压器工频交流耐压试验的意义。

2. 为什么在交接和运行时发电机要进行定子铁心损耗试验？

3. 发电机转子绕组匝间短路有什么危害？

试将图 1 进一步完善，画成 Yd1 联结组标号的接线图。

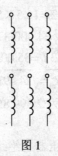

图 1

中级电气试验技能要求试卷

一、测量变压器绕组的绝缘电阻和吸收比（20 分）

二、发电机定子绕组工频谐振耐压试验（30 分）

三、电力电缆泄漏电流及直流耐压试验（50 分）

中级电气试验知识要求试卷标准答案

一、选择题

1.（B）；2.（A）；3.（A）；4.（C）；5.（C）；6.（B）；
7.（B）；8.（B）；9.（A）；10.（C）；11.（D）；12.（A）；13.（B）；
14.（B）；15.（D）；16.（D）；17.（D）；18.（A）；19.（B）；
20.（A）。

二、判断题

1.（×）；2.（√）；3.（√）；4.（×）；5.（×）；6.（√）；
7.（×）；8.（×）；9.（×）；10.（√）；11.（√）；12.（×）；
13.（√）；14.（√）；15.（√）；16.（√）；17.（×）；18.（×）；
19.（√）；20.（×）；21.（×）；22.（×）；23.（×）；24.（√）；
25.（×）；26.（×）；27.（×）；28.（√）；29.（√）；30.（×）。

三、计算题

解：已知 $I_{1N}=16.5A$，$U_{1N}=35kV$，则

空载电流为 $I_0=I_{1N}\times I_0\%=16.5\times 5\%=0.825$（A）

励磁电阻为 $R_m=P_0/3\,I_0^2=4\,900/3\times 0.825^2=2\,399.8$（Ω）

励磁阻抗为 $Z_m=U_{1N}/\sqrt{3}\,I_0=35\,000/\sqrt{3}\times 0.825=24\,493.6$（Ω）

励磁电抗为 $X_m=\sqrt{Z_m^2-R_m^2}=\sqrt{24\,493.6^2-2\,399.8^2}=24\,375.8$（Ω）

答：35kV 侧励磁电阻为 $2\,399.8$Ω，励磁电抗为 $24\,375.8$Ω。

四、简答题

1. **答**：（1）对考核变压器主绝缘强度、检查局部缺陷，具有决定性的作用。

（2）能有效地发现绕组绝缘受潮、开裂等缺陷。

（3）能有效地发现在运输中，由于振动或安装、检修不慎造成的引线距离不够，绕组松动、移位，固体绝缘表面附着污物等缺陷。

2. **答**：发电机定子铁心是由硅钢片叠合组装而成。由于制造和检修可能存在的质量不良或在运行中由于受热和机械力的作用，引起片间绝缘损坏，造成短路。在短路区形成局部过热，危及机组的安全运行，故在交接和运行中要进行定子铁心损耗试验。

3. **答**：发电机转子绕组匝间短路，将使转子电流增大，转子绕组温度升高，不能达到额定运行状态，有时还会引起机组振动加剧。

五、识绘图题

答：Yd1 联结组标号的接线图见右图：

中级电气试验技能要求试卷

一、答： 测量变压器绕组的绝缘电阻和吸收比试验见下表。

行业：电力工程		工种：电气试验工		等级：初／中／高	

编　号	C54A002	行为领域	e	鉴定范围	4
考核时限	20min	题　型	A	题　分	20
试题正文	测量变压器绕组的绝缘电阻和吸收比				
需要说明的问题和要求	1. 需他人协助完成测量接线和工作 2. 现场就地操作演示 3. 注意安全，操作过程符合《电业安全工作规程》				
工具、材料、设备场地	1. 10kV 配电变压器 1 台 2. 2 500、500V 绝缘电阻表各 1 台 3. 短路接地线 4. 验电工具 5. 常用电工工具、温度计、湿度仪				

	序号	项目名称	质量要求	满分	扣分
评分标准	1	绝缘电阻表选择	根据被试设备电压等级选择绝缘电阻表，正确选择 2 500V 绝缘电阻表	2	选择错误一项扣 1 分
	2	验电	试验前应对被试变压器进行验电判断，被试变压器是否断电	2	未进行此项扣 2 分
	3	绕组充分放电	试验前后应对绕组充分放电	2	未进行此项操作扣 2 分
	4	非被试绕组	非被试绕组应可靠短路接地	2	未短路扣 1 分，短路未接地扣 1 分
	5	绝缘电阻表操作	绝缘电阻表须接线正确，摇起后，才搭上被试绕组，绝缘电阻表转速均匀。测量完毕时，应先拆除绕组，然后再停止摇动	4	每项操作错误扣 1 分
	6	吸收比测量	测量时间准确 计算方式正确	3	时间不准确扣 1 分 计算方式错误扣 1 分
	7	测量数据记录	绝缘电阻与吸收比数据准确；记录试品温度及环境温度、湿度	3	每项数据不准扣 1 分
	8	测量时间	在 20min 内测试	2	超时完成扣 1 分

二、答：发电机定子绕组工频谐振耐压试验见下表。

行业：电力工程　　　　工种：电气试验工　　　　等级：初 / 中

编　　号	C54B013	行为领域	e	鉴定范围	3
考核时限	20min	题　　型	B	题　　分	30
试题正文	发电机定子绕组工频谐振耐压试验				
需要说明的问题和要求	1. 需他人协助完成测量接线和试验 2. 现场就地操作演示，不得触动运行设备 3. 注意安全，操作过程符合《电业安全工作规程》				
工具、材料、设备场地	1. 被试发电机 2. 谐振试验变压器 3. 常用电工工具 4. 接地线 5. 电压测量装置				

	序号	项目名称	质量要求	满分	扣分
评分标准	1	设备选型和试验电压确定	正确选择试验设备，正确确定耐压电压值	8	错一项扣4分
	2	试验接线	试验接线正确	6	接线错误扣3分
	3	试验电压加压过程	正确调节谐振试验变压器，使之输出稳定的试验电压	8	调节过程每错一项扣1分
	4	试验电压测量	试验电压必须在高压侧测量，应选用在经过检定并在检定有效期内的分压器或数显表进行测量	8	未进行高压测量扣6分，测量设备选择错误扣3分

三、答：电力电缆泄漏电流及直流耐压试验见下表。

行业：电力工程　　　　工种：电气试验工　　　　等级：高／技师

编　　号	C32C014	行为领域	e	鉴定范围	4
考核时限	20min	题　型	C	题　分	50

试题正文	电力电缆泄漏电流及直流耐压试验

需要说明的问题和要求	1. 需他人协助完成测量接线和试验 2. 现场就地操作演示，不得触动运行设备 3. 注意安全，操作过程符合《电业安全工作规程》

工具、材料、设备场地	1. 被试品：电力电缆 2. 直流电压发生器 3. 常用电工工具 4. 接地线 5. 放电棒 6. 微安表

	序号	项目名称	质量要求	满分	扣分
评分标准	1	设备选型和试验电压确定	正确选择试验设备 正确确定相应电缆试验电压	9	错一项扣3分
	2	试验接线	试验接线正确，试验回路各点对地及各点相互间有足够电气绝缘和距离	9	错一项扣2分
	3	试验时间	接入的微安表应将电缆表面和空间杂散电流屏蔽 正确确定耐压时间 交接10min，运行5min	8	错误扣4分
	4	试验电压过程	试验电压以0.25、0.5、0.75、1.0倍分段上升，每点停留1min读取泄漏电流值，最后直升至试验电压	7	未按加压过程操作扣7分
	5	过电压保护	为防止电缆击穿后引起振荡型过电压，在试验回路中应串联电阻	8	未采取此措施扣8分
	6	试验完毕时放电	在试验过程中和试验完毕后应对被试电缆充分放电，直至电缆无残留电荷	9	未进行放电扣5分 　放电方法不对扣4分 　放电不充分扣4分

中级电气试验工技能要求试验

一、笔试题（35分）

1. 为什么电力变压器做短路试验时，多数从高压侧加电压？而做空载试验时，又多数从低压侧加电压？（15分）

2. 试画出对 Yd11 联结的变压器在高压侧加压进行交流耐压试验的原理接线图。（20分）

二、操作题（65分）

试用间接法测量 110kV 串级式电压互感器绝缘支架的 $\tan\delta$。

6 组卷方案

6.1 理论知识考试组卷方案

技能鉴定理论知识试卷每卷不应少于五种题型，其题量为45～60题（试卷的题型与题量的分配，参照附表）。

试卷的题型与题量分配（组卷方案）表

题型	鉴定工种等级		配　分	
	初级、中级	高级工、技师	初级、中级	高级工、技师
选择	20题（1～2分/题）	20题（1～2分/题）	20～40分	20～40分
判断	20题（1～2分/题）	20题（1～2分/题）	20～40分	20～40分
简答/计算	5题（6分/题）	5题（5分/题）	30分	25分
绘图/论述	1题（10分/题）	1题（5分/题）2题（10分/题）	10分	25分
总计	45～55题	47～60题	100分	100分

6.2 技能操作考核方案

对于技能操作试卷，库内每一个工种的各技术等级下，应最少保证有5套试卷（考核方案），每套试卷应由2～3项典型操作或标准化作业组成，其选项内容互为补充，不得重复。

技能操作考核由实际操作与口试或技术答辩两项内容组成，初、中级工实际操作加口试进行，技术答辩一般只在高级工、技师、高级技师中进行，并根据实际情况确定其组织方式和答辩内容。